Arena-Taschenbuch
Band 50111

Von Antje Babendererde sind als Arena-Taschenbuch erschienen:
Der Gesang der Orcas (Band 2393)
Lakota Moon (Band 2936)
Libellensommer (Band 50019)
Talitha Running Horse (Band 2937)

Antje Babendererde,
geboren 1963, wuchs in Thüringen auf. Nach einer Töpferlehre
arbeitete sie als Arbeitstherapeutin in der Kinderpsychiatrie.
Seit 1996 ist sie freiberufliche Autorin mit einem besonderen
Interesse an der Kultur, Geschichte und heutigen Situation
der Indianer. Ihre einfühlsamen Romane zu diesem Thema für
Erwachsene wie für Jugendliche fußen auf intensiven Recherchen
und USA-Reisen und werden von der Kritik hoch gelobt.
Die verborgene Seite des Mondes ist Antje Babendererdes
fünfter Jugendroman.

Antje Babendererde

Die verborgene Seite des Mondes

Arena

FSC
Mix
Produktgruppe aus vorbildlich
bewirtschafteten Wäldern,
kontrollierten Herkünften und
Recyclingholz oder -fasern

Zert.-Nr. SGS-COC-003210
www.fsc.org
© 1996 Forest Stewardship Council

3. Auflage als Arena-Taschenbuch 2010
© 2007 Arena Verlag GmbH, Würzburg
Alle Rechte vorbehalten
Umschlaggestaltung: Frauke Schneider
Quellennachweis: Anita Endrezze-Danielson, Warum ein Stein nicht
von selber singt, aus: Auch das Gras hat ein Lied. Indianertexte der
Gegenwart. Ausgew. u. übertr. v. K. Reicheis und G. Bydlinsky.
Verlag Herder, Freiburg 5. Auflage 1998
Gesamtherstellung: Westermann Druck Zwickau GmbH
ISSN 0518-4002
ISBN 978-3-401-50111-6

www.arena-verlag.de
Mitreden unter forum.arena-verlag.de

Für Okaadaak,

die eine mutige, junge Frau ist.

Warum ein Stein nicht von selber singt

Wenn du einen blauen Stein an dein Ohr hältst,
hörst du den uralten Fluss,
dessen Herz er einst war,
den heißen Wind, dem er als Zunge diente,
und die Erde, die ihm einen Feuermund versprach.

Ein gefleckter Stein stammt aus dem Traum
eines galoppierenden Appaloosa-Schecken.
Die Herde singt die Lieder ihrer Graszeremonie
und die Traumsterne fliegen von ihren Hufen auf
in den gesprenkelten Himmel.

Ein schwarzer Stein hat die Seele des Bären eingefangen
in seinem letzten Schlaf. Sein Lied umkreist
den Stein, verleiht ihm Illusion von Pelz.

Alle gelben Steine hüten die Geheimnisse der Eulen.
Alle grünen Steine sind der Atem von Pflanzen,
die nachts vor Freude singen.

Ein roter faustgroßer Stein ist die Liebe
zwischen Mann und Frau,
der Einklang ihrer Körper im Gras.

Ein grauer Stein ist von Natur aus traurig.
Er ist ein Wort aus der Sprache,
die den Toten gehört.
Behalte ihn. Eines Tages wirst du ihn verstehen.

Anita Endrezze-Danielson

1.

Tränen kamen schon seit einer Weile nicht mehr. Mit trockener Kehle schluchzte Julia in das Kissen auf ihrem Bett. Ihr ganzer Körper tat weh vor Kummer und dem heftigen Wunsch die Zeit zurückzudrehen, nur für ein paar Stunden. Aber sie wusste, dass das unmöglich war.

Manche Dinge sind unwiderruflich. Unfassbar und doch für immer.

Ihr Vater war tot. Ein betrunkener Autofahrer hatte ihn am helllichten Tag auf einer Landstraße überfahren. Seine Verletzungen waren so schwer gewesen, dass sein Herz auf dem Weg ins Krankenhaus aufgehört hatte zu schlagen. Julia und ihre Mutter Hanna waren eben erst von dort zurückgekommen. John hatte ganz friedlich ausgesehen, so, als würde er schlafen. Aber das tat er natürlich nicht. Julia war fünfzehn und kannte den Unterschied zwischen schlafen und tot sein. Der Tod war unwiderruflich.

Nur allmählich drang die Tatsache, dass ihr Vater gestorben war, zu ihr durch. Julia wünschte, auch ihr Herz würde aufhören zu schlagen, damit sie nicht mehr denken musste, nicht mehr fühlen. Alles war ihr zu viel, sogar das Atmen. Doch der Muskel in ihrer Brust schlug kraftvoll weiter, ihrem Wunsch zum Trotz.

Die Vorhänge in ihrem Zimmer waren zugezogen. Der Mai ging zu Ende und draußen schien warm die Sonne. Julia hörte das fröhliche Geschrei der Kinder auf dem Spielplatz hinter dem Haus. Voller Verzweiflung hielt sie sich die Ohren zu. Sie wollte nichts hören, nichts mehr sehen. Schon gar nicht das Licht der Sonne.

Ihr Vater hatte heiße Sommer geliebt, denn er war in der Halbwüste Nevadas aufgewachsen. Und weil nach vielen dunklen Regentagen zum ersten Mal wieder die Sonne schien, war er am Morgen aus der Stadt geflüchtet, um in den kastanienbewachsenen Hügeln wandern zu gehen.

Dort war er nie angekommen.

Irgendwann fehlte Julia die Kraft, sich die Ohren zuzuhalten. Gedämpfte Stimmen drangen aus dem Flur in ihr abgedunkeltes Zimmer. Irgendwer sprach mit ihrer Mutter. Die Tür ging auf, aber Julia wollte nicht wissen, wer hereingekommen war. Sie wollte in Ruhe gelassen werden, sich in den Kokon ihrer Trauer einspinnen.

Jemand setzte sich auf ihr Bett. Eine Hand strich tröstend über ihre Schultern, ihren Kopf. Julia spürte, wie ihr Körper sich verkrampfte. Sie wollte nicht berührt werden. Sie rutschte zur Seite und setzte sich auf, das Kissen wie ein Schutzschild vor ihrem Körper. Ihre Großmutter war gekommen, Hannas Mutter.

»Julia«, sagte sie, »es tut mir so leid.«

Julia mochte ihre Großmutter, aber die hatte ihren Vater nicht gemocht.

»Warum musste es ausgerechnet ein Indianer sein, Hanna?«, hatte sie bei jeder Gelegenheit zu ihrer Tochter gesagt. Zum Beispiel, wenn John mal wieder nicht pünktlich nach Hause gekommen war, obwohl Hanna und er zusammen ausgehen wollten. *Warum musste es ausgerechnet ein Indianer sein?*

Julias Vater John Temoke war vom Volk der Western Shoshone, die in Zentralnevada beheimatet sind. Julia wusste, dass ihr Vater sein Land und sein altes Leben vermisst hatte. John hatte nie geklagt, aber man konnte seine Sehnsucht in den Bildern erkennen, die er gemalt hatte. Und manchmal war diese Sehnsucht auch in seinem Blick gewesen. Ein Blick der oft weit fort schweifte, an einen Ort fern wie der Mond.

Julia hatte gedacht, dass sie keine Tränen mehr hätte, doch ohne Vorwarnung schossen sie in ihre Augen und machten sie blind. Ihr Körper wurde von neuen, rauen Schluchzern geschüttelt. Sie würde ihren Vater nie wieder lachen hören, ihn nie wieder um Rat fragen können, nie wieder mit ihm durch den Wald streifen, nie wieder in seinen Armen Trost finden.

Nie wieder würde jemand sie *Vogelmädchen* nennen.

Dieses *Nie wieder* beherrschte Julia vollkommen. Bis dahin hatte sie nicht gewusst, was Verlust eigentlich bedeuten konnte.

Nach einer Weile stand die Großmutter kopfschüttelnd auf und verließ das Zimmer, ohne die Tür zu schließen. Julia lauschte einen Moment auf die Stimmen ihrer Mutter und ihrer Großmutter in der Küche. Dann verließ sie ihr Bett, schlich aus dem Zimmer und ging über den Flur zu der schmalen Treppe, die zur Dachkammer hinaufführte.

Terpentingeruch hüllte sie ein, als sie das kleine Atelier ihres Vaters betrat. Das helle Sonnenlicht, das durch die schrägen Dachfenster fiel, tat ihr in den Augen weh. Sie schloss die Tür hinter sich und drehte den Schlüssel herum. Niemand sollte sie stören. Julia wollte allein sein mit den Bildern ihres Vaters. Denn hier war er noch da, war ganz wirklich und die zurückliegenden Stunden waren nur ein böser Traum.

An den weißen Wänden der Dachkammer hingen und standen die Gemälde ihres Vaters. Er hatte nie Menschen oder Gesichter gemalt, nur Landschaften, die Landschaften seiner Sehnsucht. Olivgrüne kahle Hügel, Pappeln, dunkelgrün im Sommer und golden im Herbst. Und immer wieder das weiße Ranchhaus mit der blauen Tür und den blauen Fensterrahmen. Er hatte es aus verschiedenen Perspektiven gemalt und in vielen Variationen.

In Julias Vorstellung hatten dieses Haus und seine Umgebung etwas Geheimnisvolles. Es war die Ranch ihrer indianischen Großeltern. Doch weder die Ranch noch ihre indianischen Verwandten hatte Julia jemals kennengelernt.

Ach Pa, dachte sie, *warum hast du mich nie mitgenommen?*

Diese Frage hatte sie ihrem Vater zuletzt vor drei Jahren gestellt und wie immer eine ausweichende Antwort bekommen. Dass seine Mutter Ada stur sei und weder Hanna noch ihre Enkeltochter sehen wolle. »Es ist meine Schuld, Julia. Eigentlich ist sie auf mich böse.«

Julia war gekränkt gewesen und hatte aus Trotz nicht weiter nachgefragt. Der Vater hatte aufgehört, ihr von der Ranch und seinen Bergen zu erzählen, und Julia hatte versucht, nicht mehr daran zu denken.

Inzwischen hatte sie sich alle Bilder angesehen, nur eines war noch übrig. Zögernd ging sie zur Staffelei, die mit einem Tuch verhängt war. Ihr Vater hatte schon einige Zeit an diesem Bild gearbeitet und ein Geheimnis darum gemacht. Vielleicht hatte es ein Geschenk für sie werden sollen. Mit zitternden Händen zog Julia das Tuch von der Staffelei.

Ein unfertiges Porträt kam darunter zum Vorschein. Schräge Augen mit einem neugierigen Blick. Geschwungene Lippen, die noch keine Farbe bekommen hatten. Das spitze Kinn. Ein dicker Zopf, nur angedeutet. Ihr Vater hatte *sie* gemalt. Er, der sich mit dem Pinsel nie an Gesichter gewagt hatte.

Julia setzte sich auf den Boden, lehnte den Kopf zurück an die Wand und betrachtete das Bild. Das Wesentliche hatte ihr Vater eingefangen, aber sie fragte sich, ob sie das wirklich war. Hatte *er* sie so gesehen? Wer war sie überhaupt? Sie fühlte sich genauso unfertig, wie dieses Porträt es war. Ihr Vater hatte sie unfertig zurückgelassen. Was sollte sie jetzt nur tun?

Ihr Blick trübte sich, die Farben des Bildes verschwammen und sie holte tief Luft. Es klopfte an der Tür.

»Julia, bist du da drin?«

Sie antwortete nicht. Ganz langsam glitt sie zur Seite und legte sich auf den Boden. *Ich bin nirgendwo*, dachte Julia.

Etwas hatte sich ereignet, das spürte Simon sofort. Ada redete kaum während des gemeinsamen Frühstücks. Stumm fütterte sie den Jungen. Auch Boyd sagte kein Wort. Beide schienen über Nacht um Jahre gealtert zu sein.

Tommy schrie. Er biss sich in die Unterarme, bis es blutete, und seine Granny schimpfte deswegen mit ihm. Das tat Ada nur selten. Irgendetwas musste passiert sein. Als Simon am vergangenen Abend das Ranchhaus verlassen hatte, um in seinen Wohnwagen zu gehen, war alles wie immer gewesen. Aber er wusste nur zu gut, dass Dinge sich auch über Nacht ändern konnten.

Simon spürte die Trauer der beiden alten Menschen, die sich wie eine dunkle, schwere Decke über die Ranch gelegt hatte. Dass er keine Ahnung hatte, was los war, verunsicherte ihn. Wie schnell konnte man etwas falsch machen; wie schnell jemanden verletzen, wenn er schon verwundet war. Das hatte er oft genug am eigenen Leib zu spüren bekommen.

Doch er wagte es nicht, einen der beiden Alten nach dem Grund zu fragen. Er hatte Angst, dass etwas geschehen war, das sein Leben verändern könnte.

Ada kümmerte sich um den Abwasch, wie jeden Vormittag. Simon schraubte den Sauger auf die Flasche für das Kälbchen und begab sich auf den Weg zur Koppel. Pepper, sein junger Mischlingshund, folgte ihm. Simon ließ Pipsqueak trinken und schmuste eine Weile mit dem winzigen Kälbchen. Dann schleppte er vier der schweren Heuballen vom Stapel zum Zaun, kappte die Verschnürung mit einem Messer und verteilte das Heu mit der Heugabel an die Kühe.

Dreizehn Jungtiere waren es. *Nur dreizehn*. Viel zu wenig, um den Bestand zu erhalten. Draußen auf der umzäunten Weidefläche der Ranch standen noch fünfundsiebzig Kühe – zu wenig, um zwei oder drei davon für Lebensmittel und Benzin zu verkaufen. Zu wenig, um über den nächsten Winter zu kommen.

Die beiden Alten wussten nicht mehr, wie es weitergehen sollte. Und doch schufteten sie jeden Tag, taten, was getan werden musste, als wäre alles in bester Ordnung. Ada war oft unterwegs. In Städten wie New York, San Francisco oder Washington sprach sie vor den Menschen über die Ungerechtigkeit, die ihrem Volk widerfuhr, seit die Weißen ins Land gekommen waren.

War die alte Frau zu Hause auf der Ranch, kümmerte sie sich um den Jungen, ihren Gemüsegarten, den Haushalt. Simon und Boyd versorgten die Tiere, füllten den Holzvorrat hinter dem Haus auf oder reparierten irgendwelche Fahrzeuge und Maschinen. Fast täglich fuhr der alte Mann mit dem Fourwheeler, einer Art vierrädrigem Motorrad, die Zäune der Ranch ab und besserte Schadstellen aus. Simon half ihm dabei, er mochte diese Arbeit. Sie war nicht schwer und er wusste auch ohne Worte, was zu tun war.

Als Simon an diesem sonnigen Vormittag mit Boyd den Holzzaun flickte, sah er Tränen über die dunklen Wangen des alten Mannes rollen.

Die Tränen machten Boyd blind und er schlug mit dem Hammer ins Leere. Simon zog sich der Magen zusammen, als eine unbestimmte Angst sich in ihm ausbreitete. Er legte Boyd eine Hand auf den Arm. Einen Augenblick verharrten sie so, reglos im Schweigen. Dann wischte sich der alte Mann mit den Hemdsärmeln über das nasse Gesicht, klopfte Simon auf die Schulter und arbeitete weiter.

Es war Abend, bevor Simon endlich erfuhr, was geschehen war. John, der einzige Sohn der beiden, war in Deutschland bei einem Autounfall tödlich verunglückt. Er hinterließ seine deutsche Frau und eine Tochter. Julia. Im Wohnzimmer des Ranchhauses hing ein Foto von ihr und ihrem Vater. Simon hatte schon oft davorgestanden. Julia war ein pummeliges Mädchen mit einer Zahnspange. Das hatte sie nicht davon abgehalten, dem Fotografen ein strahlendes Lächeln zu schenken.

Simon wusste, dass die beiden Alten noch eine Tochter hatten, die in Alaska lebte. Sie hieß Sarah und war Tommys Mutter. Seit Simon für Ada und Boyd arbeitete, hatte sie sich nicht ein einziges

Mal auf der Ranch blicken lassen. Niemand kam, um den beiden Alten zu helfen. Beide Kinder hatten es vorgezogen, diesen Ort so weit wie nur möglich hinter sich zu lassen. Jason, Johns Sohn aus erster Ehe, lebte zwar mit seiner Mutter in Eldora Valley, nur zwanzig Kilometer von der Ranch entfernt, aber sein Interesse an körperlicher Arbeit hielt sich in Grenzen. Lieber fuhr er den ganzen Tag mit seinem aufgemotzten Zweisitzer herum. Auch deshalb war Ada so verbittert. Und nun war der einzige Sohn der beiden, ihre große Hoffnung, tot.

Simon spürte mit seinem ganzen Körper, dass sich etwas verändern würde. Er wusste nicht was, aber es machte ihm Angst.

Die vier Tage bis zur Beerdigung verbrachte Julia in einer Art Dämmerzustand. Geräusche drangen nur gedämpft zu ihr. Die Umgebung kam ihr fremd vor und sie bewegte sich wie in einem Wattenebel.

Julia aß kaum; was sie auch anrührte, es schmeckte nach nichts. Sie sprach nur das Nötigste, denn Worte zu formen, glich einem Kraftakt. Genauso wie Zähne putzen, kämmen und anziehen. Wer sollte jetzt ihren Zopf flechten? Ihr Vater hatte das gern getan, während Hanna der Meinung war, sie sei zu alt dafür und könne es selbst.

Nachts weinte Julia lautlos und schlief am Morgen vor Erschöpfung ein. Ihre Freundin Ella kam und wollte sie ablenken, indem sie einen verrückten Vorschlag nach dem anderen machte. Aber Julia nahm sie gar nicht richtig wahr. Als Ella es ein zweites Mal versuchte, bat Julia ihre Mutter, die Freundin wegzuschicken. Sie wollte nicht, dass jemand sie so sah, nicht einmal Ella. Sie fühlte sich wund und dunkel und müde. *Ohne Haut*.

Die Beerdigung ihres Vaters erlebte Julia wie hinter Glas. Als ob das alles nichts mit ihr zu tun hätte. Als ob nicht John Temoke in die Erde versenkt würde, sondern irgendein Fremder.

So vieles war mit ihrem Vater gestorben. Ihr Mut, ihre Zuversicht und ein Teil ihres Selbstvertrauens, das er ihr mit seiner Liebe geschenkt hatte. Ihre Unbeschwertheit und die Möglichkeit sich jemandem anzuvertrauen, der so war wie sie. Nun hatte sie keine Chance mehr, von ihrem Vater etwas über die indianische Hälfte in ihr zu erfahren. Sie hatte nicht nur ihn verloren, sondern auch einen Teil von sich.

Am Tag nach der Beerdigung rief ihre Mutter sie zu sich ins Wohnzimmer. Hanna saß auf der Couch, das Gesicht rot und verquollen. In den Händen zerknüllte sie ein Taschentuch.

Seit dem Tod des Vaters fühlte Julia sich außerstande, ihre Mutter zu umarmen. Wenn die Eltern sich gestritten hatten, dann meist deshalb, weil Hanna etwas an John auszusetzen hatte. Er dagegen hatte ihr nie Vorwürfe gemacht oder sie gebeten, ihm zuliebe eine andere zu werden. Julia war oft darüber erstaunt gewesen, wie ihr Vater ihre Mutter ertragen konnte.

Seit dem Unfall hatte jeder auf seine Weise versucht, mit dem Schmerz fertig zu werden. Hanna hatte Julia in Ruhe gelassen, darüber war sie froh gewesen.

Sie setzte sich ans andere Ende der Couch, weit genug weg von ihrer Mutter, und betrachtete sie. Hanna war klein und zierlich, aber immer voller Energie und Selbstbewusstsein gewesen. All die Jahre hatte sie hart gearbeitet und die Familie ernährt, während John zu Hause geblieben war, Bilder gemalt und sich um Julia gekümmert hatte. Jetzt sah Hanna blass und zerbrechlich aus. Für einen Augenblick spürte Julia Mitleid mit ihrer Mutter, das bisher in ihrem dunklen Kummer keinen Platz gefunden hatte.

»Ich habe mit deinen Großeltern in Nevada gesprochen«, sagte Hanna. »Sie wollen dich kennenlernen.«

Julia starrte auf den Teppich. Hannas Worte drangen nur langsam zu ihrem Verstand vor. *Sie wollen dich kennenlernen.* Ihre indianischen

Großeltern wollten sie sehen. Jetzt, wo ihr einziger Sohn tot war. Dabei hatten sie jahrelang nichts von ihr wissen wollen!

John war alle zwei Jahre nach Nevada geflogen, um seine Kinder aus erster Ehe und seine Eltern zu besuchen. Hanna und Julia hatte er nie mitgenommen, sie wären auf der Ranch nicht willkommen gewesen.

Jedes Mal hatte es nach seiner Rückkehr ein wenig länger gedauert, bis er nicht mehr traurig und niedergeschlagen war. In den letzten drei Jahren hatte ihr Vater kaum noch von seinem Zuhause und seinen Eltern gesprochen, obwohl Julia wusste, wie sehr er beides vermisste.

»In zwei Wochen findet das Sommertreffen der Shoshoni in den Bergen statt und deine Großmutter hat uns dazu eingeladen«, sagte Hanna. »Es soll eine Abschiedszeremonie für deinen Vater geben.« Sie holte tief Luft. »Wenn du es möchtest, fliegen wir.«

Julia war so durcheinander, dass sie nicht wusste, was sie wollte. Nevada war immer ihr Traum gewesen. Sie hatte mit ihrem Vater dorthin fliegen wollen, damit er ihr alles zeigte. Was sollte sie jetzt dort – ohne ihn?

Julia kannte nur Fotos von ihren Großeltern und einige alte Zeitungsausschnitte, die John ihr gezeigt hatte. Sie wusste, dass Ada und Boyd Temoke unablässig für die Rechte der Ureinwohner kämpften. In einem der Zeitungsartikel bezeichnete der Journalist die beiden Alten als das Rückgrat des Widerstandes gegen den Landraub und gegen Atomtests und Goldabbau auf Western-Shoshone-Land.

Julia hob den Kopf und sah ihre Mutter an. »Kann ich darüber nachdenken?«

»Sicher kannst du das. Aber nicht zu lange, ich muss den Flug buchen.«

»Ich sage dir morgen Bescheid, okay?« Julia stand auf, um das Wohnzimmer zu verlassen. Doch an der Tür drehte sie sich noch einmal um. »Warum wolltest du damals eigentlich unbedingt nach Deutschland zurück? Wieso bist du nicht mit Pa auf der Ranch geblieben?«

Hanna sah ihre Tochter traurig an. »Warum ich nicht bleiben wollte? Ach Julia, du weißt so wenig, du kannst dir das alles gar nicht vorstellen. Die Ranch . . .«, sie stockte. »Anfangs war es nicht so schwer zu ertragen. Ich war in deinen Vater verliebt. Sehr verliebt. Und ich habe tatsächlich geglaubt, man könnte sich an alles gewöhnen, wenn man es nur will.«

»Aber es hat nicht funktioniert.«

»Nein. Du kennst die Ranch nicht. Diese Einsamkeit. Der Müll überall, die Armut. Es gibt noch nicht mal warmes Wasser.«

Julia zog die Mundwinkel nach unten. »Das sind doch alles bloß Äußerlichkeiten.«

»*Äußerlichkeiten?* Du hast ja keine Ahnung. Kein normaler Mensch kann es da aushalten.«

»Sie tun es. Meine Großeltern leben dort. Und Pa hat es auch dort ausgehalten, bis er dich kennenlernte.«

»Mein Gott Julia! Warum verachtest du mich so sehr dafür, dass ich dich nicht in einer Blechkiste aufwachsen sehen wollte?«

Weil Pa dann vielleicht noch leben würde, dachte Julia.

»Wie komme ich eigentlich dazu, mich vor dir rechtfertigen zu müssen?« Es sah so aus, als wollte Hanna aufspringen, doch dann sackte sie wieder in sich zusammen. »Ich konnte einfach nicht bleiben«, flüsterte sie.

Julia sah ihre Mutter schweigend an.

»Glaub mir, es waren nicht nur der Müll und diese Primitivität dort draußen, die mir zu schaffen gemacht haben. Es war viel mehr.« Hanna rieb sich das Gesicht mit den Händen, als hätte sie Schmerzen. »Ich habe furchtbar unter der Ablehnung deiner Großmutter gelitten. Ada ist voller Bitterkeit und Groll. Sie ist der Überzeugung, alle Weißen wären Außerirdische. Sie meint, irgendwann vor langer

Zeit wären unsere Vorfahren von einem anderen Planeten auf die Erde gekommen und dort vergessen worden. Deshalb würden wir auch keine Verantwortung für Mutter Erde empfinden. Weil sie nicht unsere wahre Heimat ist. An Adas Einstellung hat sich bis heute nichts geändert und ich fürchte, sie ist nicht besonders glücklich darüber, mich wiederzusehen.«

Julia machte ein paar Schritte auf ihre Mutter zu. »Aber um dich geht es hier doch gar nicht.«

Hanna blickte auf. »Ich habe Angst, Julia.«

»Angst wovor? Vor zwei alten Leuten?«

»Vor dem Krieg, den sie führen.«

»Welchen Krieg?«, fragte Julia mit gerunzelter Stirn.

Ihre Mutter stand auf und ging zum Fenster. »Du weißt, wie engagiert deine Großeltern sind. Sie setzen sich für den Umweltschutz ein, sie demonstrieren gegen die Goldmine auf dem Land der Shoshoni, gegen Waffentests.« Sie drehte sich um. »Aber dein Vater hat dir nie erzählt, was das in Wahrheit bedeutet, oder?«

Julia schüttelte stumm den Kopf.

Ihre Mutter begann im Zimmer auf und ab zu laufen. »Er hat dir die alten Geschichten über sein Volk erzählt; über die Schönheit des Landes und die Bedeutung der traditionellen Bräuche. Und bestimmt hat er dir auch von den alten Verträgen erzählt, in denen die Shoshoni der US-Regierung die Nutzungsrechte ihres Landes eingeräumt haben. Aber dass die US-Regierung diesen Vertrag gebrochen hat und was diese Tatsache heute bedeutet, darüber weißt du nichts.« Hanna machte eine resignierte Geste. »Deine Großeltern weigern sich, Weidegebühren zu zahlen, weil dieses Land nach dem Vertrag von Ruby Valley immer noch Western-Shoshone-Land ist. Also erscheinen alle paar Jahre Vertreter des Bureau of Land Management mit LKWs und Hubschraubern auf der Ranch. Eskortiert von Sheriffs und der Bundespolizei fangen sie Pferde und Rinder ein, die zur Ranch deiner Großeltern gehören. Ohne Rücksicht auf Verluste jagt das BLM die Tiere, fängt sie ein und versteigert sie. Das Geld wird einbehalten.«

»Aber das ist Diebstahl«, sagte Julia aufgebracht. »Du hast gesagt, die Tiere gehören zur Ranch.«

Hanna hob die Schultern. »Zur Schuldentilgung, behauptet das BLM. Deine Großeltern haben Schulden, Julia. Nicht gezahlte Weidegebühren für mehr als dreißig Jahre, weil die Tiere angeblich unberechtigt auf Staatsland weiden. Benzinkosten für Hubschrauber, Behördenfahrzeuge, Arbeitslohn für die Männer, die das Vieh eintreiben ... Ich glaube, inzwischen sind es fünf Millionen Dollar.«

Fünf Millionen Dollar. »Aber . . . ?« Julia schwieg erschüttert.

»Warum dein Vater dir das nie erzählt hat? Er wollte nicht, dass du ihn für jemanden hältst, der seine Familie im Stich lässt. Deinen Großeltern steht das Wasser bis zum Hals, Julia. Sie schaffen es nicht mehr alleine, die Ranch zu bewirtschaften. Die Familie ist zerstritten und deine Großmutter misstraut jedem Fremden, der Hilfe anbietet. Ada und Boyd hatten gehofft, dein Vater würde eines Tages die Ranch übernehmen, stattdessen ist er mit mir fortgegangen. Während sie um ihre Existenz kämpften, hat er Landschaftsbilder gemalt. In ihren Augen war dein Vater ein Versager.«

Julia sah weg. Am liebsten hätte sie sich die Ohren zugehalten.

Warum hatte ihr Vater ihr all diese Dinge verschwiegen? Warum war er nicht hier, um ihre Fragen zu beantworten?

»Er war ein Versager, weil er sich entschieden hatte, mit uns in Deutschland zu leben?«, flüsterte sie schließlich.

Hanna gab keine Antwort, sie weinte lautlos.

Julia spürte, wie ihr schwindelig wurde. Sie atmete heftig, um die Übelkeit zu vertreiben, die dunklen Wellen aus Trauer, Angst und Enttäuschung.

Tief verletzt und verwirrt stand sie auf, um aus diesem Raum zu fliehen, der ihr die Luft zum Atmen nahm.

»Julia?«

Sie blieb in der Tür stehen, wandte sich um und sah ihre Mutter fragend an.

»Auch wenn du mir das jetzt vielleicht nicht glaubst«, sagte Hanna. »Aber ich habe deinen Vater sehr lieb gehabt.«

2.

Der Highway 80 war ein endloses graues Band, das sich durch grasbedeckte Ebenen und sanfte Hügel zog. Bäume gab es kaum. Julia konnte ihren Blick nicht von der Landschaft lösen. Schon seit einer ganzen Weile durchfuhren sie breite Längstäler und Ortschaften, die so merkwürdige Namen wie Winnemucca oder Battle Mountain trugen. Das nördliche Nevada war ein ungastlicher Landstrich – und doch auf spröde Weise schön. Jedenfalls in Julias Augen.

Hanna hatte die Entscheidung ihrer Tochter, nach Nevada zu fliegen und der Zeremonie beizuwohnen, ohne Widerspruch akzeptiert. Julia wusste, dass es ihre Mutter große Überwindung gekostet haben musste. Doch sie würden nicht lange bleiben. Nach dem Wochenende wollten sie zu Hannas Freundin Kate nach San Francisco weiterreisen, um dort drei Wochen Urlaub zu verbringen.

»Wir brauchen Abstand«, hatte ihre Mutter gesagt. »Urlaub wird uns guttun.«

Aber Julia wusste, dass kein Abstand dieser Welt etwas an ihrem Schmerz ändern würde. Ganz im Gegenteil. Im Kokon ihrer Trauer fühlte sie sich geborgen. Und wenn sie erst auf der Ranch waren, würde endlich jemand da sein, mit dem sie ihren tiefen Kummer teilen konnte.

Sie waren in Frankfurt gestartet, mit Zwischenlandung in Atlanta. Und obwohl Julia ihren Vater in Deutschland in seinem dunklen Grab zurückgelassen hatte, kam es ihr so vor, als würde sie ihm entgegenfliegen. Tief in ihrem Innersten erwachte etwas, das in den vergangenen Jahren geschlafen hatte. Es waren die Stimmen ihrer Ahnen. Julia wollte wissen, was das bedeutete: Indianerin zu sein.

Die Vorfahren ihres Vaters waren Sammler und Jäger gewesen. Ihr

Lebensraum, das Große Becken, erstreckte sich von den Gebirgszügen der Sierra Nevada über die Kaskaden Kaliforniens und Oregons im Westen bis zu den Rocky Mountains im Osten. *Becken* deshalb, weil die Flüsse in diesem Gebiet den Ozean nicht erreichen, sondern sich im Wüstensand verlieren. *Newe Sogobia*, wie die Shoshoni ihr Land nennen, ist eines der dürrsten und heißesten Gebiete Nordamerikas.

Früher waren die Shoshoni in kleinen Familiengruppen durchs Land gezogen. John hatte Julia erzählt, dass sie große und schlanke Leute waren, scheu, aber von fröhlichem Wesen. Sie hatten sich von Wildpflanzen, Samen und Wurzeln ernährt, hatten Piniennüsse geerntet und Kleintiere gejagt. Die Frauen waren unterwegs pausenlos mit ihren Grabestöcken auf Nahrungssuche gewesen, weshalb die Shoshoni von den Weißen auch verächtlich *Diggers* genannt wurden – *Wühler*.

Die Erinnerung an die Gespräche mit ihrem Vater kam mit einem so wilden Schmerz daher, dass Julia tief durchatmen musste, um nicht laut aufzustöhnen. In diesem Augenblick hätte sie gerne gewusst, wie lange es dauern würde, bis es nicht mehr so wehtat.

Unterdessen tauchten am fernen Horizont schneebedeckte Berge auf.

»Die Ruby Mountains«, sagte Hanna und zeigte durch die Windschutzscheibe des Mietwagens nach vorn. »Dort ist der Vertrag von Ruby Valley unterzeichnet worden.«

Julia musste daran denken, was ihr Vater über den Vertrag von Ruby Valley erzählt hatte, der von der US-Regierung im Jahr 1863 mit den Shoshoni geschlossen worden war. Man hatte den Indianern Schutz vor den Übergriffen weißer Siedler zugesichert und im Gegenzug bekam die US-Regierung das Recht zugesprochen, Bergbausiedlungen zu errichten und Bodenschätze abzubauen.

Alles veränderte sich. Eine Eisenbahnlinie durchzog das Land, Poststationen und Telegrafenleitungen wurden errichtet. John hatte Julia erklärt, dass mit diesem Vertrag kein Land verkauft, sondern ausschließlich Nutzungsrechte erteilt worden waren. Doch hundert Jahre später hatten die Weißen den Vertrag einfach gebrochen und das Land an sich gerissen.

Julia atmete tief durch. Warum hatte er ihr damals nicht die ganze Wahrheit erzählt? Was es mit diesem Vertragsbruch wirklich auf sich hatte; was er *heute* bedeutete? Warum war es ausgerechnet ihre Mutter gewesen, die ihr vom BML erzählen musste, von den bewaffneten Bundespolizisten und von dem riesigen Schuldenberg, auf dem ihre Großeltern angeblich saßen?

Hanna bog vom Highway auf eine kaum befahrene Landstraße ab. Nach knapp zwanzig Kilometern, die sie durch baumloses Grasland fuhren, erreichten sie schließlich Eldora Valley, eine Siedlung, die größtenteils aus gesichtslosen Billighäusern und kastenförmigen Wohntrailern bestand.

»Das ist der letzte Ort vor der Ranch«, sagte Hanna. »Danach kommt nur noch Wüste.«

Julia erfuhr, dass die Bewohner des Ortes vorwiegend Minenarbeiter waren, die in der nahen Columbus-Goldmine arbeiteten. Eldora Valley hatte ein Postamt, einen Lebensmittelladen, ein modernes Schulgebäude mit grünem Blechdach, eine Polizeistation und es gab jede Menge unbebaute Grundstücke.

Es schien so, als wollte niemand für immer an diesem trostlosen Ort bleiben.

Hanna bog von der Hauptstraße und hielt vor einem flachen Gebäude mit einer Zapfsäule davor. »Sam's Grocery Store«, las Julia auf dem abgeblätterten Schild. Es war die einzige Tankstelle weit und breit und auch der einzige Lebensmittelladen in der Gegend, wie Hanna erklärte.

Während ihre Mutter tankte, verschwand Julia nach drinnen in den Laden, um auf die Toilette zu gehen. Als sie wieder herauskam, hatte ihre Mutter schon gezahlt und den Laden verlassen. Julia lief ihr hinterher. Doch in der Schwungtür stieß sie mit einem jungen Mann zusammen.

»He, pass doch auf, verdammt noch mal!«, herrschte er sie an und bedachte sie mit einem verärgerten Blick. Er war einen Kopf größer als Julia und trug ein rotes Kopftuch, unter dem kurze Strähnen schwarzen, glatten Haares hervorschauten. Seine Augen wirkten wie schwarze Halbmonde und er hatte ein breites Gesicht mit hohen Wangenknochen.

Der Junge rief Sam, dem Besitzer des Ladens, etwas zu und lief durch die Regalreihen. Es war nicht der erste Indianer, den Julia sah, seit sie in Reno gelandet waren, doch sie konnte ihren Blick nicht von ihm wenden. Dieser Junge war nicht irgendein Indianer – er war ihrem Vater wie aus dem Gesicht geschnitten.

Julia stürzte nach draußen, wo ihre Mutter mit einem Wischer die Frontscheibe des Leihwagens von toten Insekten säuberte. Ihrem verstörten Blick nach zu urteilen, war es Hanna wie Julia ergangen, als sie den jungen Indianer gesehen hatte.

Ein silberner Zweisitzer mit breiten roten Streifen auf der Kühlerhaube und der Heckklappe stand auf dem kleinen Parkplatz vor dem Laden. Vermutlich gehörte er diesem Jungen, ihrem ... Es fiel Julia schwer, den Gedanken zu Ende zu denken.

Sie stieg zu ihrer Mutter in den Wagen und Hanna startete den Motor. Als sie den Wagen wendete, kam der Junge wieder aus dem Laden, zwei Coladosen unter dem Arm. Er steckte sich eine Zigarette an und sah ihnen mit einem so grimmigen Blick hinterher, dass Julia ein kalter Schauer über den Rücken rann.

Eine Schotterpiste führte durch die mit graugrünen Beifußbüschen bewachsene Ebene. Sie fuhren direkt auf eine Bergkette zu, auf deren sanften Kuppen Reste von Schnee lagen, die mit Wolkenschatten gesprenkelt waren. Die Cortez Mountains.

Seit sie die Siedlung verlassen hatten, kam es Julia so vor, als würden sie in ein endloses Nichts fahren, das aus verschiedenen Grüntönen bestand. Die Berge sahen aus, als wären sie von einem Tuch aus olivgrünem Samt überzogen, mit Flecken von dunkelgrünen Büschen. Die Beifußsträucher links und rechts der Straße schimmerten silbrig grün im Sonnenlicht.

Julia war jetzt hellwach und konnte ihre Ankunft kaum erwarten, während ihre Mutter immer schweigsamer und stiller wurde, als würde sie erst in diesem Moment begreifen, worauf sie sich eingelassen hatte.

Nach gut einer halben Stunde machte die Piste einen scharfen Knick nach links und sie fuhren über ein Viehgitter. Julia hielt Ausschau nach der Ranch, doch zunächst entdeckte sie nur einen kleinen Schrottplatz mit ausgedienten Fahrzeugteilen. Auf der gegenüberliegenden Seite, eingezäunt von einem Koppelzaun, reihten sich im Halbrund zwei windschiefe Holzhütten und ein verbeulter rosafarbener Wohnwagen aneinander.

Julia zeigte auf die Hütten. »Was ist das?« Fragend sah sie ihre Mutter an.

»Keine Angst, wir sind noch nicht da. Das ist bloß das Camp«, erklärte Hanna. »Als ich deinen Vater kennenlernte, haben dort Aussteiger und Hippies gewohnt, alles Leute, die deinen Großeltern den Sommer über auf der Ranch geholfen haben.«

»Sieht verlassen aus«, stellte Julia fest.

»Ja, wahrscheinlich kommt keiner mehr.«

Nach zwei weiteren Kilometern erreichten sie *die Ranch*. Ein Begriff, der Julia jetzt reichlich übertrieben vorkam. Vor ihr lag eine bunte Ansammlung weit verstreut stehender Behausungen, klappriger Fahrzeuge und Landmaschinen. Dazwischen undefinierbare Gerätschaften, die mit Sicherheit schon vor langer Zeit ausgedient hatten. Das Ganze war umfriedet von verschiedenartigen Zäunen und kleinen Gattern mit Wellblechdächern. Hinter einem Koppelzaun grasten ein paar braune und schwarze Rinder.

Hanna fuhr langsam, als wollte sie die Ankunft noch ein wenig hinauszögern. Julia erinnerte sich an das weiße Haus mit den hübschen blauen Fensterrahmen auf den Gemälden ihres Vaters und fragte sich plötzlich, was sie hier eigentlich suchte. Denn was sie sah, entsprach nicht im Entferntesten ihren Vorstellungen, die sie sich all die Jahre gemacht hatte.

Sie kamen an einem alten, von Unkraut umwucherten Wohntrailer vorbei, der mit türkisfarbenem Wellblech verkleidet war. Das Dach hatte jemand mit alten Autoreifen beschwert. Vor dem Trailer standen ein riesiger ausgedienter Kühlschrank und ein altes Sofa mit rotem Kunstlederbezug. Eine grob zusammengezimmerte Treppe führte zum Eingang, der von Wellblechteilen auf einem Holzgerüst überdacht war.

Rechter Hand, ungefähr hundert Meter entfernt, sah Julia im Schatten mächtiger Pappeln eine alte Blockhütte. Daneben blinkte ein silberfarbener Wohnanhänger zwischen Büschen hervor, der Ähnlichkeit mit einem UFO hatte.

Nachdem sie zwei große Sonnenkollektoren passiert hatten, tauchte ein riesiger offener Wellblechschuppen auf. Davor standen ein Traktor mit Frontlader und eine Heuballenpresse. Diverse andere Fahrzeuge, deren rostige Karossen bereits mit dem Boden verwachsen und größtenteils von Unkraut überwuchert waren, bildeten eine Blechinsel auf dem Vorplatz.

Hanna parkte vor einem hüfthohen Drahtzaun, auf dem Wäschestücke zum Trocknen hingen, und sie stiegen aus. Hinter dem Zaun wuchs saftig dunkelgrünes Gras. Unter Pappeln mit niedrigen Kronen duckte sich ein breites, weiß gestrichenes Holzschindelhaus mit einem Teerpappendach.

Julia sah die blaue Tür und die blauen Fensterrahmen. Doch was war mit dem Rest? Sämtliche Fenster hatten keine Scheiben mehr, sondern waren mit durchsichtiger Plastikfolie bespannt. Ein ausgetretener Bretterpfad führte vom Tor zur Haustür, ein weiterer zu einem Klohäuschen, dessen Holztür sperrangelweit offen stand. Es neigte sich gefährlich nach rechts und machte den Eindruck, als würde es jeden Moment zusammenbrechen.

Julia stand da und versuchte zu verarbeiten, was sie sah. Ein bunter Rausch aus Eindrücken, Bildern und zwiespältigen Empfindungen stürzte auf sie ein. Das alles kam ihr merkwürdig unwirklich vor. So, als hätten sie sich verfahren und würden gleich wieder umkehren. Das konnte unmöglich der Ort sein, nach dem ihr Vater sich gesehnt hatte – den er so oft gemalt hatte.

Sie blinzelte, weil die Sonne sie blendete. Jetzt, wo Julia nicht mehr im klimagekühlten Auto saß, merkte sie auch, wie heiß es war. *Brütend heiß*.

Hanna schob die Hände in die Vordertaschen ihrer Jeans. »Hier hat sich nichts verändert in den letzten sechzehn Jahren«, sagte sie. »Nur dass noch mehr Hütten und Schrottautos dazugekommen sind.«

Ihre Mutter sagte das nicht herablassend. Julia spürte, wie traurig Hanna war, aber offensichtlich auch sehr erleichtert. Sie war es gewesen, die damals auf die Rückkehr nach Deutschland gedrängt hatte. John war aus Liebe zu ihr mitgegangen. Hätte Hanna anders entschieden, wäre Julia an diesem sonderbaren Ort aufgewachsen. Und für einen winzigen Moment fühlte sie so etwas wie Dankbarkeit.

Plötzlich tat es einen dumpfen Schlag in ihrem Rücken und Julia hörte einen Laut, der ihr trotz der Hitze eine Gänsehaut verursachte. Sie erstarrte. Es war ein dunkles Heulen und Wüten aus tiefster Kehle, und sie fragte sich, ob es überhaupt menschlich war.

»Ahrg-ah-a-mah.«

Langsam drehte sie sich um. Auch Hanna starrte in die Richtung, aus der der Krach kam.

Nur ein paar Meter von ihnen entfernt stand ein aufgebockter grüner Pick-up-Truck ohne Räder. Und auf dem Fahrersitz saß ein menschliches Wesen, wie Julia noch keines zuvor gesehen hatte: dunkle Haut, ein länglicher Schädel wie von einem Schraubstock zusammengedrückt, kurzes schwarzes Stoppelhaar und ein offener Mund mit vorstehenden Zähnen. Eine bizarre Grimasse, abstoßend und furchterregend.

Beide Augäpfel waren von einem milchigen Schleier überzogen und diese blinden Augen starrten Julia an. Ein drahtiger Arm mit knotigen Muskeln baumelte zum offenen Fenster hinaus. Die kräftige Hand schlug erneut gegen das Türblech, dass es krachte.

Julia zuckte zusammen. Wieder das tierische Geheul.

»Darf ich vorstellen«, sagte Hanna, »dein Cousin Tommy.«

Nicht ohne einen Schauer der Abscheu starrte Julia auf das Wesen, zu keinem klaren Gedanken fähig. Im selben Augenblick schoss ein brauner Pick-up um die Ecke des großen Schuppens und hielt neben ihrem Leihwagen. Ein alter Mann stieg aus, stämmig und breitschultrig. Er trug klobige Arbeitsschuhe und zerbeulte braune Cordhosen, die von breiten Hosenträgern gehalten wurden. Kräftige braune Arme schauten aus aufgekrempelten Hemdsärmeln hervor. Das kurz geschnittene Haar des Mannes stand silbergrau vom mächtigen Schädel, die dunkle Haut seines Gesichts war die eines Menschen, der ein Leben lang im Freien gearbeitet hat. Um seine Augen zogen sich helle Lachfältchen.

Das war Boyd Temoke, Julias Großvater. Sie kannte ihn von den Fotos, die ihr Vater ihr gezeigt hatte. »Hallo, Hanna«, sagte er und reichte ihrer Mutter die Hand. »Willkommen auf der Ranch.« Dann erschien ein freundliches Lächeln auf seinem dunklen Gesicht. »Und du musst Julia sein, meine Enkeltochter.«

Er sagte das mit unerwarteter Wärme und Julias Anspannung löste sich ein wenig. Ihre Hand verschwand in seiner großen Pranke und sie erwiderte, so gut sie konnte, seinen kräftigen Händedruck. »Hallo, Grandpa«, sagte sie schüchtern. Da nahm Boyd sie fest in die Arme. Der Duft von Heu, Kühen und Motoröl stieg ihr in die Nase, aber auch der eines alten Mannes. Merkwürdigerweise störte es Julia nicht, dass ihr Großvater sie umarmte.

»Willkommen auf der Ranch, Julia. Ich hoffe, Tommy hat euch nicht zu sehr erschreckt. Er hat keinen guten Tag heute. Ada ist am Vormittag in die Stadt gefahren und noch nicht zurück. Tommy vermisst seine Granny, er mag es nicht, wenn sie weg ist. Aber vielleicht hat er ja auch Hunger. Lasst uns ins Haus gehen, damit ich ihn füttern kann.«

Ein alter Mischlingshund mit braun-schwarzem Fell kam schwanzwedelnd auf sie zu.

»Das ist Loui-Loui«, sagte Boyd. »Der ist so alt wie ich.« Er grinste.

Der Hund stupste Julia mit der feuchten Schnauze am Bein und sie streichelte sein langhaariges Fell, das staubig und voller Kletten war. »Hallo Loui-Loui«, sagte sie. »Ich bin Julia.«

Hanna begann die Lebensmittel auszuladen und ins Haus zu tragen. Der alte Mann öffnete die Fahrertür des Trucks und ging in die Knie, damit Tommy die Arme um seinen Hals legen konnte. Huckepack trug er den behinderten Jungen ins Haus.

Erst jetzt sah Julia, dass Tommy hochgezogene knochige Schultern und dünne, verwachsene Beine hatte. Seine Füße, mit denen er niemals Schritte machen würde, glichen verdrehten Klumpen. Tommys ganzer Körper schien unter einer unheimlichen Spannung zu stehen, als ob seine verzerrten Gliedmaßen jeden Augenblick in ihre natürliche Lage schnellen wollten.

Boyd und Hanna verschwanden im Haus. Julia schnappte sich eine Kiste mit Lebensmitteln und lief ihnen hinterher. Im kleinen Flur hinter der Eingangstür standen Müllsäcke und es roch unangenehm nach vollgepinkelten Windeln. Jacken hingen an der Wand und staubige Schuhe standen in einem Holzregal.

Drinnen herrschte diffuses Dämmerlicht, wofür die Plastikfolie vor den Fenstern verantwortlich war. Wohnraum und Küche waren durch einen breiten, offenen Durchgang verbunden. Der alte Mann schaltete in beiden Räumen das Licht an. Es kam aus verstaubten Glühbirnen, die an Kabeln von der Decke baumelten.

In der Küche stand ein uralter gusseiserner Holzherd mit Töpfen und Pfannen darauf. Die Hängeschränke an der Fensterfront und über der Spüle waren aus lackiertem Sperrholz gezimmert und sahen schäbig aus. Teile der Deckenverkleidung hatten sich gelöst und die Isolierung aus gelbgrauen Glasfasermatten hing an einigen Stellen lose herunter. Überall in den Ecken entdeckte Julia klebrige graue Spinnweben.

Vielleicht merkt man das alles nicht mehr, wenn man viele Jahre so lebt, dachte sie voller Unbehagen. Aber was war mit ihrem Vater gewesen? Wie musste er sich gefühlt haben, wenn er hierhergekommen war?

Der alte Mann ließ Tommy auf einen Küchenstuhl gleiten, dessen Vinylbezug mit grauem Klebeband geflickt war.

»Wenn ihr Hunger habt oder Durst«, sagte er, »im Kühlschrank ist etwas zu essen und in der Kanne ist Kool Aid.« Er deutete auf eine alte Plastikkanne mit einer knallroten Flüssigkeit.

Julia hatte Durst und fragte ihren Großvater, wo sie ein Glas finden konnte. Boyd reagierte nicht. Er hatte für Tommy ein Babygläschen mit Bananenbrei geöffnet und fütterte ihn. Tommy sperrte den Schnabel auf wie ein hungriges Vogeljunges. Er rieb sich mit den schmutzigen Händen über die blinden Augen, brabbelte und machte gurgelnde Geräusche, die Julia immer wieder zu ihrem schwerbehinderten Cousin hinsehen ließen. Dabei entdeckte sie auch, dass seine braunen Unterarme von hellen Narben und verkrusteten Bisswunden übersät waren.

Noch einmal fragte sie den alten Mann nach einem Glas.

Da legte Hanna ihr eine Hand auf die Schulter. »Er kann dich nicht hören, Julia. Dein Großvater ist fast taub. Hat Pa dir das nicht erzählt?« Sie öffnete einen der Hängeschränke und reichte Julia ein sauberes Marmeladenglas ohne Deckel. Irritiert sah Julia ihre Mutter an.

Hanna zuckte mit den Achseln. »Hier ist einiges anders, als du es erwartet hast. Nimm es, wie es ist. In ein paar Tagen sind wir wieder weg.«

Der Großvater hatte Tommy fertig gefüttert und der Junge glitt vom Stuhl. Unerwartet flink robbte er mit seinen verkrüppelten Beinen über den abgewetzten Linoleumboden ins Wohnzimmer. Dort bekam er eine neue Windel, dann brachte ihn der alte Mann wieder nach draußen in seinen Pick-up, der offensichtlich Tommys Lieblingsplatz war.

Nachdem sich ihr Monster-Cousin nicht mehr in der Nähe aufhielt, entspannte Julia sich ein wenig. Sie ging ins Wohnzimmer, das mit dunklen Holzmöbeln bestückt war, die mindestens schon hundert Jahre auf dem Buckel hatten. Eine Kommode, eine Anrichte und ein wuchtiger Schrank. Die übrige Einrichtung bestand aus einer durchgesessenen Couch, zwei speckigen Sesseln, einem niedrigen Tisch und einem Fernseher. Die Vorhänge an den Fenstern waren zerschlissen vom Alter und starrten vor Schmutz. Auf dem durchgetretenen Teppich lagen Zeitungsstapel und Kleidungsstücke. Es roch muffig, als wäre wochenlang nicht gelüftet worden.

Doch da hingen diese Fotos an den Wänden, die Julia magisch anzogen und die sie sich der Reihe nach genau ansah. Die sepiafarbenen zuerst: Männer und Frauen in altmodischer Kleidung, mit stoischen Gesichtern. Vermutlich waren das ihre Vorfahren, die stumm auf sie herabsahen.

Julia betrachtete das Hochzeitsfoto ihrer Großeltern und staunte, wie gut der alte Mann einmal ausgesehen hatte. Adas Gesicht hatte etwas Hartes, aber wenn sie lachte, strahlten ihre Augen voller Wärme.

Schließlich die schwarz-weißen Fotos: Ihre Großmutter Ada zusammen mit Robert Redford. Ein anderes mit dem Dalai-Lama. *Wow*. Ihr Vater hatte also keine Märchen erzählt. Granny Ada war eine Frau, die ziemlich herumkam in der Welt.

Auf den anderen, den bunten Fotos, das mussten weitere Familienmitglieder sein. Julia erkannte ihren Vater. Eines zeigte ihn mit seiner ersten Frau Veola und zwei kleinen, dunkelhäutigen Kindern, einem Mädchen und einem Jungen. Jason und Tracy, ihre Halbgeschwister.

Ein Foto jüngeren Datums zeigte John und Jason. Es musste vor drei oder vier Jahren aufgenommen worden sein, als Jason ungefähr in ihrem jetzigen Alter war. Vater und Sohn standen Seite an Seite, berührten einander aber nicht. Jason blickte grimmig drein und nun wusste Julia ganz sicher, was sie schon die ganze Zeit vermutet hatte: Der Junge in Sams Laden war ihr Halbbruder Jason gewesen.

Es gab auch ein Foto von ihr selbst, zusammen mit ihrem Vater. Julia erinnerte sich noch an den Tag, als es aufgenommen worden war. Damals war sie dreizehn gewesen, hatte mit Babyspeck und Pickeln zu kämpfen gehabt und diese verhasste Zahnspange getragen. Ihr Vater strahlte dennoch voller Stolz. Er stand hinter ihr und hatte beide Arme um sie gelegt. Es war in Italien aufgenommen, während sie zu dritt Urlaub am Meer gemacht hatten.

Das war Erinnerung, war Vergangenheit. Julia kämpfte gegen die Tränen, die in ihr aufstiegen. Alles, was mit ihrem Vater zu tun hatte, würde von nun an Vergangenheit sein. Etwas Abgeschlossenes ohne Zukunft.

Mit dem Handrücken wischte sie die Tränen fort, als sie hörte, dass draußen auf dem Vorplatz ein Auto hielt. Kurz darauf stand ihre Großmutter in der Küche, bepackt mit Einkaufstüten. Ada war kleiner, als Julia sie sich vorgestellt hatte. Ihr widerspenstiges graues Haar hatte sie kurz geschnitten, was zu ihrem ledrigen Gesicht passte. Es war ein hartes Gesicht mit klaren braunen Augen und tiefen Falten um den breiten Mund.

Während Ada Hanna die Hand schüttelte und sie willkommen hieß, beobachtete Julia die alte Frau sehr genau. Es war ein frostiges Willkommen, das sah Julia an der Körperhaltung ihrer Großmutter, die Ablehnung und Misstrauen ausdrückte. Trotzdem gab sie sich einen Ruck und ging auf sie zu. »Hi, Grandma«, sagte sie. »Ich bin Julia.«

Völlig unerwartet riss Ada sie in ihre Arme und Julia war verblüfft darüber, wie kräftig ihre Granny war. Ein tiefer Seufzer kam aus der Brust der alten Frau. Dann schob sie Julia von sich und sagte mit heiserer Raucherstimme: »Du siehst deinem Vater verdammt ähnlich.«

Das stimmte. Julias Haut war zwar nicht so dunkel wie die ihres Vaters, aber sonst hatten sich seine Gene durchgesetzt und sie war froh, ihm zu ähneln. Julia hatte Johns Nase, kurz und mit kräftigen Nasenflügeln, und seine vollen Lippen. Auch die Form seiner Augen hatte sie geerbt: kleine Halbmonde, die äußeren Winkel leicht nach unten gezogen.

Sacajawea, hatte ihr Vater sie immer genannt, *Vogelmädchen*. Sacajawea, eine junge Shoshoni, hatte 1805 die Expedition von Lewis und Clark begleitet und dafür gesorgt, dass die beiden weißen Forscher auf ihrer Reise nicht verhungert waren. Das Gesicht des Mädchens war auf einer messingfarbenen Dollarmünze abgebildet und John hatte behauptet, die Ähnlichkeit mit Julia wäre unverkennbar.

Von ihrer Mutter hatte sie nur die ungewöhnliche Augenfarbe. Ein bläuliches Grün, wie dunkler Türkis, mit winzigen goldenen Sprenkeln darin.

Ada schob Julia zur Seite und das Mädchen glaubte, Tränen in den Augen ihrer Großmutter zu sehen. Geschäftig verstaute die alte Frau Mitgebrachtes in der Küche, las Zettel, die auf dem Resopaltisch lagen, und plauderte, als wären Hanna und Julia alte Bekannte, die eben mal kurz vorbeigekommen waren. *Wie war der Flug? Seid ihr müde? Hungrig? Kann mir mal einer helfen, die Kiste auf den Schrank zu heben?*

Julia wusste nicht, ob sie ihre Granny fürchten, sie bewundern, oder Mitleid mit ihr haben sollte. Adas harsches Wesen wirkte einschüchternd auf sie, aber instinktiv spürte Julia, dass unter der harten Schale offene Wunden lagen, die nie verheilt waren.

Schließlich setzte sich Ada, zündete eine Zigarette an und rauchte schweigend, wobei sie ihre weiße Schwiegertochter eindringlich musterte.

»Musste mein Sohn leiden, bevor er starb?«, fragte sie.

»Nein. Er war sofort tot.«

»Und seine Organe?«

Julias Augen weiteten sich vor Entsetzen und sie sah ihre Mutter fragend an.

»John ist als ganzer Mensch begraben worden.«

Die alte Frau nickte. »Das ist gut.« Sie drückte die halb aufgerauchte Zigarette in den Aschenbecher und erhob sich. »Also dann kommt. Ich will euch zeigen, wo ihr schlafen werdet.«

3.

Ada stieg mit ihnen in den Leihwagen und führte sie zu dem türkisfarbenen Trailer, der noch vor der Einfahrt zum Hof stand. Auch aus der Nähe machte der Blechkasten den Eindruck, als sollte er samt umherstehendem Unrat in den nächsten Tagen von der Sperrmüllabfuhr geholt werden.

Doch drinnen hatte sich jemand große Mühe gegeben, die Zimmer bewohnbar zu gestalten. Größter Raum war die Küche mit einer Schlafcouch, einem alten Sessel, einer Aluspüle auf Holzbeinen und diversen kleinen Schränken.

Linker Hand führte ein schmaler Gang in einen angrenzenden Raum mit einem frisch bezogenen Bett und einem Nachtschränkchen. Vom Gang aus kam man in eine Abstellkammer und in ein ebenso kleines Bad mit Toilette, Waschbecken und Badewanne. Die Einrichtung schien uralt zu sein, aber Julia gefiel es im Trailer. Vielleicht war sie auch einfach nur erleichtert, nicht im Ranchhaus schlafen zu müssen.

Ada erklärte ihnen, dass es keinen Strom und auch kein fließend Wasser gab. Waschbecken, Spüle, Wanne und Toilette – alles nur Attrappe. Für Notfälle stand im Bad ein Eimer mit Deckel. Ein anderer Eimer, der immer wieder aufgefüllt werden musste, enthielt Wasser zum Waschen.

Ada überreichte Julia und Hanna zwei große batteriebetriebene Lampen und offenbarte ganz nebenbei, dass die Tür des Trailers nicht verschließbar war. Wo eigentlich das Schloss sein sollte, befand sich ein kreisrundes Loch. Sie erklärte der entgeisterten Hanna, wie man die Tür mit einem verbogenen Draht geschlossen halten konnte.

»Sollte es stürmisch werden«, warnte Ada sie, »schiebt ihr am besten von innen einen Stein vor.«

Hanna nickte stumm.

»In einer Stunde gibt es Abendessen«, sagte die alte Frau. »Hilfe ist immer willkommen.«

Nach dem Essen, das aus Kartoffeln, gebackenen Bohnen und Hamburgern bestanden hatte, saßen Julia und Hanna mit den beiden Alten in der Küche, während Tommy nebenan auf dem Teppich hockte und zusammenhanglos vor sich hin brabbelte. Boyd knabberte an der Schokolade, die Julia ihm aus Deutschland mitgebracht hatte, und trank Kool Aid dazu.

Ada erzählte, dass Tommy der Sohn von Sarah war, Johns Schwester. Sarah hatte mit ihrem Mann eine Zeit lang in der Nähe des Atomwaffentestgebietes bei Las Vegas gelebt, bei einem kleinen Ute-Stamm. Obwohl die Sprengungen auf dem Testgelände seit vierzig Jahren per Gesetz unter der Erdoberfläche stattfinden mussten, gelangte dabei immer wieder Strahlung in die Luft.

»Durch den Druck, der bei den Explosionen entsteht, schießen Millionen von Gammastrahlen und radioaktiven Jodpartikeln in die Atmosphäre, vermischen sich mit Regenwolken und gehen wer weiß wo nieder«, schimpfte Ada voller Missbilligung. »Weht der Wind aus Richtung Westen, bekommt das Reservat der Ute-Indianer alles ab. Als Tommy zur Welt kam, gaben ihm die Ärzte keine drei Jahre. Sie rieten Sarah, ihn in ein Heim zu geben, was sie aus Verzweiflung auch tun wollte. Aber ich konnte das nicht zulassen«, die alte Frau schüttelte den Kopf, »nicht bei meinem Enkelsohn. Deshalb habe ich den Jungen bei mir aufgenommen und ihm alles gegeben, was er braucht. Inzwischen ist Tommy vierundzwanzig.« Sie seufzte. »Ich weiß nicht, was ich falsch gemacht habe, dass meine Kinder ihr Land und ihr eigen Fleisch und Blut im Stich lassen.«

Hanna überhörte den Vorwurf. »Wie geht es Veola und den Kindern?«, fragte sie mit tapferer Stimme.

Julia horchte auf.

»Veola lebt mit Jason in Eldora Valley. Sie arbeitet für unsere Organisation *Shoshone Rights*. Jason ist fertig mit der Highschool und hat keinen Job. Tracy arbeitet in einem Supermarkt in Elko. Sie wohnt auch in der Stadt.«

Sie fuhr noch eine Weile fort, von ihren Enkeln zu sprechen, aber Julia kam es so vor, als wäre das Herz ihrer Großmutter seltsam unbeteiligt. Als würde sie über Fremde reden und nicht über ihre eigenen Enkelkinder.

Wer war diese seltsame Frau, deren Blut in ihren Adern floss? Gab es irgendetwas, das sie miteinander verband, außer dass sie Granny zu ihr sagte? Julia kam es so vor, als würde ihre Großmutter Menschen nicht mögen. Vielleicht war ihr das Mitgefühl für andere abhanden gekommen, während sie so erbittert um ihr Land kämpfte. Vielleicht hatte John Temoke die Ranch verlassen und war nach Deutschland gegangen, weil er nicht so werden wollte wie seine Mutter.

Später lag Julia todmüde im Bett, konnte aber lange nicht einschlafen, weil die Zeiger ihrer inneren Uhr nicht mit denen auf ihrer Armbanduhr übereinstimmten.

So vieles ging ihr durch den Kopf. Sie hatte unzählige Fragen und wusste nicht, an wen sie sie richten sollte. Es war für sie immer noch unfassbar, dass ihr Vater ihr so vieles verschwiegen hatte. Aber sie konnte es ihm auch nicht mehr vorwerfen. Er hatte alles mit ins Grab genommen: seine Liebe, seine Gründe für die verschwiegenen Wahrheiten, seine Fehler.

Julia weinte. Kein wütendes Schluchzen kam aus ihrer Kehle, die Tränen liefen einfach über ihre Schläfen und versickerten im Kopfkissen. Sie lauschte auf den Wind und die Geräusche der Nacht. Unter dem Trailer, der auf Hohlblocksteinen stand, konnte sie das Huschen, Knistern und Nagen kleiner Tiere hören. Wind strich durch das trockene Gras, ließ die Halme aneinanderstreifen. Irgendwo in den nahen Hügeln heulte ein Kojote und das leise Wiehern eines Pferdes war die Antwort.

Was will ich wirklich hier?, war die übergroße Frage, die alle anderen in den Schatten drängte. Was will ich hier und was habe ich mir erhofft? Ihre indianischen Großeltern waren Fremde, die auf einem Schrottplatz am Ende der Welt lebten und bisher wenig Interesse an ihrer Enkeltochter zeigten. Sich das einzugestehen, machte Julia schwer zu schaffen.

Irgendwann musste sie dann doch eingeschlafen sein, denn sie wurde wach, weil ihre Blase drückte. Julia stand auf, um zur Toilette zu gehen, doch dann fiel ihr wieder ein, dass es keine funktionierende Toilette im Trailer gab. Ihr blieb nichts anderes übrig, als nach draußen zu gehen, denn der Eimer im Badezimmer war eine wenig verlockende Alternative.

Sie tastete nach der Stabtaschenlampe auf dem Schränkchen neben dem Bett und ihre Hände glitten über etwas, das rund war und sich rau anfühlte.

Die Steine. Jemand hatte drei Steine auf das Schränkchen gelegt. Eine Geste, die nicht zu ihrer Großmutter zu passen schien. Aber was wusste Julia schon, wer vor ihr in diesem Bett geschlafen hatte.

Sie fand die Taschenlampe, knipste sie an und schlüpfte in ihre Sandalen. Hanna schlief tief und fest auf der Couch in der Küche. Julia hatte einige Mühe mit der Tür. Es war ein Kunststück, in einer Hand die Taschenlampe zu halten und mit der anderen den Draht aus der äußeren Verankerung – einem verbogenen Nagel – zu lösen. Schließlich gelang es Julia, ohne dabei ihre Mutter zu wecken.

Einen Augenblick verharrte sie auf den Holzstufen vor der Tür und versuchte, die Umgebung zu erkennen. Ein großer runder Mond stand über den Bergen und verwandelte die Landschaft in Täler aus Licht und Schatten. Es war sehr still, beinahe unheimlich still. Ein kühler Luftzug streifte sie. Fröstelnd rieb sie sich die nackten Arme.

Dann stieg sie nach unten, um sich ein Plätzchen im Gras zu suchen, ein Stück weg vom Eingang.

Vorsorglich leuchtete sie den Boden ab. Bestimmt gab es hier jede Menge Schlangen. Ihr Vater hatte erzählt, dass er als Kind von einer Klapperschlange gebissen worden war. Das war keine Erfahrung, die sie wiederholen wollte.

Julia fand eine geeignete Stelle und pinkelte ins Gras. Auf dem Weg zurück zum Eingang hörte sie ein Geräusch und zuckte zusammen. Es hatte wie ein ersticktes Knurren geklungen, war aber doch sehr deutlich zu hören gewesen. Sie nahm ihren Mut zusammen, ließ den Strahl der Taschenlampe noch einmal durch die Nacht gleiten, und leuchtete plötzlich in ein Gesicht. Hinter einem halb zerfallenen Zaun, verdeckt von Sträuchern, stand jemand und beobachtete sie.

Julia stieß einen Schrei aus und ließ vor Schreck die Taschenlampe fallen. Ein Hund begann zu bellen. Voller Panik machte sie kehrt, stolperte über ein herumliegendes Brett und schlug mit dem rechten Knie auf die Stufen vor dem Eingang. »Au, verflucht«, schimpfte sie und hielt sich das Bein. Die Tür des Trailers ging auf und Hanna erschien im Nachthemd, eine von Adas großen Taschenlampen in der Hand.

»Was ist denn los, Julia? Was schreist du hier herum wie eine Verrückte? Und was machst du überhaupt da draußen, mitten in der Nacht?«

Julia rappelte sich auf und schlüpfte an ihrer Mutter vorbei in den Trailer. »Da war jemand«, sagte sie, als Hanna die Tür wieder verschloss. Sie hockte sich in den Sessel und wartete, dass der Schmerz nachließ.

»Warum hast du mich nicht geweckt?«

»Ich bin raus, weil ich mal musste. Da hab ich ihn hinter den Sträuchern stehen sehen.«

»Vielleicht hast du dich geirrt – bei all dem Kram, der da draußen herumsteht.«

»Ich habe doch keine Halluzinationen«, protestierte Julia entrüstet. »Da war jemand.«

»Könnte es Boyd gewesen sein?«, fragte Hanna, die versuchte, den Draht wieder festzuklemmen, damit die Tür zublieb. »Ada sagt, er schläft schlecht.«

»Nein. Es war definitiv nicht Grandpa«, bemerkte Julia. »Er war jünger, nicht viel älter als ich.«

Hanna richtete den Lichtstrahl der Taschenlampe auf Julias Bein. »Hast du dich verletzt?«

»Das Knie blutet.«

»Ich hole dir ein Pflaster.«

Ob es Jason gewesen war? Julia erinnerte sich an den finsteren Ausdruck in den Augen ihres Halbbruders in Sams Laden. Vermutlich hatte er an der Tankstelle nur einen Blick auf den Leihwagen werfen müssen, um sich zusammenzureimen, wer die beiden Fremden waren.

Hanna kümmerte sich um Julias Knie und anschließend gingen beide zurück in ihre Betten. Der helle Mond schien zum kleinen Fenster in Julias Zimmer herein und beleuchtete die Steine auf dem Schränkchen. Einer von ihnen glimmerte leicht im fahlen Licht.

Es dauerte noch lange, bis Julia wieder einschlafen konnte.

Simon hatte sie seit ihrer Ankunft beobachtet. Die rothaarige deutsche Frau und das Mädchen. Julia, die Enkeltochter der beiden Alten. Unbemerkt war er Zeuge ihrer ersten Begegnung mit Tommy geworden. Hatte den Ausdruck angstvollen Schreckens in Julias Gesicht gesehen und gespürt, wie verstört sie war. Aber das machte er ihr nicht zum Vorwurf. Jeder, der Tommy unvorbereitet sah, erschrak.

Mutter und Tochter hatten den Abend im Ranchhaus verbracht und Simon hatte es vorgezogen, sich nicht blicken zu lassen. Das tat er meistens, wenn Gäste da waren. Sich unsichtbar zu machen, fiel ihm nicht schwer, das Gelände der Ranch war groß genug. Auf diese Weise konnte er die Möglichkeit umgehen, angesprochen zu werden und sich lächerlich zu machen. Ada und Boyd hatten das stillschweigend akzeptiert.

Später waren Julia und ihre Mutter in den Trailer schlafen gegangen. Simon hatte sich Mühe gegeben, alles so herzurichten, dass man es einigermaßen gut aushalten konnte. Er hatte Mäusedreck entfernt und vertrocknete Grillen vom vergangenen Jahr. Hatte den Boden gefegt, die Möbel geschrubbt und die Betten bezogen. Sogar drei seiner Steine hatte er geopfert, damit es im Trailer wenigstens etwas gab, das schön war.

Simon fragte sich, was das Mädchen wohl dachte. Über ihre Großeltern und die Ranch. Über das Leben hier. Die meisten Neuankömmlinge wirkten beim Anblick der heruntergekommenen Ranch verstört. Die klapprigen Behausungen, die ausgedienten Fahrzeuge, der von Unkraut überwucherte Müll, der immer da war, sooft sie ihn auch wegräumten.

Kaum jemand konnte sich vorstellen, hier zu leben. Für ihn dagegen war die Ranch mehr als ein Ort, an dem er wohnte. Sie war ein lebendiges Wesen, etwas, das vertraut war und ihm Geborgenheit gab.

Simon liebte den Geruch von Erde, Heu und warmen Tierleibern. Den süßlichen Duft wiedergekäuten Grases. Er liebte die Pfade durch die Berge, weil sie von Tieren stammten und nicht von Menschen. Sein Schicksal war nichts, worüber er lange nachdachte. Morgens klingelte kurz vor sechs Uhr sein Wecker und er tat, was getan werden musste. Seine Tage hatten Ordnung und Sinn und einen Zweck. Das war nicht immer so gewesen, doch an die Zeit vor der Ranch mochte er lieber nicht denken.

Nun war auf einmal diese Julia da. Ein zierliches Mädchen mit langen Beinen. Sie gefiel ihm, soweit er das aus der Ferne beurteilen konnte. Jedenfalls hatte sie keine Ähnlichkeit mehr mit dem pummeligen Kind auf dem Foto im Ranchhaus. Nur den dicken, geflochtenen Zopf, der ihr bis auf die Taille fiel, den hatte sie immer noch.

Julias Anwesenheit auf der Ranch versetzte Simon in Unruhe. Sein Tagesablauf kam durcheinander und er konnte sich nicht mehr so frei bewegen wie sonst. Jeden Moment musste er damit rechnen, ihr oder ihrer Mutter in die Arme zu laufen. Und dann würde er Höflichkeitsfloskeln austauschen und, was noch schlimmer war, vielleicht sogar Fragen beantworten müssen.

Weil Simon nicht schlafen konnte, ging er mit Pepper noch einmal nach draußen. Auf unerklärliche Weise zog es ihn zum Trailer. Er stand in der Dunkelheit und lauschte. Doch in der Stille vernahm er nur seine eigenen, lauten Atemzüge.

Plötzlich ging drinnen eine Taschenlampe an und jemand kam heraus. Das Mädchen. Er konnte Pepper gerade noch daran hindern loszubellen. Aber Julia entdeckte ihn und erschrak fürchterlich.

Was musste sie jetzt denken? Dass er ein verrückter Spanner war? Simon verfluchte sein Ungeschick und seine Neugier. Er wünschte, er wäre in seinem Wohnwagen geblieben.

4.

Zum Frühstück fanden sich Hanna und Julia im Ranchhaus ein. Julia aß Cornflakes mit Milch und einen Apfel. Das Frühstück ihrer Großeltern hatte aus Bratkartoffeln und Rührei bestanden. Beide waren schon seit sechs Uhr auf den Beinen. Der alte Mann war mit Traktor und Mähmaschine im Gelände unterwegs, um Gras zu schneiden. Ada sammelte vor dem Haus Müll in blaue Abfallsäcke.

Nachdem sie gegessen hatten, kümmerte sich Hanna um den Abwasch. Die Küche war uralt und überall lag Kram gestapelt. Julia merkte, wie schwer es ihrer Mutter fiel, das Geschirr zu spülen. Teller und Schüsseln mit festgebackenen Essensresten. Angebrannte Töpfe und Pfannen.

In Adas Küche abzuwaschen war eine Kunst für sich, aber Hanna schien das Ritual zu kennen. Zuerst wurde auf dem Gasherd Wasser zum Kochen gebracht, denn warmes Wasser aus der Leitung gab es nicht. In einem Becken wurde abgewaschen, im zweiten Spülbecken stand eine Schüssel mit dem heißem Wasser. Hatte Hanna einen Teller abgewaschen, musste sie ihn mithilfe einer Metallzange in das heiße Wasser tauchen und dann in den Abtropfrost stellen.

Julia ging kopfschüttelnd nach draußen, um ihrer Großmutter zur Hand zu gehen. Sie verschnürten Abfallsäcke und luden sie auf den klapprigen braunen Truck.

»Grandma?«

Ada hielt inne und sah Julia an. »Was gibt's?«

»Kann es sein, dass . . . ist Jason vielleicht auf der Ranch?«

Die alte Frau runzelte die Stirn. »Nicht, dass ich wüsste. Er hat sich hier schon lange nicht mehr blicken lassen. Warum sollte er ausgerechnet jetzt kommen, wo *ihr* da seid? Wie du dir sicher denken kannst, ist er nicht gut zu sprechen auf dich und deine Mutter. Hanna hat ihm den Vater genommen.«

Das ist unfair und stimmt nicht, dachte Julia. Ihr Vater hatte ihr versichert, dass er bereits von seiner Familie getrennt lebte, als er Hanna kennenlernte. Doch sie widersprach ihrer Großmutter nicht.

»Heute Nacht, da war ich draußen und habe einen Jungen gesehen«, sagte sie stattdessen.

Ada lachte. »Ach, das war nur Simon. Er wohnt im Wohnwagen neben dem Blockhaus.«

»Gehört er auch zur Familie?«

Wieder sah Ada Julia merkwürdig an. »Simon arbeitet auf der Ranch, aber zur Familie gehört er nicht.«

Mit Schwung lud sie den letzten Müllsack auf die Ladefläche des Pick-up, schlug die Heckklappe nach oben, schob die Riegel vor und kletterte hinter das Steuer. »Wenn du den Jungen siehst, erinnere ihn daran, dass Pipsqueak seine Flasche noch nicht bekommen hat und die Jungtiere gefüttert werden müssen. Er ist spät dran heute.« Die Tür schlug zu. Ada startete den Motor und er gab grässliche Laute von sich. Sie drehte eine Runde um die Schrottautos hinter Tommys Pick-up und holperte davon.

Julia schob ihre Hände in die Hosentaschen und sah dem Truck enttäuscht hinterher. Was hatte sie denn erwartet? Dass die Großeltern ihren Tagesablauf umstellen würden, nur weil ihr einziger Sohn tot war und sie zum ersten Mal seit sechzehn Jahren Besuch von seiner deutschen Frau und seiner Tochter hatten? Dass sie ihrer Enkeltochter Fragen nach ihrem Leben stellen würden? Oder sich Zeit nehmen, um ihr die Gegend zu zeigen und ihr ein paar Indianergeschichten zu erzählen?

Genau das hatte Julia erhofft und nun war sie enttäuscht. Das Leben auf der Ranch ging weiter seinen gewohnten Gang. Es gab Dinge, die getan werden mussten. Daran änderte auch Julias Anwesenheit nichts. Obwohl es doch der ausdrückliche Wunsch ihrer Großeltern gewesen war, sie kennenzulernen.

Schon am Morgen fühlte Julia sich müde und frustriert. Trotzdem beschloss sie, ein wenig durchs Gelände zu streifen und sich auf der Ranch umzusehen. Die Sonne begann jetzt richtig zu wärmen und ein frischer Duft von Beifuß lag in der Luft. Loui-Loui kam angetrottet und lief ihr hinterher. Julia bückte sich und kraulte den alten Hund hinter den Ohren. Sie fand eine erbsengroße, mit Blut vollgesaugte Zecke und zupfte sie mit einem Ruck aus dem Fell des Hundes. Er dankte es ihr mit einem treuen Hundeblick. Dann warf er sich auf die Erde und blieb im Schatten eines Busches zurück.

Zuerst inspizierte Julia die Scheune, die vollgestopft war mit irgendwelchen Ersatzteilen für Landmaschinen, diversen Werkzeugen, Kanistern und Eimern. Es roch nach Motoröl. An den Wänden hingen Sättel, Zaumzeug und verschiedene Seile.

Nachdem Julia die Scheune wieder verlassen hatte, lief sie über eine breite, befahrbare Holzbrücke. Der Bach, der aus den Bergen kam, bewässerte den Gemüsegarten ihrer Großmutter. Der Garten war von einem dichten Maschendrahtzaun umgeben, während ein Teil der Viehzäune aus einem Sammelsurium von ungleichen Hölzern bestand, die von Draht zusammengehalten wurden. Nichts war einheitlich, nichts gerade, aber am Ende ergab doch alles einen Sinn.

Etwas weiter vorn entdeckte sie ein rotes Eisentor und plötzlich machte sie eine Bewegung dahinter aus. Ein Junge stand dort, in ausgewaschenen Jeans und schwarz-rot kariertem Hemd. Die Kleidung hing lose an seinem Körper, das Hemd hatte einen ausgefransten Riss unter der linken Achsel.

Das musste Simon sein, der Rancharbeiter, von dem ihre Großmutter gesprochen hatte. Der unheimliche Besucher von letzter Nacht. Wie peinlich, ihm jetzt zu begegnen!

Der Junge wandte ihr den Rücken zu und beugte sich über ein winziges braunes Kälbchen, das er aus einer überdimensionalen Nuckelflasche fütterte. Im Schatten des Zaunes lag ein junger Hund mit glattem ockerfarbenem Fell, der vor sich hin döste. Weder der Junge noch der Hund hatten sie bisher bemerkt. Doch um sich unbemerkt wieder davonzuschleichen, war es längst zu spät.

Mit warmer Stimme redete der Junge auf das Kälbchen ein. »Na, du bist aber hungrig heute. Wie geht es denn meinem Baby? Ich bin spät dran, ich weiß. Hast du mich schon vermisst?«

Die Flasche war schnell leer, aber das Kälbchen mit den langen schwarzen Wimpern schien noch hungrig zu sein und stieß fordernd mit dem Kopf nach den Beinen des Jungen. »Hey, nicht so stürmisch, kleines Fräulein. Mehr gibt es nicht. Sonst wirst du fett.«

Der Hund wachte auf, entdeckte Julia und begann zu bellen. »Schon gut, Pepper, was ist denn los?« Der Junge richtete sich auf und drehte sich zu ihr um. Er war nur einen halben Kopf größer als sie, wirkte aber kräftig. Durch die ausgefransten Löcher in seinen Hosenbeinen schimmerten braune Knie.

»Hi«, sagte Julia und probierte ein Lächeln. »Ist das Pipsqueak?«
»Hm«, antwortete der Junge.

Er wirkte nicht überrascht, sie zu sehen, eher ein wenig frustriert. Julia musterte ihn. Teerschwarzes Haar, in der Mitte gescheitelt, fiel in Stufen zu beiden Seiten seines Gesichts herab bis auf die Schultern. Die schrägen Augen unter den dichten Brauen waren sehr dunkel und seine Nase zeigte leicht nach links. So finster, wie er dreinblickte, war er vermutlich nicht erfreut über ihre Anwesenheit. Julia versuchte sein Alter zu schätzen, konnte es aber nicht. Vielleicht war er so alt wie sie, vielleicht aber auch schon über zwanzig. Er sah jung aus und doch alt.

»Ich bin Julia, Ada und Boyds Enkeltochter. Und du bist Simon?«
»Hm.« Sichtlich verlegen blickte er zu Boden und kraulte Pipsqueak hinter den Ohren.

Merkwürdig, dachte sie. Mit dem Kälbchen hatte er geredet, mit seinem Hund auch, aber bei ihr brachte er kein Wort heraus. Vielleicht war es sein schlechtes Gewissen, das ihm zusetzte. Hatte er ihr vergangene Nacht etwa hinterherspioniert?

»Du hast mir einen ziemlichen Schrecken eingejagt, heute Nacht«, wagte sie die Flucht nach vorn. Julia lächelte wieder. Er sollte nicht glauben, dass sie nachtragend war.

»D-d-das . . . also das tut m-ir leid«, stotterte er.

Oje, er schämte sich wirklich. »Na, so furchtbar war es nun auch wieder nicht.«

»Hast d-u dir w-w-wehgetan?« Er sah sie kurz an und deutete auf ihr Knie.

»Ist nicht der Rede wert.«

»N-a denn. Ich muss jetzt die K-K-Kühe füttern.« Er pfiff nach seinem Hund, der sich sofort in Bewegung setzte.

Es brauchte noch einen Moment, bis Julia begriff: Simon stotterte nicht aus Verlegenheit. Er war verlegen, weil er stotterte. Die Worte schienen ihm wie kantige Steine im Mund zu liegen, wenn er mit ihr sprach. Merkwürdig. Als er mit dem Kälbchen geredet hatte, war ihr das gar nicht aufgefallen.

Neugierig sah sie ihm hinterher.

Simon lief zu den Kühen, die in ein extra Gatter gesperrt waren. Das Kälbchen folgte ihm, als wäre er die Mutter. Und der junge Hund trottete den beiden hinkend hinterher. Eines seiner Hinterbeine hing wie leblos herab.

»Kann ich mitkommen?«, rief Julia.

»I-ch . . . also, ich arbeite l-l-lieber alleine«, war seine Antwort.

Eine Weile stand sie noch am Tor und sah zu, wie Simon Heu an die jungen Kühe verteilte. Ein wenig wunderte Julia sich darüber, dass sie um diese Jahreszeit Heu bekamen, wo doch nur wenige Meter hinter der Ranch die graswachsenen Berge begannen. Vielleicht hatte das mit dem BLM zu tun, dieser Landverwaltung, von der Hanna erzählt hatte. Sie nahm sich vor, ihre Großmutter bei Gelegenheit danach zu fragen.

Julia setzte ihren Rundgang über die Ranch fort. Sie lief einen bewachsenen Weg an den Zäunen entlang, bis sie auf dem Schrottplatz in der Kurve angelangt war. Dort kehrte sie um und wanderte langsam zum Ranchhaus zurück. Während der ganzen Zeit ging ihr der stotternde Junge nicht aus dem Sinn.

Simon war froh, dass Julia ihn nicht weiter beobachtete. Er kam sich vor wie ein Volltrottel. *N-a denn, ich muss jetzt die K-K-Kühe füttern.* Etwas Besseres war ihm nicht eingefallen, um sie wieder loszuwerden.

Wo er sie doch eigentlich gar nicht loswerden wollte.

Er war wie vom Donner gerührt gewesen, als Julia plötzlich vor ihm gestanden und ihn angesprochen hatte – mit einer ungewöhnlich dunklen Stimme für so ein zierliches Mädchen. Einer Stimme, die warm war und rund wie sonnengewärmte Kiesel.

Julia hatte ihre Aufmerksamkeit voll auf ihn gerichtet. Dieser Blick aus ihren großen grünen Augen musste ihn unweigerlich sprachlos machen. Während seines Gestotters hatte Simon in ihrem Gesicht nach Anzeichen von Belustigung oder Mitleid gesucht. Aber Julia hatte nicht verlegen weggesehen und ihn auch nicht milde belächelt. Stattdessen hatte sie geduldig gewartet, bis er seine holprigen Sätze beendet hatte.

Hoffentlich hatte sie nicht bemerkt, dass er vor ihr geflohen war. Simon arbeitete lieber allein, das war keine Notlüge gewesen. Die Nähe von anderen Menschen machte ihn nervös – er legte keinen Wert auf Gesellschaft.

Mit dem alten Mann war das etwas anderes. Sie verstanden sich auch ohne Worte. Deshalb arbeitete Simon gerne mit Boyd. Aber diesem fremden Mädchen hätte er alles erklären müssen. Wahrscheinlich kam sie aus der Stadt und fand Kühe toll. Mit Sicherheit hätte sie ihm eine Frage nach der anderen gestellt und seine Antworten wären ein einziges peinliches Wortgewitter gewesen.

Wie Simon sein Stottern verfluchte. Immer dann, wenn es darauf ankam, war es besonders schlimm. Auf einmal schienen alle Buchstaben Stolpersteine zu sein, nicht nur die verflixten M-, N- oder K-Worte.

Aber wie auch immer: Nun wusste sie es. Und selbst wenn Julia sich nichts hatte anmerken lassen: Nach den ersten beiden verunglückten Begegnungen musste sie ihn unweigerlich für einen komischen Vogel halten, einen einfältigen Spinner.

In Zukunft würde sie ihn ignorieren, wie die meisten Besucher, die auf die Ranch kamen. Und genau so war das am besten.

Zum Mittagessen, es gab Gulasch und Makkaroni, erschien jeder, wann er wollte, nahm sich etwas auf den Teller und aß, wo er wollte. Ada fütterte Tommy, während Julia mit ihrer Mutter am Küchentisch saß. Es war kein appetitlicher Anblick, ihrem behinderten Cousin beim Essen zuzusehen. Er sperrte den Schnabel auf, zeigte seine schlechten Zähne, schmatzte und stöhnte. Manchmal verschluckte er sich und hustete, dann verteilte er das, was er im Mund hatte, über den Tisch. Aber Julia blieb sitzen, bekämpfte ihren Ekel und aß tapfer ihren Teller leer.

Simon hatte Hanna mit einem Nicken begrüßt und ihr nach einem gestotterten »Freut mich, Sie kennenzulernen« keine Gelegenheit mehr gegeben, ihn anzusprechen.

Nach dem Essen verzog er sich schnell. Auch der alte Mann ging wieder an seine Arbeit und Julia, die das Abwaschen übernommen hatte, stellte auf einmal fest, dass sie ganz allein in der Küche zurückgeblieben war.

Nein, nicht wirklich allein. Tommy hockte im Wohnzimmer auf dem Teppich und seine blicklosen Augen schienen sie anzusehen. Er schaukelte nicht, wie er es sonst meistens tat. Julia hatte den Eindruck, als ob der Junge lauschte. Als ob er nachdachte.

Tommy konnte nichts sehen und sie bezweifelte, dass er denken konnte. Wusste er, dass *sie* es war, die in der Küche hantierte, und nicht seine Großmutter? Julia hätte mit ihm reden können, etwas Nettes zu ihm sagen können, aber ihr fiel nichts ein. Vielleicht begann er wieder so fürchterlich zu schreien, wenn er eine fremde Stimme hörte?

Julia fühlte sich schrecklich hilflos in Tommys Gegenwart. Was, wenn der Junge instinktiv wusste, dass sie sich vor ihm fürchtete? Vielleicht war dieser milchige Schleier auf seinen Augen durchscheinend und er konnte Umrisse erkennen, Bewegungen ausmachen?

Der Moment war unheimlich und Julia schwankte zwischen Unbehagen und Neugier. Ganz offen starrte sie ihren verwachsenen Cousin an und fragte sich, was in seinem langen Schädel vor sich ging.

Tommys Gesicht war dreckverschmiert und die Hände hätten ebenfalls Wasser und Seife vertragen können. Seine vorstehenden Zähne stießen Julia ab, trotzdem konnte sie den Blick nicht von ihm wenden. Ihr einziger Cousin war eine traurige Missgestalt. Sie war wild darauf gewesen, ihre indianische Familie kennenzulernen. Warum hatte ihr Vater nie von seinem schwerbehinderten Neffen erzählt? Schließlich war er der einzige Sohn seiner Schwester.

Julia zuckte zusammen, als Tommy sich plötzlich auf Knien vorwärtsbewegte. Er benutzte seine Hände und die verwachsenen Beine sehr geschickt, um zielstrebig zu ihr hinzurutschen. Als ob sie einen Peilsender an sich hätte. Julia trat ein paar Schritte zurück, bis sie die Kante der Spüle im Rücken spürte. Dort stand sie wie erstarrt, unfähig, sich zu rühren oder etwas zu sagen.

Als Tommy sie erreicht hatte, hob er eine Hand und umfasste ihre Rechte. Seine Zielsicherheit erstaunte Julia. Sie ahnte, dass sein verkrümmter Körper ungeheuer kräftig sein musste, denn ihre Großmutter hatte am vergangenen Abend erzählt, dass Tommy die Fensterscheiben auf dem Gewissen hatte und auch sonst nicht zimperlich mit der Einrichtung umging.

Doch er war nicht grob. Ganz vorsichtig fasste er zu und zog an ihrer Hand. Tommy gab dabei merkwürdige Klickgeräusche von sich, eine Art wortlose Sprache, die immer eindringlicher wurde. Julia folgte ihm ins Wohnzimmer, hatte jedoch keinen blassen Schimmer, was er von ihr wollte. Sie fühlte sich hilflos und dumm, weil sie Tommys Wunsch nicht begriff.

Wie musste er sich dabei fühlen?

Plötzlich liefen Tränen über ihre Wangen, aber sie hätte nicht sagen können, warum. Obwohl sie keinen Laut von sich gab, schien sich das leise Beben ihres Körpers auf Tommy zu übertragen und es kam ihr so vor, als würde er ihre Hand tröstend streicheln.

In diesem Augenblick trat Simon in die Tür und blieb überrascht stehen. Verwundert sah er sie an und Bestürzung breitete sich auf seinem Gesicht aus, als er Julias Tränen bemerkte.

»Hat er dir w-ehgetan?«

»Nein, hat er nicht. Ich habe nur keine Ahnung, was er von mir will.« Verlegen ließ sie Tommys klebrige Hand los und wischte sich die Tränen von den Wangen.

Ihr Cousin gab wieder Klickgeräusche von sich, hielt unvermittelt inne und lauschte. Dann ließ er ein ungeduldiges Grollen hören und begann monoton mit dem Oberkörper zu schaukeln.

»Er w-ill in seinen Truck.« Simon bückte sich, damit Tommy ihm die Arme um den Hals legen konnte, und trug ihn auf dem Rücken nach draußen.

Julia lief den beiden hinterher und sah zu, wie Simon Tommy behutsam auf dem Beifahrersitz absetzte.

»Sitzt er den ganzen Tag da drin?«

»Es ist sein L-L-L... also sein Lieblingsplatz.«

Tommy saß still da und wirkte nun durch und durch zufrieden. Erleichtert atmete Julia auf. »Danke, Simon«, sagte sie.

Er nickte verlegen, schien nicht zu wissen, wohin mit seinen Händen. Dann drehte er sich um und ging davon.

5.

Bei den Shoshoni war es Brauch, ihre Toten dort zu beerdigen, wo die Seele den Körper verlassen hatte. Dieser Brauch rührte daher, dass sie früher als Nomaden durchs Land gezogen waren und ihre Verstorbenen auf den weiten Wanderungen nicht mit sich herumtragen konnten.

Doch wo auch immer der Körper eines verstorbenen Shoshone-Indianers begraben lag, seine Seele musste nach *Newe Sogobia* zurückgeholt werden, sonst würde sein Geist ewig in der Fremde umherirren.

So hatte es John seiner Tochter erklärt. Julia hatte gedacht, dass dieses Ritual eine schöne Art war, die Verstorbenen zu ehren. Nun war sie hier in Nevada und würde an der Abschiedszeremonie für ihren Vater teilnehmen, die am kommenden Wochenende in den Cortez Mountains stattfinden sollte. Es war Adas Idee gewesen, ihren Sohn auf dem alljährlichen Sommertreffen der Shoshoni zu verabschieden, denn so konnten auch Verwandte und Bekannte dabei sein, die von weit her angereist kamen.

Julia hatte sich bisher keine Vorstellung von diesem Treffen gemacht, deshalb war sie verblüfft, als sie nach und nach mitbekam, welche Dimensionen es haben würde.

Am Nachmittag bekamen Hanna und Julia von Ada die Aufgabe, verschiedenfarbige Stoffbänder zu Bündeln zu schnüren. Sie sollten an Verkehrsschildern und markanten Punkten angebracht werden, um die Besucher des Treffens zum Versammlungsplatz zu führen.

»Wie groß ist dieses Treffen eigentlich?«, fragte Julia ihre Mutter, als sie erfuhr, wie viele Stoffbündel es werden sollten.

Sie saßen am Tisch in der Küche und Hanna sah von ihrer Arbeit auf. »Deine Großeltern organisieren das Sommercamp jedes Jahr«, erklärte sie. »Shoshoni aus allen Teilen des Landes reisen an, um für zwei Tage auf dem uralten Versammlungsplatz am Mount Tenabo zu zelten. Jeden Morgen treffen sich alle zur Sonnenaufgangszeremonie, teilen die Mahlzeiten, sitzen beisammen und lauschen den Geschichten der Alten am Lagerfeuer. Sie sprechen über den Kampf gegen das BLM und die Goldmine und organisieren ihren Widerstand.«

»Warst du schon einmal dabei?« Julia sah ihre Mutter neugierig an.

Hanna nickte. »Ja, ein Mal. Zusammen mit deinem Vater.«

Das Telefon klingelte und Ada stürmte in die Küche, um abzuheben. Julia hörte, wie ihre Großmutter sich mit jemandem stritt und schließlich den Hörer aufknallte.

Ihr Gesicht glich einer Gewitterwolke, als sie sich zu ihnen setzte.

»Das war Veola«, sagte sie mürrisch. »Eigentlich sollte Jason die Schilder morgen aufstellen, aber er ist seit zwei Tagen nicht nach Hause gekommen und seine Mutter hat keine Ahnung, wo er sich herumtreibt. Nun muss Simon das machen, obwohl ich ihn für andere Arbeiten brauche.«

»Wie wäre es, wenn Julia ihm dabei hilft«, schlug Hanna vor, »dann geht es schneller.« Sie sah ihre Tochter aufmunternd an. »Das ist doch bestimmt nicht schwer.«

Julia erschrak, versuchte aber, sich nichts anmerken zu lassen.

»Würdest du das tun, Julia?«, fragte Ada. »Zu zweit geht es schneller.«

Was bleibt mir anderes übrig, dachte sie und sagte: »Klar. Warum nicht?«

Als Julia später einen Moment mit ihrer Mutter allein war, beschwerte sie sich bei ihr. »Du schickst mich mit diesem Jungen, der nachts um unseren Trailer streicht, alleine auf Tour?«, fragte sie vorwurfsvoll. »Machst du dir gar keine Sorgen?«

»Auf mich wirkt Simon vollkommen harmlos«, erwiderte Hanna lächelnd. »Er ist ein bisschen schüchtern, das ist alles.«

»Du hättest mich wenigstens fragen können, ob ich das überhaupt will.«

»Du hättest Nein sagen können.«

»Dann wäre Granny enttäuscht gewesen.«

»Dir liegt also etwas an ihr?«

Julia zuckte mit den Schultern.

»Wenn du sie wirklich magst, dann zeigst du es ihr am besten, indem du dich nützlich machst. Ada hasst Faulheit.«

Julia musste daran denken, wie enttäuscht und ärgerlich ihre Großmutter über Jason war und nickte. Ihre Mutter hatte ja recht. Simon schien wirklich harmlos zu sein. Aber sie hatte das ungute Gefühl, dass er ihr aus dem Weg ging und von ihrer Hilfe wenig begeistert sein würde.

Zum Abendessen versammelten sie sich wieder im Ranchhaus. Julia hatte inzwischen mitbekommen, dass ihre Großmutter und Simon mit dem alten Mann kommunizierten, indem sie ihm Nachrichten oder Fragen auf Zettel schrieben. Diese Zettel und verschiedene Stifte lagen überall griffbereit herum. Aber Ada war ein sehr ungeduldiger Mensch. Manchmal dauerte es ihr zu lange, etwas aufzuschreiben. Dann brüllte sie Boyd an und das verstand er meistens.

Woran Julia sich nur schwer gewöhnen konnte war, dass ihre Großmutter rauchte wie ein alter Cowboy. Fast ständig hatte Ada eine Zigarette zwischen den Lippen, während sich der alte Mann nur ab und zu eine genehmigte. Zu Julias Entsetzen hatte sogar Hanna wieder angefangen zu rauchen, vermutlich, um ihre Nerven zu beruhigen. Ada scheuchte ihre deutsche Schwiegertochter herum wie ein Huhn. »Hanna tu dies und Hanna tu das.« *Danke* sagte sie nie.

Nach dem Abendessen wies sie Simon an, am nächsten Tag mit Julias Hilfe die Wegweiser aufzustellen. Julia konnte Simon deutlich ansehen, dass er mit der aufgezwungenen Gesellschaft genauso wenig einverstanden war wie sie, aber zu ihrem Bedauern protestierte er nicht. Auf ein bloßes Kopfnicken hin verschwanden Boyd und Simon schließlich hinter dem Haus. Hanna spülte das Geschirr und Ada schickte Julia mit einem Karton leerer Babygläser in den hinteren Teil des Hauses. Dort entdeckte Julia durch ein kleines Fenster ihren Großvater und Simon, wie sie in der Dämmerung arbeiteten.

Der alte Mann hatte zwei Tage zuvor eine Kuh getötet und sie in vier Teile zerlegt. Nach altem Brauch wurde das Fleisch tagsüber in eine Plane eingeschlagen und in der Nacht, wenn es kühler war, an Haken in die frische Luft gehängt. Simon benutzte eine Art Flaschenzug dazu. Er musste sein ganzes Köpergewicht einsetzen, um die schweren Kuhviertel nach oben zu ziehen.

Ada tauchte hinter dem Haus auf und Simon hängte das letzte Stück Fleisch an den Haken. »Ich k-k-kann die Wegweiser auch allein aufstellen«, sagte er. »Ich b-rauche keine Hilfe.«

»Das weiß ich, Junge«, entgegnete Ada. »Aber die Kleine macht eine schwere Zeit durch. Sich nützlich zu machen, wird sie auf andere Gedanken bringen. Außerdem seid ihr zu zweit viel schneller fertig.«

Simon widersprach ihr nicht und Julia ahnte, dass er nicht mal auf den Gedanken kommen würde, Derartiges zu tun. Ihre Großmutter war eine alte Frau und den Alten gab man keine Widerworte. Das war ein ungeschriebenes Gesetz bei den Shoshoni, so wie bei den meisten anderen Indianervölkern auch.

Dieser Tag war noch heißer als die vorangegangenen gewesen und Simon wusste, dass die Zeit der kühlen Nächte bald vorbei sein würde. In Shorts und T-Shirt lag er auf der blauen Schlafcouch in seinem Wohnwagen und las in Dostojewskis *Die Brüder Karamasow*.

Obwohl Simon schon mitten in der Geschichte war, tanzten ihm die Figuren mit den schwierigen russischen Namen auf der Nase herum. Seine Gedanken schweiften immer wieder ab, die Worte blieben nicht hängen. Jedes Mal, wenn er umblätterte, merkte er, dass er nicht mehr wusste, was auf der vorangegangenen Seite stand. Schließlich legte Simon den Wälzer resigniert beiseite. Er holte sich eine Flasche Wasser aus dem Küchenschrank und trank in langen Zügen.

Danach legte er sich auf die Couch zurück und streichelte Pepper, der auf einer alten Decke am Boden schlief. Ein zufriedenes Brummen ließ den warmen kleinen Hundekörper erzittern. Simon hatte den jungen Hund im vergangenen Herbst blutend und kläglich winselnd vor Eldora Valley am Straßenrand gefunden. Er hatte ihn mit auf die Ranch gebracht und sich um seine Verletzungen gekümmert. Seitdem waren die beiden unzertrennlich.

Der Zeiger seines Weckers rückte unerbittlich voran. Längst war es nach Mitternacht und am nächsten Morgen würde er wie immer, kurz vor sechs aufstehen müssen. Stöhnend wälzte sich Simon auf dem verknitterten Laken herum. Er war müde, konnte jedoch nicht einschlafen. In ihm hatte sich eine neuartige Unruhe breitgemacht, die er nicht mehr abzuschütteln vermochte.

Seit Julia und ihre Mutter auf der Ranch waren, ging alles nur noch scheinbar seinen gewohnten Gang. Unter der Oberfläche des Alltags gerieten die Dinge in Bewegung, das merkte Simon ganz deutlich. Etwas veränderte sich und das beunruhigte ihn. Denn jede Veränderung hatte ihren Preis. Im Grunde hatte es schon begonnen, bevor die beiden hier angekommen waren. Simon kannte die Stimmung, wenn sich Besuch ankündigte, doch diesmal war alles anders gewesen.

Veola war des Öfteren aufgetaucht und dann hatte er laute Stimmen aus dem Ranchhaus gehört. Ada hatte wütend das Haus geputzt und vergeblich versucht, Ordnung in ein Chaos zu bringen, das vermutlich schon seit dreißig Jahren existierte.

Aber abgesehen von diesen Dingen, gab es auch noch etwas anderes, das Simon nicht zur Ruhe kommen ließ: Er bekam Julias traurige Augen nicht aus dem Sinn. Manchmal, wenn sie sich unbeobachtet fühlte, hatte er sie angesehen und gespürt, dass sie mit ihren Gedanken ganz weit weg war. Nur wo?, das hätte er gerne gewusst.

Was war bloß los mit ihm? Wieso interessierte ihn dieses Mädchen auf einmal?

Pepper wachte auf und hob den Kopf.

»Hey, Kumpel, wie findest du sie?«, fragte Simon.

Der Hund winselte leise.

»In Ordnung? Na, dann sind wir ja ausnahmsweise mal einer Meinung.«

Boyd verbrachte seinen Abend mit Kopfhörern vor dem Fernseher. Der Empfang war schlecht und das Programm miserabel, aber das schien den alten Mann nicht zu stören. Halb bekleidete Damen schwangen ihre langen Beine im Takt und zeigten strahlende Gebisse. Julias Großvater amüsierte sich köstlich und ab und zu konnte sie ihn lachen hören.

Hanna war müde. Sie wünschte allen eine gute Nacht und machte sich auf den Weg zum Trailer. Ada brachte Tommy ins Bett und kam nicht wieder. Julia setzte sich an den Küchentisch unter die nackte Glühbirne und schrieb einen Brief an ihre Freundin Ella. Oder besser, sie *versuchte* einen Brief zu schreiben.

Nach den ersten Sätzen über den Flug, die Fahrt und die Ankunft auf der Ranch fiel ihr nichts mehr ein. Gedankenverloren kritzelte sie auf ihrem Schreibblock herum. Sie konnte nicht die Wahrheit schreiben darüber, was die Ranch wirklich war, nämlich ein einziger großer Schrottplatz mit ein paar armseligen Rindern. Nicht einmal Pferde gab es. Ella liebte Pferde, damit hätte Julia bei ihrer Freundin Eindruck machen können.

Die Wahrheit über ihre indianische Familie konnte sie auch nicht schreiben. Zum Beispiel, dass ihr Halbbruder Jason zwar ein cooler Typ war, sie aber offensichtlich nicht leiden konnte. Tommy, ihr indianischer Cousin, war ein gruseliger Freak und ihre Großmutter keineswegs eine gütige alte Indianerin, die ihrer Enkelin Lebensweisheiten beibrachte. Sollte sie Ella schreiben, dass sie aus Marmeladengläsern trank und in einem Wohnkasten aus Blech schlafen musste, in dem es keinen Strom, kein Wasser und nicht einmal eine funktionstüchtige Haustür gab?

Irgendwann kam ihr Großvater aus dem Wohnzimmer geschlurft, holte die Schokolade aus dem Kühlschrank und setze sich zu ihr an den Tisch.

»Wem schreibst du?«, fragte er.

Sie riss ein leeres Blatt vom Block und schrieb: *Meiner besten Freundin.*

Er las und nickte.

»Ich hoffe, du schreibst nur Gutes über deine Indianerfamilie.«

Na klar, schrieb sie und lächelte. Julia sah den alten Mann vor sich sitzen und genüsslich an der Schokolade knabbern. Sie musste daran denken, dass die Ranch mit fünf Millionen Dollar verschuldet und nicht zu retten war. Dass die dunklen Hände ihres Großvaters jeden Tag das Land bearbeiteten, als wüsste er nichts davon.

Warum füttert ihr die Kühe mit Heu?, schrieb Julia. *Da draußen gibt es so viel Gras.*

»Das sind Jährlinge, sie haben noch keine Brandzeichen. Wenn wir sie in den Bergen grasen lassen, kommt das BLM und nimmt sie uns weg.«

Wann bekommen sie ihr Brandzeichen?

Boyd zuckte mit den Achseln. »Das schaffen wir nicht alleine. Dazu brauchen wir Hilfe.«

Was ist mit Jason?

»Jason ist Jason«, sagte er. »Seit Simon da ist, lässt er sich hier kaum noch blicken.«

Wie alt ist Simon und wo kommt er her, schrieb Julia und setzte ein dickes Fragezeichen dahinter.

Der alte Mann sah sie einen Augenblick nachdenklich an und sagte

schließlich: »Ich glaube, er ist siebzehn. Und wo er herkommt . . . Niemand weiß, wo er wirklich herkommt. Im vergangenen Sommer haben viele Leute draußen im Camp gewohnt und auf der Ranch gearbeitet. Der Junge war dabei. Ich dachte, er würde zu jemandem gehören. Aber als der Herbst kam und die Helfer das Camp verließen, weil es kalt und ungemütlich wurde, ist Simon dageblieben. Ich habe ihm angeboten, in den alten Wohnwagen zu ziehen, und das hat er getan. Simon ist ein Einzelgänger, aber er ist ein guter Junge. Manchmal weiß ich nicht, was ich ohne ihn machen würde.«
Boyd lachte breit. »Er spricht nicht und ich kann nichts hören. Sind wir nicht das perfekte Team?«

Julia nickte lächelnd. Sie mochte das tiefe Lachen ihres Großvaters.

Ist die Schokolade gut?

»Oh ja. Von Schokolade versteht ihr Deutschen was.«

Julia zeigte auf die halb aufgegessene Schokoladentafel und schrieb: *Das war Pas Lieblingsschokolade.*

Der alte Mann strich ihr mir seiner großen Hand zärtlich über den Kopf und fragte: »War mein Sohn dir ein guter Vater?«

»Ja«, sagte Julia leise. Und schrieb: *Er war der beste.*

Hufgetrappel und wildes Schnauben weckten Julia am nächsten Morgen. Sie setzte sich in ihrem Bett auf, rutschte auf Knien ans Fenster heran und sah hinaus. Eine kleine Pferdeherde – ungefähr zwanzig Tiere – umkreiste den Trailer. Sie waren braun, gescheckt oder grau mit weißen Punkten. Zwei langbeinige Fohlen drängten sich an ihre Mütter. Anführer der Herde war vermutlich ein dunkelgrauer Hengst, dessen Rücken und Bauch wie von Raureif bedeckt schienen. Sein fast weißes Hinterteil war gesprenkelt mit dunklen Punkten.

Bisher hatte Julia keine Pferde auf der Ranch gesehen und vermutet, dass ihre Großeltern sich keine mehr halten konnten. Wahrscheinlich waren die Tiere aus den nahen Bergen gekommen. Sie begannen zu grasen und sich an den Zaunpfählen zu scheuern.

Eilig schlüpfte Julia in ihre Kleider und machte Katzenwäsche im Bad. Es war erst kurz vor sieben und ihre Mutter schlief noch, als sie ins Freie trat. Die Pferde grasten direkt vor dem Trailer. Sie hoben die Köpfe, als sie Julia bemerkten, dann trotteten sie auf ein Signal des gefleckten Hengstes hin davon.

Auf dem Weg zum Ranchhaus sah Julia, wie Simon mit Tommy auf dem Vorplatz erschien und ihn in seinen Truck setzte. Es war noch kühl, aber Tommy trug nur Shorts.

»Guten Morgen«, sagte sie, als sie bei den beiden angelangt war. Simon nickte.

»Warum hat er nichts an?«, fragte sie. »Ihm muss doch kalt sein?«

Simon drehte sich von ihr weg, um die Fahrertür des Pick-ups zu schließen. »Tommy m-ag Kleidung nicht. Er trägt immer n-n-nur seine Shorts.«

»Im Winter auch?«

»Ja, auch im Winter. Aber dann sitzt er n-icht hier draußen.«

Pepper umkreiste sie bellend und schnappte nach Julias Knöcheln.

Simon bückte sich, um ihn auf den Arm zu nehmen. »Hey, lass das gefälligst bleiben, Kumpel«, sagte er streng.

Julia streckte die Hand aus, um Pepper zu streicheln, sorgsam darauf bedacht, nicht mit Simons Händen in Berührung zu kommen. »Na, du kleine Nervensäge«, sagte sie zu dem Hündchen und kraulte ihn hinter den Ohren. »Was ist eigentlich mit seinem Bein passiert?« Fragend sah sie Simon an.

»Ich nehme an, er ist u-nter die Räder gekommen. Hab ihn im Straßengraben g-g-gefunden.«

Simon setzte den Hund wieder auf den Boden und ging zurück ins Haus. Julia trottete ihm hinterher.

Während sie ihre Cornflakes löffelte, kochte Simon Wasser für Pipsqueaks Flasche. Er goss es in eine Metallschüssel, rührte mit dem Schneebesen Milchpulver dazu und füllte kaltes Wasser nach, bis die Flüssigkeit die richtige Temperatur hatte.

»Ich m-uss noch Pipsqueak und die Kühe f-f-füttern. Dann können wir losfahren und die Wegweiser aufstellen.«

»Darf ich dem Kälbchen die Flasche geben?«, fragte Julia.

Statt einer Antwort drückte Simon ihr die große Plastikflasche mit dem Gummischnuller in die Hand.

Simon konnte es nicht lassen, immer wieder verstohlen zu Julia hinüberzusehen. Während er die Kühe mit ihrer morgendlichen Ration Heu versorgte, gab sie dem winzigen Kälbchen die Flasche.

Simons Gedanken eilten voraus. Was sollte das bloß werden? Den ganzen Vormittag allein mit einem Menschen, den er überhaupt nicht kannte. Dass dieser Mensch ein ausgesprochen hübsches und obendrein sympathisches Mädchen war, machte die Sache nicht unbedingt leichter.

Wenigstens schien es Julia nicht zu stören, dass die Worte ihm nur schwer über die Lippen kamen. Und wenn, dann ließ sie es sich nicht anmerken. Sie redete mit ihm, als würde es seine Stotterei gar nicht geben. Ihr Interesse hatte sich nicht verflüchtigt, nachdem sie mitbekommen hatte, was mit ihm los war. Im Gegenteil, Julia beobachtete ihn mit kaum verhohlener Neugier.

Simon mochte es nicht, beobachtet zu werden. Es war ihm lieber, die anderen sahen durch ihn hindurch – wie es meistens der Fall war. Und er wollte schon gar nicht angelächelt werden, denn das zog nur neue Probleme nach sich.

Am liebsten würde er ihr weiter aus dem Weg gehen, aber das war nicht möglich, nachdem er von Ada dazu verdonnert war, sie mitzunehmen. Er seufzte leise. Schon jetzt rann ihm der Schweiß über den Rücken, und wie es aussah, würde der Tag mächtig heiß werden. Kein Wölkchen stand am Himmel. Er stützte sich auf die Heugabel und blickte durch den Zaun hindurch zu Julia und dem Kälbchen hinüber. Pipsqueak stieß mit seinem großen Kopf nach den Beinen des Mädchens, als die Flasche leer war. Das Maul des Kälbchens war feucht und bald hatte Julia eine klebrige Schleimspur an ihrer sauberen hellen Hose. Sie verzog das Gesicht, als sie es bemerkte.

Unwillkürlich musste Simon grinsen. Alles hatte seinen Preis, das war nichts Neues für ihn.

6.

Bevor es losging, verschwand Julia noch einmal im Trailer und zog sich um. Helle Jeans, ein rotes Top und darüber ein weites grünes T-Shirt. Was sie auch tat, hier blieb nichts sauber, nicht einmal zehn Minuten.

Sie warf einen raschen Blick aus dem Fenster. Simon hatte die Schilder, Werkzeug, einen Spaten und eine blaue Kühlbox auf den Truck geladen. Nun wartete er draußen auf sie.

Pepper hüpfte auf drei Beinen um Julia herum, als sie zum Truck kam. Er wollte unbedingt mit. Sie öffnete die Beifahrertür, da sprang er auf die Sitzbank und setzte sich brav. Julia kletterte hinein und merkte sofort, dass es keine gute Idee gewesen war, eine saubere Hose anzuziehen. Die beigefarbenen Vinylsitze waren mit feinem rötlich gelbem Staub überzogen und im Fußraum auf der Beifahrerseite kullerte Müll herum.

Als Simon den Motor startete, gab der Truck furchterregende Geräusche von sich. Die Keilriemen quietschten, das Getriebe rasselte und die Gänge knirschten, als er den Schaltknüppel in den ersten Gang drückte. Aber nachdem die Kiste sich erst einmal in Bewegung gesetzt hatte, wurde es besser. Simon drehte sofort das Radio laut auf, vermutlich damit Julia nicht auf die Idee kam, mit ihm reden zu wollen.

Ihr fiel auf, dass er schöne Hände hatte. Schmale braune Finger, die locker das Lenkrad umfassten. Diese Hände konnten kiloschwere Heuballen heben und zärtlich ein Kälbchen oder einen kleinen Hund streicheln.

Julia wandte den Blick nach vorn. *Irgendwie werden wir die Zeit schon hinter uns bringen*, dachte sie.

Sie fuhren die zwanzig Kilometer durch die endlos scheinende Beifußwüste und zogen eine dicke Staubwolke hinter sich her. Die Scheiben des Trucks ließen sich nicht mehr nach oben kurbeln und bald knirschte der feine Staub auch zwischen Julias Zähnen.

Simon fuhr schnell. Pepper rutschte auf dem glatten Sitz hin und her, nahm es jedoch gelassen. Er schien die Fahrweise seines Herrchens gewohnt zu sein, während es Julia langsam aber sicher übel wurde.

Plötzlich flitzte ein unvorsichtiges Kaninchen quer über die Schotterpiste und Simon wich ihm in letzter Sekunde aus. Dabei wurde Julia heftig gegen die Tür geschleudert, denn der Pick-up hatte keine Gurte, und sie konnte sich nur am Armaturenbrett festhalten.

»Fuck«, fluchte er und warf ihr einen besorgten Seitenblick zu. »Alles o-kay?«

»Nichts passiert«, antwortete Julia mit einem tapferen Lächeln.

Von da an fuhr Simon langsamer.

In Eldora Valley hielten sie bei Sam's, wo Simon den Pick-up auftankte, während Julia die Gelegenheit nutzte und die Toilette ansteuerte.

Als sie zurück in den Verkaufsraum kam, stand Simon vor dem Kühlregal, ein in Plastikfolie verpacktes Sandwich unter den Arm geklemmt und zwei giftgrüne Flaschen in der Hand. Er winkte Julia heran.

»Such dir was aus.«

»Ich habe kein Geld dabei.«

»D-d-das ... also das geht schon in Ordnung. Deine Granny hat mir welches mitgegeben.«

Sie entschied sich für ein Sandwich mit Truthahnfleisch und Käse und eine große Flasche Wasser. Simon holte noch eine Packung Würstchen aus dem Regal, zahlte und packte draußen alles in die Kühlbox.

Sie verließen Eldora Valley auf der Landstraße nach Beowawe, bis sie zur Abfahrt vom Highway 80 gelangten. Simon stellte hin und wieder am Radio herum, um einen anderen Sender zu suchen. Countrymusik schien er nicht zu mögen und Hip-Hop auch nicht. Julia fragte sich, ob er in seinem Wohnwagen überhaupt die Möglichkeit hatte, Musik zu hören, und welche ihm gefiel.

Normalerweise wäre das eines der unverfänglichsten Themen gewesen, um mit einem fremden Jungen Small Talk zu betreiben. Aber bei Simon war das anders. Sie würde ihn etwas fragen, er würde stottern und verlegen werden. Am Ende würde er wütend auf sie und ihre Fragen sein. Also hielt sie lieber den Mund.

An der Abfahrt zum Highway stiegen sie aus und entschieden, den ersten Wegweiser auf einer kleinen Verkehrsinsel anzubringen. Dort würde er für jeden, der vom Highway kam, gut sichtbar sein. Über all diese Dinge verständigten sie sich ohne Schwierigkeiten. Julia redete und Simon nickte.

Er öffnete die Heckklappe des Trucks und kippte sie herunter. Bevor Simon das erste Schild von der Ladefläche holte, reichte er Julia kommentarlos ein Paar nagelneue, lederne Arbeitshandschuhe. Sie sah ihn an und entdeckte ein versöhnliches Lächeln in seinen schwarzen Augen. Ein schöneres Geschenk als diese Handschuhe hätte er ihr in diesem Moment nicht machen können. Julia schlüpfte mit ihren Händen hinein und es war, als würde sie von nun an ein klein wenig dazugehören. Zur Ranch, zu den Shoshoni, zu diesem Land. Und zu diesem Tag.

Tatsächlich war es gar nicht so einfach, die großen Wegweiser aus Holz an geeigneter Stelle zu befestigen. Sie arbeiteten Seite an Seite. In Simons Kleidung, die mehr Löcher hatte, als Julia zählen konnte, haftete der Geruch von Tieren und frischem Heu.

Hin und wieder fluchte Simon, wenn ihm der Befestigungsdraht aus der Hand glitt oder das Schild wegrutschte. Er tat es inbrünstig, wenn auch etwas eintönig. Doch das *Fuck* kam ihm jedes Mal so mühelos und korrekt über die Lippen, dass Julia sich ein Schmunzeln verkneifen musste.

Auf der Straße zurück nach Eldora Valley hielt Simon in größeren Abständen an, Julia sprang aus dem Wagen und band die bunten Stoffbänder gut sichtbar an die Verkehrsschilder. Auch darüber musste vorher nicht geredet werden. Deshalb entspannte Simon sich zusehends. Er hatte einen Oldiesender gefunden und pfiff leise zu *Lady in Black* von Uriah Heep mit.

Nachdem Julia ein weiteres Fähnchen an ein Verkehrsschild geknotet hatte, kletterte sie zurück auf den Beifahrersitz. In diesem Moment entdeckte sie die Narbe. Es passierte, als Simon seine grüne Flasche ansetzte, um sie auszutrinken, und den Kopf dabei weit in den Nacken legte. Die hässliche Brandnarbe begann unter seinem rechten Ohr und zog sich seitlich über den Hals in den Nacken. Sein dichtes Haar, das ihm bis auf die Schultern fiel, verdeckte sie so perfekt, dass sie Julia bisher nicht aufgefallen war. Sie wollte noch so tun, als hätte sie nichts gesehen, aber es war schon zu spät.

Aus den Augenwinkeln heraus sah Simon Julias erschrockenen Blick. Sie hatte die Narbe entdeckt. Irgendwann musste es ja passieren. Er war nicht vorbereitet auf das Mitgefühl in ihren Augen, es war ihm unangenehm. Wortlos verschraubte er die Flasche und trat aufs Gaspedal.

Julia fragte nicht und er war ihr dankbar dafür. Allerdings stand die Sache nun zwischen ihnen. Simon konnte die Frage beinahe hören, obwohl Julia nicht einmal die Lippen bewegte. Jeder schwieg von etwas anderem. Sie wollte wissen, woher die Narbe stammte. Und er wollte es ihr nicht erzählen, weil die Antwort nur weitere Fragen nach sich ziehen würde.

Endlich kamen sie an die Abzweigung zur Goldmine. Julia entdeckte den künstlichen Berg, die riesige Abraumhalde, die sich wie ein monströser Fremdkörper gegen den blauen Himmel abzeichnete. Ihre Aufmerksamkeit verlagerte sich nach draußen und Simon konnte wieder atmen.

»Ist das die Goldmine?«

»Ja.«

»Die Halde ist ja riesig. Wie lange gibt es die Mine denn schon?«

Nun hatte Julia doch zu fragen begonnen, aber das störte Simon nicht. Es war allemal einfacher über eine Sache zu reden, über die er Bescheid wusste, als über sich selbst und seine Gefühle.

Er erzählte ihr, dass Nevada der größte Goldproduzent der USA war. Dass die Columbus-Goldmine seit fast vierzig Jahren vom weltgrößten Bergbau-Multikonzern Kennecott betrieben wurde. Dass für zwanzig Gramm Feingold zwanzig Tonnen Gestein aus dem Berg gesprengt werden mussten und dass das Gold mithilfe von hochgiftigem Zyanid gefördert wurde.

»Warum benutzen die denn Chemikalien?«, fragte Julia.

Simon beschrieb ihr, was jedes Kind hier in der Gegend wusste: dass man das goldhaltige Gestein mit Maschinen zerkleinerte und danach zu einer Halde aufschüttete, die am Boden durch eine Plastikplane abgedichtet war. Eine Sprinkleranlage berieselte die Halde mit Zyanidlauge, die das Gold herauslöste. Das Gewicht der Gesteinsbrocken war häufig zu schwer für die Plane, machte sie durchlässig und giftige Zyanidlauge sickerte in den Boden.

»Zyanid g-gehört zu den am schnellsten wirkenden Giften. Ein T-T-Teelöffel voll kann einen erwachsenen Mann töten.«

Simon hatte Ada einmal gefragt, was aus dem giftigen Zyanid anschließend werden würde.

»Sie behaupten, es verschwindet«, hatte die alte Frau verbittert geantwortet. »Sie sagen, es verschwindet in der Luft und du siehst es nie wieder.«

Inzwischen wusste er, was wirklich damit passierte. Auf dem Gelände der Goldmine gab es Rückhaltebecken für die giftigen Flüssigabfälle. Deren glänzende Oberfläche lockte jedes Jahr Zugvögel an, die ihre Flugstrecke über das trockene Land wegen der vermeintlichen Seen änderten und jämmerlich darin umkamen.

Aber das war noch nicht alles. Um die Tagebaugrube trocken zu halten, deren Krater mehrere Hundert Meter unter den Wasserspiegel reichten, wurden täglich Millionen Liter Wasser abgepumpt. Die Folge war, dass Quellen und Bäche in der Umgebung der Goldmine austrockneten. Und das, wo Wasser in dieser Gegend wertvoller war als Gold.

»F-ür uns Western Shoshone ist das Wasser heilig«, erklärte Simon Julia. »Es ist die Quelle allen Lebens. Mit der Mine vergiften sie u-unser Land und unser Wasser. Sie vergiften uns. Es ist schmutziges G-G-G . . . *Fuck*.« Er schluckte grimmig. »Also, es ist schmutziges Gold, was aus der Mine geholt wird.«

»Ich mag Gold sowieso nicht«, sagte Julia mit rauer Stimme

Plötzlich war sie es, die verschlossen wirkte und Simon fragte sich, ob er vielleicht etwas Falsches gesagt hatte, weil sie so wütend aussah.

Warum hat er es mir nicht erzählt?, dachte Julia. Warum hat Pa immer nur von der Schönheit des Landes gesprochen, von seiner Würde? Was sie sah, war eine hässliche Wunde. Die Menschen hatten dem Land jegliche Würde geraubt.

Sie konnte ihren Blick nicht von der Mine wenden, bis sich der Truck in Serpentinen einen kahlen Berg hinaufarbeitete und die Halde aus ihrem Blickfeld verschwand.

Oben angekommen, öffnete sich vor ihnen ein weites, mit Beifußsträuchern und einzelnen Pinien bewachsenes Hochtal. Im Hintergrund erhob sich ein dunkles Bergmassiv, das Ähnlichkeit mit einem schlafenden Bären hatte. Eine schnurgerade Schotterpiste durchschnitt das Tal in seiner ganzen Länge. Julia atmete auf. Das war das Land, das ihr Vater ihr beschrieben hatte.

An einer Weggabelung parkte Simon und stieg aus. Pepper sprang ihm hinterher. Julia kletterte ebenfalls aus dem Truck. Alles war ganz still, flimmernde Hitze lastete über dem silbergrünen Tal.

Sie folgte Simon, der geradewegs auf einen großen, festgetretenen Platz inmitten der kniehohen Sträucher zustrebte. Aus den Gesäßtaschen seiner Jeans winkten beim Gehen die Finger seiner Arbeitshandschuhe und Pepper schnappte nach ihnen. Simon bückte sich nach einem Stock, schleuderte ihn durch die Luft und Pepper flitzte los, um ihn zurückzuholen.

Neugierig sah Julia sich um. Sie entdeckte eine große Feuerstelle und das bienenkorbartige Weidengerüst einer Schwitzhütte. Das musste der Versammlungsplatz sein. Hier würde die Abschiedszeremonie für ihren Vater stattfinden.

Julia fragte sich, ob er oft hierhergekommen war, an diesen einsamen Ort. John Temoke war ein Jäger und Sammler gewesen, wie seine Vorfahren. Wenn er mit Julia in Deutschland durch die Wälder und Hügel hinter der Stadt gelaufen war, hatte er immer etwas gesammelt. Pilze, Beeren oder Nüsse. Besondere Steine oder Holzstücke.

Julia riss sich aus ihren Gedanken und sah zu Simon hinüber. Er hatte den Spaten vom Truck geholt und schaufelte das Feuerloch frei, in das während der Wintermonate Erde gerutscht war. Dann überprüfte er sämtliche Wege, das Gerüst der Schwitzhütte und andere Stellen, die für das Wochenende von Bedeutung zu sein schienen.

Julia beobachtete, wie er sich ab und zu bückte, einen Stein vom Boden aufhob, ihn versonnen betrachtete und dann behutsam wieder zurücklegte, als wäre er etwas Lebendiges. Einmal schien Simon Gefallen an seinem Fund zu haben, steckte den Stein ein und legte dafür einen anderen, den er aus seiner ausgebeulten Hosentasche nahm, an dieselbe Stelle.

Schließlich holte Simon die Sandwichs, die Würstchen und die Getränke aus der Kühlbox und kam zu Julia herüber, die sich vor der Sonne in den Schatten einer Pinie geflüchtet hatte. Pepper bellte voller Vorfreude.

Julia warf ihren Zopf auf den Rücken und nahm ein Schluck aus der

Wasserflasche, um das trockene Gefühl im Mund loszuwerden. Pepper bekam sein Würstchen. Simon kämpfte mit der Frischhaltefolie, die um sein Sandwich gewickelt war.

»Du sammelst Steine?«, fragte sie ihn.

Er sah sie an und zögerte einen Moment, als könnte er zu viel von sich preisgeben, wenn er ihre Frage beantwortete. Aber dann lehnte er sich zurück, langte in seine Hosentasche und reichte ihr einen weißen Stein, der gesprenkelt war mit dunkelgrauen Punkten.

»Er ist schön.« Julia drehte und wendete ihn in ihrer Hand. Er war warm von Simons Körper und sah genauso aus wie einer der drei Steine, die auf dem Schränkchen neben ihrem Bett lagen. Hatte Simon sie dort hingelegt? Vermutlich. Sie wollte ihn darauf ansprechen, tat es aber dann doch nicht. Schließlich gab sie den Stein zurück.

Simon strich mit dem Daumen über die raue Oberfläche. »Ein gefleckter Stein ist der Traum eines galoppierenden Appaloosa-Hengstes«, sagte er leise.

»Was?« Julia sah ihn stirnrunzelnd an.

»Ach n-ichts.« Er schob den Stein wieder in seine Hosentasche.

Julia trank noch ein paar Schlucke von ihrem Wasser, das angenehm kühl geblieben war. Ihr Blick schweifte über das Tal und blieb an dem hohen dunklen Berg hängen. Sie streckte den Arm aus. »Ist das der Mount Tenabo?«

Simon griff erschrocken nach ihrer Hand und drückte sie nach unten. »Ja, das ist der T-T-Tenabo. Aber du darfst n-icht auf ihn zeigen.«

Sie lachte verunsichert. »Wieso denn nicht?«

»Weil er ein lebendiges Wesen ist und große spirituelle M-acht hat. Er k-k-k . . . also, er könnte böse werden.«

Julia spürte Simons misstrauischen Blick. Sie versuchte, normal auszusehen, um ihn nicht zu beleidigen. »Verstehe.«

»Nein, tust du n-icht. Macht aber nichts. Hauptsache, du zeigst nicht mit d-d-dem Finger auf den Tenabo.«

Sie biss in ihr Sandwich, um nichts erwidern zu müssen. Simon kaute ebenfalls. Eine Weile aßen sie schweigend. Als Simon sein Sandwich verspeist hatte, öffnete er die zweite grüne Flasche. Es zischte und er trank mit geschlossenen Augen.

»Was trinkst du da eigentlich?«, fragte Julia neugierig. »Sieht irgendwie giftig aus.«

Er reichte ihr die Flasche. Sie las das Etikett: Mountain Dew – Bergtau. Was Simon da trank, war eine Art koffeinhaltiger Limonade.

»Schmeckt das denn?«

»Probier es aus.«

Julia setzte an und nahm einen Schluck. Im selben Augenblick, als sich der klebrig süße Geschmack auf ihrer Zunge entfaltete, verschluckte sie sich und prustete los. Sie bekam einen Hustenanfall und das Zeug schoss ihr aus Mund und Nase. Pepper, der eine Ladung abbekommen hatte, sprang erschrocken auf und begann zu bellen.

»So schlimm?«, fragte Simon besorgt.

Sie nickte, immer noch hustend und schniefend. »Das ist ja ekelhaft süß. Von wegen *Bergtau*. Wie kann man so was bloß freiwillig trinken?« Angewidert verzog sie das Gesicht. »Davon bekommt man mit Sicherheit schlechte Zähne.«

»Wirklich?« Simon lachte und zeigte wie zum Trotz eine Reihe strahlend weißer Zähne. »Das ist m-ein Lebenselixier. Ohne b-b-bin ich verloren. Ich würde den ganzen Tag schlafen.«

Es war das erste Mal, dass Julia ihn lachen sah. Und obwohl sie ihn erst so kurze Zeit kannte, ahnte sie, dass dieses Lachen etwas Seltenes war. Als sie spürte, dass Simon verlegen wurde unter ihrem Blick, begann sie Pepper zu kraulen und entschuldigte sich bei dem Hund für die klebrige Dusche. Sie spülte den Geschmack der süßen Limonade mit Wasser herunter und wischte sich mit den Fingern über die Lippen.

»Gibt es in Deutschland kein Mountain Dew?«, fragte Simon.

»Nein, nicht dass ich wüsste.«

»Dann k-k-könnte ich dort nicht überleben.«

Pepper bettelte kläffend um ein weiteres Würstchen. Aber Simon hatte keines mehr und so ging der Hund auf Wanderschaft. Er streifte zwischen den Sträuchern umher, scharrte in Mauselöchern und scheuchte Kaninchen auf. Die sengende Hitze schien ihm nichts auszumachen.

Die Sonne stand jetzt hoch und es war mörderisch heiß zwischen den Beifußbüschen, sogar im Schatten der Pinie. Julia schwitzte, das Top unter ihrem T-Shirt klebte nass an ihrem Rücken. Sie wünschte, sie hätte Shorts angezogen statt der langen Jeans. Aber wenigstens ihr T-Shirt konnte sie ausziehen. Als sie es über den Kopf streifte, spürte sie Simons Blick für einen Moment auf sich ruhen, bevor er wegsah und seine Flasche erneut ansetzte.

»Schwitzt du gar nicht?«, fragte Julia.

Simon trug über seinem T-Shirt immer noch dieses löchrige karierte Hemd. Als wäre es seine Rüstung, die er um keinen Preis ablegen wollte, weil er jeden Augenblick in eine gefährliche Schlacht verwickelt werden könnte.

»N-N-N . . . *Fuck*«, fluchte Simon, als er über die Lüge zu stolpern drohte. Er versuchte, sich zu konzentrieren und seine Zunge zu entknoten. »Doch«, gab er schließlich zu.

»Aber . . .?«

Er bedachte sie mit einem kurzen Blick, in dem tiefe Unsicherheit lag. Schließlich zog Simon das Hemd aus und Julia wurde einiges klar: Die Brandnarbe an seinem Hals schien sich über die gesamte Schulter bis fast zum Ellenbogen zu ziehen. Jedenfalls reichte der kurze Ärmel seines T-Shirts nicht aus, um sie zu verdecken. Die narbige Haut war rosafarben, mit wulstigen hellen Linien, die Simons Oberarm mit einem merkwürdigen Muster überzogen.

Julia zwang sich wegzusehen. »Tut mir leid.«

»K-ein Problem«, sagte er. »Ich muss nur aufpassen, dass ich keinen Sonnenbrand bekomme. D-D-Deshalb das Hemd.«

Sie sah ihn wieder an. »Das hat bestimmt furchtbar wehgetan.«

»Ich war k-klein und kann mich nicht mehr daran erinnern.«

»Wie ist das denn passiert?«

Seinem Gesichtsausdruck nach zu urteilen, war das eine der Fragen, die sie nicht hätte stellen dürfen. Julia biss sich auf die Unterlippe. »Ich wollte nicht . . .«

Simon holte tief Luft. »Heißes W-asser«, sagte er. »Es war heißes Wasser.«

Julia hätte gerne mehr gewusst. Wie es passiert war und wie alt er war, als es passierte. Wie alt war er jetzt? Tatsächlich erst siebzehn, wie Boyd gesagt hatte? Ohne Hemd sah Simon beinahe schmal aus, hatte aber muskulöse Arme.

Sie musterte ihn aus den Augenwinkeln, fragte jedoch nicht nach. Allmählich verschwanden die Falten von Simons Stirn und er entspannte sich. Sie saßen im Schatten der Pinie, tranken und schwiegen. Doch es war kein unangenehmes Schweigen.

Eine kleine braune Grille wanderte an Julias Schuh vorbei über den rissigen Boden. Bald kam noch eine und dann noch eine. Als sie wenig später zum Pick-up zurückgingen, war der Schotterweg voller brauner Grillen, die sich alle zielstrebig in eine Richtung bewegten. Julia gab sich Mühe, keine zu zertreten. Simon achtete nicht weiter auf die braunen Insekten.

»Mormon Crickets«, sagte er verächtlich. »Die sind eine P-P-Plage, du brauchst sie nicht zu schonen.«

»Mein Pa hat mir erzählt, unsere Vorfahren hätten sie gegessen.«

Simon verzog angewidert das Gesicht.

Julia lachte. »Geröstet natürlich. Sie sollen vitamin- und fettreich sein.«

»Na, Mahlzeit«, sagte Simon und pfiff so lange nach Pepper, bis der kleine Streuner mit staubiger Nase zwischen den Beifußsträuchern auftauchte.

Simon ließ den Truck an. Er hatte es von Anfang an geahnt, dass Julia ihn ausfragen würde. Aber so furchtbar, wie er geglaubt hatte, war es gar nicht gewesen. Er hatte ihre Fragen beantwortet und sie war damit zufrieden gewesen. Beinahe jedenfalls. Ihm war klar, dass Julia gerne gewusst hätte, wie er zu seiner Narbe gekommen war. Aber sie hatte den Mund gehalten und er war ihr dankbar dafür.

Schweigend fuhren sie ins Tal hinab, zurück zur Goldmine, und Simon stoppte an der Abzweigung zur Straße, damit sie den letzten großen Wegweiser anbringen konnten. Er war aus einer alten, schweren Spanplatte gefertigt. Als sie das Schild am Maschendrahtzaun, der das Minengelände umgab, befestigen wollten, rutschte es ihnen immer wieder weg. Sie hatten nicht mehr genügend Draht, um dem Wegweiser ordentlich Halt zu geben.

Simon blies sich das Haar aus der feuchten Stirn. Um seine Narbe vor der Sonne zu schützen, die unbarmherzig vom wolkenlosen Himmel brannte, hatte er sein Hemd wieder übergezogen. Seine Hände kochten in den ledernen Arbeitshandschuhen und er streifte sie ab.

Für einen Augenblick sah es so aus, als hätten sie es geschafft, doch mit einem Mal kippte das Schild nach vorn. Der Pfeil zum Versammlungsplatz zeigte nun direkt zum Mittelpunkt der Erde.

»Fuck!« Simon richtete sich auf und wischte sich mit dem Arm den Schweiß aus dem Gesicht. Pepper beschnüffelte das Schild, hob das Bein und pinkelte dagegen.

»Hey, Kumpel, bei dir piept's wohl?«, schimpfte Simon genervt.

Julia lachte und schüttelte den Kopf.

Plötzlich hörte Simon, wie hinter ihnen ein Wagen hielt, und drehte sich um. Es war ein silberfarbenes, aufgemotztes Auto mit Leichtmetallfelgen und Doppelauspuff. Zwei feuerrote Streifen führten über Motorhaube und Kofferraum. Jason Temokes protziger Zweisitzer.

Auch das noch!, dachte Simon.

Julias Halbbruder stieg aus. Auf dem Kopf trug er ein schwarz-weißes Bandana und eine dunkle Sonnenbrille verbarg seine Augen. Die Ärmel seines blütenweißen T-Shirts hatte er nach oben gekrempelt. Ein blauer Adler breitete seine Schwingen über den rechten Bizeps.

»Na, Schwierigkeiten?« Jason grinste breit.

Simon war auf der Hut, was Jason Temoke betraf. Es war kein Geheimnis in Eldora Valley, dass Jason Drogen nahm und zu Überheblichkeit und Aggressivität neigte. Aus unerfindlichen Gründen schien er Simon als Eindringling auf der Ranch zu betrachten und war ihm von Anfang an mit unverhohlenem Misstrauen begegnet.

»Habt ihr beiden die Sprache verloren oder was ist los?«

Simon wollte etwas sagen, seine Gesichtsmuskeln zuckten, aber seine Stimme war auf einmal völlig blockiert. Hilflos stand er da und wartete. Wartete auf Erlösung.

»Wir kriegen das schon hin«, sagte Julia.

Jason musterte sie hinter den dunklen Gläsern seiner verspiegelten Sonnenbrille. Es war Simon unangenehm, dass er die Augen des anderen nicht sehen konnte, die mit Sicherheit Julias Körper unverfroren taxierten. Unter dem engen Top zeichneten sich deutlich ihre runden Brüste ab.

»Hey«, sagte Jason, »mein Schwesterherz aus Germany ist eine hübsche kleine Lady. Und sie hat sich bereits mit dem Stotterheini angefreundet. Das ging ja fix.«

Simon zuckte zusammen wie ein getroffenes Tier und spürte, wie seine Muskeln sich noch mehr verkrampften. Er stand da und versuchte, gelassen zu bleiben. Die Beleidigungen war er gewohnt. Es war das Mitleid, das er viel mehr hasste. Aber da war kein Mitleid in

Julias Augen, nur nüchterne Überlegung. Jasons Sticheleien schienen sie kaum zu beeindrucken.

»Ein Stück Draht oder Strick würde uns weiterhelfen«, sagte sie.

Jason lief zu seinem Auto, wühlte im Kofferraum und brachte eine kleine Rolle festen Draht zum Vorschein. Er schob Julia zur Seite.

»Lass mal deinen großen Bruder ran, okay?«

Mit wenigen geschickten Handgriffen befestigte er das Schild am Zaun, erhob sich und grinste zufrieden.

»Danke.« Julia stemmte die Hände in die Hüften und schenkte Jason ein Lächeln.

»Nichts zu danken, Schwesterherz. Es war nett, dich endlich kennenzulernen. Und v-v-viel Spaß n-n-noch mit dem Stotterheini.«

Jason stieg wieder in seinen silbernen Flitzer, ließ den Motor aufheulen und brauste davon.

»B-B-Blödmann«, sagte Simon wütend. Jason hatte ihn vor Julia gedemütigt und das würde er ihm nicht so schnell verzeihen.

Julia sah ihn an und er merkte, wie sie darum kämpfte, ein Lachen zu unterdrücken. Doch es gelang ihr nicht. Sie prustete los.

Einen Augenblick lang betrachtete Simon sie mit finsterer Miene, dann musste auch er lachen. Nun schon zum zweiten Mal an diesem Tag.

7.

Wieder zurück auf der Ranch, hielt Simon vor dem Trailer und ließ Julia aussteigen. Das Aufstellen der Schilder hatte länger gedauert, als sie vermutet hatte. Es war bereits später Nachmittag.

»Danke f-ür die Hilfe.«

»Es hat mir Spaß gemacht«, sagte Julia und das war die Wahrheit. Sie winkte ihm zu und ging hinein.

Hanna hob den Kopf, als sie die Tür klappen hörte. Sie hatte auf der Couch geschlafen und auf ihrer Wange zeichnete sich das Muster des rauen Stoffes ab. »Na, wie war dein Tag?«

»Schön und anstrengend«, erwiderte Julia und ließ sich in den alten Sessel fallen. »Wir waren in den Bergen auf dem Versammlungsplatz. Ist schön da oben. Allerdings auch schrecklich heiß.«

Hanna setzte sich auf. »Bist du mit Simon klargekommen?«

»Er ist okay«, sagte Julia. »Wir sind übrigens Jason begegnet.«

»Und? Habt ihr geschwisterliche Beziehungen geknüpft?«

Sie zuckte mit den Achseln. »Keine Ahnung. Jason war ganz nett. Er hat uns geholfen, als wir keinen Draht mehr hatten.«

»Na, das klingt doch gut.«

»Ja, wahrscheinlich«, erwiderte Julia. »Und wie ist es dir ergangen?«

»Frag lieber nicht.«

»Warum? Was war denn los?«

»Ach, nichts Besonderes. Nur dass deine Großmutter mich für ein verwöhntes Etwas aus der Stadt hält und nichts auslässt, um mir zu zeigen, wie hart das Leben auf der Ranch ist. Selbst jetzt noch, wo dein Vater tot ist, will sie mir beweisen, dass ich nicht die Richtige für ihn war.«

»Warst du denn die Richtige?«

Hanna rieb sich mit beiden Händen über das Gesicht. Dann sah sie ihre Tochter nachdenklich an. »Ich habe deinen Vater geliebt, Julia. Warum willst du mir das wegnehmen?«

»Ich habe nur gefragt, ob du glaubst, dass du die Richtige warst. Du hast ständig an ihm herumgemäkelt oder hast du das schon vergessen?«

»Wir haben uns in letzter Zeit nicht mehr so gut verstanden, das ist wahr. Es wurde immer schwieriger, mit ihm zusammenzuleben und seine Gedanken zu verstehen. Dein Vater wusste, wie die Dinge auf der Ranch liefen. Dass er gebraucht wurde, von seinen Eltern und vor allem auch von seinem Sohn. Das hat ihn gequält.«

»Warum ist er dann nicht zurückgegangen?«, fragte Julia trotzig. Sie wollte das Ganze verstehen und nicht bloß einen Teil davon.

»Deinetwegen, Julia. Er ist deinetwegen nicht zurückgegangen. Weil er einmal in seinem Leben etwas richtig machen wollte.«

»Das hat er«, sagte sie, Tränen in den Augen. Etwas brannte in ihrer Kehle. »Er hat, verdammt noch mal, alles richtig gemacht.«

»Ja, ich weiß.« Hanna klang bitter. »Er hat immer alles richtig gemacht und ich alles falsch. Wahrscheinlich fragst du dich, warum er sterben musste und nicht ich. Meinen Verlust hättest du vermutlich leichter verschmerzen können.«

Eine heiße Woge der Scham rollte durch Julias Körper, als sie ihre Mutter so reden höre. Vor einer Weile hatte sie das tatsächlich gedacht. Jetzt schämte sie sich für ihre Gedanken. »Das ist nicht wahr«, sagte sie.

»Ach nein? Und warum bist du dann so zu mir? Glaub mir, es war nicht immer leicht mit deinem Vater. Ich habe ihm nie zum Vorwurf gemacht, dass ich den Familienunterhalt verdienen musste. Aber du hast mir ständig vorgehalten, dass ich kaum Zeit für dich hatte. Ich *musste* so viel arbeiten, Julia. Ich habe nämlich auch die Tickets bezahlt, mit denen dein Vater hierherflog, um seine Familie zu besuchen. Ich habe versucht, ihn glücklich zu machen, aber meine Fähigkeiten reichten anscheinend nicht aus. Was er brauchte, konnte ich ihm nicht geben.«

»Dann warst du also *nicht* die Richtige für ihn?«

Hanna seufzte tief. »Ich weiß es nicht. Auf jeden Fall war Deutschland das falsche Land für deinen Pa.« Eine Weile schwieg sie und sagte dann: »Es tut mir leid, dass ich oft nicht für dich da war, Julia. Ich habe mir fest vorgenommen, dass es in Zukunft anders wird. Das verspreche ich dir.«

Julia konnte nicht antworten. Sie sprang auf und verließ fluchtartig den Trailer.

Ziellos und innerlich aufgewühlt lief Julia los, den Fahrweg entlang, der an Simons Wohnwagen und am alten Blockhaus vorbeiführte. Das Gespräch mit ihrer Mutter hatte den wilden Schmerz wieder an die Oberfläche geholt und nun war es Julia, als würde eine Faust ihr Herz zusammendrücken.

Als sie an einer Ansammlung von Zäunen und klapprigen Ställen vorbeikam, hörte sie auf einmal ein leises Geräusch, das wie ein Meckern klang. Julia ging ihm nach und entdeckte in einem offenen Stall zwei winzige weiße Ziegenkinder, die auf zitternden Beinen standen.

Simon kniete bei der Mutter und redete beruhigend auf das Tier ein. »Gut hast du das gemacht, Roxy«, sagte er und strich der Ziege liebevoll über den Hals. »Sie sind wunderschön, deine beiden Kleinen.«

Julia musste lächeln und wischte sich die Tränen aus den Augenwinkeln. *Wunderschön* war vielleicht nicht das richtige Wort. Die beiden hatten ein nasses, strubbeliges Fell, in dem Staub und Samenkörner hingen. Die Ohren des einen Zickleins waren kurz und standen zu beiden Seiten vom Kopf ab. Die Ohren seines Geschwisterchens waren lang wie Hasenohren und hingen schlapp nach unten. Es war ein zu lustiger Anblick und er vertrieb für einen Augenblick Julias trübe Gedanken.

Ein schwarzer Bock, den Julia bisher noch nicht bemerkt hatte, kam aus dem Stall und fixierte Simon mit seinen starren Ziegenaugen. »Hey, Mr Black«, sagte er. »Ich weiß, dass sie *deine* Frau ist, und ich will auch gar nichts von ihr. Es gibt nicht den geringsten Grund zur Eifersucht, ich schwöre es. Du...« Der Bock versetzte ihm einen Stoß vor die Schulter, Simon kippte nach hinten und saß auf der Erde.

Julia lachte und er drehte sich mit verdutztem Gesicht zu ihr um. Ganz offensichtlich war es ihm peinlich, dass sie Zeugin seines Gesprächs mit Mr Black geworden war. Doch sie ließ Simon keine Chance, verlegen zu werden.

»Sind die gerade erst geboren?«, fragte sie.

»Ja.« Er rappelte sich auf und klopfte den Staub von seiner Hose.

»Kann ich reinkommen?«

»Mr Black m-mag keine Fremden.«

»Na, du scheinst ihm aber auch nicht ganz geheuer zu sein«, sagte Julia.

Simon schien einen Moment zu überlegen, dann nahm er das Zicklein mit den Schlappohren auf den Arm und reichte es ihr über den Zaun. Julia drückte ihre Nase gegen den Hals des Ziegenbabys und sog den feuchtwarmen Tierduft ein. Sie streichelte es, bis es anfing, kläglich nach seiner Mutter zu schreien. Mit einem bedauernden Lächeln gab sie es Simon zurück, der es behutsam wieder auf den Boden setzte. Die Ziegenmama war aufgestanden. Die beiden Kleinen drängten ihre rosa Mäuler ans Euter und begannen mit ruckartigen Bewegungen zu trinken.

»Die sind süß.«

»Ja. Aber die K-K-Kojoten werden sie holen, wenn ich den Zaun nicht repariere, bevor es dunkel wird.«

»Ich helfe dir, okay?«

»Okay.«

Inzwischen musste sie ihn für Dr. Doolittle halten, aber das war nun auch schon egal. Wahrscheinlich dachte sie, dass er nicht sonderlich helle war, und deshalb lieber Gespräche mit Tieren als mit Menschen führte. Manchmal jedenfalls betrachtete Julia ihn mit dem gleichen Blick, mit dem sie Pipsqueak ansah, Pepper oder vor ein paar Minuten die kleinen Ziegen. Simon wusste nicht, was er von diesem Blick halten sollte.

Er hatte Spuren von Tränen auf Julias Gesicht gesehen. Dafür, dass der plötzliche Tod ihres Vaters erst knapp drei Wochen zurücklag, hielt sie sich ausgesprochen tapfer, wie er fand. Manchmal lachte sie sogar, so wie eben über seinen Zusammenstoß mit dem Ziegenbock. Aber wenn ihre Augen aufhörten zu lachen, dann sah er die dunkle Trauer in ihnen.

Inzwischen hatte Simon bemerkt, dass Julias Augen ihre Farbe änderten, wenn das Licht wechselte oder ihre Gefühle umschlugen. Wenn sie enttäuscht oder traurig war, wurde die Iris dunkel wie die Blätter der Pappeln. Und wenn sie lachte, strahlten ihre Augen beinahe so blau wie der Türkis, der sich in seiner Steinsammlung befand.

Simon zeigte Julia, wo Hölzer lagen, die er für den Zaun verwenden konnte. Während sie die Latten herantrug, kümmerte er sich um Werkzeug, Nägel und Draht. Dann flickten sie unter Mr Blacks wachsamen Ziegenaugen das Gatter. Simon drinnen bei den Tieren und Julia draußen, auf der anderen Seite des Zaunes. Die Zicklein meckerten mit zaghaften Stimmchen und Simon redete mit ihnen.

Julia blickte ihn an, so voller Wärme, dass er verstört zu Boden sah. Dieses Mädchen schaffte es, ihn total zu verwirren.

»Wenn du mit den Tieren sprichst, stotterst du überhaupt nicht«, sagte sie. »Ist dir das schon mal aufgefallen?«

Simon schloss für einen Moment die Augen. Sie sagte das einfach so, als würde sie über das Wetter sprechen. »Ja. A-ber das zählt nicht.«

»Du darfst nicht so ernst nehmen, was Jason . . . was mein Bruder heute von sich gegeben hat.«

Er hob den Kopf und sah sie an. »L-eicht gesagt.«

»Ich weiß.« Julia lächelte mitfühlend.

Er entspannte sich ein wenig. Julia war eine gute Beobachterin, ihr Blick blieb nicht an der Oberfläche hängen. Ihre Offenheit war nicht aufgesetzt und in ihrem Wesen lag eine Nachdenklichkeit, die ihn neugierig machte. Auf einmal interessierte ihn, wie sie die Dinge sah, über die er sich in seinen einsamen Nächten den Kopf zerbrach. Dinge, über die er mit niemanden hier reden konnte.

War man ein komischer Vogel, wenn man die Einsamkeit der Gesellschaft anderer Menschen vorzog? Stimmte es, dass man keine Liebe geben konnte, wenn man als Kind keine Liebe bekommen hatte? War es so, dass man etwas, das man begehrte, nur gegen etwas anderes eintauschen konnte, etwas, das einem ebenso lieb und teuer war? Konnte man auf der anderen Seite des Ozeans die verborgene Hälfte des Mondes sehen?

Da war so vieles, das unausgesprochen in ihm arbeitete. Doch mit wem sollte er reden – außer mit Pepper? Ada wusste eine Menge, aber ihre Ansichten über das Leben und die Menschen waren ziemlich verschroben. Und es war schwierig, mit Boyd zu sprechen, für Simon noch mehr als für andere. Wenn sie gemeinsam arbeiteten, konnte er nichts aufschreiben. Und seine Fragen brüllend hervorzubringen, brachte er auch nicht fertig.

Wie gerne hätte Simon sich mit Julia unterhalten, nur dass eine einfache Unterhaltung eben ein riesiges Problem für ihn war. Er hatte Angst, das Falsche zu sagen und sich vor ihr lächerlich zu machen – mit seiner Stotterei und seinen merkwürdigen Fragen.

Er zog einen Nagel zwischen den Lippen hervor, setzte ihn auf die Zaunlatte und schlug ihn mit dem Hammer in das sonnendurchglühte Holz. Ein zweiter Nagel und die Latte war fest. Während er arbeitete, warf er ab und zu einen verstohlenen Blick auf Julia. Vielleicht sollte er sich nicht so viele Gedanken um ein Mädchen machen, das in wenigen Tagen wieder aus seinem Leben verschwunden sein würde.

»Kennst du meinen Bruder eigentlich näher?« Julias Frage platzte in ihr Schweigen.

Fuck. Allein schon der Gedanke an Jason bereitete Simon Magenschmerzen. Er wusste nicht viel über Adas Enkelsohn, aber das, was er von Frank gehört hatte, genügte ihm. Frank Malotte war Adas Neffe und betrieb in Eldora Valley eine Reparaturwerkstatt. Frank sah und hörte alles. Simon kam gut mit ihm aus, er war beinahe so etwas wie ein Freund für ihn.

»Jason k-kommt nur selten auf die Ranch.«

»Redet meine Großmutter nicht über ihn?«

»Kaum.«

»Und was ist mit Tracy, seiner Schwester. *Meiner* Schwester?«

»Ich bin ihr nur zwei- oder dreimal begegnet.«

Simon merkte, dass seine Auskünfte Julia nicht zufriedenstellten, aber er fand, dass er für diesen Tag genug Fragen beantwortet hatte. Hastig erhob er sich und sammelte das Werkzeug zusammen. Der Zaun war fertig.

»Danke f-für deine Hilfe«, sagte er. »Wir sehen uns später.« Und verschwand schnellen Schrittes.

8.

Über Nacht waren zwei Bullen aus ihrer separaten Weide ausgebrochen und hatten sich unter die Kühe mit den Kälbern gemischt. Simon, der eigentlich in die Berge fahren und beim Aufbau des Camps helfen sollte, musste dableiben, um mit dem alten Mann die beiden Tiere wieder einzufangen.

Boyd saß am Küchentisch, rauchte und schlürfte seinen Kaffee. Er erzählte, dass er schon zweimal von einem Bullen angegriffen worden war. »Einmal konnte ich mich nur mit einem Hechtsprung unter den Truck retten und das andere Mal konnte ich den wütenden Bullen nur davon abhalten, mich auf die Hörner zu nehmen, indem ich ihm eine Gewehrkugel in den Kopf jagte.«

Julia sah die wachsende Panik in Simons Augen, aber der alte Mann lachte. »Nur keine Angst, Cowboy«, sagte er. »Die beiden Jungs sind ganz friedlich. Sie sind bloß sauer darüber, dass sie für eine Weile nicht zu den Ladys dürfen. Das ist doch verständlich, oder?« Er klopfte Simon auf die Schulter und schüttete sich aus vor Lachen.

Hanna, die wenig Lust verspürte, sich von ihrer Schwiegermutter erneut den ganzen Tag gnadenlos umherscheuchen zu lassen, nutzte die Gelegenheit. Sie schlug Ada vor, mit Julia in die Berge zu fahren und an Simons Stelle beim Aufbau des Camps zu helfen. Das war Ada recht und sie ließ die beiden ziehen.

Julia sah Simon dem alten Mann hinterhertrotten und ahnte, wie gerne er mit ihnen gekommen wäre. Stattdessen musste er auf Bullenjagd gehen.

Als Julia mit ihrer Mutter auf dem Versammlungsplatz ankam, hatte sich schon einiges verändert. Blaue Dixi-Klos standen am Wegesrand und zwischen den silbrig grünen Beifußsträuchern leuchteten die ersten bunten Zelte. Viele Gäste waren heute schon angereist und halfen beim Aufbau. Julia nahm an, dass die meisten von ihnen Indianer waren, auch wenn es ihr bei einigen Leuten schwerfiel, das mit Sicherheit zu sagen.

Ein Mann mit offenem rotem Hemd war dabei, eine riesige Antenne aufzustellen. Julia wunderte sich, als ihre Mutter bei seinem Anblick lächelte und zielstrebig auf ihn zuging. Auf seinem Kopf trug er ein leuchtend gelbes Tuch. Er hatte einen grauen, geflochtenen Bart und einen bauschigen Zopf im Nacken. Dieser Mann war definitiv kein Indianer.

»Hallo, Govinda«, sagte Hanna.

Der Mann musterte sie aus lebhaften grauen Augen und plötzlich erschien ein Anflug von Erkennen in seinem Blick. »Hanna? Ist das möglich?«

»Ja, ich bin es wirklich.« Sie umarmten einander herzlich. »Das ist Julia, meine Tochter.«

Der Mann mit dem merkwürdigen Namen schüttelte Julia lächelnd die Hand. »Schön, dich kennenzulernen.« Dann wandte er sich wieder an ihre Mutter und das Lächeln verschwand aus seinem Gesicht. »Hanna, das mit John . . . Es tut mir so entsetzlich leid.« Govinda umarmte Hanna noch einmal und dann nahm er auch Julia in die Arme.

Sie machte sich steif.

»Gut, dass ihr hier seid und an der Zeremonie teilnehmen könnt«, sagte Govinda schlicht.

»Ja, ich bin auch froh darüber.«

Julia betrachtete ihre Mutter voller Verwunderung. Meinte sie das wirklich? Schließlich wusste Julia nur zu gut, dass Hanna an jedem Ort der Welt lieber wäre als hier, in der trockenen Halbwüste Nevadas zwischen irgendwelchen Beifußbüschen.

»Können wir dir helfen?«, fragte Hanna.

»Ja, das wäre toll. Mein Sohn Ian sollte das eigentlich tun, aber ich habe keine Ahnung, wo er sich im Augenblick herumtreibt.«

Govinda erklärte ihnen, in welchen Abständen große Eisenhaken in die Erde gedreht werden mussten, um daran dann später die Halteseile für eine Funkantenne zu befestigen.

Als er für einen Moment außer Hörweite war, fragte Julia ihre Mutter: »Wer zum Teufel ist das?«

»Govinda?«

»Ja, wer sonst?«

»Er lebt in Kalifornien, ist aber meistens mit seinem Truck unterwegs. Govinda kommt jedes Jahr zum Sommertreffen und stellt seine technische Ausrüstung zur Verfügung. So können Radioaufnahmen gemacht werden und kleine Videotapes.« Sie deutete auf die Eisenstäbe und wischte sich den Schweiß von der Stirn. »Er sorgt dafür, dass die Stimmen der Indianer an die Öffentlichkeit gelangen.«

»Und wieso heißt er Govinda?«

Hanna hob die Schultern. »Soweit ich weiß, stammte sein Vater ursprünglich aus Deutschland und hatte sein Leben dem Buddhismus gewidmet.«

Govinda kam auf sie zu, einen jungen Mann mit Dreadlocks an seiner Seite, und Julia musste sich mit der Antwort vorerst begnügen. »Hanna, Julia, ich möchte euch meinen Sohn Ian vorstellen.«

Sie schüttelten einander die Hände. Ian trug Sneakers und enge Jeans. Kein T-Shirt. Er hatte eine Brad-Pitt-Figur, braun gebrannte Haut und Augen, die in einem hellen Blau leuchteten.

»Wie ich höre, wird meine Hilfe gebraucht.« Ian zeigte ein strahlendes Lächeln, und ehe Julia sich versah, hatte er sie mitgezogen und in ein Gespräch verwickelt. Ian war ein sprudelnder Quell für wilde Theorien. Beispielsweise plädierte er dafür, dem Kalender eine andere Einteilung zu verpassen. Man bräuchte die Tage nur um einige Stunden zu verkürzen und am Ende würde mehr Freizeit für jeden Einzelnen dabei herauskommen. Julia verstand die Logik zwar nicht, aber es gefiel ihr, Ian zuzuhören.

In seinem Beisein kam ihr die Hitze nicht mehr so schlimm vor und die Arbeit machte plötzlich Spaß. Hin und wieder hörte sie sich laut lachen. Es fühlte sich verkehrt an, wenn sie lachte, und doch tat es gut.

Am späten Nachmittag fuhr ein großer Pick-up-Truck auf den Platz und der Mann, der aus der Fahrerkabine stieg, riesig wie ein Bär und mit einem schwarzen Cowboyhut auf dem Kopf, wurde von allen Seiten mit fröhlichem Hallo begrüßt.

»Das ist Dominic, der Koch«, klärte Ian Julia auf. »Jetzt gibt es neue Arbeit.«

Von allen Seiten kamen Leute herbeigeeilt, um gemeinsam das große Küchenzelt aufzubauen. Julia staunte, wie viele Menschen sich bereits eingefunden hatten.

Wie gut kannten sie einander? Würden sie und Hanna unter den anderen auffallen? Julia hörte dem Lachen und den Gesprächen zu. Sie beobachtete, wie ein weiterer Truck vorfuhr und seine Insassen herzlich begrüßt wurden. Ein jeder packte mit an und bald herrschte ein reges Treiben auf dem Platz.

Die Männer luden das Metallgestänge und die große Plane vom Pick-up des hünenhaften Kochs und er erläuterte, wie das Gestell montiert werden musste.

Ein hagerer Mann um die vierzig, mit langem Pferdeschwanz und freundlichen braunen Augen, kam auf Julia zu und stellte sich ihr vor. Es war Frank Malotte.

»Tut mir furchtbar leid, das mit deinem Dad«, sagte er. »Ich habe John sehr gemocht. Wir haben ziemlich viel Unfug getrieben, als wir in deinem Alter waren.« Er schüttelte traurig lächelnd den Kopf.

Julia hätte gerne Genaueres über diesen Unfug erfahren, den ihr Vater und sein Cousin angestellt hatten, aber Frank wurde gebraucht. Nachdem das Metallgestell zusammengesetzt und die Verstrebungen verschraubt waren, wurde eine riesige Plane darübergezogen. Die Männer verankerten die Halteleinen und die Frauen begannen damit, die einzelnen Teile der Plane mit Schlaufen zusammenzuknüpfen.

Im Lauf des Nachmittags wurde die Hitze immer unerträglicher. Julia war erschöpft, hungrig und von oben bis unten dreckverschmiert. Trotzdem fühlte es sich gut an, mit den anderen zu arbeiten. Teil dieser bunt zusammengewürfelten Gemeinschaft zu sein, war eine vollkommen neue Erfahrung für sie. Julia konnte sich nicht daran erinnern, wann sie sich das letzte Mal so lebendig und nützlich gefühlt hatte.

Die Sonne stand schon tief über dem Horizont, als Jason plötzlich auf dem Versammlungsplatz auftauchte. Er war mit seiner Mutter gekommen, einer mageren Frau mit dunklem, offenem Haar und eingefallenen Wangen. Ihre schwarzen Augen glühten wie im Fieber, als sie mit Jason auf Julia zukam. Vielleicht war Veola Temoke früher mal schön gewesen, jetzt sah sie abgehärmt und verbittert aus.

Julias Herz klopfte schneller. Bei ihrer letzten Begegnung war Jason freundlich gewesen, aber wie würde er sich im Beisein seiner Mutter ihr gegenüber verhalten? Sie hatte keine Ahnung, worauf sie sich gefasst machen musste.

»Hi, Schwesterherz«, sagte Jason, ohne erkennbare Regung im Gesicht. »Darf ich dir meine Mutter vorstellen? Mom, das ist Julia.«

Julia erhob sich und musterte Veola abwartend.

»Hallo«, sagte die Indianerin, reichte ihr die Hand und lächelte verkrampft. Es war, als würde Julia einen toten Fisch in der Hand halten.

»Hallo«, sagte nun auch Julia, »freut mich, Sie kennenzulernen.« Es war keine Freude, höchstens Neugier, aber wenn man fremd war, hielt man sich besser an die Höflichkeitsregeln.

Keine von beiden wusste, was sie sagen sollte. Veolas unsteter

Blick irrte an Julia vorbei über den Platz. Schließlich entdeckte die Indianerin jemanden, den sie kannte, und verabschiedete sich von Julia mit einem Nicken.

Jason, der diesmal ein blau-weißes Kopftuch trug, fragte: »Brauchst du Hilfe?«

»Sehe ich vielleicht so aus?«

»Ja.« Er lachte.

Es war das Lachen ihres Vaters, es waren die Augen ihres Vaters. Julia musste schlucken.

Ihre Granny hatte gesagt, dass Jason nicht gut auf sie zu sprechen war. Wenn das stimmte, dann gab er sich große Mühe, seine Abneigung zu verbergen. Julia musste an seine abfälligen Bemerkungen Simon gegenüber denken. Irgendwie traute sie Jason nicht. Es war, als ob seine Freundlichkeit ihr gegenüber nur aufgesetzt, nur Fassade war, unter der in Wahrheit etwas ganz anderes brodelte.

Aber sie wollte das Angebot ihres Bruders nicht ausschlagen. Denn um die jeweils letzte Schlaufe über den dafür vorgesehenen Eisenhaken zu ziehen, brauchte man Kraft, und die hatte sie schon seit einigen Stunden nicht mehr.

Jason kniete im Gras und erledigte die Aufgabe mit Leichtigkeit. Sie sah, wie seine Muskeln sich spannten. Er war stark wie ihr Vater. Wie *sein* Vater.

Während Jason Julia half, begann er zu plaudern. Fragte, wie lange sie schon hier sei, auf dem Versammlungsplatz. Ob es ihr auf der Ranch gefallen würde und wie lange sie zu bleiben vorhätte.

Julia spürte erleichtert, wie ihr Misstrauen ihm gegenüber nachließ. Wenn er sie anlächelte oder ihr ein Kompliment machte, schien er es ernst zu meinen. Sie hatte den Eindruck, dass Jason sie wirklich kennenlernen wollte.

Vorsichtig erzählte sie ihm, dass die Ranch anders war, als sie es sich vorgestellt hatte. »Ich weiß nicht mal, ob Granny mich mag.«

»Das tut sie«, erwiderte Jason. »Sie kann es bloß nicht zeigen.«

»Nächste Woche Mittwoch werden wir nach Kalifornien weiterfahren. Ma hat eine Freundin in San Francisco.«

»San Francisco ist cool.« Jasons Augen begannen zu leuchten. »Dad hat mich mal mit dorthin genommen.«

Julia hoffte, dass Jason noch ein wenig mehr von ihrem Vater erzählen würde, aber er beschränkte sich auf die Robben vor der Küste und die tollen Kneipen im Hafen von San Francisco. Kein Wort mehr über ihren gemeinsamen Vater. Als ob er das Thema absichtlich mied.

Doch Julia drängte es, mehr über Jasons Gefühle zu erfahren, schließlich war er ihr Bruder. Sie fasste sich ein Herz.

»Bestimmt hast du ihn sehr vermisst. Ich meine ... unseren Vater.«

Für einen Moment wurde Jasons Blick hart, seine gute Laune schien verflogen und Julia bereute ihre Frage. Vielleicht war es dafür noch zu früh gewesen.

Aber Jason holte tief Luft und sagte: »Ich habe einfach nicht kapiert, dass auf einmal ein ganzer Ozean zwischen mir und meinem Dad liegen sollte.« Seine Stimme hatte plötzlich den Klang eines traurigen Kindes.

»Wann hast du denn erfahren, dass es mich gibt?«

»Da war ich zwölf.« Jasons Pupillen waren schwarze Stecknadelköpfe.

»Hast du mich gehasst?«

»Und wie.«

»Tust du es noch?«

»Nur ein bisschen.«

Julia sah ihn bestürzt an, da lachte er und sagte: »Das war nur Spaß, Schwesterherz. Du kannst doch nichts für deine Mutter.«

»Meine Mutter?«

»Sie hat sich an Dad rangemacht, obwohl sie wusste, dass er verheiratet war und Kinder hatte.«

Julia hielt in ihrer Arbeit inne. »Pa hat gesagt, er wäre damals schon nicht mehr mit deiner Mutter zusammen gewesen.«

Jason winkte ärgerlich ab. »Sie hatten so ihre Probleme, das stimmt. Aber die haben andere auch. Wäre deine Mutter nicht dazwischengeraten, wäre Dad zu uns zurückgekommen.«

Nach dem, was Julia inzwischen über ihren Vater erfahren hatte, war das durchaus möglich und sie widersprach Jason nicht. Sie hatte sechzehn Jahre mit einem wunderbaren Vater verbracht und Jason hatte sechzehn Jahre lang Sehnsucht nach einem wunderbaren Vater gehabt.

»Es tut mir leid«, sagte sie.

»Ach was, du kannst ja schließlich nichts dafür.« Jason hatte die letzte Schlaufe über den Haken gezogen und rieb seine Handflächen aneinander. »Fertig.«

»Danke. Das war sehr nett von dir.«

Vielleicht mochte er es nicht, für *nett* befunden zu werden, denn Jason erhob sich und fragte: »Wo ist eigentlich der Stotterheini? Ist er gar nicht mitgekommen?«

»Nein. Zwei Bullen sind abgehauen und Simon musste Grandpa helfen, sie wieder einzufangen.« Julia sah ihrem Bruder in die dunklen Augen. »Sag mal, kann es sein, dass du Simon nicht sonderlich magst?«

Jason machte eine wegwerfende Handbewegung. »Ach was. Der Stotterheini ist doch nicht ganz richtig im Kopf. Ohne die Almosen von Granny und Grandpa wäre er längst verhungert.« Er tippte mit zwei Fingern an seine Stirn. »Man sieht sich, Schwesterherz.«

Julia blickte Jason nach, wie er davonging, mit dem typischen Gang ihres Vaters. Er schritt weit aus, auf die schnelle, lautlose Art, wie schon ihre Vorfahren vor Hunderten von Jahren diese Gegend durchstreift haben mussten.

»Na, hast du dir einen jungen Krieger angelacht?«

Julia wirbelte herum. Hinter ihr stand Ian. Schwarze Schmutzstreifen zogen sich durch sein sonnenbraunes Gesicht, die aussahen wie Kriegsbemalung.

»Jason ist mein Bruder«, sagte sie. »Mein Halbbruder.«

Ian nickte nachdenklich. »Jetzt, wo du es sagst, fällt mir die Ähnlichkeit auch auf.« Er streckte die Hand aus und fuhr mit den Fingern leicht über ihre Wange. »Du bist ganz schwarz im Gesicht.«

Julia lächelte. »Und du erst! Sieht so aus, als wärst du auf dem Kriegspfad.«

Ian zog ein rotes Halstuch aus der Hosentasche und wischte über sein Gesicht. »Weg?«

Sie deutete auf eine Stelle unter seinem Haaransatz. »Da ist noch was.«

Er gab Julia das Halstuch und streckte ihr sein Gesicht entgegen. »Mach du mal.«

Julia rubbelte den Dreck von seiner Stirn. »Eine warme Dusche wäre jetzt nicht schlecht«, sagte sie.

»Der Wasserbüffel ist noch nicht da.«

»Der *was*?«

Ian grinste. »Der Wassertank. Er müsste längst hier sein. Ich glaube, es gab Probleme mit einem platten Reifen.«

»Auf der Ranch gibt es leider auch kein warmes Wasser«, bemerkte Julia seufzend.

»Aber die heißeste Badewanne der Welt«, sagte Ian. »Frag mal deine Granny.«

Er blickte über Julias Schulter und knüllte das Tuch wieder in die Tasche. »Sag mal, kennst du den? Der guckt schon seit einer ganzen Weile zu uns rüber.« Er nickte in die Richtung, in der einige Fahrzeuge geparkt waren.

Julia entdeckte Simon, der gegen den braunen Pick-up lehnte, Pepper zu seinen Füßen.

»Das ist Simon. Er arbeitet auf der Ranch meiner Großeltern.«

»Sieht so aus, als ob er dir etwas zu sagen hätte«, bemerkte Ian.

»Vielleicht gehst du mal hin. Wir sehen uns dann morgen. Und vergiss nicht, deine Granny nach der Badewanne zu fragen.«

»Bestimmt nicht.«

Ian umarmte sie kurz, was Julia überraschte, dann schob er die Hände in die Hosentaschen und lief zum Zelt seines Vaters.

Julia winkte Simon und ging auf ihn zu.

Schon eine ganze Weile hatte er zugesehen, wie Julia mit Jason am Küchenzelt gearbeitet hatte. Wider Erwarten verstanden sich die beiden gut. Und auch wenn Simon das Bauchschmerzen verursachte, war es in Ordnung so. Schließlich waren sie Bruder und Schwester. *Familie*. Etwas, das er nie gehabt hatte.

Dass Julia sich mit ihrem Bruder verstand, konnte er verschmerzen. Aber dann war dieser blonde Hippie aufgetaucht und hatte ihre Wange gestreichelt. Gleich darauf hatte sie sich an seinem Gesicht zu schaffen gemacht.

Als Simon merkte, wie vertraut Julia und der andere Junge waren, verstand er die Welt nicht mehr. Zuerst spürte er einen merkwürdigen Druck auf der Brust und plötzlich traf es ihn wie ein Blitz aus heiterem Himmel. Er hörte seinen Herzschlag im Kopf und seine Hände begannen zu zittern.

Julia kam jetzt lächelnd auf ihn zu. Simon kämpfte gegen das Chaos in seinem Inneren, weil er wusste, dass er in diesem Zustand kein vernünftiges Wort herausbringen würde. Seine Zunge schien ihm am Gaumen zu kleben wie ein dicker Klumpen.

Eigentlich war Simon völlig kaputt gewesen, nachdem die beiden kräftigen Bullen endlich wieder auf ihrer separaten Weide standen und der Zaun geflickt war. Trotzdem hatte er sich noch auf den Weg in die Berge gemacht, weil er wusste, dass Dominic bereits hier war. Simon hatte sich seit Wochen darauf gefreut, seinen Freund endlich wiederzusehen.

Pepper entdeckte Julia, humpelte ihr entgegen und umkreiste sie freudig bellend. Als er sie in seinem Übermut zwicken wollte, pfiff Simon ihn zurück.

»Hey«, sagte Julia, als sie Simon gegenüberstand. Ihre Zähne blitzten weiß aus dem staubigen Gesicht. Sie sah müde und glücklich aus. Letzteres war offensichtlich der Begegnung mit diesem blonden Typen zuzuschreiben.

Das sollte dir vollkommen egal sein, Simon.

Er sah sie an, ganz kurz nur. »Hey«, brachte er mühsam heraus. Und noch ein unversehrtes Wort: »Schick.« Er deutete auf ihr T-Shirt.

Julia blickte an sich herunter. Ihr sonnengelbes T-Shirt war mit geheimnisvollen dunklen Mustern bedruckt, die an Zeltschlingen erinnerten. Wieder lächelte sie.

Wie schön sie ist, wenn sie lacht, dachte Simon, und konnte kaum noch normal atmen.

»Sieht so aus, als w-äre es ein harter Tag g-g-gewesen.«

»Allerdings. Ich bin völlig erledigt. Jetzt eine leckere Pizza, ein heißes Bad und ab ins Bett.« Sie sah ihn an. »Und wie war dein Tag?«

»Bin so gut wie tot.«

Simon sah, wie Julias Augen sich verdunkelten, und bereute seine gefühllose Ausdrucksweise. Er hatte geredet, ohne zu denken. Verlegen stocherte er mit seinen Schuhen im staubigen Boden, überlegte, was er sagen könnte, damit sie wieder lächelte.

»Ohne Pferde ist es schwierig, die Bullen von den K-K-Kühen zu trennen.«

Neugierig sah sie ihn an. »Wem gehören denn die Pferde, die manchmal auf die Ranch kommen?«

»Deinen Großeltern. Aber sie sind halb wild. N-ur ein oder zwei sind eingeritten. Es hätte den halben Tag gedauert, sie einzufangen.«

»Kannst du denn reiten?«

»Klar.«

Simon entdeckte so etwas wie Bewunderung in ihrem Blick und diese Tatsache gab ihm etwas von seinem Selbstvertrauen zurück. Er streckte sich und drückte die Schultern nach hinten. Gerade wollte er Julia fragen, ob sie Pferde mochte, da sah er Hanna zielstrebig auf sie zukommen.

»Hallo, Simon«, sagte sie. »Sind die Bullen wieder da, wo sie hingehören?«

»Ja. Alles w-ieder okay.«

»Das ist gut.« Hanna wandte sich an ihre Tochter. »Wie sieht es aus, Julia? Wollen wir nach Hause fahren? Ich bin müde und kaputt.«

Julia zuckte mit den Achseln.

»Wir sehen uns m-orgen«, sagte Simon.

»Ja. Dann bis morgen.«

9.

Julia stieg zu ihrer Mutter in den Leihwagen und sah, wie der Hüne mit dem schwarzen Cowboyhut über den Platz lief, direkt auf Simon zu. Das dröhnende Lachen des Kochs schallte bis zu ihnen herüber. Simon wurde von Dominic umarmt und stürmisch begrüßt.

Julia wunderte sich. Ihr war es so vorgekommen, als ob Simon außer ihren Großeltern niemanden hatte, der ihm nahestand. Woher er den Koch wohl kannte? Vermutlich vom letzten Sommertreffen vor einem Jahr. Wie es aussah, schienen die beiden befreundet zu sein.

Simon wand sich lachend aus den Armen des großen Mannes und zusammen liefen sie zum Küchenzelt. Während Hanna den Wagen wendete, sah Julia, dass Simon begann, Kisten mit Lebensmitteln von Dominics Truck zu laden. Sie erinnerte sich an seine müden Augen und daran, dass er vermutlich den ganzen Tag mit ihrem Großvater auf der Ranch gearbeitet hatte. Doch anscheinend dachte Simon nie an sich. Er war immer da, wenn andere ihn brauchten. Julia fragte sich, ob es auch jemanden gab, der für ihn da war.

Die Serpentinen zurück ins Tal zogen sich ewig in die Länge. Hin und wieder kam ihnen ein anderes Fahrzeug entgegen. Vermutlich alles Leute, die beim Aufbau des Lagers helfen und auf dem Versammlungsplatz übernachten würden.

Julia erkundigte sich bei ihrer Mutter nach der *heißen Wanne,* von der Ian gesprochen hatte, und Hanna erzählte ihr, dass es in den Hügeln hinter der Ranch eine natürliche heiße Quelle gab, die von den Shoshoni schon seit ewigen Zeiten als Badestelle genutzt wurde.

»Würdest du die Stelle finden?«

»Ja, na klar. Das ist eine gute Idee. Ich glaube, wir haben beide ein Vollbad dringend nötig.«

Julia war noch nie so schmutzig gewesen und noch nie so müde. Auf der Heimfahrt schlief sie beinahe ein, doch als sie vor dem Trailer parkten, mahnte Hanna sie zur Eile.

»Dahinten ziehen dunkle Wolken auf. Sieht nach einem Gewitter aus. Wenn es losgeht, sollten wir wieder hier sein.«

Julia packte saubere Sachen in einen Beutel, schnappte ihre Waschtasche und ein Handtuch. Auch Hanna hatte schnell alles beisammen. Dann stiegen sie wieder in den Chevy. Julia merkte sich die Abzweigung vom Schotterweg, die durch die Beifußwüste hinauf in die Berge führte.

Der Wagen schlingerte durch tiefe, trockene Radfurchen, und obwohl Hanna langsam fuhr, schlug der Unterboden gegen Steine, die aus der harten Erde ragten. Schon begann Julia daran zu zweifeln, dass ihre Mutter den Weg wirklich noch wusste, da tauchte hinter einer Biegung urplötzlich eine Badewanne auf.

Hanna parkte den Wagen ein paar Meter entfernt und sie stiegen aus. Julia fehlten die Worte. Das hier war unglaublich! Da stand eine weiße Badewanne mitten im Grünen. Ein Brettersteg führte um sie herum. Aus dem Berg kam ein weißes Plastikrohr, das in einer Blechrinne lag, die wiederum in ein großes Fass von anderthalb Metern Durchmesser führte. Daneben stand eine Tonne, die ebenfalls randvoll mit Wasser gefüllt war.

Julia wollte in das Fass greifen, um zu testen, wie warm das Wasser war, aber Hanna hielt sie zurück: »Nicht. Es ist sehr heiß. Ich zeige dir, wie es geht.«

Sie stöpselte den Abfluss der Wanne zu und hängte das Plastikrohr hinein, sodass sich die Wanne mit heißem Wasser füllte. Mit einem Eimer trug sie kaltes Wasser aus der Tonne heran, goss es dazu, bis die Wanne voll genug war und das Wasser die richtige Temperatur hatte.

Hanna erzählte ihr, dass die heißen Quellen, von denen es hier eine Menge gab, große spirituelle Bedeutung für die Shoshoni hatten. Geistwesen waren an diesen Orten zu Hause, die es zu respektieren galt.

Julia sah sich verdutzt um und Hanna lachte.

»Du zuerst«, sagte sie. »Ich laufe noch ein bisschen herum. Ruf mich, wenn du fertig bist.«

Das ließ sich Julia nicht zweimal sagen. Flugs war sie aus ihren staubigen Kleidern und stieg in die Wanne. Es war herrlich warm, das Wasser, und roch leicht nach Schwefel. Um sie herum blühten Gräser und Blumen mit gelben, weißen und lila Blüten. Und sie hatte einen weiten Blick über die ganze Ebene, diesen gewaltigen Teppich aus Wüstenpflanzen, bis zu den Bergen der Shoshone Range auf der anderen Seite, auf deren Kuppen noch Schnee lag.

In der Ferne konnte sie die Siedlung Eldora Valley erkennen, sah die helle Linie der Schotterpiste, die zur Ranch führte. Da waren das Camp und der Schrottplatz. Und das weiße Ranchhaus in seinem Nest aus Pappelbäumen, mitten in der scheinbar endlosen Halbwüste.

Eine rote Abendsonne verschwand langsam hinter den Bergen auf der anderen Seite. Es war das schönste Vollbad im größten Badezimmer, das Julia je genommen hatte. Sie begann zu ahnen, welche Dimension der Begriff *Freiheit* haben konnte, und plötzlich begriff sie auch, warum ihr Vater in Deutschland immer unter Sehnsucht gelitten hatte. Er war mit dieser Freiheit aufgewachsen, all das hier hatte ganz selbstverständlich zu seinem Leben gehört.

In diesem Augenblick fühlte Julia sich ihm sehr nah und gleichzeitig beschlich sie wieder diese tiefe Traurigkeit. Sie spürte, dass sie ihren Vater besser kennenlernte, seit sie auf der Ranch war. Aber wie gut konnte man einen Menschen kennenlernen, der nicht mehr da war?

Ihre Mutter kam zurück, Julia stieg aus dem Wasser und rubbelte sich trocken. Während Hanna badete, saß sie auf einem Stein, kämmte ihr Haar und versuchte, sich alles um sie herum genau einzuprägen. Damit es ihr niemand mehr wegnehmen konnte. Damit sie es sich vorstellen konnte, wenn sie es brauchte – so wie ihr Vater, wenn er seine Bilder gemalt hatte.

Die Sonne war bereits untergegangen, als sie sich auf den Weg zurück zur Ranch machten. Die Gewitterwolken hatten sich verzogen und ein pfirsichfarbener Streifen lag über dem westlichen Horizont. In der Dämmerung bereitete es Hanna Mühe, den Leihwagen wieder sicher zurück ins Tal zu bringen.

Julia sah aus dem Fenster. Sie fühlte sich so sauber und frisch wie seit ihrer Ankunft auf der Ranch nicht mehr. Im Trailer bat sie Mutter, ihr den Zopf zu flechten. Diesmal tat es Hanna einfach, ohne sich darüber zu mokieren, dass Julia zu alt dafür war. So nah waren sie sich schon eine ganze Weile nicht mehr gewesen.

Sie aßen im Ranchhaus noch eine Kleinigkeit und zogen sich in den Trailer zurück. Am nächsten Morgen mussten sie vor fünf Uhr aufstehen, um rechtzeitig zur Sonnenaufgangszeremonie bei den anderen auf dem Versammlungsplatz zu sein. Denn gleich im Anschluss würde die Abschiedszeremonie für John Temoke stattfinden.

»Ich habe dich heute gesehen, wie du mit Jason gesprochen hast«, sagte Hanna, als sie ihre Schuhe abstreifte. »Es scheint so, als wären die Befürchtungen deines Pas unbegründet gewesen.«

Julia ließ sich müde in den Sessel fallen. »Welche Befürchtungen?«

»Er war fest davon überzeugt, Jason würde dich hassen. Das wollte er dir immer ersparen. Auch deswegen hat er dich nie mitgenommen.«

»Jason hat nichts gegen mich«, erwiderte Julia. »Allerdings: Er hasst *dich*. Er glaubt, dass Pa wieder zu ihnen zurückgekommen wäre, wenn er dir nicht begegnet wäre.«

Julias Eltern hatten sich in San Francisco auf einer Demonstration gegen Atomwaffentests kennengelernt. Beide hatten behauptet, es wäre Liebe auf den ersten Blick gewesen

Hanna zog sich aus und streifte ihr Nachthemd über. »Natürlich. Alle hier wären besser dran ohne mich. Irgendjemandem muss man ja die Schuld geben an der Misere. Warum nicht einer Weißen, das passt perfekt.« Ihre Stimme schwankte gefährlich.

»Nun dreh doch nicht gleich durch, Ma.«

»Ich bin müde, Julia, und dein Vater fehlt mir. Da sind so viele Erinnerungen, die mich jetzt plötzlich einholen. Schöne Erlebnisse, die John und ich hatten. Aber auch Geschehnisse, die mir Angst eingejagt haben und die letztendlich Grund dafür waren, dass ich nach Deutschland zurückwollte, als ich merkte, dass ich schwanger war.«

Julia horchte auf. »Angst? Was hat dir Angst gemacht?«

»Vieles.« Hanna setzte sich im Nachthemd auf ihr Bett. »Aber den Ausschlag dafür, die Ranch zu verlassen, gab für mich ein Einsatz des BLM. Es passierte in jenem Sommer, als dein Vater und ich hier zusammenlebten. Die Leute vom BLM kamen unangekündigt mit Jeeps und Lastwagen, eskortiert vom Sheriff, um wieder einmal Rinder und Pferde zusammenzutreiben, die in den Bergen weideten und kein Brandzeichen der Temokes hatten. *Round-up* nannten sie es, als wäre es eine vollkommen harmlose Angelegenheit. Ich war dabei und habe alles gesehen.« Hanna strich sich das noch feuchte Haar aus der Stirn. »Dein Großvater stellte sich den Fahrzeugen mit seinem alten Pick-up in den Weg. Er sagte, an die Tiere kämen sie nur über seine Leiche. Er hat Benzin über seine Arme gegossen und gedroht, sich anzuzünden.«

Julia holte tief Luft und Hanna schwieg einen Augenblick. »Es war furchtbar«, sagte sie schließlich. »Ich hatte schreckliche Angst um Boyd. Er war der Einzige, der immer freundlich zu mir war.« Sie seufzte. »Plötzlich stürzte sich einer der BLM-Typen auf ihn und warf ihn zu Boden. ›Brecht ihm den Arm, wenn es sein muss‹, hat der Sheriff gebrüllt. Und sie haben deinen Großvater und deine Großmutter, die ihm zu Hilfe eilte, mit Gewehren am Boden gehalten, bis er in Handschellen abgeführt wurde. Boyds Brille war zerbrochen, sein Gesicht blutig von Glassplittern. Er war damals schon sechzig gewesen, ein alter Mann.«

»Wo war Pa?«, fragte Julia mit einer Stimme, die ihr selbst fremd vorkam.

»Er arbeitete hinter dem Haus und bekam erst mit, was los war, als sie seinen Vater bereits fortschafften. Die BLM-Leute trieben die Tiere mit Hubschraubern aus den Bergen. Viele Stuten hatten Fohlen. Einige wurden von ihren Müttern getrennt, verfingen sich in Drahtzäunen und starben vor Panik und Angst. Es war die Hölle.«

Hanna machte eine lange Pause und Julia sah Bilder vor sich. Bilder von sterbenden Fohlen, von ihren Großeltern auf staubigem Boden und Männern in Uniformen, die Gewehrläufe auf sie richteten.

Jetzt wusste sie, was ihre Mutter meinte, als sie von *Krieg* gesprochen hatte.

»Kurz darauf haben sie deinen Großvater wegen Widerstandes gegen einen Staatsbeamten verurteilt und für neun Monate eingesperrt«, fuhr Hanna schließlich fort. »Im Gefängnis haben sie ihn so furchtbar verprügelt, dass er sein Gehör verlor.«

Julia starrte ihre Mutter an. »Pa und du, ihr seid nach Deutschland gegangen und habt Granny allein gelassen, obwohl Grandpa im Gefängnis saß?«

»Ja. Damals wusste ich schon, dass ich schwanger war, und mir wurde klar, dass ich mein Kind nicht an einem Ort aufwachsen lassen wollte, an dem so etwas passieren konnte. Ich wollte, dass du sicher und glücklich bist.« Hanna sah Julia an. »Mag sein, das Ganze kommt dir grausam und ungerecht vor. Aber eines Tages, wenn du selbst Kinder hast, wirst du mich verstehen.«

Mit einem Mal wurde Julia klar, warum Ada Hanna so herablassend behandelte. John hatte seine Mutter im Stich gelassen, als sie ihn am meisten brauchte. Er hatte es für Hanna getan und für sein ungeborenes Kind. Ein Gefühl von Schuld überschwemmte Julia, heftiger als noch am Nachmittag in Jasons Gegenwart.

»Ich bin müde«, sagte sie und schob sich aus dem Sessel. Was sie erfahren hatte, schmerzte und sie wollte nicht, dass ihre Mutter es mitbekam.

Hanna wünschte ihr eine gute Nacht, aber Julia erwiderte nichts. Sie ging in ihr Zimmer, legte sich aufs Bett und starrte an die Decke. Das neue Wissen lastete schwer auf ihren Schultern und sie begann, ihren Vater mit anderen Augen zu sehen.

Warum hatte er ihr nie erzählt, dass Boyd taub war und wie es dazu gekommen war? Warum hatte er nie die beschlagnahmten Tiere erwähnt und die horrenden Schulden, die seine Eltern hatten? Wann hätte er es ihr erzählen wollen?

Julia war enttäuscht, weil ihr Vater so wenig Vertrauen in sie gehabt hatte. Sie war traurig, weil er ihr nicht so nah gewesen war wie sie ihm.

10.

Hanna weckte Julia kurz nach halb fünf. Draußen wurde es langsam hell und die Kühle der Nacht ließ sie frösteln, als sie sich im kleinen Bad über dem Waschbecken die Zähne putzte. Frühstück gab es nicht. Zur Zeremonie, die bei Sonnenaufgang stattfinden würde, erschien man nach altem Shoshoni-Brauch nüchtern.

Als Julia auf den Vorplatz gelaufen kam, sah sie, dass Boyd Tommy bereits in den alten Truck gebracht hatte, wo der Junge unruhig auf dem Lenkrad herumtrommelte und Tierlaute von sich gab.

»Ihr müsst den Leihwagen nehmen«, sagte der alte Mann, der wie gewöhnlich seine Arbeitskleidung trug. »Der Tank von Adas Ford ist so gut wie leer.«

Julia blickte ihren Großvater überrascht an.

»Will Grandpa nicht mitkommen?«, fragte sie ihre Granny. Was war mit der Abschiedszeremonie für seinen Sohn? Würde der alte Mann nicht dabei sein?

»Einer von uns beiden muss bei Tommy bleiben«, sagte Ada. »Es geht nicht anders. Der Junge hatte eine schlimme Nacht.« Sie nickte zum Truck hinüber. »Wir können ihn nicht mitnehmen und mit Simon allein lassen können wir ihn auch nicht. Es könnte sein, dass Tommy ausrastet.«

Boyd schien trotz seiner Taubheit mitbekommen zu haben, worum es ging. »Ist nicht schlimm, Julia«, sagte er. »Außerdem weiß ich, wie sehr Simon sich auf das Sommertreffen freut. Vielleicht lernt er dort ja endlich ein Mädchen kennen.« Boyd zwinkerte ihr zu.

Julia sah ihn an und fragte sich, ob es ihm wirklich so leichtfiel, wie er tat. Sie wusste nur eins: Ihr Großvater hatte ein gutes Herz.

Simon erschien mit Schlafmustern auf dem Gesicht und Pepper umkreiste bellend den Chevy. Wie immer wollte er mit. Aber Simon schickte ihn mit einem Seitenblick auf Ada fort.

Hanna setzte sich ans Steuer, Ada auf den Beifahrersitz. Simon und Julia hockten auf der Rückbank. Pepper rannte ihnen noch ein paar Meter kläffend hinterher, bevor er aufgab und mit eingezogenem Schwanz zurückhumpelte.

Julia musterte Simon aus den Augenwinkeln. Heute trug er saubere und vor allem löcherfreie Kleidung. Ausgeblichene Jeans, ein leuchtend rotes T-Shirt und darüber sein unvermeidliches kariertes Hemd. Diesmal war es grün-weiß gemustert.

Es war eine stille Fahrt und Julia war froh darüber. Ada nickte immer wieder für ein paar Minuten weg und auch Simon schien zu schlafen, oder zumindest tat er so.

Sie kamen an der Halde der Goldmine vorbei und folgten den Wegweisern in die Berge. Wie ein grauer Riese erhob sich der Mount Tenabo gegen den rötlichen Morgenhimmel. Julia ging durch den Sinn, dass sie erst vier Tage hier war. Dabei hatte sie das Gefühl, als wären es schon vier Wochen. So etwas hatte sie noch nie erlebt und sie ahnte, dass es eine Bedeutung hatte.

Hanna parkte den Chevy zwischen zwei Transportern am Wegesrand und sie stiegen aus. Die Luft war noch kühl so weit oben in den Bergen und Julia schloss fröstelnd den Reißverschluss ihrer Jacke. Sie hatte ihre Khakis angezogen, die man in Shorts umwandeln konnte, und trug eine dunkelrote Joggingjacke über einem ärmellosen Top. An einem Band um ihren Hals hing ein kleiner Lederbeutel, der Talisman ihres Vaters. Während der Zeremonie wollte sie den Lederbeutel dem Land übergeben, das ihr Vater so geliebt hatte.

Das Camp schien sich über Nacht gefüllt zu haben, es blinkten viel mehr bunte Zelte zwischen den Beifußsträuchern hervor als am gestrigen Tag. Nicht weit vom Küchenzelt hatte man das große Versammlungszelt aufgebaut.

Ein Großteil der Bewohner war schon auf den Beinen. Einige schienen eben erst aus ihren Unterkünften gekrochen zu sein und sahen noch ganz verschlafen aus. Ein alter Mann stand auf dem von Büschen umgebenen Platz, in dessen Mitte ein Feuer loderte. Er schlug eine Handtrommel und rief die Leute zur Sonnenaufgangszeremonie zusammen. Nach und nach sammelten sich die Anwesenden, um einen großen Kreis um den Trommler zu bilden.

»Das ist Caleb, der Medizinmann«, raunte Hanna ihrer Tochter zu.

Julia stutzte. Einen Medizinmann hatte sie sich anders vorgestellt. Irgendwie geheimnisvoller oder auch ein wenig Furcht einflößend. Doch Caleb Lalo war ein kleiner Mann mit kurz geschorenem Haar und freundlichen braunen Augen. In Jeans und Sweatshirt gekleidet, fiel er unter den anderen überhaupt nicht auf. Julia hatte sich vorgestellt, dass die Shoshoni zur Zeremonie in traditioneller Kleidung erscheinen würden, aber sie hatte sich getäuscht.

Sie stellte sich zwischen ihre Mutter und Simon in den Kreis, musterte die Gesichter der anderen und merkte, dass auch sie neugierig beobachtet wurde. Einige der Anwesenden erkannte sie vom gestrigen Tag wieder und begrüßte sie mit einem Kopfnicken. Govinda war da, Frank Malotte und die anderen Männer und Frauen, die beim Aufbau der beiden großen Zelte geholfen hatten. Julia vermisste Ian, aber der schlief vermutlich noch.

Von Jason und seiner Familie war nichts zu sehen und Julia fragte sich, warum sie nicht gekommen waren. Dass Veola auf diese Weise reagierte, konnte sie verstehen, aber was war mit Tracy und Jason? Sollte der Groll ihrer Halbgeschwister gegen die zweite Frau ihres Vaters so groß sein, dass sie der Abschiedszeremonie demonstrativ fernblieben?

Caleb begann zu den dumpfen Schlägen der Trommel zu singen. Der Medizinmann sang auf Shoshoni und einige Worte verstand Julia. Jede Strophe beendete er mit *Shundahai* und die Anwesenden sprachen dieses Wort nach. Julia kannte die Bedeutung. Es hieß: Frieden und Harmonie für alle Wesen.

Schon als kleines Kind war sie fasziniert gewesen, wenn ihr Vater versucht hatte, ihr einige Worte seiner Muttersprache beizubringen. Dass ein einziges *Shoshoni*-Wort genügte, um etwas auszudrücken, wofür man eine ganze Reihe deutscher Worte brauchte.

Julia war so gebannt von der wohlklingenden Sprache des alten Mannes, dass sie zusammenzuckte, als Simon plötzlich nach ihrer Hand griff. Auch alle anderen fassten sich an den Händen. Julia konnte sich nicht daran erinnern, wann sie zum letzten Mal die Hand ihrer Mutter gehalten hatte. Hannas Hand war kalt und feucht. Simons dagegen fühlte sich warm und trocken an. Irgendwie tröstlich. Seine Handflächen an ihren, schwielig und rau von der Arbeit auf der Ranch. Sie blickte ihm kurz ins Gesicht, wandte den Kopf aber sofort wieder ab.

Einen Moment später drängte sich jemand zwischen sie. Es war Ian. Er hatte noch ganz kleine Augen und trug vermutlich seinen Schlafanzug: ein weites Sweatshirt und schlafzerknitterte Jogginghosen. Mit einem strahlenden Guten-Morgen-hier-bin-ich-Lächeln griff er nach Simons und Julias Händen.

Caleb begann von der Erde zu sprechen und von der Zukunft. Die Sonne war noch hinter dem Mount Tenabo versteckt und Julia fror in der kühlen Morgenluft. Sie begann zu zittern, versuchte aber, sich zusammenzureißen. Ian zog sein Sweatshirt aus und gab es ihr. Dankbar zog sie es über. Es verströmte einen süßlichen Duft und wärmte wunderbar.

Als der Medizinmann schließlich mit einer Dose herumging, damit jeder eine Handvoll getrockneten Salbei herausnehmen konnte, mischten sich ein paar Spätankömmlinge in den Kreis. Es waren Jason, seine Mutter Veola, ein Mädchen, das Tracy sein musste, und eine blonde Frau, die zwei kleine Kinder bei sich hatte. Die Frau sah jung aus, sehr jung, in ihren hautengen Jeans und dem bauchfreien

Top. Die Kinder, ein Junge und ein Mädchen, hatten dreckverschmierte Gesichter und steckten in abgerissenen Sachen.

Als das Mädchen anfing zu weinen, nahm Jason es auf den Arm.

Julia musterte Tracy, suchte nach Ähnlichkeiten mit sich selbst und fand nicht viele. Ihre Halbschwester war mollig und hatte ein rundes Gesicht. Das Haar trug sie straff nach hinten gekämmt, was wenig vorteilhaft aussah. Genauso wie die engen schwarzen Leggins, die Tracys Körperfülle noch betonten.

Plötzlich setzte der dumpfe Schlag der Trommel wieder ein und das Gemurmel der Anwesenden erstarb. Ada trat in die Mitte des Zirkels ans Feuer, um zu sprechen. Julia atmete tief durch. Es war so weit. Die rauchige Stimme ihrer Großmutter klang laut und klar durch die Morgenluft, als sie anfing von John zu erzählen, ihrem einzigen Sohn. Dass er vor vielen Jahren aus *Newe Sogobia*, der Heimat der Shoshoni, weggegangen war, um in einem anderen Land zu leben, und dass er dort gestorben war.

Julia hörte die Bitterkeit, die aus den Worten ihrer Großmutter klang. Konnte sie ihrem Sohn immer noch nicht verzeihen? Nicht einmal heute?

»Johns Kinder sind gekommen, um zusammen mit ihren Müttern und allen, die ihn gekannt haben, von ihm Abschied zu nehmen. Johns Körper wurde dort begraben, wo er gestorben ist«, sagte Ada, »wie es unser Brauch will. Aber seinen Geist werden wir heute nach *Newe Sogobia* zurückholen, damit er frei sein kann.«

Julia, vom plötzlichen Gefühl der Trauer überwältigt, konnte die Tränen nicht zurückhalten, die in ihr aufstiegen. Aber es war eine andere Art Trauer als jene, die sie kurz nach dem Tod ihres Vaters empfunden hatte. Sie wallte auf und trug sie mit sich fort, anstatt sie niederzudrücken.

Veola, Jason und Tracy traten zum Feuer, streuten Salbei in die Flammen und verharrten mit gesenkten Köpfen. Nur zu gerne hätte Julia gewusst, was in ihnen vorging.

Nach einer Weile wandten sich die drei vom Feuer ab und kehrten in den Kreis zurück. Hanna zog an Julias Hand. Zusammen mit ihrer Mutter ging auch sie auf das Feuer zu, streute Salbei hinein und übergab den Medizinbeutel ihres Vaters den Flammen. Als Julia dort neben ihrer Mutter stand, beim Klang der Trommel am Fuße des Tenabo, musste sie daran denken, wie sie sich auf der Beerdigung in Deutschland gefühlt hatte. Damals hatte sie nicht viel von ihrer Umgebung wahrgenommen, hatte sich wie eine leere Hülle gefühlt, die da am offenen Grab stand. Hier jedoch erschien ihr alles ganz wirklich. Ganz nah.

Julia hatte das Gefühl, zum ersten Mal wirklich Abschied von ihrem Vater zu nehmen. Von einem Mann, den sie gar nicht richtig gekannt hatte. Das wusste sie nun.

Die ersten Sonnenstrahlen lugten über den dunklen Berg und Julia musste blinzeln. Endlich wurde es warm. Sie stellten sich in den Kreis zurück und noch einmal fassten alle Anwesenden einander an den Händen.

Nach Beendigung der Zeremonie strömten die meisten zum Küchenzelt, wo Dominic mithilfe zweier Indianerinnen Frühstück vorbereitet hatte. Zuerst kamen die Alten an die Reihe, dann die Kinder, zuletzt alle übrigen Gäste.

Julia zog sich in den Schatten einer Pinie zurück, sie musste einen Moment allein sein, bevor sie sich wieder unter Menschen begeben konnte. Niemand störte sie und das war gut so. Sie atmete den harzigen Duft der Pinie und fühlte sich wie von einer schweren Last befreit. Die Seele ihres Vaters war hier, das spürte sie ganz deutlich.

Wenig später fasste sie jemand an der Schulter und sie drehte sich erschrocken um. Jason kauerte hinter ihr, das kleine blonde Mädchen auf dem Arm. »Guten Morgen, Schwesterherz. Hast du mal einen Augenblick Zeit?«

Sie stand auf. »Warum nicht.«

Jason führte Julia zu seiner Schwester und der blonden jungen

Frau. Die beiden erzählten lachend und rauchten. Der kleine Junge hockte zu Füßen seiner Mutter und spielte mit einer roten Spiderman-Figur. Er hatte eine frische, zwei Zentimeter breite Wunde zwischen Unterlippe und Kinn, um die sich augenscheinlich niemand gekümmert hatte. Blut und Rotz bildeten eine Kruste auf seinem Gesicht.

»Tracy«, sagte Jason, »das ist unsere Schwester.«

Julia nannte ihren Namen und konnte nicht verhindern, dass sie rot wurde.

Tracy unterbrach ihr Gespräch und setzte ein freundliches Lächeln auf. »Hi, Julia. Schön, dich zu sehen.«

Erst jetzt bemerkte Julia Tracys kleines Bäuchlein, das vermutlich nicht auf ihren gesunden Appetit zurückzuführen war.

Höflich erwiderte sie die Begrüßung.

»Und das ist Ainneen, meine Freundin«, sagte Jason.

»Hi, Julia.« Die Blonde lächelte und zeigte eine Reihe schadhafter Zähne, die Hälse von Karies zerfressen. »Freut mich, dich kennenzulernen.«

Jason strubbelte dem Jungen über den Kopf. »Das ist Dylan und die kleine Prinzessin hier heißt Carli.«

Prinzessin? Das Gesicht des Mädchens war völlig verschmiert, die langen Haare verfilzt. Von ihren Milchzähnen ragten nur noch bräunliche Stummel aus dem Gaumen. Wahrscheinlich wurden die beiden Kinder mit Cola und Crackern ernährt und auch auf Reinlichkeit schien Ainneen bei ihnen wenig Wert zu legen. Dabei sah Jasons Freundin selbst so aus, als wäre sie direkt einem Modemagazin entsprungen.

Die beiden jungen Frauen setzten ihr Gespräch fort. Julia nickte hinüber zum Küchenzelt, in dem unverkennbar Dominics Lachen aus dem Stimmengewirr herausschallte.

»Ich bekomme langsam Hunger.«

»Ich auch«, meinte Jason. »Los, Dylan«, sagte er zu dem Jungen,

»holen wir uns was zu essen.« Der Kleine ließ sich das nicht zweimal sagen und folgte ihnen.

»Sind das deine Kinder?«, fragte Julia.

Jason lachte. »Nein. Sieht man das nicht?«

Sie hob die Schultern. »Hätte ja sein können. Was ist denn passiert mit dem Kleinen?«

Sie stellten sich in der Schlange vor dem Küchenzelt an. Jason erzählte ihr, dass Dylan beim Klettern von der Couch gefallen war und sein verbliebener Schneidezahn die Unterlippe durchstoßen hatte. Es sah nicht so aus, als ob der Junge bei einem Arzt gewesen wäre und Julia verspürte den Drang, die Wunde zu säubern und wenigstens mit einem Pflaster abzudecken.

»Sieht übel aus«, sagte sie stirnrunzelnd.

»Ach was, das heilt schon wieder. Dylan ist hart im Nehmen.«

Julia war an der Reihe und nahm von Dominic einen in Fett gebackenen Teigfladen entgegen, über den sie Ahornsirup goss. Sie holte sich einen der riesigen Äpfel aus der Schüssel, die aussahen, als wären sie auf Hochglanz poliert worden.

Dann entdeckte sie Simon. Er hatte den Ausschank der Getränke übernommen. Sie lächelte ihm zu, als sie ihn um einen Becher Tee bat. Aber sein Blick, der an Ians Sweatshirt hängen blieb, das sie immer noch trug, blieb verschlossen.

»Sehen wir uns später?«, fragte sie.

Simon reichte ihr den Becher. »K-eine Ahnung, wann ich hier wegkann.«

Aus irgendeinem Grund schien er gekränkt zu sein. Was war nur los mit ihm? Was hatte sie falsch gemacht?

Julia schaute sich nach Jason um, aber der war mit den Kindern wieder zu Ainneen und seiner Schwester zurückgegangen. Julia setzte sich abseits des Küchenzeltes auf eine große Kühlbox und aß ihr Fladenbrot. Auf einmal fühlte sie sich allein zwischen all den Menschen. Mal spürte sie neugierige, mal verstohlene Blicke auf sich ruhen, aber niemand setzte sich zu ihr. Und wo ihre Mutter abgeblieben war, wusste sie nicht.

Julia dachte daran, wie anders die Dinge laufen würden, wenn ihr Vater hier wäre. Mit Stolz hätte er sie den anderen Familienmitgliedern vorgestellt. Bestimmt waren einige der Leute hier Verwandte von ihr und sie wusste es nicht einmal. Er hätte ihnen erzählt, dass seine Tochter gerne Geschichten schrieb, von denen bereits zwei am Schultheater aufgeführt worden waren. Dass sie eine gute Schwimmerin war und eine experimentierfreudige Köchin.

Aber ihr Vater war tot und konnte nichts mehr für sie tun. Ihre Mutter hatte genug mit ihren eigenen Problemen zu kämpfen. Von nun an musste Julia die Steine, die auf ihrem Weg lagen, alleine wegräumen.

Wie verloren und traurig sie aussieht, dachte Simon, als er Julia auf der Kühlbox sitzen sah. Er kannte das Gefühl nur zu gut. Unter fremden Menschen fühlte er sich noch einsamer, als wenn er wirklich alleine war.

Es sah ganz danach aus, als ob es ihr ebenso ging.

Simon war glücklich gewesen, als er während der Sonnenaufgangszeremonie Julias Hand hatte halten dürfen. Dabei hatte er das Gefühl gehabt, ganz leicht unter Schwachstrom zu stehen, und das war keineswegs unangenehm gewesen. Aber dann hatte sich Mr Dreadlock zwischen sie gedrängt und Julia auch noch sein Sweatshirt geliehen. Sie schien ihn zu mögen. Natürlich. Er sah gut aus, war witzig und konnte sich in vollkommenen Sätzen mit ihr unterhalten. Was mochte Mr Dreadlock in der kurzen Zeit alles über Julia erfahren haben? Ein Gefühl schmerzlichen Bedauerns überkam ihn.

Simon, sagte er zu sich selbst, *du verhältst dich lächerlich*. Aber er konnte nichts dagegen tun. Die Gedanken und Gefühle waren da. Das Schlimmste daran war, dass er sie nicht in Worte fassen konnte.

Er sah auf. Julia hockte immer noch einsam auf der Kühlbox und kaute an ihrem Apfel herum.

Kurz entschlossen übergab Simon seinen Job im Küchenzelt an ein dickes, freundliches Mädchen und ging hinüber zu Julia. Er setzte sich neben sie ins Gras, die Beine im Schneidersitz.

»W-ar das Brot gut?«

»Ja, es war köstlich. Hast du denn heute überhaupt schon etwas gegessen? Ich sehe dich immer nur arbeiten.«

»Ja, hab ich.« Das war eine Lüge, aber diesmal stolperte er ausnahmsweise nicht darüber. Simon hoffte, sein Magen würde nicht plötzlich anfangen zu knurren und ihn verraten. Er war es nicht gewohnt, dass jemand an ihn und seine Bedürfnisse dachte.

»Hast du dich m-it deinem Bruder angefreundet?«

»Ich komme klar mit Jason. Er ist viel netter, als ich dachte.«

Simon unterdrückte den Drang, Julia die Wahrheit über ihren Halbbruder zu erzählen. Über seine Drogengeschichten und seine Vorstrafen. Warum sollte sie ihn nicht in guter Erinnerung haben, wenn sie wieder abreiste? Im Augenblick war Jason Temoke außerdem das kleinere seiner Probleme.

Er fand einen flachen grünen Stein neben seinem Schuh, hob ihn auf und ließ ihn von einer Hand in die andere gleiten. Dabei überlegte er krampfhaft, wie er das Gespräch ganz unverfänglich auf Mr Dreadlock bringen konnte, ohne seine Eifersucht zu offenbaren. Gerade wollte er zu einer Frage ansetzen, da kam Julia ihm zuvor.

»Sag mal, ist Tracy etwa schwanger?«

»Ich g-g-glaub, Ja.« Der grüne Stein glitt in seine Linke.

»Hat sie jemanden? Ich meine, gibt es einen Vater zu dem Kind?«

»Ich g-laub, Nein.«

»Und Ainneen?«

»Ainneen?« Simon hielt die Hände still und verdrehte die Augen. »Was soll sein mit Ainneen?«

»Wer ist der Vater ihrer Kinder?«

»K-K-Keine Ahnung. Irgendeiner von den Jungs, die in der Mine arbeiten.«

»Ist Jason schon lange mit ihr zusammen?«

»Immer mal wieder.« Simon stöhnte innerlich. War das wirklich er, der dieses Gespräch führte? Eldora-Valley-Klatsch von der übelsten Sorte.

»Wer ist eigentlich dieser Govinda?«

Simon unterdrückte ein Seufzen. »Ein c-c-cooler Typ aus Kalifornien. Sein Truck fährt mit altem Frittieröl von McDonald's.«

Julia lachte. »Du nimmst mich auf den Arm, oder?«

»Tu ich nicht. F-rag ihn doch selbst. Er hat eine geniale Filteranlage auf der Ladefläche.«

»Er sieht wie ein komischer Vogel aus.«

»Govinda ist in Ordnung.«

»Kennst du seinen Sohn?«

»Seinen Sohn?«

Julia lachte. »Du hast vorhin seine Hand gehalten.«

»Nein«, brummte Simon. »Ich wusste n-icht, dass er einen Sohn hat.«

»Er heißt Ian und ist mächtig nett.«

Mächtig nett! Was musste man tun, um diesen Orden von einem Mädchen wie Julia zu bekommen? Würde er sich jetzt anhören müssen, wie toll Mr Dreadlock war?

Musste er nicht.

»Wann bist du eigentlich nach Hause gekommen gestern?«, fragte sie ihn stattdessen. »Ich habe den Truck gar nicht gehört.«

»Es war spät.«

»Das glaube ich dir aufs Wort. Du siehst müde aus.«

Ihr Blick ruhte auf seinem Gesicht und er senkte den Kopf. »Werd m-ich nachher ein bisschen aufs Ohr hauen.« Verlegen betrachtete er den Stein in seiner Hand.

»Zeig mal her!«, sagte Julia. »Der ist ja richtig grün.«

Simon gab ihr den Stein und sie strich mit den Fingern nachdenklich über die glatte Oberfläche.

»G-G-Grüne Steine sind der Atem von Pflanzen, die in der Nacht singen«, sagte er.

Julia gab ihm den Stein zurück, mit einem befremdeten Ausdruck im Gesicht.

Warum hatte er nicht den Mund halten können? Das fiel ihm doch sonst nicht schwer? Wahrscheinlich war sie nun endgültig davon überzeugt, dass er ein Spinner war.

Simon rappelte sich auf. »Ich muss jetzt ins K-K-Küchenzelt zurück«, stammelte er. »Wir sehen uns später.«

11.

Es war früher Nachmittag, als Caleb Lalo, der Medizinmann, alle ins Versammlungszelt rief. Julia saß neben ihrer Mutter im Schatten einer Pinie. Sie hatten eine Kleinigkeit gegessen und geredet. Über die Zeremonie und darüber, worum es bei diesem Treffen ging.

Julia war ihrer Mutter dankbar, dass sie hier sein konnte, und hatte ihr das auch gesagt.

Als Lalos Trommel erklang, stand Hanna auf. »Du musst nicht mitkommen«, sagte sie. »Es wird jede Menge Reden geben über Dinge, die du sowieso nicht ändern kannst.«

Julia schüttelte vehement den Kopf. »Ich will das aber hören. Es interessiert mich.« Sie stockte. »Ich will versuchen, Pa zu verstehen.«

Hanna musterte sie eine Weile, dann reichte sie ihrer Tochter die Hand, um ihr aufzuhelfen. »Na, dann komm, damit wir noch einen Platz zum Sitzen finden.«

Gemeinsam gingen sie zum Zelt. Ada und Caleb Lalo saßen auf Klappstühlen in der Mitte, der Alte hatte ein Mikrofon in der Hand.

Als jeder irgendwo einen Platz gefunden hatte, auf Stühlen, Decken oder einfach auf dem Boden, begrüßte der Medizinmann die Anwesenden und begann, über den Vertrag von Ruby Valley zu sprechen. Darüber, dass er heute noch uneingeschränkt gültig war, auch wenn die US-Regierung 1989 per Gesetz entschieden hatte, dass die Western Shoshone das Recht auf ihr Land verloren hätten, weil sie es seit mehr als hundert Jahren nicht mehr wirkungsvoll nutzen würden.

Julia wusste, dass die Regierung den Indianern eine Entschädigungssumme von mehreren Millionen Dollar gezahlt hatte, aber die meisten Shoshoni weigerten sich, das neue Gesetz anzuerkennen. Das Geld lag bis heute unangetastet auf einer Bank.

»Vom Snake River im Süden Idahos über den halben Staat Nevada bis ins Death Valley, wo ich wohne, und bis in die Mojave-Wüste in Kalifornien nennt sich alles *Newe Sogobia*, Shoshone-Land«, sagte der Medizinmann und viele klatschten Beifall.

Julia sah sich in der Menge um. Sie schätzte, dass über achtzig Menschen im Versammlungszelt saßen. Sie blickte in die Gesichter, dunkle wie hellhäutige, und dachte an die unvorstellbare Grausamkeit, mit der die Weißen die Shoshoni gezwungen hatten, den Vertrag von Ruby Valley zu unterzeichnen.

Diese Geschichte hatte ihr Vater ihr nur ein einziges Mal erzählt. Es waren karge Zeiten für die Indianer gewesen und man hatte sie damals mit einem üppigen Festmahl in die abgelegenen Berge gelockt. Als die Shoshoni und ihre Anführer am ausgemachten Ort in den Ruby Mountains versammelt waren, töteten die Soldaten einen gefangenen Indianer, zerteilten ihn und steckten ihn in einen großen Eisentopf, um ihn zu kochen. Danach zwangen sie Männer, Frauen und Kinder mit vorgehaltenen Gewehren, vom Fleisch des Mannes zu essen. Im Anschluss an das grauenvolle Mahl wurde der Vertrag unterzeichnet.

»Wir dürfen nicht zulassen«, drang Lalos Stimme an Julias Ohr, »dass unser Land, dass unsere Erde gequält und vergiftet werden.« Er sprach von dem Unrecht, das ihnen bisher widerfahren war und von ihrem Kampf gegen diejenigen, die das Land zerstörten.

Im Laufe seiner Rede berichtete der Medizinmann von einem mehrere Millionen Dollar teuren Projekt der US-Regierung, im Juli auf dem Testgelände bei Las Vegas eine 700-Tonnen-Bombe detonieren zu lassen, der man zynischerweise den Namen *Divine Strake* – Göttliche Planke – gegeben hatte.

»Divine Strake ist keine Atombombe«, sagte Lalo. »Das Tückische an ihr ist jedoch, dass sie die Sprengkraft einer Atombombe besitzt.

Die Menschen, die in der Nähe des Testgebietes leben, haben Angst, dass durch die unterirdische Detonation radioaktive Partikel von früheren Tests in die Atmosphäre geschleudert und über ein großes Gebiet verstreut werden.«

Julia dachte an Tommy und was ihre Großmutter über die Ursache seiner Behinderung erzählt hatte. Sie konnte nicht glauben, dass die US-Regierung weiterhin diese Bombentests durchführte, obwohl sie wusste, welche furchtbaren Konsequenzen das für die Menschen, die Tiere und das Land hatte.

Julia begriff, dass sie für ihre Unwissenheit nicht länger ihren Vater verantwortlich machen konnte. Wenn sie wirkliches Interesse an ihren indianischen Vorfahren gehabt hätte, dann hätte sie auch die Möglichkeit gefunden, sich zu informieren. Sie hätte ihren Großeltern schreiben können. Ihr Englisch war perfekt, denn sie war zweisprachig aufgewachsen. Sie hätte ihren Vater fragen und auf Antworten bestehen können, schließlich war sie kein Kind mehr. Stattdessen hatte sie lieber den alten Geschichten gelauscht und sich damit zufriedengegeben.

Caleb schloss seine Rede mit dem Aufruf an jeden, in zwei Wochen vor dem Testgelände an einem großen Protestmarsch teilzunehmen. Danach übergab der Medizinmann das Mikrofon an Ada. Julias Großmutter trug Jeans und weiße Turnschuhe. Ein blaues Sweatshirt mit merkwürdigen hellen Streifen in Bauchhöhe und ein weißes Basecap mit der Aufschrift »Shoshone Rights«.

Sie sprach über ihr Land, die Ranch und die Tiere. Und über das Wasser. Dass die Minengesellschaft immer mehr Land aufkaufte und dabei Tricks anwandte, um die Gesetze zu umgehen. Julia erfuhr, dass das Bureau of Land Management eine Behörde war, die für die Pflege des öffentlichen Landes und damit auch für den Umweltschutz verantwortlich war. Gleichzeitig oblag dem BLM aber auch die Nutzungsvergabe, ob nun für Weideland, militärische Übungsgebiete oder Industrieanlagen.

»BLM und Minengesellschaft stecken unter einer Decke«, wetterte Ada. »Sie wollen, dass wir aufgeben und in die Stadt gehen, wie so viele Shoshoni-Rancher vor uns, weil das Land sie nicht mehr ernährt hat. Aber wenn wir gehen, wer wird dann noch da sein, um das Land zu verteidigen?«

Julia hörte zum ersten Mal eine Rede ihrer Großmutter und war erstaunt, welche Energie plötzlich in der alten Frau steckte. Wie leidenschaftlich ihre Augen funkelten, wenn sie das Unrecht beim Namen nannte und gegen ihren größten Feind wettern konnte, die Regierung der Vereinigten Staaten von Amerika.

»Der Goldabbau zerstört mehr Land und vergiftet mehr Wasser als jeder andere Bergbau«, fuhr Ada fort. »Die Mine ist ein Ungeheuer. Es frisst unser Land, säuft unser kostbares Wasser und scheidet Gold aus. Gold und Gift. Wo das Ungeheuer gehaust hat, bleibt eine schwärende Wunde.«

Es war mucksmäuschenstill im Versammlungszelt. Die Zuhörer hingen gebannt an den Lippen von Ada Temoke, um auch ja kein Wort zu verpassen. Julias Brust schwoll vor Stolz. Zum ersten Mal, seit sie hier war, gefiel ihr der Gedanke, mit dieser Frau verwandt zu sein.

Ada erzählte, dass sich im Bauch des heiligen Mount Tenabo Gold im Wert von mehreren Billionen Dollar befand, und dass die Shoshoni, die rechtmäßigen Eigentümer des Landes, kein Mitspracherecht hatten, was damit passierte. Julia beobachtete Simon, der in ihrer Blickrichtung saß. Offensichtlich war er mit seinen Gedanken ganz woanders. Aber vielleicht hatte er diese Dinge ja auch schon Hunderte Male gehört?

Jason war damit beschäftigt, Ainneens Kinder ruhig zu halten, und Ian lauschte andächtig. Was Ada wohl davon hielt, dass das Sommertreffen der Shoshoni von Außerirdischen unterwandert war? Govinda und sein Sohn waren weiß und Dominic ebenfalls. Genauso wie eine Menge anderer tatkräftiger Leute auf dem Platz.

Als Caleb wieder das Wort hatte, versicherte er, dass die Menschen auf der Welt die Erde nur gemeinsam retten konnten. »Es kommt nicht darauf an, welche Hautfarbe jemand hat, sondern welche Einstellung er im Kopf mit sich herumträgt. Die Hautfarbe kann man nicht ändern«, sagte er und machte einen Witz über Michael Jackson, der das zwar versucht hätte, aber nun als lebendes Schreckgespenst auf der Erde weilen müsse. Alle lachten.

»Die Hautfarbe kann man nicht ändern«, wiederholte Lalo, »aber die Einstellung schon. Wir Menschen haben einfach weitergemacht, die falschen Dinge zu tun, obwohl wir es besser wussten. Und das viele Jahre lang«, sagte er. »Damit muss Schluss sein. Es ist unsere Aufgabe, dem Land die Fähigkeit zu erhalten, Leben zu gewähren.«

Während Caleb Lalo von Versöhnung sprach, starrte Ada mit gedankenverlorenem Blick durch die Menschen hindurch, die vor ihr saßen.

Woran denkst du, Grandma?, fragte sich Julia. *Woran denkst du?*

Nach den Reden der Alten, die sich bis in den späten Nachmittag zogen, verteilte Dominic im Küchenzelt sein Rinderstew. Das Fleisch stammte von der Ranch, es war jenes, das Simon allabendlich in die Nachtluft gehievt hatte.

Julia war überrascht, wie gut es schmeckte. Ian gesellte sich zu ihr, und als sie aufgegessen hatten, sagte er: »Wenn du mitkommst, zeige ich dir etwas.«

»Wohin mitkommen?«, fragte sie vorsichtshalber.

Er deutete auf ein Pinienwäldchen, rund zwei Kilometer vom Versammlungsplatz entfernt.

»Und was soll dort sein?«

»Das ist die Überraschung.« Er grinste und sie lächelte zurück.

»Okay.« Julia war froh, für eine Weile aus dem Camp herauszukommen. So viel Neues und Trauriges war heute auf sie eingestürmt, dass sie dauernd daran denken musste. Ein wenig Ablenkung konnte nicht schaden. Abgesehen davon, dass niemand Ians Charme widerstehen konnte – sie selbst machte da keine Ausnahme.

Auf dem Weg erzählte er ihr von seinem deutschen Großvater Ernst Lothar Hofmann, der sich Lama Anagarika Govinda genannt und lange Zeit in Indien gelebt hatte. »Er hat sich für den Buddhismus interessiert und etliche Bücher darüber geschrieben. Später ist er dann nach Kalifornien gezogen und hat Gastvorlesungen an Unis gehalten. Als ich zwei war, starb er. Meinem Dad hat er ebenfalls den Namen Govinda gegeben. Das ist Sanskrit und heißt eigentlich Krishna. Krishna war ein Kuhhirte.«

»Und wie ist dein Nachname?«, fragte Julia.

»Hofmann«, antwortete Ian achselzuckend.

Sie lachte kopfschüttelnd. Die Sonne brannte auf ihren Schultern und den nackten Armen. Die Khakihose hatte sie längst in Shorts verwandelt, ihre Jacke trug Julia um die Hüften gebunden. Zum Glück hatte Ian daran gedacht, eine Flasche Wasser mitzunehmen.

Das Pinienwäldchen schien überhaupt nicht näher zu kommen. Aber es machte Spaß, mit Ian zu plaudern. Julia hatte sich lange nicht mehr so leicht gefühlt wie in diesem Augenblick. Irgendwann rückten die Bäume dann doch näher. Zwischen dem dunklen Grün der Pinien entdeckte sie halb zerfallene Hütten. Zielstrebig steuerte Ian auf eine davon zu.

»Soll das etwa die Überraschung sein?«, fragte Julia enttäuscht.

»Hey, das hier ist eine Geisterstadt. Die ist bestimmt schon hundert Jahre alt.« Er betastete die schäbige Holztür der Hütte mit einer Ehrfurcht, die Julia ein Lächeln entlockte. Natürlich, in Amerika gab es keine alten Kirchen und Kathedralen wie in Europa, keine mittelalterlichen Burgen oder Barockschlösser. Da war so eine Geisterstadt, die aus einem Dutzend verfallener Holzhütten bestand, schon etwas Besonderes.

»Was grinst du denn so?«

Julia, die einen Blick durch das offene Fenster geworfen hatte, sagte: »Da wohnt noch jemand.«

Ian machte ein verdutztes Gesicht und kam zu ihr herum, um ebenfalls in die Hütte zu schauen. Auf einer von Mäusen zerfressenen Matratze lag einer der Männer, die am Vortag das Küchenzelt mit aufgebaut hatten. Er schlief tief und fest und nun begann er so laut zu schnarchen, dass die morschen Balken der Hütte gefährlich zitterten und Dreck von der Decke herabrieselte.

Julia presste eine Hand auf ihren Mund, um nicht laut loszuprusten. Sie schlichen sich davon, zu einer der nächsten Hütten.

»Wer hat hier früher gewohnt?«, wollte sie wissen.

»Ich nehme an, das waren Minenarbeiter.«

»Wenn es stimmt, dass es im Bauch des Tenabo so viel Gold gibt, dann wird hier vielleicht bald eine neue Siedlung entstehen«, sagte Julia.

»Ja. Und in fünfzig Jahren, wenn der Tenabo verschwunden ist, wird wieder eine Geisterstadt daraus geworden sein.«

Der Gedanke, dass es den dunklen Berg eines Tages nicht mehr geben sollte, erschreckte Julia. Wie musste er dann erst die beiden Alten ängstigen, für die der Berg ein lebendiges Wesen darstellte? Jemand, der immer da gewesen war und ihnen ein Gefühl von Sicherheit gegeben hatte. Julia wusste, wie verloren man sich fühlte, wenn so jemand plötzlich nicht mehr da war.

»Du siehst auf einmal so traurig aus«, sagte Ian und legte seine Hand unter ihr Kinn.

»Ich musste an meinen Vater denken. Der Berg erinnert mich an ihn. Mein Vater war immer so etwas wie ein sicherer Ort für mich gewesen und nun ist er nicht mehr da.«

Ian beugte sich zu Julia und gab ihr einen Kuss. »Ich will nicht, dass du traurig bist«, sagte er.

Sie zog ihren Kopf nicht gleich zurück. Es war ein tröstender, ein angenehmer Kuss gewesen, aber dabei sollte es auch bleiben.

»Lass uns wieder zu den anderen zurückgehen, okay?«, sagte sie leise.

Er zog den Kopf zwischen die Schultern. »Ich hab's vermasselt, nicht wahr?«

»Nein. Du hast alles richtig gemacht. Aber nun solltest du damit aufhören. Ich bin einfach noch zu durcheinander, um . . .«

»Du musst das nicht erklären«, unterbrach er sie. »Ich habe schon verstanden.«

Ian schwieg ganze drei Minuten. So lange brauchte er, um Julias Zurückweisung zu verarbeiten. Dann erzählte er ihr von San Francisco und der Uni, an der er im Herbst zu studieren beginnen würde.

»Ich will einen Abschluss in Filmregie machen. Ein oder zwei Auslandssemester in Deutschland sind auch eingeplant. Berlin«, sagte er und zwinkerte Julia zu. »Berlin ist eine echt coole Stadt.«

»Warst du schon mal dort?«

»Nein. Hab aber viel drüber gelesen. Ist Karlsruhe weit weg von Berlin?«

»So ziemlich. Ich glaube, es sind fast 700 Kilometer.«

»Macht nichts«, sagte er. »Ich werde dich auf jeden Fall besuchen.«

Dabei strahlte er so aufrichtig, dass Julia dachte: Warum nicht? Ian war hundertprozentig ein Typ zum Vorzeigen. Ella würde hin und weg sein. Und vielleicht war ihr Kopf bis dahin auch wieder frei für Gedanken an die Liebe.

Bisher hatte Julia wenig Glück gehabt mit Jungs. Sie war erst einmal richtig verliebt gewesen. In Lukas Rascher, einen gut aussehenden Schwimmer aus der Zwölften, der leider nicht nur ihr gefallen hatte. Damals war sie in der zehnten Klasse gewesen und fest entschlossen, ihn zu erobern. Auf ihre fantasiereiche Art hatte sie Lukas zu verstehen gegeben, dass sie ihn mochte. Es waren »zufällige« Begegnungen an Orten, an denen er sie nicht erwartet hätte. Kleine Gedichte, die mit L. unterzeichnet waren. Blumen auf dem Zaun vor dem Haus, in dem er wohnte.

Eines Tages erwischte Lukas sie dabei, wie sie den Zaun wieder einmal mit Blumen schmückte und Julia lief erschrocken davon. Von nun an lächelte er ihr jedes Mal wissend zu, wenn sie sich in der Schule oder in der Schwimmhalle begegneten. Julia wartete jedoch vergeblich darauf, dass er sie ansprach. Bis zur Schuljahresabschlussfeier. Während der Disco stand Lukas auf einmal vor ihr und wollte mit ihr tanzen. Sie wurde rot, aber das konnte er nicht sehen, weil überall bunte Lichter flimmerten. Lukas tanzte gut. Lukas küsste auch gut. Lukas konnte Komplimente machen, die einem den Boden unter den Füßen wegzogen. Julia schwebte vor Glück.

Auf seinen Vorschlag hin verließen sie die Disco schon nach zwei Stunden und gingen auf die Geburtstagsparty eines Freundes von Lukas. Fast alle dort waren älter als sie und Julia wäre lieber wieder gegangen. Aber Lukas küsste sie und ihr Widerstand verschwand im Sturzbach ihrer Gefühle. Lukas brachte ihr ein süßes Mixgetränk nach dem anderen und sie bekam ziemlich schnell einen Schwips davon.

John Temoke hatte seine Tochter inständig gebeten, die Finger vom Alkohol zu lassen. Aus dem einfachen Grund, weil sie, was die Verträglichkeit betraf, genetisch benachteiligt war. Indianer besitzen geringere Mengen eines Enzyms in der Leber, das für den Abbau von Alkohol im Körper verantwortlich ist. Julias Kater würde mindestens zweimal so schlimm sein wie der aller anderen, die genauso viel getrunken hatten.

Obwohl sie betrunken war, wurde Julia sehr schnell klar, was Lukas eigentlich von ihr wollte. Seine Küsse wurden zunehmend fordernder und seine Hände waren auf einmal unter ihrem T-Shirt. Zuerst gefiel es ihr noch und sie fühlte sich ungeheuer erwachsen. Aber als sie sich dann unversehens allein mit Lukas in einem Zimmer wiederfand und seine Hände ihr wehtaten, schlug sie plötzlich um sich, biss ihn in die Hand und rannte davon.

Lukas Rascher lief eine Woche lang mit einem Verband herum und hatte sie nie wieder eines Blickes gewürdigt. Julia versprach ihrem Vater, keinen Alkohol mehr anzurühren. Genau ein Jahr war das jetzt her. Sie hatte hier und da eine Verabredung gehabt, aber etwas Ernstes war nie daraus geworden.

»Was ist denn los?«, fragte Ian. »Hörst du mir überhaupt zu?«

»Ja, klar. Ich fände es schön, wenn du mich in Karlsruhe besuchen würdest. Vielleicht kann ich ja auch mal nach Berlin kommen.«

»Wirklich?«

»Ja, warum nicht?«

Ian erzählte weiter von seinen Zukunftsplänen und dass er später irgendwann nach Hollywood gehen wollte.

Julia lächelte.

»Du glaubst mir nicht?«, fragte er gekränkt.

»Oh doch. Ich versuche nur, mir das alles vorzustellen.«

»Ja«, meinte Ian begeistert. »Das versuche ich auch.«

Simon war in Dominics Truck eingenickt und wachte erst auf, als er Stimmen hörte. Julias Lachen würde er überall sofort erkennen. Es war dunkel und rund, wie ihre Stimme.

Der junge Mann, an dessen Seite sie den Weg entlanggeschlendert kam, war Mr Dreadlock. Wo die beiden wohl gesteckt hatten? Vermutlich bei der Geisterstadt. Simon hatte selbst im Sinn gehabt, Julia dorthin zu führen und ihr die Schönheit des Verfalls zu zeigen. Nun war ihm ein anderer zuvorgekommen.

Er war lange in Dominics Küchenzelt beschäftigt gewesen. Später hatte er nach Julia gesucht, sie aber nicht finden können. Da war sie wohl schon mit Mr Dreadlock unterwegs gewesen. Er hatte geglaubt und gehofft, sie würde ihn ein wenig mögen. Aber vielleicht war das auch alles nur Einbildung gewesen. Unwillig starrte Simon durch die Windschutzscheibe.

Nur wenige Meter von Dominics Truck entfernt trafen Julia und Ian auf Jason und seine Freundin. Die vier blieben stehen, um zu plaudern. Alles sah ganz ungezwungen und leicht aus. So, wie es für ihn niemals sein würde.

Jungs wie Ian oder Jason würden nie um Worte verlegen sein. Wie einfach war es doch, ein Gespräch zu führen, wenn man sich darauf konzentrieren konnte, was man sagen wollte. Und nicht darum kämpfen musste, überhaupt ein vernünftiges Wort herauszubringen, statt wirrer Stammelei. Simon hatte längst gemerkt, dass die meisten Leute ein Gespräch mit ihm als zeitraubende Belästigung empfanden.

Mit einem Gefühl schmerzlichen Bedauerns beobachtete er die vier. Ainneen befummelte Jason pausenlos und offensichtlich gefiel ihm das. Die helle Haut des blonden Mädchens leuchtete im Licht der Sonne. Ian hatte ganz lässig einen Arm um Julias Schultern gelegt und sie schien nichts dagegen zu haben. Sie lachte über einen Witz, den Mr Dreadlock gerissen hatte. Trotzdem sah sie verloren aus.

Wenn er nur wüsste, was in ihrem Kopf vorging.

Am Abend versammelte sich ein Großteil der Anwesenden am Lagerfeuer und es wurden Geschichten zum Besten gegeben. Julia saß zwischen Ian und einer kleinen alten Dame, die den Anfang machte und vom Urbeginn der Zeiten erzählte, als es nur eine Welt und ein Volk gegeben hatte.

Julia ließ ihre Blicke über die vom roten Feuerschein beleuchteten Gesichter schweifen. Ada und Hanna saßen auf der anderen Seite, neben Simon, Frank und dem Koch. Es sah so aus, als würde Simon zu ihr herüberschauen, aber sie war sich nicht sicher.

In Gedanken war sie bei ihrem Großvater, der jetzt bestimmt vor seinem Fernseher saß oder Tommy beruhigen musste, weil der seine Granny vermisste. Auch wenn der alte Mann die Geschichten, die hier erzählt wurden, nicht hätte hören können, hätte er doch bestimmt gerne mit den anderen am Feuer gesessen.

Die Zuhörer klatschten Beifall und Julia merkte erschrocken, dass die alte Dame bereits am Ende ihrer Geschichte angekommen war.

Ein großer Mann mit narbigen Wangen und zwei dicken Zöpfen stand auf. Er erzählte eine Geschichte vom Wolf und seinem Widersacher, dem Kojoten. Es war die Geschichte vom endgültigen Tod der Menschen.

»Wolf, der Schöpfer allen Lebens, wusste, dass man einen verstorbenen Menschen wieder lebendig machen konnte, indem man einen Pfeil unter den liegenden Leichnam schoss«, erzählte der Narbige. »Doch Kojote gefiel diese Vorstellung nicht. Er war der Meinung, Menschen sollten für immer tot sein, da sonst bald Platzmangel und Hunger herrschen würden auf der Welt.

Wolf gab seinem Widersacher nach, aber es war Kojotes Sohn, den er zuerst sterben ließ. Kojote kam zu Wolf und bat ihn, seinen Sohn mit einem Pfeil wieder lebendig zu machen. Doch Wolf weigerte sich. Von da an musste jeder Mensch endgültig sterben.«

Julia blickte auf das Feuer, das hoch hinaufloderte, und es schien ihr, als würden die Funken bis zu den Sternen stieben. Die Geschichte vom endgültigen Tod hatte sie traurig gemacht und plötzlich verspürte sie den Wunsch, allein zu sein. Leise schlich sie sich davon, als der nächste Geschichtenerzähler sich zu Wort meldete.

Julia lief am Küchenzelt vorbei auf eine kleine Anhöhe und setzte sich auf einen Fels. Mondlicht tauchte die Hügel in gespenstisches Licht. Die dunklen Wacholderbüsche und einzelne Pinien warfen unheimliche Schatten. Julia fürchtete sich nicht, sie mochte diesen Ort und sie mochte die Nacht. Da blieb ihr Blick an einem Lichtschein über dem Horizont hängen. Es sah aus, als würde sich hinter dem Hügel eine große Stadt befinden. Aber dort war keine Stadt, dass wusste sie. Staub zog über die künstliche Lichtquelle hinweg. Was mochte das sein?

Als Julia Schritte hinter sich hörte, schreckte sie aus ihren Gedanken und drehte sich um. Es war Simon. Vermutlich hatte er ihre Abwesenheit bemerkt und sich Sorgen gemacht, als sie nicht zurückgekehrt war.

»A-lles in Ordnung mit dir?«

»Ja. Ich wollte nur mal einen Augenblick allein sein.«

»Oh, dann v-erschwinde ich lieber wieder . . .«

»Nein«, sagte sie schnell. »Geh nicht weg.«

Simon blieb neben ihr stehen, die Hände in den Taschen, und beobachtete den diesigen Lichtstreifen am westlichen Horizont. »Das ist die Mine«, sagte er. »Sie arbeiten auch nachts.«

»Dann schläft das Ungeheuer also niemals?«

»Nein.«

»Ich habe das alles nicht gewusst«, sagte Julia leise. »Mein Vater hat mir zwar ein paar Dinge erzählt, aber wie schlimm es um das Shoshone-Land und die Ranch steht, davon hatte ich keine Ahnung.«

»Bist du jetzt wütend auf ihn?«

Julia schien eine Weile nachzudenken, dann schüttelte sie den Kopf. »Ich habe meinen Pa lieb gehabt«, sagte sie schlicht. »Warum sollte ich wütend auf ihn sein?«

Warum sie auf ihn wütend sein sollte?

Weil man jemanden lieben und trotzdem wütend auf ihn sein kann, schrie es in ihm. Simon schluckte.

»Ich hab dir das n-och gar nicht gesagt, aber das mit deinem Dad tut m-m-m . . . also, es tut mir leid. Er muss dir sehr fehlen.« Er nahm die Hände aus den Taschen und setzte sich neben Julia auf den Fels.

Sie wandte den Kopf und sah ihn an. »Das Merkwürdige ist, dass ich hier an diesem Ort überhaupt nicht das Gefühl habe, er würde mir fehlen. Es ist, als wäre mein Vater irgendwo da drüben bei den anderen. Ich kann ihn lachen hören. Ist das nicht verrückt?«

»Nein, ist es n-icht.«

»Mein Pa konnte wunderbar zuhören. Weißt du, es gab eine Menge verwirrender Gedanken und Gefühle in mir, die nicht mal ich verstanden habe. Aber er hat mir immer zugehört und mich darin bestärkt, dass es in Ordnung war, was ich empfand.«

»Hört sich nach einem c-c-coolen Typen an«, sagte Simon.

»Ja.« Ein trauriges Lächeln erschien auf Julias Gesicht. »Pa hat gemeint, das Chaos in meinem Inneren käme daher, dass ich Sehnsucht nach diesem Land hätte, nach dem Land meiner Vorfahren. Und dass die Ahnen in meinem Blut wären und mir Fragen stellen würden.

›Auf ihre Fragen musst du deine eigenen Antworten finden‹, hat er gesagt. ›Und du musst lernen, deiner eigenen Stimme zu vertrauen – ohne Angst.‹

Ich versuche das manchmal, aber es ist gar nicht so leicht.« Sie schluckte heftig. »Ach Mist!« Julia wischte sich mit den Fingern die Tränen aus dem Gesicht. »Ich schaffe es einfach noch nicht, über ihn zu reden, ohne zu heulen.«

Bitte nicht weinen, dachte Simon, denn Julias Tränen brachten ihn aus der Fassung. In diesem Moment sah sie so traurig, so zerbrechlich aus, dass er sie am liebsten in den Arm genommen hätte. Er wollte sie beschützen und wusste nicht, wie. Ihre Offenheit und ihr Vertrauen irritierten ihn genauso wie ihre Tränen.

Sie saßen so dicht nebeneinander, dass Simon die Wärme ihres Armes spüren konnte. Gedankenverloren betrachtete er den vollen Mond, der über dem Tenabo stand.

»Kannst du in Deutschland eigentlich die v-erborgene Seite des Mondes sehen?«, fragte er.

Julia wischte sich noch einmal über die Augen und schüttelte den Kopf. »Nein, Simon. Egal, wo man gerade ist auf der Welt, den Mond sieht man immer nur von einer Seite. Das kommt daher, dass er sich auch um seine eigene Achse dreht.«

»Also sehen alle nur dieses traurige Gesicht«, sagte er, ein wenig enttäuscht. »Ich dachte, auf der anderen Seite lächelt er vielleicht.«

»Vielleicht tut er das ja. Er lächelt im Verborgenen.«

Julia erzählte Simon von ihrem Leben auf der anderen Seite des Ozeans. Sie beschrieb ihm ihre Schule, ihr Haus und ihr Zimmer, ihren Alltag. Dass sie regelmäßig schwimmen ging, eine gute Freundin namens Ella hatte und leidenschaftlich gerne kochte. Simon erfuhr, dass Julia lieber Briefe schrieb als E-Mails und viel mit ihrem Vater gewandert war.

Er mochte es, ihr zuzuhören und schweigen zu dürfen. Eine vollkommen fremde Welt tat sich vor ihm auf, ein Land, in dem es keine Wohntrailer gab, wo Häuser sich in Dörfern und Städten drängten, die viele Hundert Jahre alt waren, und wo es Leute gab, die manchmal noch zu Fuß zum Supermarkt gingen, um einzukaufen.

Wenn Julia ihm ihr Gesicht zuwandte, suchte er ihre Augen im Dunkel. Sie weinte nicht mehr, wie er erleichtert feststellte. Später schwieg sie und er merkte, dass sie sich vor dem Schweigen nicht fürchtete, wie die meisten anderen Menschen es taten.

Irgendwann begann sich die Gesellschaft am Lagerfeuer aufzulösen. Julia stand auf. »Ich gehe jetzt lieber zurück«, sagte sie. »Meine Ma macht sich sonst Sorgen.«

Auch Simon erhob sich. Mit seiner Taschenlampe brachte er Julia zu dem altmodischen Zelt, in dem sie mit ihrer Mutter und ihrer Granny schlafen würde.

»Gute Nacht«, sagte er.

»Bis morgen, Simon.« Sie lächelte und diesmal lächelte er zurück.

Mit einem guten Gefühl machte Simon sich auf zu Dominics Zelt. Er hatte es geschafft, Julia eine gute Nacht zu wünschen, ohne dass sich die Worte in seiner Kehle quergestellt hatten.

12.

Den größten Teil des nächsten Tages verbrachte Julia mit Ian. Er redete die meiste Zeit von sich und trotzdem wurde ihr nicht langweilig. Ian brachte sie zum Lachen und er nahm ganz selbstverständlich ihre Hand, wenn sie nebeneinanderher liefen.

Am Nachmittag kam Wind auf und wehte Staub und kleine Pflanzenteile in die Augen und die Kleidung der Versammelten. Als der Wind sich zu heftigen Sturmböen auswuchs, flüchteten alle in die beiden großen Zelte. Frank und Simon waren gerade dabei, Adas Zelt abzubauen, als die morsche Plane riss und das halbe Zelt in die Luft gewirbelt und davongetragen wurde.

Chaos herrschte und jeder sah zu, wie er seine Habe und sich selbst in Sicherheit bringen konnte. Ada, Hanna und Julia fuhren auf die Ranch zurück. Simon blieb, um beim Abbau der beiden großen Zelte zu helfen. Frank erklärte sich bereit, ihn später nach Hause zu fahren.

Hanna und Julia verschwanden im Trailer und fielen todmüde auf ihre Betten. Der Wind heulte um den Blechkasten und ließ ihn schwanken. Julias Blick fiel auf die drei Steine, die Simon auf das Schränkchen neben dem Bett gelegt hatte. Sie nahm sie nacheinander in die Hand. Zuerst den hellen, mit dunklen Punkten gesprenkelten, dann den grünen Stein. Simon hatte ihr vom Traum des Appaloosa-Hengstes erzählt und von den Träumen der Pflanzen in der Nacht. Als er davon gesprochen hatte, war es ihr merkwürdig vorgekommen. Doch nun, da sie das Gewicht der Steine in ihren Händen fühlte, bekam sie eine Vorstellung davon, was er meinte.

Julia drehte und wendete den grauen Stein in der Hand. Seine Oberfläche war rau und kantig, ein ganz gewöhnlicher Stein. Keine besondere Form und keine besondere Farbe. Sie fragte sich, aus welchem Grund Simon ihn ausgewählt hatte.

Mit dem grauen Stein in der Hand schlief sie ein, trotz des Sturms, der an der Verkleidung des Trailers riss und das Blech klappern ließ.

Es war die Stille, die sie weckte. Für einen Augenblick wusste Julia nicht, wo sie war. Der Sturm hatte sich gelegt und die roten Strahlen der untergehenden Sonne bahnten sich ihren Weg durch das kleine Fenster in den Raum.

Sie blickte auf ihre Armbanduhr. Es war sieben Uhr abends, sie hatte drei Stunden geschlafen. Im Bad warf Julia einen Blick in den halb blinden Spiegel und ihr wurde bewusst, wie staubig und verschwitzt sie war. Samenkörner hatten sich in ihrem Haar verfangen und ihr Scheitel war von einer rötlichen Staubschicht bedeckt.

Sie lief durch den schmalen Gang zu ihrer Mutter und versuchte, sie zu wecken. Aber Hanna grummelte nur ungehalten und öffnete nicht einmal die Augen. Kurz entschlossen holte Julia ihre Waschtasche aus dem Bad, packte frische Sachen in einen Beutel und schrieb ihrer Mutter einen Zettel, auf dem stand, dass sie zur Badestelle gegangen war.

Dann machte sie sich auf den Weg.

Pepper hatte vor Simons Wohnwagen geschlafen und nun kam er angehumpelt, um sie ein Stück des Weges zu begleiten. Demnach war Simon immer noch nicht zurück vom Versammlungsplatz. Er tat ihr leid. Julia beschlich das Gefühl, dass ihre Großmutter Simons Gutmütigkeit und seinen Wunsch nach Anerkennung ausnutzte, so wie einige andere auch.

Sie streichelte Pepper zwischen den gelben Augen und er leckte ihr freudig die Hand. Dann marschierte sie los. An der Abzweigung zur Badestelle blieb der Hund stehen und bellte. Nach einer Weile machte er kehrt und humpelte zur Ranch zurück.

In der roten Abendsonne wirkten die Hügelkämme wie mit olivgoldenem Samt überzogen. Auf halber Strecke blieb Julia stehen und drehte sich einmal um die eigene Achse. Sie war ganz allein am Hang. Da entdeckte sie unvermutet den gefleckten Hengst, nur ein paar Meter von ihr entfernt. Seine Herde graste ein ganzes Stück weiter oben in den Bergen, aber der Graue schien wissen zu wollen, wer da in sein Revier eingedrungen war.

Er umrundete Julia in einem großen Bogen, der zu ihrem Entsetzen immer enger wurde. Schließlich blieb er stehen, hob den Kopf und wieherte laut. Julias Herz klopfte wild und Panik erfasste ihren ganzen Körper. Der baumlose Hügel bot nirgendwo Deckung.

Als sie hinter sich einen Wagen den Berg hinaufbrummen hörte und der Graue das Weite suchte, war sie unendlich erleichtert. Hanna war also doch noch aufgewacht und ihr gefolgt.

Sie irrte sich. Es war Simon, der in der Fahrerkabine des braunen Trucks saß. Er hielt neben ihr und öffnete die Beifahrertür. Pepper hockte auf der Sitzbank. Der Hund legte den Kopf schief und blickte Julia fragend an. Unschlüssig stand sie da. Was sollte sie mit Simon zusammen an der Badestelle? Allerdings hatte der gefleckte Hengst ihr eine solche Angst eingejagt, dass sie Simons Angebot auch nicht ausschlagen wollte.

»Na k-omm«, sagte er. »Es wird bald dunkel. Hast du überhaupt eine Taschenlampe eingesteckt?«

Natürlich nicht. Julia setzte sich neben Pepper und Simon fuhr bis zur Badestelle, ohne dass sie ein Wort miteinander sprachen. Oben angekommen, stieg Simon aus, sie jedoch blieb mit trotzig verschränkten Armen sitzen.

Simon steckte den Kopf in die Fahrerkabine. »Na, w-as ist?«

Julia blickte Simon fest in die Augen und fragte: »Wie hast du dir das eigentlich gedacht?«

»G-G-Ganz einfach. Erst du und dann ich. Fang an! Gleich wird es N-acht.«

Julia rührte sich nicht von der Stelle. Lieber blieb sie so dreckverschmiert und verschwitzt, wie sie war, als dass sie sich vor einem Jungen auszog, den sie erst seit fünf Tagen kannte.

»Was ist? K-K-Kein Vertrauen? Ich werde schon nicht hinsehen.«

Die Erschöpfung zeichnete sich in Simons Gesicht ab und Julia hatte den Eindruck, als ob er gleich umfallen würde vor Müdigkeit. Vermutlich war sein Vorschlag vollkommen harmlos und ihre Fantasie ging bloß mal wieder mit ihr durch.

Julia wusste nicht, was sie sagen sollte, also schwieg sie.

»Pepper und ich werden so lange aufpassen, dass kein Kojote kommt und deine Kleider holt.« Simon lächelte schief.

Julia wusste, dass es kindisch war, wenn sie jetzt nicht aus dem Wagen stieg und ein Bad nahm. Denn Simon würde es mit Sicherheit tun, ob sie nun da war oder nicht.

Sie stieg aus und schlug die Tür hinter sich zu.

Simon wollte Julia helfen, kaltes Wasser aus der Tonne heranzutragen, aber sie lehnte ab. Mit einem Achselzucken überließ er ihr die Arbeit, setzte sich in den Pick-up und wandte ihr den Rücken zu. Während sie damit beschäftigt war, Wassereimer heranzuschleppen und die richtige Wassertemperatur zu finden, verstellte er den Rückspiegel so, dass er die Badestelle im Blick hatte. Dann knipste er seine Taschenlampe an und tat, als würde er lesen.

Aber die Buchstaben verschwammen vor seinen Augen.

Als Simon den Blick hob und im kleinen Spiegel sah, wie Julia aus ihren Kleidern stieg, fiel schlagartig alle Erschöpfung von ihm ab. Er hatte schon ein paar schöne Dinge gesehen in seinem Leben, aber nichts, das ihm so vollkommen schien wie Julias unbekleideter Körper.

Er fühlte sich mies, weil er ihr Vertrauen auf so feige Art hinterging, aber er hatte auch nicht die Kraft wegzusehen. Julia war schlank, aber nicht mager, und ihre langen Beine waren wohlgeformt. Der Anblick ihrer runden Brüste mit den dunkelbraunen

Knospen ließ Simons Herz schneller schlagen und bunte Wünsche in seinem Hirn Gestalt annehmen.

Er stellte sich vor, wie es wäre, Julia zu umarmen, den Duft ihrer Haut zu riechen, sie vielleicht zu küssen und . . . seine Fantasie kannte keine Grenzen. Doch zu Simons großer Enttäuschung war das, was er nun zu sehen bekam, die mit Sicherheit schnellste Badeaktion, die dieser Ort je erlebt hatte. Binnen fünf Minuten wusch Julia ihre Haare, seifte sich ein, tauchte unter und sprang wieder aus der Wanne. Sie beeilte sich wie verrückt, in ihre frischen Sachen zu kommen.

Hin und wieder warf sie ihm einen hastigen Blick zu und dann tat er so, als wäre er in sein Buch vertieft. Während sie sich nach unten beugte, um einen Handtuchturban auf ihrem Kopf zu formen, stellte er den Spiegel in seine richtige Position zurück.

»Ich bin fertig«, rief sie.

Simon atmete tief durch, schlug das Buch zu und knipste das Licht aus. »Gut.« Es hörte sich an wie ein Seufzen.

Während Simon neues Wasser in die Wanne füllte, kämmte Julia ihre langen Haare. Dann setzte sie sich mit dem Rücken zu ihm in den Pick-up, wie er es zuvor auch getan hatte.

»Kann ich in deinem Buch lesen?«

Es plätscherte. »Weiß n-nicht, ob du das kannst.«

Julia langte nach dem roten Band und las den Titel. *The Communist Manifesto, by Karl Marx.* Ich glaub es nicht, dachte sie. Simon hockte tatsächlich hier am Ende der Welt und las das Kommunistische Manifest von Marx. Und er war ein genauer Leser. Einige Passagen im Buch hatte er rot angestrichen und sich Anmerkungen dazu gemacht.

Julia las und blätterte, begierig darauf, mehr über Simon und das, was in seinem Kopf vorging, zu erfahren.

Als er schließlich vor ihr stand, mit tropfnassen Haaren, sein feuchtes rotes Handtuch um den Hals gelegt, leuchtete sie ihm mit der Taschenlampe ins Gesicht und fragte: »Wie kann man so was bloß freiwillig lesen?«

Simon griff nach der Lampe und knipste sie aus. »Wieso? B-B-Bekommt man davon etwa auch schlechte Zähne?«

»Mit Sicherheit.« Sie lachte. »Willst du die Welt verbessern, wie meine Granny?«

Simon zuckte mit den Achseln. »Es interessiert mich eben.«

»Na schön. Und was liest du sonst so?«

»Du kannst mich ja mal besuchen, dann zeige ich es dir.«

Er stieg ein und startete den Motor. Rasselnd und quietschend setzte sich die Kiste in Bewegung. Julia fühlte sich behaglich sauber und war froh, jetzt nicht im Halbdunkel allein zurücklaufen zu müssen und womöglich wieder dem grauen Hengst zu begegnen.

Sie fragte Simon nach dem Pferd.

Er grinste. »Hattest du Angst?«

»Ja, verdammt. Er hat mich eingekreist.«

»Sein N-ame ist Tobacco und er ist völlig harmlos. Der Appaloosa ist eingeritten, er mag Menschen. Er wollte nur mit dir spielen.«

Spielen? »Ich werde es mir merken.«

Im Trailer brannte Licht. Hanna hatte also endlich ausgeschlafen. Simon hielt an, um Julia aussteigen zu lassen.

»Danke fürs Mitnehmen«, sagte sie.

Er nickte nur.

»Gute Nacht, Simon.«

In der Tür drehte sie sich noch einmal um und winkte ihm zu. Drinnen wurde sie von ihrer Mutter bereits erwartet.

»Da bist du ja endlich.« Hanna war gereizt, das hörte Julia sofort.

»Ich war an der Badestelle. Hast du meinen Zettel nicht gelesen?«

»Es ist dunkel draußen.«

»Simon hat mich im Truck mitgenommen.«

»Simon? Und was hat er dort oben gemacht?«

»Auch gebadet.«

Hanna musterte sie scharf.

Julia seufzte tief auf. »Wenn du es genau wissen willst: Er hat gelesen, während ich in der Wanne saß.«

»*Gelesen?*«

Oh wie gut Julia diesen Tonfall kannte.

»Das Kommunistische Manifest.«

»Veralbern kann ich mich alleine, Julia.«

»Ich veralbere dich nicht, Ma. Er saß mit dem Rücken zu mir und hat Marx gelesen. Ich verstehe nicht, warum du dich so aufregst.«

»Ich rege mich nicht auf, ich habe einfach genug von alldem hier. Wir reisen morgen ab.«

»Was?«

»Ist Boyds Schwerhörigkeit ansteckend? Ich sagte: Wir reisen morgen ab. Deine Großmutter weiß Bescheid. Du kannst schon mal deine Sachen zusammenpacken.«

»Aber wir hatten Mittwoch ausgemacht. Morgen ist erst Montag.«

»Ja, aber bis Mittwoch stehe ich das nicht mehr durch. Im Gegensatz zu dir kann ich hier nichts Vergnügliches finden. Deine Grandma kommandiert mich herum, als wäre ich ihre Dienstmagd. Ich hab mir den Magen verdorben und weit und breit gibt es kein ordentliches Klo. Ich muss hier weg, Julia, sonst drehe ich noch durch.«

Das war eine von Hannas Lieblingsdrohungen: »Sonst drehe ich noch durch.« Aber diesmal hatte Julia das ungute Gefühl, es könnte etwas Wahres dran sein. Ihre Mutter klang ziemlich hysterisch.

»Na gut«, sagte sie. »Ich verstehe dich.«

Erleichtert atmete Hanna aus.

»Du kannst fahren und ich bleibe hier«, sagte Julia.

»Vergiss es.«

»Aber warum denn? Ada und Boyd sind meine Großeltern. Ich mag sie und ich will sie besser kennenlernen. Mir gefällt es hier auf der

Ranch. Ich habe keine Lust auf Kalifornien und auch nicht auf deine Freundin Kate. Macht euch zu zweit eine schöne Zeit.«

Hanna ließ sich auf die Couch fallen. »Ich kann dich nicht alleine hierlassen, Julia.«

»Ich bin ja nicht alleine.«

Hanna musterte ihre Tochter eindringlich.

Julia hob die Schultern. »Grandma, Grandpa, Loui-Loui, Pepper, Pipsqueak, die Ziegen, die Hühner, Tobacco...«

»Tobacco?«

»Ein liebes Pferd.«

»Und Simon?«, fragte Hanna.

»Der auch.«

»Aber ich will nicht, dass sich alles wiederholt.«

»*Was* wiederholt?«

»Na, die Geschichte zwischen deinem Pa und mir. Du bist dabei, dich in Simon zu verlieben, Julia. Merkst du das denn nicht?«

Julia schluckte verwirrt. Spürte ihre Mutter vielleicht etwas, das sie selbst nicht wahrhaben wollte? Julia glaubte nicht daran. Was wusste sie schon über Simon? Nicht das Geringste. Sie mochte ihn, das war alles. Es war etwas Stilles und Einsames an ihm, das ihr gefiel. Simon konnte zuhören und Julia hatte das Gefühl, dass er verstand, was in ihr vorging. Außerdem hatte er ihre Großeltern gern, das allein machte ihn schon zu einem besonderen Menschen. Aber Liebe? Julia dachte an Ian und an das, was sie bei seinem Kuss empfunden hatte. Sie war einfach nicht bereit, sich zu verlieben. In ihr war kein Platz für große Gefühle.

»Ich glaub nicht, dass du dir Sorgen machen musst«, sagte Julia. »Simon ist nicht mein Typ.«

Hanna schien es nicht schwerzufallen, das zu glauben. Trotzdem fragte sie: »Kann ich dir vertrauen?«

Julia spürte, wie Jubel in ihr aufkeimte, aber sie ließ es sich nicht anmerken. »Klar. Das weißt du doch.«

»Na gut. Unter zwei Bedingungen darfst du bleiben.«

Bedingungen? *Mist.* »Und die wären?«

»Vorausgesetzt natürlich, Ada ist es recht, dass du bleibst, erwarte ich von dir, dass wir regelmäßig miteinander telefonieren. Außerdem wirst du zu deinen Großeltern ins Ranchhaus umziehen.«

Großer Mist. »Aber ich fühle mich wohl hier im Trailer«, protestierte Julia. »Es ist nicht das Hilton, aber ich habe meine Privatsphäre.«

»Das ist es ja eben. Du wärst ganz allein hier draußen und das gefällt mir nicht. Man kann ja noch nicht mal die Tür verriegeln.«

»Ich habe keine Angst.«

»Es ist dumm, keine Angst zu haben, Julia. Du hast ja keine Ahnung, wie die Dinge hier laufen. Wenn du nicht ins Ranchhaus umziehen willst, kommst du mit nach Kalifornien.«

»Okay«, Julia lenkte ein. »Wenn dich das glücklich macht, werde ich umziehen.«

»Gut.«

Sie umarmte ihre Mutter spontan und gab ihr einen Kuss. »Kannst du mir noch den Zopf flechten?«

»Klar.«

Hanna flocht Julias Zopf, die Haare waren noch feucht. »Wer wird das für dich tun, wenn ich nicht da bin?«, fragte sie.

»Ich muss es eben selber machen.«

Hanna umschlang das Ende des Zopfes mit einem Gummi und sagte: »Dann schlaf gut, meine kleine Indianerin.«

»Ja, du auch, Ma.«

Julia putzte Zähne, kroch in ihr Bett und rollte sich in die dünne Decke. Sie war selbst noch völlig überrascht von ihrer eigenen Entscheidung. Der Wunsch, auf der Ranch bleiben zu wollen, war eine plötzliche Eingebung gewesen, ein Bauchgefühl. Als ob es da etwas gab, das sie verstehen wollte. Was sie in drei langen Wochen an diesem Ort am Ende der Welt anstellen wollte, war ihr jedoch selber nicht ganz klar.

Es würde nicht leicht werden, das wusste sie. Aber zum ersten Mal seit dem Tod ihres Vaters hatte Julia das Gefühl, dass das Leben eines Tages vielleicht doch wieder schön sein könnte.

Simon stellte den Truck auf dem Hof ab und ging noch einmal ins Ranchhaus, um den beiden Alten eine gute Nacht zu wünschen. Tommy gab freudige Laute von sich, als er Simons Stimme erkannte, und Simon strubbelte ihm lächelnd über den Kopf.

»Die Wegweiser müssen morgen wieder eingesammelt werden, bevor irgendwelche Kids sie als Zielscheiben benutzen«, sagte Ada.

»Und du musst Dachpappe besorgen«, erinnerte ihn der alte Mann. »Einige Dächer im Camp sind undicht.«

Simon nickte. »Ich k-k-kann ja Julia mitnehmen«, sagte er. »Wir fahren nach Battle Mountain in den Baumarkt, um die Pappe zu b-esorgen, und auf dem Rückweg sammeln wir die Schilder ein.«

Ada musterte ihn aufmerksam. »Daraus wird wohl nichts werden. Hanna und Julia reisen morgen ab.«

Der Schreck durchzuckte ihn wie ein glühender Blitz und er hatte große Mühe, sich nichts anmerken zu lassen. »W-ollten sie n-n-nicht länger bleiben?«, fragte er. Simon versuchte beiläufig zu klingen, aber seine Panik war deutlich herauszuhören.

Adas Blick wurde noch durchdringender. »Schon. Aber anscheinend gefällt es ihnen hier nicht. Das Leben auf der Ranch ist den beiden zu primitiv. Ich kann es ihnen nicht verdenken. In Deutschland wohnen sie in einem schicken kleinen Haus mit allen Annehmlichkeiten.«

Simon schüttelte ungläubig den Kopf. Er wusste, dass Ada Hanna nicht mochte, und es widerstrebte ihm, sich anzuhören, wie die alte Frau abfällig über Julias Mutter redete. Hanna hatte versucht, es ihrer Schwiegermutter recht zu machen, doch das war ein aussichtsloses Unterfangen gewesen. Ada war der Überzeugung, Hanna hätte John verhext, weil er freiwillig mit ihr in ein fremdes Land gegangen war. Dass er dort gestorben war, würde Ada ihrer weißen Schwiegertochter nie verzeihen.

Er stammelte den beiden Alten einen Gutenachtgruß zu und machte sich mit der Taschenlampe auf den Weg zu seinem Wohnwagen. Als er am Trailer vorbeikam, sah er, dass drinnen noch Licht brannte. Ein erster Impuls trieb ihn, anzuklopfen und mit Julia zu sprechen.

Simon wusste, dass Julia anders war als ihre Mutter. Nach dem ersten Schock hatte sie Gefallen an der Ranch gefunden, das zeigte sich in vielen kleinen Dingen. Es machte ihr Freude, Pipsqueak zu füttern und die weißen Ziegenkinder zu besuchen. Jedes Mal hatte sie ein paar Zärtlichkeiten für Pepper und Loui-Loui übrig, egal wie staubig die beiden waren.

Julia mochte ihre Großeltern, auch wenn das bestimmt manchmal nicht leicht war. Sogar an Tommy hatte sie sich schnell gewöhnt. Sie hatte keine Angst vor Hässlichkeit und wandte sich nicht ab von Menschen, die ihr fremd waren oder wunderlich vorkamen.

Erst jetzt, als Simon keine Zeit mehr blieb, um irgendetwas auszurichten, gestand er sich ein, wie gern er Julia hatte und wie einsam er in den vergangenen Monaten gewesen war. Wenn er doch nur ein bisschen mehr Zeit hätte, um ihr das zu sagen. Aber nun würde sie abreisen und weder Wünsche noch Eingeständnisse konnten daran etwas ändern.

Wie betäubt lenkte Simon seine Schritte in Richtung Wohnwagen. In ein paar Stunden würde Julia nicht mehr da sein. Dann war er wieder allein mit den beiden Alten und den Tieren, allein mit sich und seinen unausgesprochenen Fragen, Wünschen und Gedanken. Er würde wieder anfangen Selbstgespräche zu führen oder Pepper lange Vorträge zu halten, um das Gefühl für Worte nicht endgültig zu verlieren.

Eine unerträgliche Traurigkeit überfiel Simon, als er auf seiner Schlafcouch lag. Nicht einmal Peppers Anwesenheit vermochte ihn zu trösten. Er versuchte zu lesen, um sich abzulenken. Aber seine Gedanken schweiften immer wieder fort von den Zeilen. Die Buchstaben begannen zu tanzen und bald wusste er nicht mehr, was er eine Minute zuvor gelesen hatte.

Schließlich knipste Simon das Licht aus. Er schloss die Augen, doch einschlafen konnte er nicht. Im Wohnwagen war es heiß und stickig, trotz der beiden aufgeklappten Fenster. Und da war diese unerträgliche Spannung in ihm, die ihn immer wieder an Julia und ihre hübschen Brüste denken ließ. Es nahm ihm den Atem, wenn er sie vor sich sah. Stöhnend rollte sich Simon auf den Bauch, die Hände zwischen den Beinen. Für ein paar Minuten war das die einzige Möglichkeit der Erlösung.

Aber auch danach fand er keine Ruhe. Bisher waren seine Wünsche auf einige wenige Dinge reduziert gewesen: ein gutes Buch, ein kaltes Mountain Dew, etwas Anständiges im Magen, ein trockener Platz zum Schlafen und die Berge für seine Wanderungen. Peppers weiche Wärme, Pipsqueaks Zuneigung, ein Song von Walela, seiner Lieblingsband.

Seit Simon Julia kannte, waren seine Wünsche andersfarbig geworden. Sein Körper wollte mit ihr zusammen sein. Er hoffte, sie würde ihn mögen. Nicht nur so, als jemanden, mit dem man sich wortlos versteht. Nein, er wünschte sich mehr: Er wollte ihr gefallen. Doch er wusste nicht, was er tun musste, damit sie ihn mochte.

Simon hatte sich nie Gedanken über sein Aussehen gemacht und wie es auf andere wirkte. Kleidung war ihm egal, sie musste bloß praktisch sein. Ihm fehlte sowieso das Geld, um sich etwas Neues zu kaufen.

Als er nach Eldora Valley gekommen war, hatten ihn die Mädchen im Ort mit unverhohlener Neugier betrachtet und ein oder zwei hatten ihn sogar angesprochen. Aber vor Aufregung hatte ihm jedes Mal die Stimme versagt, und wenn er zu stottern anfing, verflüchtigte sich das Interesse der Mädchen sehr schnell. Wer wollte sich schon mit einer Spottfigur abgeben?

Bei Julia war das anders. Sie hörte ihm zu und wartete geduldig, bis er fertig war mit dem, was er zu sagen hatte. Sie versuchte nicht, seine Sätze zu vollenden, wenn es zu lange dauerte. In ihrer Gegenwart war alles unkompliziert. Er konnte ihr nicht einmal böse sein, wenn sie über ihn lachte. Simon träumte von Julia. Er versuchte, es nicht zu tun, aber es half nicht.

In dieser Nacht wurde ihm klar, dass mit seinen Wünschen auch er selbst sich verändert hatte. Es verwirrte ihn, dass er plötzlich die Nähe eines anderen Menschen suchte. Dass seine Gedanken von diesem Menschen beherrscht wurden. Simon sehnte sich nach Gefühlen, doch niemand hatte ihm beigebracht, wie man liebt.

13.

Ada reagierte nicht mit überschwänglicher Freude auf den Wunsch ihrer Enkeltochter, noch weitere drei Wochen auf der Ranch zu bleiben. Aber sie lehnte es auch nicht ab. Hannas Bedingung, dass Julia im Ranchhaus schlafen sollte, erwies sich jedoch als Problem. Zum ersten Mal sah Julia, unter welchen Umständen ihre Großeltern schliefen: Grandpa Boyd in einem kleinen dunklen Kabuff mit einem winzigen Fenster und Grandma Ada mit Tommy in den Ehebetten.

Der alte Mann bekam trotz seiner Taubheit mit, worum es ging. Er bot an, im Wohnzimmer auf der Couch zu schlafen, damit Julia sein Bett haben konnte. Für sie war es ein Unding, den alten Mann von seinem angestammten Schlafplatz zu vertreiben, aber Hanna fand die Lösung gut.

Nach dem Frühstück lud Hanna ihr Gepäck in den Leihwagen und verabschiedete sich von Ada und Boyd. Die Erleichterung, endlich von der Ranch fortzukönnen, war ihr ins Gesicht geschrieben.

Hanna umarmte Julia. »Pass auf dich auf, okay?«

»Du auch, Ma. Und schöne Tage mit Kate.«

»Ja. Die kann ich wirklich brauchen. Und ruf mich an. Kates Nummer hast du ja.«

»Mach ich.«

Sie stieg ein und fuhr winkend davon. Julia sah der Staubwolke nach und fühlte, wie etwas von ihr abfiel, das eng war und sie am Atmen hinderte. Unter dem aufgerissenen Kokon kam etwas Neues zum Vorschein, etwas Fremdes, Aufwühlendes. Etwas, das sie nicht einordnen konnte.

Als Simons Wecker klingelte, schreckte er hoch, erfüllt von Panik. Er hatte Angst, Julia könnte schon weg sein. Aber ein Blick aus dem Fenster beruhigte ihn. Der staubige rote Chevy stand noch vor dem Trailer.

Also begann er seinen Tag wie gewohnt, was blieb ihm auch anderes übrig. Er bereitete Frühstück für alle, und nachdem er mit den beiden Alten gegessen hatte, trug er Tommy nach draußen. Anschließend kümmerte er sich um die Flasche für Pipsqueak und ging die Kühe füttern.

In Gedanken spielte Simon den Abschied von Julia durch. Vielleicht würde sie ihm schreiben, wenn er sie darum bat. Er hatte noch nie einen richtigen Brief bekommen. Von wem auch?

Noch am gestrigen Abend, oben an der heißen Quelle, hatte er gehofft, Julia würde im nächsten Jahr vielleicht wiederkommen und etwas länger bleiben. Doch nun, da sie und ihre Mutter voreilig abreisen wollten, schwand diese Hoffnung.

Simon beeilte sich mit dem Füttern der Kühe und war gerade dabei, das zweite Tor hinter sich zu schließen, als er den Chevy davonfahren sah. Eine ockerfarbene Staubwolke stieg zwischen den Beifußbüschen auf. Im Staub tanzten Geister, die ihn zu verhöhnen schienen.

Der Schreck fuhr ihm in die Glieder und lähmte seine Schritte. Sein Magen zog sich zusammen und plötzlich fühlte er sich hundeelend. Simon hatte gehofft, Julia würde sich von ihm verabschieden, aber scheinbar war er das nicht wert. Er versuchte, die wilde Enttäuschung zu zähmen, doch es gelang ihm nur schlecht. Traurig lief er weiter, ließ die Arme hängen wie ein flügellahmer Rabe. Pepper folgte ihm, humpelnd und mit heraushängender Zunge.

Als Simon um die Ecke des Schuppens bog, sah er Julia am Boden kauern und Loui-Loui Kletten aus dem Fell zupfen. Erleichterung durchströmte ihn und schwemmte seine Niedergeschlagenheit fort. Julia war noch da! Sie war hier, auch wenn er nicht begriff, wieso.

Pepper lief zu Loui-Loui und bellte. Julia drehte sich um. Sie lächelte Simon verschwörerisch zu und er kapierte überhaupt nichts mehr.

Obwohl sein Inneres vollkommen in Aufruhr war, versuchte er, gelassen zu wirken, als er vor ihr stand. »Wo f-ährt sie hin?«

»Nach Kalifornien.«

Simon schluckte. »O-O-Ohne dich?«

»Sieht ganz so aus.«

Er wagte ein Lächeln und hoffte, sie würde die Steine, die ihm vom Herzen fielen, nicht poltern hören.

Julia stützte sich auf den Knien ab und erhob sich. »Zuerst werde ich meine Sachen aus Grandpas Kammer wieder in den Trailer zurückbringen. Meine Mutter hat mich nur unter der Bedingung hiergelassen, dass ich im Ranchhaus schlafe. Aber ich mag mein Bett im Trailer und Angst habe ich auch keine.«

Simon stand da, die Hände in den Hosentaschen vergraben, und spürte, wie sich seine Bauchmuskeln entspannten. Ruhe breitete sich in ihm aus, denn nun wusste er, dass er noch eine Chance hatte. Sein Wunsch war erfüllt worden, er hatte Zeit geschenkt bekommen. Zeit, um Julia zu sagen, was er für sie empfand.

Simon und Julia fuhren mit dem Truck nach Battle Mountain, um im Baumarkt Dachpappe zu besorgen, und auf dem Rückweg sammelten sie die Hinweisschilder wieder ein.

Natürlich entging Julia nicht, wie gut gelaunt Simon war. Was jedoch keineswegs bedeutete, dass er gesprächiger war als in den vorangegangenen Tagen. Er pfiff zur Musik aus dem Radio und wirkte weniger angespannt als auf ihrer ersten gemeinsamen Fahrt.

Zurück auf der Ranch, luden sie die Schilder ab und verstauten sie wieder im Schuppen, wo sie bis zum nächsten Sommertreffen bleiben würden. Anschließend fuhren sie zum Camp zurück, wo der alte Mann schon dabei war, Reste zerfledderter Dachpappe vom Dach einer Holzhütte zu holen.

Julia und Simon fassten mit an. Es war so heiß, dass die Teerpappe weich wurde und leicht riss. Deshalb ließ sie sich nur in kleinen Stücken vom Dach abziehen. Julia schwitzte, wie noch nie in ihrem Leben, und sie fragte sich, wie heiß es hier erst im August sein würde.

Ihre Hände, die in Arbeitshandschuhen steckten, waren feucht von Schweiß und ihr Kopf glühte, obwohl sie eine Baseballkappe trug. Bald hatte sie das Gefühl, ihr Hirn würde unter der Schädeldecke zu kochen anfangen. Aber sie war fest entschlossen, durchzuhalten und keine Schwäche zu zeigen.

Zum ersten Mal bekam Julia einen Eindruck davon, wie es war, wenn Simon und ihr Großvater zusammen arbeiteten. Nämlich genau so, wie der alte Mann es ihr geschildert hatte: Er hörte nichts und Simon sprach nicht. Trotzdem arbeiteten sie perfekt zusammen, als wäre jeder Handgriff abgesprochen. Julia sah, wie geschickt Simon mit seinen Händen war. Als würde er diese Arbeit schon jahrelang machen, so wie ihr Großvater.

Erneut fragte sie sich, was für ein Leben Simon geführt hatte, bevor er auf die Ranch gekommen war. Hatte er eine Familie? Wo lebte sie und warum sprach er nie über sie?

Boyd holte mit der Zange die restlichen alten Nägel aus den Brettern, dann rollte er mit Simons Hilfe die neue Dachpappe aus. An den Seiten befestigte Simon die Pappe mit Holzleisten und der alte Mann nagelte die Lagen auf die Dachfläche.

Nach all dem, was Julia von ihrer Mutter erfahren hatte, fragte sie sich, ob jemals wieder jemand in einer dieser Hütten im Camp wohnen würde. War die ganze Mühe nicht umsonst? Arbeitete ihr Großvater nur deshalb so unermüdlich weiter, weil er nicht wahrhaben wollte, dass es für die Ranch keine Zukunft mehr gab? Oder hatte ihre Mutter sich geirrt?

Julia nahm sich vor, Simon danach zu fragen. Am Abend würde sie ihm in seinem Wohnwagen einen Besuch abstatten.

Nach dem Abendessen zog sich Julia gleich in ihren Trailer zurück, wusch sich im rosafarbenen Waschbecken und zog sich um. Sie überlegte, was sie Simon mitbringen könnte, und ihr fiel ein, dass irgendwo in ihrem Gepäck noch eine Tafel Schokolade sein musste. Sie suchte und fand sie. Die Schokolade war in der Hitze mehrmals weich geworden und sah unglücklich aus. Trotzdem nahm Julia sie mit und macht sich mit der Taschenlampe auf den Weg zu Simons Wohnwagen.

Zusammen mit dem alten Blockhaus und einem schiefen Holzschuppen, stand der Wohnwagen zwischen den Stämmen der alten Pappeln. Auf zwei Holzpfosten vor dem Eingang steckten ausgeblichene Kuhschädel.

In dem knapp fünf Meter langen Wohnwagen mit der runden Karosse aus Alublech brannte Licht. Julia stieg die drei Stufen zur kleinen Tür hinauf und klopfte. Drinnen begann Pepper zu bellen. Kurz darauf öffnete sich die Tür einen Spalt und Simon blickte Julia verwundert an. Ganz offensichtlich hatte er nicht mit Besuch gerechnet. Er trug nur ein löchriges T-Shirt und schwarze Shorts, wahrscheinlich war er schon im Bett gewesen.

»Stör ich?«

»K-K-Komm rein!«

Sie überreichte ihm die verformte Schokolade. Er lächelte und bedankte sich höflich.

Drinnen erwies sich der Wohnwagen geräumiger, als er von außen wirkte. Gleich rechts neben dem Eingang war eine mit blauem Stoff bezogene Liegecouch eingebaut, auf der ein zerknautschtes Laken, ein Schlafsack und ein aufgeschlagenes Buch lagen. Ein kleiner Tisch stand unter dem Fenster auf der gegenüberliegenden Seite, sodass man auf der Couch und gleichzeitig am Tisch sitzen konnte. Es gab einen weiteren gepolsterten Sitzplatz, einen Einbauschrank, ein winziges Bad mit Waschbecken und Toilette. Im hinteren Teil des Wohnwagens fand Julia eine kleine Einbauküche mit Kühlschrank und Gasherd.

»Ist fast alles n-och die Originaleinrichtung«, sagte Simon, der rasch in seine Jeans geschlüpft war. »Es gibt sogar fließend Wasser.« Zur Demonstration drehte er den Hahn auf und lächelte stolz. Das Geheimnis war ein großer Kanister, den er immer wieder auffüllen musste.

Aus Brettern und Ziegeln hatte Simon ein Regal gebaut, um seine Bücher unterzubringen. Das oberste Brett war für seine Steinsammlung reserviert. Julia begutachtete die Schätze und sah, dass Simon einen besonderen Blick für außergewöhnliche Farben und Formen hatte. Ein schöner blaugrüner Stein fiel ihr auf, mit dunklen Rillen und Einschlüssen. Sie nahm ihn in die Hand und entdeckte, dass er zwei Seiten hatte. Die Unterseite des Steins war gewöhnlich grau, beinahe hässlich.

»Ein Türkis«, erklärte Simon. »Ich habe ihn vorne beim Camp g-efunden. Wenn du ihn an dein Ohr hältst, hörst du den uralten Fluss, dessen Herz er einst war.« Er blickte ihr in die Augen und es sah so aus, als wollte er noch etwas sagen zu diesem Stein, aber dann schwieg er doch.

Julia hielt den Türkis an ihr Ohr. Hören konnte sie nur das Rauschen ihres eigenen Blutes. Behutsam legte sie ihn zurück.

»Die Steine im Trailer, hast du sie dorthin gelegt?«

Er nickte verlegen.

»Sie sind schön.«

»Es sind Träume.«

Julia musterte Simon eindringlich. Dann zeigte sie auf den weißen, gefleckten Stein, den Simon auf dem Versammlungsplatz in den Bergen gefunden hatte. »Der Traum eines Appaloosa-Hengstes?«

Ein Lächeln erhellte sein Gesicht. »Stimmt.«

Sie nahm einen länglich geformten Stein auf, der einen hellen Ockerton hatte, und sah Simon fragend an.

»Alle gelben Steine hüten die Geheimnisse der Eulen«, sagte er.

Julia bekam eine Gänsehaut und legte den Stein zurück.

Sie schaute sich weiter um und wurde von etwas anderem gefesselt. Eine Wand des Wohnwagens war mit Fotos verziert. Alle waren schwarz-weiß oder sepiafarben, deshalb dachte Julia zuerst, es wären alte Fotografien, wie im Wohnzimmer ihrer Großmutter. Ein Foto zeigte rostige Autoteile, überrankt von einer Pflanze mit großen weißen Blüten. Auf einem anderen waren halb eingefallene Zäune zu sehen, ausgeblichen und krumm. Ein rostiger Truck ohne Räder war auf dem nächsten abgebildet und das darunter zeigte eine alte Holzhütte mit offener Tür, die wie das aufgerissene Maul eines Ungeheuers anmutete. Julia erkannte die Hütte wieder. Sie hatte mit Ian davor gestanden. Das Foto stammte aus der Geisterstadt in den Bergen.

»Hast du die Fotos gemacht?«, fragte sie verblüfft.

»Hm.«

»Sie sind ungewöhnlich.« Julia betrachtete die Fotos noch einmal genau. »Du hast nur Dinge fotografiert, die im Verfall sind, Dinge, die . . .«, sie suchte nach Worten.

»Sterben«, half er ihr.

»Ja.« Fragend sah sie ihn an.

»Sterbende Dinge sind schön«, erklärte Simon. »Sie sind, was sie sind, und können in Ruhe schweigen.«

Er erzählte ihr, dass er die Digitalkamera im vergangenen Herbst von Dominic geschenkt bekommen hatte und er seitdem hin und wieder fotografierte.

Und dann stellte Julia ihm die Frage, die sie unablässig beschäftigte. »Stirbt die Ranch, Simon? Hast du deshalb all diese Fotos gemacht?«

Simon war sichtlich erschrocken über ihre Direktheit und sie merkte, wie er krampfhaft nach einer passenden Antwort suchte.

»Alles stirbt irgendwann einmal«, sagte er schließlich. »Aber d-u hast doch den alten Mann heute gesehen. Er ist stark. Und deine Granny ist auch stark. Solange sie leben, stirbt die Ranch nicht.«

Julia dachte eine Weile über Simons Worte nach, dann ließ sie ihren Blick weiter durch den kleinen Raum schweifen, der sein Zuhause war.

Aufgrund der Brandflecken im Linoleumboden vermutete Julia, dass früher einmal ein Ofen im Wohnwagen gestanden haben musste. Das Loch, durch das einst das Ofenrohr nach draußen führte, war mit Lumpen abgedichtet.

Julia beendete ihren Rundgang und setze sich auf den Polstersessel am Klapptisch. »Gemütlich hier«, sagte sie.

Simon atmete erleichtert aus.

»Aber wie heizt du im Winter? Du hast keinen Ofen?«

»Ich k-k-kann nicht heizen.«

»Aber du hast doch Strom.« Sie zeigte auf die Glühbirne, die von der Decke hing.

»N-ur für Licht.«

Julia überlegte. »Mein Pa hat mir erzählt, dass es im Winter hier richtig kalt werden kann.«

»Stimmt. Aber im Winter b-b-bin ich ja sowieso m-eistens drüben.« Er setzte sich im Schneidersitz auf die Couch. Gegen ihren Willen musste Julia auf Simons braune Knie starren, die aus den Löchern in seinen Hosenbeinen schauten.

»Dann schläfst du im Winter auch drüben?«

»Nein.«

Nach einigem Zögern erzählte Simon Julia, dass er im Winter im Ranchhaus auf dem Herd einen Stein heiß werden ließ, ihn in Zeitung wickelte und am Abend mit in den Wohnwagen brachte. »Dann ist es in m-einem Schlafsack schön warm.« Er lächelte scheu und sie sah ihn ungläubig an.

»Aber hier stand doch mal ein Ofen drin.«

»N-icht seit ich hier bin. Es ist in Ordnung, g-g-glaub mir.«

Julia glaubte ihm nicht. »Du hältst es wie unsere Vorfahren, nicht war?«, bemerkte sie. »Kein Anhäufen von überflüssigem Besitz.«

Simon sah sie nachdenklich an. »Materieller Besitz beeinflusst deine Sinne. Du glaubst g-g-gar nicht, wie wenig man zum Leben braucht. Wenn du zu v-iel besitzt, kannst du nicht allen Dingen die gleiche Beachtung schenken. Und was unbeachtet herumliegt, ist wertlos. Warum sollte ich wertloses Zeug anhäufen?«

»Gute Frage.« Julia lachte kopfschüttelnd. »Du bist schon komisch, Simon.«

Sein Blick veränderte sich. Er wurde erst unsicher und dann hart. Julia bemerkte, wie Simon sich verschloss, und bereute ihre unbedachte Äußerung.

»Ich hab es nicht so gemeint«, sagte sie.

»Was?«, fragte er. »Dass ich ein k-k-komischer Vogel bin?«

»Das habe ich überhaupt nicht gesagt. Du bist nur so völlig anders als die Jungs, die ich kenne.«

Wie anders?, schrie es in ihm. Simon wünschte, er wäre wie die Jungs, die Julia kannte. Er wollte *normal* sein, was immer das auch bedeuten mochte. Wenigstens normal sprechen. War das zu viel verlangt?

Julia merkte nichts von Simons Pein. Sie kauerte jetzt vor seinem Bücherregal, den Kopf schief gelegt, und las die Titel der Bücher. Er fragte sich verzweifelt, ob sie damit etwas anfangen konnte oder ob er ihr nun noch merkwürdiger vorkam, weil er Shakespeare las, Gandhi, Hemingway und Dostojewski. Wenn er doch nur Dan Browns *Sakrileg* dahätte oder irgendeinen Grisham. Dann hätte er vielleicht wenigstens den Büchertest mit *normal* bestanden.

»Und was liest du, wenn du dich amüsieren willst?«, fragte Julia und hob den Kopf.

Er griff hinter sich und hielt eine zerlesene Ausgabe von *Winnie Pu und seine Freunde* in die Höhe.

Julia erhob sich und ihre Augen wurden zu winzigen Halbmonden. Sie setzte sich neben Simon auf die Couch. Pepper winselte leise und sie streichelte ihn zärtlich.

Zum ersten Mal fühlte Simon sich unbehaglich in der Stille. Julia so nah neben sich zu haben, raubte ihm fast den Atem und tat beinahe ein bisschen weh. Er wollte etwas Belangloses sagen, aber die Worte zerfielen bereits in seiner Kehle in ihre Einzelteile. Resigniert presste er die Lippen zusammen.

»Wir mussten in der Schule auch Shakespeare lesen«, sagte Julia. »Ich fand es langweilig. Aber *Eine andere Welt* von Baldwin hat mir gefallen. Mein Pa hat es mir empfohlen.«

Na wenigstens der Baldwin ist ein Treffer, dachte Simon erleichtert.

Er merkte, dass Julia mit einem Mal traurig wurde und ein Stück in sich zusammensank. Vielleicht hing es damit zusammen, dass sie an ihren Vater denken musste. Der Impuls, sie in die Arme zu nehmen und ihr zu sagen, wie gern er sie hatte, war groß. Aber Simon wusste nicht, ob es richtig war, sie zu berühren.

So nah war sie ihm. So nah, dass er den Duft ihrer Haare riechen konnte. Er stupste mit seinem Knie gegen ihres und sagte: »Hey?«

Julia hob den Kopf. »Sei mir nicht böse, aber ich fürchte, ich bin im Augenblick keine gute Gesellschaft.«

»Schon in Ordnung«, war alles, was ihm dazu einfiel.

»Manchmal vergesse ich, dass mein Pa tot ist«, sagte sie leise. »Wenn es mir bewusst wird, hasse ich mich dafür.«

In Zeitlupe bewegte sich Simons Hand hinter ihrem Rücken. Doch da stand sie plötzlich auf. »Kann ich mir ein Buch ausleihen? Ich hab nichts zu lesen mitgenommen von zu Hause.«

»Klar. Was du willst.«

»*Winnie Pu* wäre cool. Ich glaube, ich brauch etwas, das mich aufheitert.«

»Okay.«

Julia nahm das Buch und sagte: »Wenn du Lust hast, kannst du mich auch mal besuchen. Du weißt ja, wo ich wohne.«

Bevor sie ging, griff sie in ihre Hosentasche und zog etwas hervor.

Simon erkannte den grauen, schmucklosen Stein, den er mit den beiden anderen auf den Nachtschrank im Trailer gelegt hatte.

»Warum dieser Stein, Simon?«, fragte Julia. »Was ist Besonderes an ihm?«

»Er ist traurig, wie du.«

Sie sah ihm in die Augen und er hielt ihrem Blick stand.

»Ein grauer Stein ist ein Wort aus der Sprache, die den Toten gehört.« Simon nahm Julias Hand und schloss ihre Finger um den Stein. »Behalte ihn. Eines Tages wirst du ihn verstehen.«

Er öffnete ihr die Tür und sah ihr noch so lange nach, bis im Trailer Licht brannte. Dann schloss er die Tür wieder und setzte sich auf seine Couch. Langsam ließ er sich auf den Rücken sinken und starrte an die Decke.

14.

Ein Höllenlärm weckte Julia am nächsten Morgen. Sie stieg vom Bett und blickte aus dem Fenster. Draußen fuhr ihr Großvater Boyd auf einem Fourwheeler den Feldweg hinter dem Trailer entlang.

Schnell stieg sie in ihre Sachen und wusch sich, in der Hoffnung, Simon vielleicht noch im Ranchhaus anzutreffen. Aber als sie in die Küche kam, fand sie nur ihre Großmutter vor, die Schmutzwäsche sortierte.

Julia löffelte ihre Cornflakes und wollte sich anschließend dem Frühstücksabwasch zuwenden. Doch aus dem Hahn über der Spüle kam kein Tropfen.

»Es läuft kein Wasser, Granny.«

»Shit«, fluchte Ada. »Dann ist der Wassertank auf dem Dach leer.«

»Und was nun?«

»Wir müssen warten, bis die Sonne die Batterien aufgeladen hat, dann kann Simon den Generator anstellen und die Pumpe laufen lassen.«

Während die alte Frau das sagte, holte sie eine große Flasche Bleichmittel unter der Spüle hervor und kippte reichlich davon über das von Essensresten verkrustete Geschirr. Sofort roch es widerlich nach Chlor in der ganzen Küche und Julia sah ihre Großmutter entgeistert an.

»So lässt es sich später leichter abwaschen«, behauptete Ada achselzuckend.

So viel zu sauberem Grundwasser und Granny als Kämpferin für eine heile Umwelt, dachte Julia im Stillen.

»Wie sieht's aus, ich hätte einen großen Berg Wäsche.« Ada stemmte die Fäuste in die Hüften. »Kannst du das für mich erledigen?«

»Klar«, sagte Julia, ohne zu wissen, was eigentlich von ihr erwartet wurde. Sie wusste nur, dass es in Eldora Valley einen Waschsalon gab.

Ada begann, Wäsche in blaue Müllsäcke zu sortieren. Julia half und dabei fiel ihr auf, dass jedes zweite von Adas T-Shirts und die meisten ihrer Sweatshirts in der Höhe des Bauchnabels diese merkwürdigen weißen Streifen hatten. Nun war ihr auch klar, warum. Die Streifen kamen vom Bleichmittel. Die Kleidungsstücke ihrer Großmutter wurden sozusagen gebatikt, wenn sie am Abwaschbecken stand.

Die alte Frau drückte Julia eine riesige Flasche Waschmittel in die Hand, einen 20-Dollar-Schein und einen Beutel mit Vierteldollarstücken.

»Du kannst den Kombi nehmen, der Schlüssel steckt. Das Benzin reicht bis Eldora Valley. Bevor du zurückkommst, musst du allerdings bei Sam tanken.«

Verdutzt blickte Julia ihre Großmutter an. »Aber ich habe noch gar keinen Führerschein.«

»Na, dann lass dich nicht von der Polizei erwischen.«

Ehe Julia etwas erwidern konnte, verschwand Ada mit zwei Wäschesäcken nach draußen. Julia schleppte die übrigen Säcke aus dem Haus und lud sie in den Kofferraum des Kombi. Als das erledigt war, hielt sie Ausschau nach ihrer Großmutter, konnte sie aber nirgendwo entdecken.

Zögerlich öffnete Julia die Tür des Kombi, setzte sich auf den Fahrersitz und legte die Hände ans Lenkrad. *Gangschaltung*, dachte sie erschrocken. Ihr Vater hatte sie schon zwei, drei Mal fahren lassen und da hatte sie sich gar nicht so dumm angestellt. Aber dieser Ford hier, der hatte mindestens schon hundert Jahre auf dem Buckel und würde es ihr mit Sicherheit nicht leicht machen.

Julia drehte den Zündschlüssel um, trat auf die Kupplung und drückte das Gaspedal durch. Es knirschte, schliff und heulte, dann würgte sie den Motor ab. Zweiter Versuch, gleiches Ergebnis. Noch einmal – ohne Erfolg. Sie bekam den Wagen nicht zum Laufen, geschweige denn von der Stelle.

Plötzlich klopfte jemand an die Scheibe und Julia zuckte erschrocken zusammen. Es war Simon. Sie wollte die Scheibe herunterkurbeln und hatte plötzlich den Griff in der Hand. Na, das begann ja vielversprechend. Sie würde ihrer Großmutter das Malheur beichten müssen und hoffte, Ada würde nicht zu sauer darüber sein.

Simon öffnete die Tür. »Wo soll's d-enn hingehen?«

»Eldora Valley. Ich soll mich um die Wäsche kümmern.«

Er nickte. »Du m-m-musst die Kupplung langsam kommen lassen und genauso langsam aufs Gas treten. Probier es noch mal.«

Julia holte tief Luft, drehte den Zündschlüssel um und versuchte, die Kupplung langsam kommen zu lassen. Dabei würgte sie den Motor zum fünften Mal ab.

»Bei uns in Deutschland kann man erst mit achtzehn seinen Führerschein machen«, verteidigte sie sich mit kläglicher Stimme.

»Und wie alt bist du?«

»Fünfzehn.«

Simon lächelte. »Na, so lange k-k-kann deine Granny nicht auf ihre Wäsche warten.«

Die Erleichterung, dass er das Fahren übernahm, stand Julia ins Gesicht geschrieben. Sie hatten beide noch ihre eigene Schmutzwäsche geholt und waren nun auf dem Weg nach Eldora Valley. Pepper hatte zu Hause bleiben müssen, denn Ada mochte es nicht, wenn Simons Hund in ihrem Kombi hockte.

Nachdem sie die Maschinen im Waschsalon gefüllt und mit Vierteldollarmünzen gefüttert hatten, setzte Julia sich auf den einzigen Plastikstuhl, griff sich eines der ausliegenden Magazine und begann darin zu blättern. Simon hockte auf dem Wäschetisch und ließ die Beine baumeln. Er kramte im Geldbeutel mit den Vierteldollarstücken und betrachtet manche eingehender. Auf die Vorderseite der Münzen war das Porträt von George Washington geprägt, dem ersten Präsidenten der USA. Auf der Rückseite der Adler. Doch die neueren Münzen hatten statt des Adlers verschiedene Prägungen, die die Eigenarten der jeweiligen Bundesstaaten darstellten.

Simon fand einen Nevada-Quarter. Im Hintergrund ging die Sonne über schneebedeckten Gipfeln auf, im Vordergrund liefen drei Wildpferde, gerahmt von Beifußstängeln.

Er ließ die Münze zurück in den Beutel fallen und fischte ein messingfarbenes Dollarstück hervor, auf dem Sacajawea, das berühmte Shoshoni-Mädchen mit ihrem Kind abgebildet war. Simon verblüffte die Ähnlichkeit, die Sacajawea mit Julia hatte.

»Ich wusste doch, dass ich dich irgendwoher k-k-kenne.« Er reichte ihr den blinkenden Dollar.

Julia zuckte zusammen, als sie die Münze sah. Sie wurde rot und wollte Simon das Geldstück zurückgeben.

»Behalt sie«, sagte er. »Vielleicht bringt sie dir Glück.«

Sie steckte die Münze ein.

»Ihr N-ame bedeutet Vogelmädchen. Sie war so alt wie du, als sie ihr erstes Kind bekam.«

Julia blätterte weiter in ihrem Heft herum. Es war ein Magazin für Jäger. Waffen oder tote Tiere auf fast jeder Seite. Sie seufzte, schlug das Heft wieder zu und warf einen nervösen Blick auf die rumpelnden Waschmaschinen.

»Vogelmädchen, das p-p-passt auch gut zu dir.« Oh Gott, was redete er da eigentlich? Er benahm sich wie ein Narr und Julia versuchte tapfer so zu tun, als würde sie es nicht merken.

»Ich hab nicht vor, mit sechzehn ein Kind zu kriegen wie Ainneen«, sagte sie schließlich. »Ist mir unbegreiflich, wie sie so ihr Leben wegwerfen kann.« Julia hatte Tränen in den Augen und er wusste nicht, warum.

»Wirft man sein Leben weg, wenn man K-inder hat?« Simon sah sie fragend an. Er hatte nicht vorwurfsvoll klingen wollen, er versuchte nur herauszufinden, was in Julias Kopf vor sich ging. Vor langer Zeit hatte er beschlossen, niemals Kinder zu haben, damit er nicht Gefahr lief, ihnen jemals wehzutun, wie seine Mutter es getan hatte.

»Nein, natürlich nicht«, antwortete sie bissig. »Du weißt genau, wie ich das meine. Ich verstehe ja, dass es in einem Nest wie Eldora Valley außer Sex nicht viel Spaß gibt. Aber deswegen muss man doch nicht gleich Kinder in die Welt setzen. Als ob sie noch nie etwas von Kondomen oder der Pille gehört hätten. Hast du kein Mitleid mit Ainneens Kindern? Wenn man so aufwächst wie Dylan und Carli, wie soll man dann später Liebe geben können?«

Simon wandte den Kopf ab und sah aus dem Fenster. Er musste an seine Mutter denken und dass sie ähnlich überfordert gewesen war wie Ainneen. Er war so aufgewachsen wie Carli und Dylan. Konnte er Liebe geben? Simon hatte seiner Mutter bis heute nicht verziehen, was sie ihm angetan hatte. Würde er trotzdem werden wie sie?

Die Maschinen hörten kurz nacheinander auf zu rumpeln und plötzlich war es sehr still. Julia hatte ihm eine Frage gestellt und nun wurde Simon bewusst, dass sie auf eine Antwort wartete. »Ich weiß n-icht«, sagte er. »Sieht so aus, als wäre es ein Kreislauf.«

Er sprang vom Tisch und begann die Wäsche in den Trockner zu stecken.

»Draußen sind 30° C«, schimpfte Julia prompt. »Es wäre billiger und umweltfreundlicher, die Wäsche auf die Leine zu hängen.«

»Das ist nicht so einfach«, sagte Simon, ohne seine Arbeit zu unterbrechen.

»Nicht so einfach? Was ist denn schwierig daran?«

Er erklärte Julia, dass Ada keine Wäscheleine besaß und keine Klammern. Dass sie manchmal ihre Wäsche zum Trocknen über den Zaun hängte. Dass Loui-Loui oder Pepper sich einen Spaß daraus machten, die Sachen vom Zaun zu holen und ihre Beute durch den

Dreck zu zerren. Oder der Wind trieb Unterhosen und T-Shirts über die Ranch, bis sie als bunte Flaggen irgendwo hängen blieben.

Julia zog ein Gesicht.

»Was hast d-u denn gedacht?«, fragte er. »Dass deine Großeltern Ökobauern sind und die p-p-perfekten Hüter der Erde? Hat dein Vater dir das erzählt?«

Sie schüttelte beleidigt den Kopf. »Hat er nicht, aber ich habe auch nicht gefragt. Ich dachte ja nur, im Versammlungszelt, vor all den anderen, da hat meine Großmutter von Verantwortung geredet und die Menschen waren begeistert von ihr. Sie vertrauen ihr. Aber die Wahrheit ist, dass sie giftiges Bleichmittel benutzt, um abzuspülen. Und ihre Wäsche steckt sie in den Trockner, obwohl Wind und Sonne das viel schneller erledigen könnten.«

Simon musste beinahe lächeln über Julias aufgebrachtes Gesicht. »Hast du gedacht, sie ist eine Heilige?«

»Nein. Aber ich war der Meinung, sie glaubt an das, was sie sagt.«

»Das tut sie. Sie kämpft und glaubt und lebt. Nur manchmal passt eines mit dem anderen nicht zusammen.«

»Warum verteidigst du sie?«

»Sie ist mein Boss und sie ist alt. V-ielleicht hat sie nicht immer alles richtig gemacht in ihrem Leben. Aber was sie auch getan hat, sie tat es in dem Glauben, dass es das Richtige ist. Deine Granny k-k-kann fließend Shoshoni sprechen, wusstest du das?«

Missmutig schüttelte Julia den Kopf.

»Im F-rühjahr geht sie in die Berge, um Heilpflanzen zu sammeln wie unsere Vorfahren. Und im Herbst, zur Zapfenernte, klettert sie auf die Nusskiefern, um Pinienzapfen herunterzuschlagen. Deine Großmutter reitet Tobacco, den gefleckten Appaloosa-Hengst.«

Julia sah ihn ungläubig an. »Davon hatte ich keine Ahnung«, sagte sie schließlich.

»Na ja,«, bemerkte Simon. »Du kennst sie ja auch erst seit ein paar Tagen.«

Nachdem sie die trockene Wäsche zusammengelegt und im Kofferraum verstaut hatten, tankte Simon bei Sam für 20 Dollar. Er kaufte ein Mountain Dew für sich und ein Wasser für Julia. Als sie Eldora Valley verlassen hatten und wieder auf der Schotterpiste zur Ranch waren, trat Simon auf die Bremse und hielt an.

»Willst du es lernen?«, fragte er.

»Was?«

»Autofahren.«

Sie sah ihn mit großen Augen an.

»Keine Angst, es k-k-kann nichts passieren. Ich sitze ja neben dir.«

Sie wechselten die Plätze und Simon gab Julia Anweisungen. Erster Gang, die Kupplung langsam kommen lassen, leicht Gas geben. Der Ford machte einen Satz nach vorn und der Motor schwieg.

»Ich kann es nicht.«

»N-ochmal, okay?«

Die Gänge knirschten.

»Die Kupplung richtig durchtreten. Und mach langsam, wir haben Zeit.«

Julia umkrampfte den Schaltknüppel und drückte mit aller Kraft. Da legte Simon seine Hand auf ihre, drückte leicht und schob den ersten Gang rein. Der Kombi begann zu rollen. Kupplung, wieder seine Hand, zweiter Gang. Den dritten schaffte sie alleine.

Es war ein tolles Gefühl, Herrin über diese störrische alte Blechkiste zu sein. Nach einer Weile hatte Julia sogar raus, wie man bremst, ohne nach vorn geschleudert zu werden. Es machte ihr Spaß zu fahren und Simon saß lächelnd neben ihr.

Als vor ihnen am Straßenrand ein Fahrzeug auftauchte, bat er sie, langsamer zu fahren. Es war ein Lastwagen, der irgendwelche Metallgestänge und Zementsäcke geladen hatte. Zwei Männer saßen in der Fahrerkabine und studierten eine Karte.

»Die sind v-on der Minengesellschaft«, sagte Simon erregt, als sie vorbei waren. »Wahrscheinlich wollen sie hier irgendwo einen Bohrturm errichten.«

»Hier? So nah bei der Ranch?«

»Ja. Überall sind Goldadern. Wusstest du nicht, dass deine Großeltern auf einer Goldgrube sitzen?« Simon erzählte ihr, dass die Minengesellschaft Ada und Boyd mehrere Millionen Dollar für die Ranch geboten hatte. Die Grundstückspreise waren in den vergangenen zwanzig Jahren rasant gestiegen. Die Nachbarranch war vor zwei Jahren für vierzig Millionen Dollar an die Minengesellschaft gegangen.

Julia schwirrte der Kopf bei dem Gedanken an so viel Geld – das Hochgefühl war dahin.

»Du denkst, dass sie v-erkaufen sollten, nicht wahr?«

»Ich weiß nicht, was ich denken soll. Das passt irgendwie alles nicht zusammen.«

»Dass sie arm sind und in ihren Schulden ersticken, obwohl sie reich sein könnten?«

Julia dachte über eine Antwort nach, als ihr plötzlich der Geruch von verbranntem Gummi in die Nase stieg.

Noch ehe sie etwas sagen konnte, riss Simon auch schon seine Knie zum Kinn und schrie: »Halt an!«

Vor Schreck trat sie aufs Gas statt auf die Bremse, der Wagen schoss nach vorn. Simon zog die Handbremse und der Ford kam quer zur Fahrtrichtung in einer Staubwolke zum Stehen. Mit einem Satz war er draußen, während Julia wie gelähmt auf die Flammen starrte, die an jener Stelle emporschossen, an der eben noch Simons Füße gewesen waren.

Er sprintete um das Auto herum, riss die Fahrertür auf und zerrte Julia am Arm heraus. Beim Öffnen der Motorhaube verbrannte er sich die Finger. »Fuck!« Heißer Qualm kam ihm entgegen und er entschied, zuerst die Säcke mit der Wäsche aus dem Kofferraum zu holen.

Als er den letzten Wäschesack in Sicherheit brachte, schlugen bereits Flammen aus dem Motorraum und er wusste, dass der Ford nicht mehr zu retten war. Simon schnappte Julia an der Hand und zog sie vom brennenden Fahrzeug weg.

»Vielleicht g-g-geht der Tank in die Luft«, schrie er.

Sie rannten, bis sie weit genug weg waren und sahen fassungslos zu, wie Adas Kombi in Flammen aufging.

Ohnmächtig starrte Simon auf die dicke schwarze Rauchwolke, die vom brennenden Wagen aufstieg und langsam in Richtung Ranch zog. Eben war noch alles in bester Ordnung gewesen und nun würde er Ada erklären müssen, dass sie kein Auto mehr hatte. Er spürte ein Stechen im Magen und einen trockenen Schmerz im Hals. *Das wird Ärger geben, Simon*, dachte er. Und zwar mächtigen Ärger.

Der Tank explodierte nicht. Das Auto brannte langsam aus und ein weißer Pick-up kam aus Richtung Ranch auf sie zu.

»Das ist Frank«, bemerkte Simon erleichtert.

Frank parkte in sicherem Abstand zum brennenden Wrack, stieg aus und kam zu ihnen gelaufen.

»*Ich* bin g-efahren«, raunte Simon Julia zu.

»Aber . . .«

»Kein Aber.«

Frank langte bei ihnen an und fragte: »Wie ist *das* denn passiert?«

»Er f-ing plötzlich an zu brennen.«

»Einfach so?«

»Ja, einfach so.«

»Ada hat die Feuerwehr gerufen«, sagte Frank.

»Was?« Simons Herz machte einen Satz. »Aber wieso . . .?«

»Sie hat die Rauchwolke gesehen und sonst was gedacht.«

Die alte Frau und die Feuerwehr trafen zur gleichen Zeit beim brennenden Autowrack ein. Und die Feuerwehr hatte die Polizei im Schlepptau, wie Simon es befürchtet hatte. Die Feuerwehrleute begannen sofort zu löschen. Weißer Schaum spritzte wie Gischt, dichte Qualmwolken stiegen in den Himmel, es zischte und knackte. Wenig später war alles vorbei.

Ada lief wutschnaubend um ihren ausgebrannten Kombi herum und warf mit Flüchen um sich, die sogar die Feuerwehrmänner verlegen wegsehen ließen.

»Das war *mein* Auto, verdammt«, brüllte sie. »Ich *brauche* dieses Auto.«

Chief Dan Bennet, der örtliche Hüter des Gesetzes, befragte Simon und Julia, wie das Auto denn nun tatsächlich in Brand geraten wäre.

Vielleicht lag es an der Aufregung, vielleicht auch daran, dass Lügen ihm besonders schwer über die Lippen kamen. Nur mühsam stotterte Simon zusammen, wie sich das Ganze zugetragen hatte. Aber wenigstens hatte er einen Führerschein und auf diese Weise war Julia raus aus der Sache.

Am Ende kam alles schlimmer, als Simon es sich ausgemalt hatte. Er bekam einen Strafzettel über einhundertsiebzig Dollar, weil er am Steuer gesessen hatte. Und Ada bekam einen Strafzettel über achthundert Dollar, weil der Kombi nicht versichert war.

Simon vermochte der alten Frau nicht in die Augen zu sehen. Obwohl er nichts dafür konnte, dass der Kombi in Flammen aufgegangen war (Frank tippte auf eine defekte Benzinleitung), fühlte er sich schuldig. Ada hatte kein Auto mehr und musste achthundert Dollar berappen, wo doch schon seit Wochen das Geld für Lebensmittel knapp war. Die alte Frau war stinksauer auf ihn, so viel stand fest.

Die Feuerwehr zog ab und Frank fuhr Ada, Simon und Julia auf die Ranch zurück. Boyd wartete schon mit dem Traktor und dem Hänger, um das Autowrack vom Fahrweg zu holen. Gemeinsam schafften sie den ausgebrannten Ford auf den Schrottplatz beim Camp.

Den Rest des Tages hüllte Ada sich in grimmiges Schweigen.

Am Abend, als sie mit Tommy zu Bett gegangen war, erhob sich der alte Mann ächzend aus seinem Fernsehsessel und steckte Simon einen zerknitterten Umschlag zu. Darin befanden sich einhundertsiebzig Dollar, das Geld für seinen Strafzettel. Ein dicker Kloß saß ihm in der Kehle und er war den Tränen nah wie lange nicht mehr. Als er nach einem Zettel griff, um sich zu bedanken, legte Boyd ihm seine schwere Hand auf die Schulter und schüttelte den Kopf.

Einen Augenblick lang sah es so aus, als wolle der Alte Simon umarmen, aber dann schlurfte Boyd zurück ins Wohnzimmer und hockte sich wieder vor seinen Fernseher.

15.

Julia stand immer noch unter Schock und die schlechte Stimmung im Haus schlug ihr zusätzlich auf den Magen. Noch am Morgen hatte sie sich Gedanken darüber gemacht, wie sie Ada das Malheur mit der abgebrochenen Fensterkurbel beibringen sollte. Und nun stand der geliebte Kombi ihrer Granny als schwarzes Wrack auf dem Schrottplatz.

Julia legte sich auf ihr Bett im Trailer und hörte Musik über ihren MP3-Player. Ville Valo sang *Join me*, aber in Gedanken war sie nicht bei dem finnischen Sänger, sondern bei Simon.

Bestimmt fühlte er sich furchtbar schuldig.

Es war unfair, wie Ada Simon behandelte. Er mühte sich so sehr, ihrer Großmutter alles recht zu machen. Obwohl er erst siebzehn war, trug er einen riesigen Berg Verantwortung und beklagte sich nie.

Julias tägliche Pflichten zu Hause bestanden darin, das Geschirr aus der Spülmaschine zu holen, den Mülleimer rauszutragen, einzukaufen und ab und zu ihr Zimmer zu putzen. Wie verschieden ihr Leben von Simons Leben war. Abgesehen von seinem Bedürfnis nach Einsamkeit, schien er keine Wünsche zu haben. Sie fragte sich, was er sich für sein Leben vorstellte. Der Job auf der Ranch konnte unmöglich die Erfüllung seiner Träume sein.

Als Ville Valo zwischen zwei Liedern schwieg, hörte Julia, dass jemand an die Tür des Trailers klopfte und ihren Namen rief. Sie zog die Kopfhörer heraus und sprang aus dem Bett.

»Julia!« Lautes Klopfen. »Ich bin's. M-ach auf!«

Erschrocken griff sie nach der Stabtaschenlampe, lief zur Tür und löste den Draht. Simon musterte Julias mit Smileys bedrucktes Nachthemd, dann schob er sie sanft, aber bestimmt nach drinnen.

»Was ist denn los?«, fragte sie. »Ist schon wieder was passiert?«
»Jason ist auf der Ranch.«
Sie hob die Schultern und ließ sie wieder fallen. »Na und? Seine Großeltern leben hier.«
»Ich m-ach mir Sorgen, dass er etwas im Schilde führt. Es wäre mir lieber, du schläfst im Ranchhaus.«
Nun fing Simon auch noch damit an! Julia dachte an den Geruch von Zigarettenqualm im Haus, die Ausdünstungen von Tommys Windeln, sein nächtliches Toben und Schreien. »Ich kann da nicht schlafen.«
Simon schien einen Moment nachzudenken. »Dann bleibe ich eben hier.«
»Hier?«
Er schaute gekränkt. »Ich schlafe auch vor deiner Tür, wenn du mir nicht vertraust.«
Das klang nicht so, als ob er noch irgendwie davon abzubringen war. Trotzdem sagte Julia: »Ich glaube kaum, dass das nötig ist. Jason kann zwar meine Mutter nicht leiden, aber mit mir hat er keine Probleme.«
»Darum g-g-geht es doch gar nicht.«
»Worum dann?« Julia sah Simon fragend an. Er hatte Schatten unter den Augen und es gab etwas, das ihn ernsthaft zu bedrücken schien.
»Du kennst Jason überhaupt nicht.«
Wieder musterte sie ihn aufmerksam. »Du weißt etwas über meinen Bruder, nicht wahr? Was ist es, Simon?«
»Na ja. Er versorgt eine Menge L-eute im Ort mit Drogen.«
»Jason?«
»Hast du hier n-och mehr Brüder?« Simon verdrehte die Augen und seufzte. »Crack, Crystal-Meth, Dope, alles, was das Herz begehrt. Er verdient g-g-ganz gut daran.«
»Weiß meine Großmutter davon?«

Simon nickte. »Sie kriegt alles mit. Auch wenn sie sich das nicht anmerken lässt.«

»Wenn sie es weiß, warum unternimmt sie dann nichts?«

»Keine Ahnung. Frag sie selbst.«

Julia rieb sich die Arme, nicht weil ihr kalt war, sondern vor Verlegenheit. Simons Besorgnis schien echt zu sein und sie gab nach. »Na gut. Du kannst auf der Couch schlafen. Das Bettzeug von meiner Mutter liegt noch da.«

Simon verschloss die Tür mit dem Draht – eine leichte Übung für ihn. »Hat Jason etwas zu dir gesagt?«, fragte Julia.

»Nein. Ich denke, er hat vom ausgebrannten K-K-Kombi erfahren und will wissen, was los ist.«

Julia setzte sich in den Sessel und zog das Nachthemd über ihre Knie. »Es tut mir so leid, Simon«, sagte sie. »Das Ganze war einfach schrecklich.«

»Na, es war ja nicht deine Schuld.«

»Aber deine war es auch nicht und du bekommst nun den ganzen Ärger ab. Warum hast du nicht gesagt, dass ich gefahren bin?«

»Weil du k-einen Führerschein hast.«

»Lass mich wenigstens deinen Strafzettel bezahlen.«

»Das hat dein Grandpa schon getan.«

Julia blickte auf, Tränen liefen über ihre Wangen.

»N-icht weinen, okay?«, sagte er hastig. »Es hätte alles viel schlimmer kommen können. Manchmal nimmt Ada Tommy mit nach Eldora Valley. Sie hätte es vielleicht nicht rechtzeitig geschafft, ihn aus dem brennenden Auto zu holen.«

Diese Möglichkeit war Julia überhaupt nicht in den Sinn gekommen. Nachdenklich sah sie Simon an. Immer dachte er an andere und nie an sich.

Sie entschuldigte sich dafür, dass sie im Waschsalon so ungehalten gewesen war. »Du hast nichts falsch gemacht«, sagte sie. »Nur dass ... mein Pa hat mich immer Vogelmädchen genannt.«

»Das konnte ich nicht wissen.«
Sie brachte ein Lächeln zustande. »Nein, das konntest du nicht.«

Am darauffolgenden Tag waren Simon und der alte Mann damit beschäftigt, am äußersten Ende der Ranch Gräben zu ziehen. Julia stromerte auf der Ranch umher, um dem Groll ihrer Großmutter aus dem Weg zu gehen. Erst zum Abendessen sah sie Simon wieder. Er war so erschöpft, dass er kaum noch die Augen offen halten konnte und beinahe über seinem Teller einschlief. Trotzdem kam er zu ihr, um ihr zu helfen, als ihre Großeltern vor dem Fernseher saßen und sie in der Küche Ordnung schaffte.

»Ich schaffe das schon allein«, sagte sie. »Du musst mir nicht helfen.«

»Okay, dann: Gute Nacht!«

Er wollte gehen, aber Julia hielt ihm am Arm fest und flüsterte: »Hast du herausgefunden, was Jason gestern Nacht hier wollte?«

»Nein. Aber er m-uss ziemlich überrascht gewesen sein, dass du nicht mit deiner Mutter abgereist bist.«

Als Julia im Bett lag, ertappte sie sich dabei, wie sie nach draußen lauschte, weil sie fürchtete, ein Motorengeräusch zu hören. Simon hatte ihr Angst eingejagt. Dabei war sie überzeugt davon, dass sie nichts zu befürchten hatte. Jason hatte sich ihr gegenüber immer freundlich verhalten. Es war einfach lächerlich, vor dem eigenen Bruder Angst zu haben.

Trotzdem wünschte sie, Simon würde auf der Couch in der Küche liegen und ihren Schlaf bewachen.

Schon vor einigen Wochen hatte sich auf der Ranch Besuch angekündigt. Ein Fernsehsender wollte in einer Dokumentation über Amerikas Ureinwohner auch über das Ehepaar Temoke und seinen Kampf gegen die Columbus-Goldmine und das BLM berichten.

Ada mochte Fernsehleute genauso wenig, wie sie Zeitungsreporter oder Leute von der Regierung leiden konnte. Aber die Dokumentation war wichtig und eine gute Möglichkeit, auf die Probleme der Western Shoshone aufmerksam zu machen. Deshalb hatte Julias Großmutter damals dem Besuch des Fernsehteams auf der Ranch zugestimmt.

Die Reporter hatten sich für die Mittagszeit angekündigt und Adas Laune war noch miserabler als am Tag zuvor. Den ganzen Morgen wetterte sie herum und trug eine griesgrämige Miene zur Schau.

Julia und Simon waren froh, dass sie das Haus verlassen konnten, um Pipsqueak und die Kühe zu füttern. Als sie zurückkamen, verkündete Boyd auf einmal, dass er einen Termin beim Augenarzt in Elko hätte, einer größeren Stadt, zwei Stunden Autofahrt von der Ranch entfernt.

»K-ommst du mit?«, fragte Simon.

»Okay. Ich ziehe mich nur schnell um.« Julia hatte keine Lust, mit ihrer griesgrämigen Großmutter allein auf der Ranch zu bleiben.

Sie flitzte zum Trailer, breitete ihre Sachen auf dem Bett aus und überlegte, was sie anziehen sollte. Nach einer Woche in Hosen verspürte sie Lust auf Abwechslung und entschied sich für ein meergrünes Top und den kurzen Jeansrock, den sie zu ihrem fünfzehnten Geburtstag von ihrer Mutter bekommen hatte. Ihrem Vater war er zu kurz gewesen, aber Hanna hatte nur gelacht. So etwas würden Mädchen in Julias Alter nun mal tragen.

Simon hupte vor dem Trailer. Julia schnappte ihren kleinen Rucksack und eilte nach draußen. Ihr Großvater ließ sie auf die Sitzbank klettern und setzte sich neben sie.

»Ich dachte, wir fahren nach Elko und nicht nach Las Vegas«, brummte er kopfschüttelnd.

Simon warf einen kurzen Blick auf Julias nackte braune Beine und grinste, als er losfuhr. Er fand einen Oldiesender und pfiff zu den

Hits der Stones, von Neil Young, den Beatles oder Joe Cocker. Manchmal fragte der alte Mann etwas und Simon brüllte die Antwort.

Julia stellte fest, dass jemand den Truck notdürftig sauber gemacht hatte. Die Sitzbank war abgewischt und der Müll entfernt worden. Allerdings war alles schon wieder staubig, als die Schotterpiste kurz vor Eldora Valley in eine Asphaltstraße überging.

In der Stadt brachten sie Boyd zum Augenarzt und während sie warten mussten, führte Simon Julia in seinen Lieblingsbuchladen.

Dass sie *overdressed* war für eine Stadt wie Elko, hatte sie schon vor einer Weile begriffen, aber daran war jetzt nichts mehr zu ändern. Jeder hier, Männer wie Frauen, trug Shorts und das obligatorische T-Shirt dazu. Da fiel Julia natürlich auf in ihrem kurzen Rock. Junge Männer drehten sich nach ihr um, Mädchen steckten die Köpfe zusammen und tuschelten.

Simon war die Aufmerksamkeit, die sie auf sich und damit auch auf ihn zog, sichtlich unangenehm. Er lief voran und der Abstand zwischen ihnen vergrößerte sich immer mehr. Sein Gang war unsicher, er lief nach vorn gebeugt, die Schultern eingezogen.

Endlich erreichten sie den Buchladen und Simon verschwand darin wie in einer rettenden Höhle. Er schlich zwischen den Regalreihen entlang, den Kopf schief gelegt, um die Namen der Schriftsteller und die Buchtitel lesen zu können.

Es gab gebrauchte Bücher, die nur ein oder zwei Dollar kosteten, und wenn man genau hinsah, fand sich auch mal eine literarische Rarität in den Regalreihen. Julia amüsierte sich über die amerikanischen Cover, denn selbst angesehene Autoren kamen im Glitzereinband mit Prägeschrift daher.

Simon stöberte einen Gedichtband von Alice Walker auf und eine gut erhaltene Ausgabe von *Pu der Bär*.

Als er die beiden Bücher bezahlen wollte, fragte ihn die Verkäuferin mit dem falschen blonden Haarnest auf dem Kopf: »Du hast wohl diesmal deine Schwester mitgebracht, junger Mann?«

»N-N-Nein . . .«, er stöhnte leise, weil sie ihn mit ihrer blöden Frage überrumpelt hatte und sich die Worte wieder mal in seiner Kehle querstellten.

»Wir sind verlobt«, sagte Julia und legte kichernd einen Arm um Simons Hüfte. »Nicht wahr, Schatz?«

Er schluckte und brachte kein Wort heraus.

»Oh, wie schön«, meinte die Blonde entzückt.

Simon traten Schweißperlen auf die Stirn, während er einen Fünf-Dollar-Schein hervorkramte, um seine Bücher zu bezahlen.

»Was für ein hübsches Paar!«, hörte Julia die eine Verkäuferin zur anderen sagen, als sie den Buchladen verließen.

Draußen legte Julia den Kopf in den Nacken und schüttelte sich vor Lachen. Sie lachte mit dem ganzen Körper, bis sie keine Luft mehr bekam. Erst als sie merkte, dass Simon nicht lachte, hörte sie auf und sah ihn erschrocken an. »Verstehst du gar keinen Spaß, Simon?«

Er zuckte missmutig mit den Achseln. Dann wandte er sich um und lief über die Straße, wo der Pick-up geparkt war und der alte Mann bereits auf sie wartete.

Ihr Mittagessen kauften sie bei McDonald's und aßen es auf einer Bank im Park, wo es im Schatten der Bäume angenehm kühl war. Anschließend fuhren sie zu einem riesigen Supermarkt am Stadtrand, um Adas Einkaufsliste abzuarbeiten.

Der alte Mann blieb beim Auto, um zu rauchen. Simon schob den großen Einkaufswagen zielsicher durch die Regalreihen des Supermarktes. Er wusste genau, wo alles stand und was Ada wollte.

Simon war immer noch verstimmt wegen des Scherzes, den Julia im Buchladen gemacht hatte. Und noch mehr wurmte ihn ihre Frage, ob er keinen Spaß verstehen würde. Das Schlimme daran war, dass es eben nur *Spaß* war. Für *sie* war es Spaß. Für ihn nicht. Ihm war beinahe das Herz stehen geblieben, als sie ihren Arm um ihn gelegt hatte. Einfach so. Sie hatte das getan, wovon er seit Tagen träumte. Doch die Art, wie sie es getan hatte, hatte ihn verletzt und nicht glücklich gemacht.

Simon wusste, dass er sich lächerlich benahm, denn Julia konnte schließlich nicht ahnen, wie es um ihn stand. Aber er konnte auch nicht aus seiner Haut. Erst als er Julia mit ihren nackten Armen und Beinen vor dem riesigen Kühlregal stehen sah, zähneklappernd und am ganzen Körper schlotternd, da tat sie ihm auf einmal leid. Er zog sein kariertes Hemd aus und legte es um ihre Schultern.

»Hier, zieh das an.«

»Aber . . .«

»Nun m-ach schon.«

Sie kroch eilig in das Hemd und verschränkte die Arme vor der Brust. »Danke.«

»Schon gut.«

Für Tommy mussten sie Milch kaufen und zwei Kartons mit Babynahrung. Simon stellte zusammen, was Tommy am liebsten mochte: Bananenbrei und Apfelmus. Kartoffeln mit Möhren oder Erbsen. Julia kniete neben ihm und verstaute die Gläschen in einer Pappkiste. Die Ärmel seines Hemdes waren zu lang für ihre Arme und ihre braunen Hände verschwanden immer wieder darin. Da musste er gegen seinen Willen schmunzeln.

»Du lächelst ja«, sagte sie. »Mach ich was falsch?«

Er hob eine volle Kiste in den Einkaufswagen und sah sie an.

»Immer noch böse?«, fragte sie.

Simon bückte sich nach der zweiten Kiste. Eine Antwort gab er ihr nicht. Sie brauchte schließlich nicht zu wissen, dass er ihr gar nicht richtig böse sein konnte.

An der Kasse packte eine junge Frau in Julias Alter alles in Plastiktüten. Simon zahlte und brachte die Sachen zum Truck, wo er sie auf der Ladefläche verstaute.

Während der Fahrt auf dem Highway verschwand die Sonne und über den Bergen im Osten brauten sich finstere Gewitterwolken zusammen, so wie jeden Nachmittag. Seit drei Wochen hatte es nicht mehr geregnet. Land und Tiere brauchten den Regen dringend.

Ein mächtiger Blitz zuckte über den Himmel und Julia zeigte auf die schwarzen Gewitterwolken. »Habt ihr das gesehen?«

Der Großvater griff nach ihrer Hand. »Nicht drauf zeigen«, sagte er. »Das sind mächtige Geister, die mögen das nicht.«

Aus den Augenwinkeln heraus bemerkte Julia, wie Simon in sich hineingrinste.

Das Gewitter hatte sich verzogen, ohne dass auf der Ranch ein Tropfen gefallen wäre. Die unbefestigte Piste war staubig wie die Tage zuvor.

Simon parkte den alten Truck zwischen einem blauen Jeep und einem kirschroten Van. Die Fernsehleute waren also noch da.

Der alte Mann verzog sich gleich in seinen Schuppen, ohne das Haus überhaupt betreten zu haben. Simon und Julia trugen die Lebensmittel in die Küche und verstauten sie im Kühlschrank und in den Regalen.

Ada saß mit einem weißbärtigen Mann am Küchentisch und zeigte Fotos in einem Familienalbum. Ein jüngerer Mann mit Halbglatze stand hinter der Kamera und filmte. Ein riesiges Mikrofon, das aussah wie das Bein eines Plüschteddys, war auf Adas ledernes Gesicht gerichtet.

Julia war völlig verblüfft. Ihre Großmutter schien plötzlich ein anderer Mensch zu sein. Bereitwillig beantwortete sie die Fragen der Männer und lachte herzlich, wenn sie Scherze machten.

Simon verschwand schneller wieder aus der Küche, als Julia ihm hinterhersehen konnte. Sie stand noch eine Weile schweigend an die Spüle gelehnt, dann hatte sie das Gefühl zu stören und verließ das Haus ebenfalls.

Sie ging in ihren Trailer, legte sich aufs Bett und las in *Winnie Pu und seine Freunde.* Als sie ein Fahrzeug davonfahren hörte, warf sie einen Blick aus dem Fenster. Endlich verließ der rote Van der Filmleute die Ranch.

Julia machte sich gleich auf den Weg zurück ins Haus, denn diesmal wollte sie das Abendessen kochen, aus frischem Gemüse und nicht aus der Dose, wie Ada es meist zu tun pflegte, obwohl sie einen Gemüsegarten hatte.

Verwundert stelle Julia fest, dass der blaue Jeep noch da stand. In der Küche fand sie eine beängstigend gut gelaunte Großmutter vor.

»Ich werde heute kochen«, sagte sie.

»Sehr gut«, bemerkte Ada.

»Bleiben die Filmleute zum Essen?«

»Die sind weg.«

»Und der Jeep?«

»Gehört mir.« Demonstrativ hielt sie die Autoschlüssel in die Höhe.

»Sie haben den ausgebrannten Kombi gesehen und mich gefragt, was passiert ist. Es war ihre Idee, mir den Jeep zu überlassen.«

Während Julia Gemüse für ihren Auflauf putzte und schnippelte, dachte sie darüber nach, dass so etwas wohl nur in Amerika passieren konnte: Von einer Minute auf die andere ein Auto geschenkt zu bekommen. Ada hatte das Geschenk der Fernsehleute ganz selbstverständlich angenommen. Wahrscheinlich war das ihre Devise: Das Leben teilt aus und es steckt ein. Ada hatte ihren Kombi zwar geliebt, aber der Jeep war neueren Baujahrs und hatte eine Klimaanlage. Wie dem auch sei, urplötzlich war der Frieden auf der Ranch wiederhergestellt.

Schon bald zog ein köstlicher Duft durch Küche und Wohnzimmer und Julia deckte den Tisch, damit sie gemeinsam essen konnten. Das war zwar nicht üblich in diesem Haus, aber sie versuchte es dennoch.

Der Auflauf sah perfekt aus, als sie ihn aus dem Backofen holte. Julia freute sich, dass er in Adas altem Gasherd so gut gelungen war. Aber Simon, der sonst immer pünktlich zum Essen erschien, kam nicht zur üblichen Zeit. Und Adas Essen wurde auf dem Teller kalt, weil sie erst Tommy füttern musste. Dem schmeckte der Auflauf nicht (es war Schafskäse drin) und Ada kochte ihm einen Haferbrei. Der alte Mann stocherte mit der Gabel zwischen Gemüse und Kartoffeln herum. Er murmelte etwas von Hasenfutter, aß jedoch tapfer seinen Teller leer.

Als Julia den Tisch abräumen wollte, kam Simon und sah sich misstrauisch in der Küche um.

»Sie sind weg«, sagte Julia.

»Und der Jeep?«

»Den haben sie dagelassen«, bemerkte Ada.

»Für w-ie lange?«

»Für immer.«

Julia sah Simons ungläubige Erleichterung darüber, dass ihre Großmutter – sein Boss – wieder einen fahrbaren Untersatz hatte.

Ada stand auf und kratzte die Reste des kalten Auflaufs in den Eimer mit dem Hühnerfutter. Dann setzte sie Wasser für den Abwasch auf.

»Ich mach das«, sagte Simon, der ein sichtlich schlechtes Gewissen hatte.

»Nein, ich wasche ab«, warf Julia ein. »Ich habe das Chaos schließlich auch verursacht.«

»Einigt euch«, brummte Ada.

Simon stellte sich an die Spüle und sortierte Teller und Töpfe nach dem Grad ihrer Verschmutzung. Seinem Gesicht nach zu urteilen, gehörte Abwaschen nicht zu den Arbeiten, die er gerne erledigte. Doch wie immer tat er, was getan werden musste.

Julia trocknete die Gläser und ein paar Teller ab, dann brachte sie den Eimer mit dem Hühnerfutter nach draußen. Als sie zurückkam, war der schmutzige Geschirrberg verschwunden. Simon ließ seine Hand über den Boden der Spüle gleiten, um nach den letzten Besteckteilen zu fischen. Das Spülwasser war undurchsichtig grau und auf der Oberfläche schwammen gelbe Fettaugen. Er ließ es ablaufen und es verschwand mit einem gurgelnden Geräusch im Abfluss. Aufatmend rieb Simon seine Hände an der Hose trocken.

»Danke«, sagte Julia.

»Danke wofür?«, fragte er.

»Für alles.«

Simon zog sich in seinen Wohnwagen zurück. Als auch Julia das Haus verlassen und schlafen gehen wollte, klingelte plötzlich das Telefon.

»Deine Mutter«, sagte Ada und reichte Julia das Handy.

»Hallo Ma.«

»Hallo, mein Schatz, wie geht es dir?«

»Bestens.« *Ich bin gestern mit Grannys Auto gefahren und es ist uns unter dem Hintern weggebrannt.* »Wir waren heute in Elko einkaufen. Ich habe gekocht. Papas berühmten Gemüseauflauf. War nicht so der Renner.« Sie hörte ihre Mutter am anderen Ende der Leitung lachen. »Was ist mit dir, Ma? Geht es dir gut bei Kate?«

»Ja, es ist herrlich hier. Heute waren wir am Strand. Kate kümmert sich die ganze Zeit rührend um mich. Schade, dass du nicht hier bist. Es würde dir gefallen. Sie hat ein schickes, kleines Haus mit allem Komfort.«

Julia ließ ihren Blick durch die Küche ihrer Großeltern schweifen. Über den fleckigen, schadhaften Fußboden, die mit Klebeband geflickten Polster der Küchenstühle, die Decke, von der die Isolation herunterhing. Für einen winzigen Moment hätte sie gerne mit ihrer Mutter getauscht.

»Bereust du es schon, dageblieben zu sein?«, fragte Hanna, als ob sie Julias Gedanken hören konnte.

»Nein, überhaupt nicht. Ich bin gerne hier.«

»Na dann. Grüß Ada und Boyd von mir. Und Simon natürlich.«
»Mach ich.«
»Bye, Julia.«
»Bye, Ma.« Sie steckte das Handy wieder ins Ladegerät und setzte sich an den Küchentisch.

Ada putzte Tommy die Zähne, eine Prozedur, die jedes Mal mit viel Gezeter verbunden war. Der Großvater holte sich wie jeden Abend ein Stück Schokolade aus dem Kühlschrank und setzte sich noch einen Moment zu Julia.

»Hast du mit deiner Mutter telefoniert?«, fragte er.

Sie nickte.

»Wie geht es ihr?«

Sie zog ein Blatt Papier heran und schrieb: *Gut. Sie hat Spaß mit ihrer Freundin.*

»Und was ist mit dir? Hast du Spaß?«

Julia schrieb: *Das brennende Auto war kein Spaß.*

»Es gibt Schlimmeres.«

Simon konnte nichts dafür.

Boyd sah seine Enkeltochter aufmerksam an. »Du magst unseren Cowboy, nicht wahr?«

Sie nickte. *Weißt du, woher Simon seine Narbe hat?*, schrieb sie auf den Zettel. *Weißt du, ob seine Eltern noch leben und was er gemacht hat, bevor er auf die Ranch kam?*

Der alte Mann las, dann sah er Julia an und schüttelte den Kopf. »Ich kann dir deine Fragen nicht beantworten. Simon redet nicht über diese Dinge. Wenn du mehr über ihn wissen willst, musst du ihn schon selbst fragen. Bestimmt hat er Antworten für dich. Ich weiß, Simon mag dich. Ich erkenne es an seinen Augen, wenn er dich ansieht.«

Als der alte Mann das sagte, musste Julia an ihren Vater denken. Boyd hatte dieselbe Art, anderen Mut zu machen, die sie an ihrem Vater so geliebt hatte.

Julia umarmte ihren Großvater und er klopfte ihr liebevoll auf die Schulter. *Gute Nacht, Grandpa*, schrieb sie.

»Schlaf gut, meine Kleine«, sagte der Alte.

16.

Den ganzen nächsten Tag über konnte Julia an nichts anderes denken als daran, was ihr Großvater gesagt hatte. *Ich weiß, Simon mag dich.*

Ihr Verstand schwirrte, dass ihr davon schwindelte. Wie lange war es her, dass ihre Mutter sie davor gewarnt hatte, sich zu verlieben? Vier Tage oder fünf? Hundert Jahre? War sie eine andere geworden? Etwas war mit ihr geschehen. In ihrem Innersten hatte sich ein Raum geöffnet. Sie stand an der Schwelle und wagte nicht einzutreten. Vielleicht, weil sie so wenig über Simon wusste. Sie kannte die Welt nicht, aus der er kam, und wusste nicht, welcher Art die Geheimnisse waren, die er mit sich herumtrug.

Hatte er sie wirklich gern?

Julia hoffte, Simon mal allein zu erwischen, um es herauszufinden, aber er ging ihr aus dem Weg. Seit dem Gespräch mit ihrem Großvater ahnte sie, was in ihm vorging. Wenn Simon wirklich mehr für sie empfand als Freundschaft, dann musste ihn ihr Verhalten im Buchladen verletzt haben. Im Nachhinein schämte sie sich für ihre unsensible Art. Vielleicht konnte sie es irgendwie wiedergutmachen.

Am späten Nachmittag besuchte Julia die Ziegenfamilie und schaffte es, dass der schwarze Ziegenbock ihr aus der Hand fraß. Als sie ein Bellen hörte, hob sie den Kopf und entdeckte Simon, der, gefolgt von Pepper, mit großen Schritten auf sie zukam. Lächelnd sah sie ihm entgegen, bis sie seinen finsteren Blick bemerkte. In seiner Rechten schwang Simon ein Papier. Als er nahe genug heran war, begriff sie, dass es der Zettel mit ihren Fragen war, die sie ihrem Großvater am Abend zuvor aufgeschrieben hatte. Sie hatte den Zettel auf dem Tisch liegen lassen und irgendwie musste Simon ihn entdeckt haben.

Mit funkelnden Augen hielt er ihr das Papier unter die Nase. »W-arum willst du all diese Dinge über m-m-mich wissen?« Seine Stimme klang zornig, die Hand zitterte. Simon ließ den Zettel fallen, der langsam zu Boden segelte. Pepper schnappte danach.

Julia stand da und wusste nicht, was sie sagen sollte. Sie kannte den Grund, hatte es jäh begriffen, doch die Worte dafür lagen schwer wie Steine in ihr. Sie wurde rot und sah zu Boden. Nun war Simon wütend auf sie und das war schrecklich.

»Warum f-ragst du mich nicht, wenn du etwas über m-m-mich wissen willst?«

»Ich weiß auch nicht«, antwortete Julia geknickt. »Manchmal spüre ich, dass du mir etwas erzählen willst und es dann doch nicht tust. Vielleicht, weil du schon vorher Angst hast, dass du stottern wirst und es ewig dauert, bis du es raushast. Du glaubst, was du zu sagen hast, hat dann keinen Wert mehr für mich. Aber das stimmt nicht. Ich mag dich, Simon. Deshalb wollte ich mehr über dich wissen. Du erzählst ja nie freiwillig etwas von dir.«

Immer noch erregt, erwiderte er: »K-ann sein, es g-g-gefällt dir nicht, was ich zu erzählen habe.«

»Das macht nichts, weil . . .«

»Weil *was?*« Seine Augen verlangten eine Erklärung.

Julia machte einen Schritt auf Simon zu und drückte ihm einen Kuss auf die Lippen. Es schien ihr die einzig mögliche Antwort zu sein. »*Das*«, sagte sie, zog ihren Kopf zurück und lächelte vorsichtig.

So zutiefst verwirrt hatte sie ihn noch nie gesehen. Für einen Augenblick schien er völlig aus der Fassung, beinahe in Panik. Simon wurde erst rot unter seiner dunklen Haut und dann blass. Ein Schweißfilm bildete sich auf seiner Oberlippe und er schien vergessen zu haben, wie man atmet.

»Ruhig.« Julia berührte sein Gesicht mit beiden Händen. »Ganz ruhig, okay?«

Julia nahm ihn in die Arme, spürte die ruckartigen Schläge seines Herzens und das Zittern seiner Muskeln. Und da wusste sie, dass ihr Großvater sich nicht geirrt hatte.

Simon hielt sich an Julia fest und so standen sie eine ganze Weile, ohne dass einer von beiden etwas sagte. Er hatte keine Ahnung, wie viel Zeit vergangen war, bevor er sich wortlos aus ihren Armen löste.

Er bückte sich zu Pepper und sagte: »Geh zurück zu Loui-Loui, mein Freund. Julia und ich wollen mal eine Weile allein sein.«

Pepper winselte, dann trottete er gehorsam zurück zur Ranch. Simon nahm Julias Hand und zog sie hinter sich her.

Julia stellte keine Fragen, als sie neben Simon durch die kniehohen Beifußsträucher hinauf in die Hügel lief. Es war der Weg, den er so viele Male alleine gegangen war. Wie oft hatte er sich in die Berge zurückgezogen, um allein zu sein und dem Klang der eigenen Gedanken zu lauschen. Hier konnte er vergessen, dass es die übrige Welt gab. Nur grasbewachsene Hügel, Beifußbüsche und schroffer Granit. Es war sein Schutzgebiet des Schweigens. Doch nun nahm er Julia mit dorthin. Weil er es plötzlich satthatte, einsam zu sein. Weil er jetzt wusste, wie es sich anfühlte, wenn jemand ihn mochte, wie er war.

Simon hatte begriffen, dass er Vertrauen haben musste, sonst würde er immer einsam sein. Er musste die Grenze überschreiten, sein Schutzgebiet verlassen und sich auf das Terrain begeben, wo all die anderen waren. Denn dort war auch Julia.

Doch obwohl Simon so glücklich war wie nie zuvor, konnte er sich diesem Gefühl nicht vollkommen ergeben. Wie soll es weitergehen?, fragte er sich. Würde er ohne Julias Umarmung leben können – nun, da er wusste, wie einsam sein Körper bisher gewesen war? Was würde mit ihm passieren, wenn sie nicht mehr da war? Daran durfte er jetzt nicht denken. Nicht in diesem Augenblick. Julia war hier, bei ihm. Sie hatte ihn geküsst und er hatte diesen Kuss mit seinem ganzen Körper gespürt. Er spürte ihn immer noch.

Als das Beifußfeld endete, begannen die grasbewachsenen Berge. Weiße, blaue und rosafarbene Blumenkissen breiteten sich auf den samtenen Hügeln aus. Scharen kleiner indigoblauer Schmetterlinge umflatterten sie. Es waren Hunderte.

Simon strebte auf eine rötliche Felsgruppe zu, die aus dem Grasteppich wuchs wie eine kleine Festung. Dort befanden sich die Ritzzeichnungen der Vorfahren. Ada war dagegen, Neugierige hierherzuführen. Die genaue Beschreibung heiliger Stätten gegenüber Fremden war in ihren Augen ein Sakrileg. Aber Julia war keine Fremde.

Der Ort würde ihm die Kraft geben, ihre Fragen zu beantworten und ihr endlich zu sagen, dass er sie ebenfalls mochte.

Als sie die kantigen Granitbrocken erreicht hatten, zog er Julia hinauf, bis sie ganz oben standen. Von dort konnte man weit über das Tal blicken. Wie eine kleine dunkelgrüne Insel lag die Ranch mitten im silbergrauen Beifußmeer. Auf der anderen Seite bildeten die schneebedeckten Berge der Shoshone Range den Horizont.

Sie wandten der Ebene den Rücken zu, sodass sie auf die nahen Hügel und in ein kleines grünes Tal blicken konnten, durch das ein Bach floss. Niedrige Beerensträucher wuchsen am Bachlauf. Weiter oben standen die Pferde. Tobacco, der Appaloosa-Hengst, mit seiner kleinen Herde.

»Es ist wunderschön hier«, sagte Julia.

»Ich b-in oft hier oben.«

»Das dachte ich mir.«

»Komm, ich will dir etwas zeigen.«

Er half ihr, über die Felsen zu klettern, bis sie vor der Wand mit den Zeichnungen standen. Merkwürdige Linien und Kreise, die für ihn keinen Sinn ergaben. Aber dieser Ort barg eine große Kraft, das spürte Simon jedes Mal, wenn er ihn besuchte.

Er ließ sich nieder und Julia setzte sich neben ihn.

»Sind die sehr alt?«, fragte sie.

»Ja. Mehrere Tausend Jahre, behauptet deine Großmutter.«

»Weißt du, was sie bedeuten?«

Er schüttelte den Kopf. »Deine Granny sagt, manches müsse eben ein Geheimnis bleiben, um seine Kraft zu bewahren.«

Langsam spürte Simon, wie die Macht des Ortes zu wirken begann und sein Mut wuchs. »Du kannst mich jetzt fragen.«

»Was?«

»Na, alles, was du über m-ich wissen willst.«

Überrascht sah sie ihn an. »Und du wirst mir antworten?«

»Ich . . . ich werde mir Mühe geben.«

Nach einigem Zögern hob sie ihre Hand und schob sie unter sein Haar in die Halsbeuge, um vorsichtig seine wulstige Narbe zu berühren. Das war ihre erste Frage, eine, für die sie keine Worte brauchten.

Und so begann Simon im Schatten des Felsens die längste Rede, an die er sich erinnern konnte. Er erzählte von sich und von seiner Kindheit, die nie eine gewesen war. Julia saß dicht bei ihm. Ihre Nähe zu spüren, beruhigte ihn.

Die ersten Jahre seines Lebens hatte Simon in Winnemucca verbracht. An seinen Vater konnte er sich nicht erinnern, er verschwand, als Simon drei war. Seine Mom herzte und küsste ihn, wenn sie nüchtern war. War sie es nicht, schrie sie herum und manchmal schlug sie auch zu. Liebesbekundungen und Wutausbrüche wechselten einander ab. Die Unberechenbarkeit seiner Mutter verunsicherte Simon. Er wurde immer trotzköpfiger und verstockter. Damals war er noch zu klein, um zu begreifen, warum seine Mutter nicht war wie andere Mütter. Für ihn war sie der Mittelpunkt der Welt, um den sich alles drehte. Von ihr kamen Essen und Wärme und Versprechungen. War sie betrunken, setzte es Schläge, er spürte, was Hunger war, und musste erfahren, dass Versprechungen nur leere Worte sein konnten.

Simon sprach ruhig, fast ohne zu stottern, was ihn selbst am meisten wunderte. Er erzählte Julia, wie er sich als Fünfjähriger eines Tages den ganzen Nachmittag im Schlamm gesuhlt hatte und seine Mutter böse auf ihn war, weil er dreckverschmiert ins Haus kam. Sie machte Wasser auf dem Herd heiß für die Zinkwanne, die auf der Veranda stand. Aber es war Mai und noch kühl und er fror und wollte sich nicht ausziehen. Mit wildem Gezeter zerrte sie ihm den Pullover samt Hemd über den Kopf. Zähneklappernd stand er da, mit nacktem Oberkörper, und weigerte sich, aus seinen schlammigen Hosen zu steigen. Seine Mutter brüllte ihn an. Der Alkohol war in ihrer Stimme, in ihrem Atem – und sie hielt den Topf mit dem heißen Wasser in den Händen.

»Ich weiß nicht, ob sie das wollte, ob sie mich so verletzen wollte«, sagte er. »Aber sie hat es g-etan.« Wenn er nur daran dachte, hatte er immer noch sein eigenes Brüllen im Ohr.

Danach hatte Simon monatelang kein Wort geredet. Der Schock darüber, was seine Mutter ihm angetan hatte, saß tief. Schließlich begann er doch wieder zu sprechen, aber die Worte kamen nur noch in Purzelbäumen oder mit Ladehemmung aus ihm heraus.

Mit seinen schweren Verbrennungen lag er lange im Krankenhaus, doch als seine Wunden verheilt waren, schickten sie ihn nach Hause zurück. Von da an war er auf der Hut. Er mied den Blick seiner Mutter und gehorchte stets ihren Anordnungen.

Als Simon zehn war, wurde seine Mutter zu einer Gefängnisstrafe verurteilt, weil sie im Supermarkt, in dem sie als Aushilfskraft arbeitete, Geld gestohlen hatte. Man brachte Simon in ein Heim und übergab ihn später der Obhut einer Pflegefamilie. Im Alter von vierzehn Jahren hatte er sieben Pflegefamilien durchlaufen. Schließlich verließ er die Schule ohne Abschluss und schlug sich mit Gelegenheitsjobs durch.

»Weißt du, niemand hat es mir beigebracht«, sagte er niedergeschlagen. »Ich meine, wie man liebt.«

Er sah Julia ins Gesicht, ihre Augen hatten sich zu einem warmen Meeresgrün verdunkelt. Simon spürte, dass sie wirklich *da* war, hier bei ihm und seiner Geschichte. Und ihr Mitgefühl war die natürlichste Sache von der Welt.

»Manchmal habe ich Angst, dass ich wie meine Mutter werde«, sagte er. »Ich kann nichts Gutes tun und nichts Schönes vollbringen, weil ich ein Teil von *ihr* bin und immer ein Teil von ihr sein werde.«

Julia bewunderte Simon. Jahrelang hatte er alles getan, damit keiner seine Verletzungen bemerkte, die ein Teil seines Wesens geworden waren. Nun hatte er sich ihr gegenüber geöffnet. Simon vertraute ihr. Sie hätte ihn umarmen können vor Freude, aber das hätte ihn wohl nur noch mehr durcheinandergebracht.

Stattdessen nahm sie seine Hände. »Das ist nicht wahr«, widersprach sie mit rauer Stimme und kämpfte gegen die Tränen an. Ein dicker Kloß in ihrer Kehle hinderte sie am Sprechen. So fühlte sich das also an, wenn man etwas sagen wollte und es nicht konnte.

»Du tust so viel Gutes«, brach es schließlich aus ihr heraus. »Für meine Großeltern, für Tommy, für alle, die deine Hilfe brauchen.«

»Ach, das ist doch mein Job.«

»Dein Job?« Ungläubig schüttelte sie den Kopf. »Bezahlt dich Grandma überhaupt?«

Simon nickte verlegen. Er nahm einen Stein auf und spielte damit.

»Was bekommst du denn im Monat?«

»Einhundertfünfzig Dollar.«

Das verschlug ihr für einen Moment die Sprache. Simon schuftete von morgens bis abends, kannte kein Wochenende und bekam einen Hungerlohn dafür. In diesem Augenblick schämte Julia sich schrecklich für ihre Großmutter.

Simon sah sie an und lächelte schief. »Nicht die Wucht, oder?«

Julia schüttelte vehement den Kopf. »Karl Marx würde sich im Grab herumdrehen.«

Simon lachte und ließ den Stein von einer Hand in die andere fallen. »Ach, na ja. Ich darf die Autos fahren, Kost und Logis sind frei und sämtliche Indianerweisheiten auch.«

»Und im Winter gibt es statt Heizung einen heißen Stein in Zeitung gewickelt. Wie hast du diese lukrative Arbeitsstelle samt luxuriöser Unterkunft überhaupt gefunden?«

Es erstaunte Julia, wie locker sie sich auf einmal unterhalten konnten. Simon stotterte überhaupt nicht mehr. Ob ihm das wohl schon aufgefallen war?

»Vergangenen Sommer war ich hier in der Gegend auf Jobsuche«, antwortete er.

Julias Augen wurden zu Halbmonden. »Wolltest du etwa in der Mine arbeiten?«

Entsetzt schüttelte er den Kopf. »Oh nein, bestimmt nicht.«

Sie erfuhr, dass Dominic, der große Koch ihn auf dem Weg zum Western-Shoshone-Sommertreffen an der Straße aufgelesen und festgestellt hatte, wie hungrig und zerlumpt er war. Dominic hatte für Simon gekocht, hatte ihm neue Kleider besorgt und ihn in seinem Zelt schlafen lassen. Und Simon hatte das Seine getan, um sich dafür zu bedanken. Er hatte mitgeholfen, das Küchenzelt aufzubauen und während des Treffens die Mahlzeiten zuzubereiten.

Nach der Zusammenkunft war er mit Dominic und einigen anderen auf die Ranch gekommen. Er hatte im Camp gelebt und war Julias Großvater zu Hand gegangen. Sehr schnell hatte Simon den alten Mann, der immer freundlich zu ihm war, ins Herz geschlossen.

»Als es Winter wurde, zogen die anderen ab. Irgendwann kam dein Grandpa und bot mir an, in den Wohnwagen zu ziehen, weil ich dann morgens nicht mehr so einen weiten Weg zum Ranchhaus hatte.« Er sah Julia an, mit seinen schwarzen, durchdringenden Augen. »Ich habe ihn gern, den alten Mann. Und wahrscheinlich mag er mich auch ein bisschen.«

Julia blickte den Hügel hinauf und sah, wie die Pferde zum Bach hinabliefen, um zu trinken. Wie lebendige Perlen auf einer Schnur.

»Fühlst du dich nie einsam hier draußen?«, fragte sie.

»Ich bin gerne allein.«

»Und was ist mit Mädchen?«

»*M-ädchen?*« Er sah sie so verwundert an, dass sie lachen musste.

»Na ja«, sagte sie, »du weißt schon.«

Simon zuckte mit den Achseln. »Ich fürchte, ich bin k-eine gute Partie. Ein Stotterheini ohne Besitz mit lumpigen einhundertfünfzig Dollar im Monat.«

»Stimmt«, sagte Julia. Sie blickte in seine Augen und sah das Lächeln darin. Auch sie lächelte.

»Kannst du es noch mal tun?«, fragte er im Flüsterton.

»Was?«

»*Na das.*«

Ohne Simon aus den Augen zu lassen, beugte Julia sich zu ihm hinüber und er kam ihr mit seinem Gesicht entgegen. Ihr Mund war weich und offen. Er nahm ihre Unterlippe zwischen seine Lippen, und als ihre Zungen sich in ihrem Mund trafen, fühlte er eine eigenartige Schwere in sich, als ob die Anziehungskraft der Erde plötzlich zunehmen würde. Nie zuvor hatte er sich so gefühlt und nichts ließ sich damit vergleichen.

Es war sein erster richtiger Kuss und er hoffte, sie würde es nicht merken. Dann konnte Simon an nichts anderes mehr denken als an das Unglaubliche, das ihm passierte. Er küsste sie wieder. Und wieder.

Irgendwann lösten sie sich voneinander, um Atem zu schöpfen.

»Wow!«, sagte Simon. Erst hatte Julia Adas Kombi in Flammen aufgehen lassen und nun brannte er. Lichterloh.

»Ist was?« Julia sah ihn schief von der Seite an.

»Nein. Nichts.«

»Kannst du mir einen Gefallen tun?«

»Klar.« *Alles würde ich für dich tun.*

»Könntest du meinen Zopf neu flechten?«

»Aber . . .« Er hatte mit allem Möglichen gerechnet, nur damit nicht.

»Wenn ich es selbst mache, wird der Zopf nie richtig fest.« Sie holte ihren schweren Zopf nach vorn, löste das Gummiband und fuhr mit den Fingern durch die Strähnen, bis ihr Haar offen war. Dann wandte sie ihm den Rücken zu.

Okay, Simon, sagte er sich, *das wirst du doch hinkriegen.*

Er unterteilte ihr Haar in drei dicke Strähnen und begann zu flechten.

»Fester«, sagte Julia.

Simon mühte sich redlich, aber seine Hände zitterten dabei. Er hatte noch nie einem Mädchen die Haare geflochten und es war beinahe so aufregend wie küssen. Julias Haar knisterte unter seinen Fingern, es war heiß von der Sonne. Unseligerweise fiel ihm in diesem Augenblick Ian wieder ein. Ob Julia ihn auch gebeten hatte, ihr die Haare zu flechten?

Er war am unteren Ende des langen Zopfes angekommen. Julia reichte ihm den Haargummi und bedankte sich.

Simon fasste sich ein Herz und fragte sie, ob Ian ihr etwas bedeuten würde.

»Er ist nett«, erwiderte Julia, »das ist alles.« Sie drehte sich zu ihm um und nahm seine Hand. »Was denkst du von mir, Simon? Dass ich dich küsse, während ich einen anderen im Kopf habe?«

Er hob die Schultern. »Ich weiß nicht, was in den Köpfen von Mädchen vorgeht.«

»Eine Menge.« Julia lächelte. »Und was geht in deinem Kopf vor?«

»Ach, ich glaub nicht, dass du das wissen willst.«

»Ich will alles über dich wissen.«

»Aber da ist nicht viel, wirklich. Was ich dir erzählt habe, war schon alles.«

»Ich darf immer noch fragen, oder?«

»Klar.«

»Was willst du denn mal werden?«

»*Was ich mal werden will?*« Entgeistert sah er sie an.

»Na, als du noch klein warst, hast du dir da nie gewünscht, Polizist zu werden, Astronaut oder Zirkusclown?«

Simon schüttelte den Kopf. »Nein, nie.«

»Du musst dir doch irgendetwas gewünscht haben?«

»Einen Ort wie diesen.«

»Dann bist du also wunschlos glücklich.«

Simon zögerte einen Moment. »Ich war es.«

Er spürte Julias Blick. Sie wollte wissen, was er dachte, was er damit meinte. Aber sie fragte nicht. Sie wartete, bis er von selbst zu sprechen begann.

17.

Simon erzählte Julia von seinen Steinen und dass sie manchmal zu ihm sprachen, wenn er sie in der Hand hielt. Julia merkte, wie er versuchte, ihre Gedanken zu lesen. Dabei dachte sie gar nichts. Sie war ganz offen für ihn und das, was er ihr erzählte.

Schließlich schwieg Simon und sie wagte nicht, seine geheimnisvolle Stille zu durchbrechen. Irgendwann sah er nach dem Stand der Sonne und fragte: »Wie spät ist es eigentlich?«

Julia blickte auf ihre Armbanduhr. »Kurz nach sechs.« *Wo war die Zeit geblieben?*

»Wir müssen los«, sagte er bedauernd. »Ich habe versprochen, Abendessen zu kochen, und kann es mir nicht leisten, schon wieder in Ungnade zu fallen. Ada wird mir die Hölle heißmachen, wenn das Essen nicht rechtzeitig auf dem Tisch steht.«

Nur widerstrebend ließ Julia sich von ihm auf die Beine ziehen. Sie hätte bis in alle Ewigkeit so sitzen können und Simons Geschichten lauschen. Seine Offenheit hatte alles verändert. Er war ihr nah; so nah, dass ihr schwindelte.

Noch ganz benommen sprang Julia hinter Simon ins Beifußgebüsch. Als sie das bedrohliche Klappern hörte, hatte er sie auch schon zur Seite gerissen. Ein Laut des Erstaunens kam aus ihrer Kehle. Die ausgewachsene Klapperschlange – gut einen Meter lang – verschwand in einem Spalt zwischen den Steinen und ringelte sich dort zusammen. Julia starrte das Reptil an, das drohend den Kopf hob und mit seinem Hornschwanz klapperte.

»Lass mich vorgehen, okay?« Simon zog sie hinter sich her.

Mit weichen Knien folgte sie ihm. »Gibt es hier viele davon?«

»Einige. Pepper warnt mich sonst immer.«

Nach einigen Schritten blieb Simon plötzlich stehen und begann, sie auf seine scheue Art zu küssen. Dann lief er weiter, den Blick wieder wachsam auf den Boden gerichtet. Auf dem Weg zur Ranch wiederholte sich das mehrere Male: Er blieb unerwartet stehen, zog Julia an sich und küsste sie. Dann stand er einen Moment mit geschlossenen Augen da und sein Körper wankte, als würde er jeden Augenblick in Ohnmacht fallen. Immer, wenn sie anfing, sich ernsthaft Sorgen um ihn zu machen, schlug er die Augen auf, lächelte und zog sie weiter.

Irgendwann lachte auch Julia, völlig atemlos, als sie schon auf dem Vorplatz angelangt waren und er ihr den vermutlich zehnten Kuss gab.

Ada hatte schon damit begonnen, das Abendessen vorzubereiten, und empfing sie mit grimmiger Miene. Geschälte Kartoffeln lagen auf dem Küchentisch, eine Dose Erbsen stand geöffnet bereit und in einer Schüssel wartete rohes Hackfleisch darauf, verarbeitet zu werden.

Julia und Simon kümmerten sich darum, dass alles auf den Herd kam, während die alte Frau Tommy aus einem Gläschen fütterte. Später zogen sich die beiden Alten mit ihren Tellern ins Wohnzimmer vor den Fernseher zurück, während Julia und Simon sich an den Tisch setzten, um zu essen. Julia spottete über die Erbsen, die zerkocht waren und nach nichts schmeckten.

»Die sind schon lange hinüber«, flüsterte sie naserümpfend. »Und so sehen sie auch aus.«

Simon lachte. Er hätte immerzu lachen können. In der rechten Hand hielt er die Gabel, seine Linke hielt Julias Hand. Er wollte sie am liebsten nie mehr loslassen. Und er wollte so schnell wie möglich raus aus diesem Haus, um mit Julia allein zu sein.

Als ihre Teller leer waren, beugte er sich zu ihr und küsste sie. Diesmal schon mit größerem Selbstvertrauen. Als sie sich von ihm löste, und ihre Augen immer größer wurden, drehte er den Kopf zur Seite. Tommy hockte im Durchgang zum Wohnzimmer auf dem Boden. Er schaukelte seinen nackten braunen Oberkörper vor und zurück und trotz seiner blinden Augen hatte Simon das Gefühl, als würde er sie nachdenklich ansehen. Beinahe machte es den Eindruck, als würde ein wissendes Grinsen auf Tommys Gesicht liegen.

Wie froh war Simon, als Julia den Abwasch freiwillig übernahm. Er griff nach einem Handtuch und trocknete ab. Zu zweit ging ihnen die Arbeit flott von der Hand. Aber als Simon Julia von hinten um die Hüfte fasste, um sie zu umarmen, glitt ihr ein Teller aus der Hand. Er schepperte auf das übrige Geschirr und zerbrach.

»He«, rief Ada aus dem Wohnzimmer, »lasst mein Geschirr ganz, Himmelherrgott noch mal!«

Tommy fing an zu kreischen und seine Großmutter beruhigte ihn. Beide kamen in die Küche. Tommy kletterte auf seinen Stuhl und Ada begutachtete mürrisch brummelnd den Schaden.

Mit eingezogenen Köpfen klaubten Simon und Julia die Scherben in den Mülleimer. Als sie fertig waren mit dem Abwasch, wünschte Julia ihren Großeltern eine gute Nacht. Sie ließ Simon leise wissen, dass sie auf ihn warten würde und begab sich mit ihrer Taschenlampe auf den Weg zum Trailer.

Simon blieb noch einen Moment im Haus, damit es nicht so aussah, als würde er Julia hinterherlaufen. Als er endlich auch verschwinden wollte, hatte Ada plötzlich noch eine Aufgabe für ihn. Sie bat Simon, auf einen Stuhl zu steigen und einen Karton für sie herunterzuholen, der ganz oben auf dem hohen Holzregal stand.

Simon, der in Gedanken schon bei Julia war, riss versehentlich einen anderen Karton mit herunter. Der Deckel löste sich und unzählige Papiere und Fotos fielen heraus. Sie flogen unter die Schränke, schwebten in die Vorratsfächer, unter den Herd und verteilten sich auf dem Boden.

Ada ließ einen entrüsteten Schrei hören. »Was zur Hölle ist eigentlich los mit dir, Junge?«, brüllte sie. »Wo bist du bloß mit deinen Gedanken?«

»Ich glaube, er ist verliebt«, brummte Boyd von nebenan. Ada war so laut gewesen, dass selbst er ihre Frage verstanden hatte.

»Verliebt? In wen?« Die alte Frau starrte Simon an, als wäre das etwas, das sie niemals für möglich gehalten hätte. Nicht bei ihm, dem schweigsamen Einsiedler, dem Stotterer.

Ihm schoss die Hitze ins Gesicht.

»Schon gut«, sagte Ada, tiefe Falten auf der Stirn. »Ich will es gar nicht wissen.«

Erleichtert bückte Simon sich nach den Fotos, die überall herumlagen, und begann, sie in den Karton zu sammeln. Es waren Fotos von Ada als junger Frau. Auf einem davon trug sie einen Rock und lachte in die Kamera. Sie war hübsch und er erkannte die Ähnlichkeit mit Julia.

Simon angelte gerade ein Foto unter dem Herd hervor, als er eine schwere Hand auf seiner Schulter spürte. Es war Boyd, der neben ihm stand.

»Lass gut sein für heute«, sagte der alte Mann, »die Fotos laufen nicht weg. Aber die Kleine, die wartet sicher schon auf dich.«

Simon erhob sich und legte das Foto zu den anderen in den Karton. Dankbar sah er Boyd an.

»Nun geh schon. Du kannst den Rest morgen aufsammeln.«

Julia saß auf den Holzstufen vor ihrem Trailer und wartete auf Simon. Seit sie ihn im Ranchhaus zurückgelassen hatte, waren nur ein paar Minuten vergangen und doch vermisste sie ihn schon. *War das Liebe?*

»Ach Pa«, flüsterte sie, »du wüsstest bestimmt eine Antwort.« *Simon tut mir so gut. Er braucht mich und ich brauche ihn. Ich wünschte, du könntest ihn kennenlernen. Bestimmt hättest du ihn gern.*

Der Strahl einer Taschenlampe tauchte aus dem Dunkel. Simon

kam den Weg entlang. Julia rutschte ein Stück zur Seite, damit er sich neben sie setzen konnte. Er erzählte ihr von seinem Missgeschick.

»Deine Granny w-eiß das mit uns.«

»Na und?«

»Ich fürchte, es gefällt ihr nicht.«

»Und warum glaubst du das?«

Er zuckte mit den Achseln. »Ist so ein Gefühl.«

Sie lehnte den Kopf an seine Schulter. »Hast du etwa Angst vor ihr?«

»Ein bisschen vielleicht. Sie k-ann in die Menschen hineinsehen, als hätte sie Röntgenaugen.«

»Mag ja sein. Aber sie hat nicht die Macht zu ändern, was sie sieht.«

Simon legte seinen Arm um Julias Schultern. »Ich habe Fotos von deiner Grandma gesehen, als sie nicht viel älter war als du«, sagte er. »Du siehst ihr ähnlich.«

»Oje«, entfuhr es Julia. Das war nicht gerade ein Kompliment.

Simon lächelte. »Sie war hübsch.«

»Aber jetzt sieht sie aus wie ein alter Baum.«

»Wenn ich mal fünfundsiebzig bin, möchte ich auch aussehen wie ein alter Baum.«

»Du magst sie tatsächlich.«

»Ich respektiere sie.«

»Sie sagt niemals *Danke*.«

»Nur zu den Menschen nicht. Der Erde dankt sie jeden Tag.«

Julia ahnte, dass Simon nie etwas Schlechtes über ihre Großmutter sagen würde. Ada hatte ihm ein Zuhause gegeben und er würde ihr immer dankbar sein dafür. Vielleicht tat er deshalb alles, was sie von ihm verlangte.

Sie blickten beide in den Himmel, wo Millionen Sterne funkelten, so nah, wie Julia es noch nie zuvor erlebt hatte. In diesem Moment fiel eine Sternschnuppe, ein kleines, kurz aufleuchtendes Licht am nächtlichen Himmel.

»Du darfst dir was wünschen«, sagte Julia.

»Du aber auch«, erwiderte er.

Julia glaubte zu wissen, was er sich wünschte. Der Gedanke löste ein nervöses Gefühl in ihr aus, das jedoch nicht unangenehm war. Sie schloss die Augen und wünschte sich ganz fest, wieder glücklich zu sein. Denn das, wonach sie sich am meisten sehnte, konnte nicht Wirklichkeit werden. Sie wollte ihren Vater wiederhaben und das würde nicht passieren.

»Alles in Ordnung mit dir?«, fragte Simon.

»Ja. Ich bin so froh, dass du da bist.«

Simon gab ihr einen sehnsüchtigen, bebenden Kuss. *Sein* Wunsch war nicht unerfüllbar. Es erschreckte Julia, dass niemand da war, der sie daran hindern würde, mit Simon zusammen zu sein. Nur sie selbst stand sich noch im Weg.

Julia war nicht immun gegen das, was Simons Küsse in ihr auslösten. Und doch wünschte sie, er würde gehen. *Geh!,* dachte sie. Nein, *bleib*.

Er schien zu spüren, was in ihr vorging, küsste sie ein letztes Mal und stand auf. »Es ist in Ordnung«, sagte er.

»Ich . . .«, begann Julia, dann verstummte sie.

»Schlaf gut, okay?«

»Ja. Du auch.«

18.

Am nächsten Morgen bekam Simon Julia nicht zu Gesicht, weil er mit dem alten Mann schon früh in die Berge fuhr, um Holz für den Winter zu schlagen. Es war noch heißer als in den Tagen zuvor und er hörte Boyd bei jedem Handgriff ächzen.

In der Mittagszeit machten sie Siesta in einem schattigen Tal und normalerweise hätte Simon diese Zeit genossen. Diesmal war er unruhig. Er fieberte dem Abend entgegen, weil er dann wieder mit Julia zusammen sein konnte. Und er hoffte, dass es ihr ebenso ging.

Als sie auf die Ranch zurückkamen, saßen Ada, Julia und Tommy schon beim Essen in der Küche. Simon spürte, wie er ruhig wurde, wenn er Julia nur ansah. Sie lächelte ihm verstohlen zu.

Ada hatte Nudeln gekocht, allerdings etwas zu lange, sodass aus dem Ganzen ein wenig appetitlicher Klumpen geworden war. Dazu gab es Tomatensuppe aus der Dose.

Während sie aßen, ließ Ada verlauten, dass sie wichtige Post erwartete und noch nach Eldora Valley zum Postamt fahren müsse.

»Ich k-k-kann das erledigen«, sagte Simon und blickte fragend zu Julia hinüber. Vielleicht würde sie mitkommen.

Die alte Frau gab ihm den Schlüssel von ihrem Postfach. »Nimm den Truck«, sagte sie.

Der alte Mann sah, wie Simon nach dem Schlüssel griff. »Fährst du in den Ort?«, fragte er.

Simon nickte.

»Dann nimm den Greifer der Heuballenpresse mit, Cowboy. Ein Teil ist abgebrochen und Frank hat versprochen, es zu schweißen. Wir müssen das Heu einholen. Bald kommt Regen.«

»Wenn du wartest, bis ich mit dem Abspülen fertig bin, komme ich mit«, sagte Julia zu Simon.

Er strahlte sie an. »Ich lade den Greifer auf den Truck und warte draußen auf dich, okay?«

»Nun verschwinde schon«, sagte Ada zu Julia. »Ich kümmere mich um das Geschirr.«

In Eldora Valley hielt Simon am Postamt und leerte Adas Postfach. Danach fuhren sie in die Siedlung zu Frank. Sein Hof glich eher einem Schrottplatz als einer Reparaturwerkstatt. Überall standen ausgeschlachtete Fahrzeuge herum, vom Sportwagen bis zum Traktor. Als Julia aussteigen wollte, hielt Simon sie zurück. »Bleib lieber im Auto. Frank hat einen riesigen Dobermann, der ist auf Fremde nicht gut zu sprechen. Und ich weiß nicht, ob er an seiner Kette ist.«

Schnell schlug Julia die Tür wieder zu. Frank hatte sie bereits entdeckt und kam aus seiner Werkstatt. Splash, sein Hund, rannte auf Simon zu und sprang an ihm hoch. Der Dobermann war auch Simon nie ganz geheuer gewesen, aber er klopfte ihm den Hals und der Hund ließ es sich gefallen.

Frank pochte lachend an Julias Fenster und nickte ihr zu. Dann lud er mit Simon das Maschinenteil vom Truck und brachte es in die Werkstatt. Eine Weile diskutierten sie noch, dann kehrte Simon zu Julia zurück.

»Ich k-önnte einen Hamburger vertragen«, sagte er, als er wieder neben ihr im Pick-up saß. »Das Essen war scheußlich heute.«

Julia lächelte: »Willst du mit mir ausgehen?«

»Kann man so sagen.«

Simon parkte den Truck vor Ann's Restaurant, einem lang gezogenen rot gestrichenen Holzschuppen, aus dem Countrymusik dudelte. Drinnen war das Lokal in einen Bereich mit Billardtischen und den Gastraum unterteilt. Sämtliche Billardtische waren in Benutzung, aber im Gastraum saßen nur ein älteres Pärchen und vier junge Männer, die Teller mit riesigen Pommesbergen vor sich hatten.

Simon schoss durch den Kopf, dass es möglicherweise ein Fehler gewesen war, mit Julia hierherzukommen. Ihr Gesicht war in Eldora Valley so gut wie unbekannt. Die Männer in Ann's Lokal starrten sie jetzt unverfroren an und rissen Witze über sie und Simon. Die meisten von ihnen waren Minenarbeiter, raue Kerle, die in provisorischen Unterkünften lebten.

Doch Julia schien es kaum zu kümmern, dass man über sie redete.

»Ich nehme an, Adas ausgebrannter K-K-Kombi ist Gesprächsthema Nr.1 in Eldora Valley«, sagte Simon, nachdem sie bei der wasserstoffblonden Ann zwei Hamburger, ein Mountain Dew und ein Wasser bestellt hatten.

»Irgendwann passiert etwas Neues und dann vergessen sie es«, erwiderte Julia.

»Ich hasse es, wenn alle mich anstarren.«

»Oh, mach dir da mal nichts vor. Sie starren *mich* an.«

Julia lachte und ihr Lächeln erhellte den Raum. Alles war so einfach, wenn er mit ihr zusammen war. Sie unterhielten sich, aßen ihre Hamburger, und nachdem Simon gezahlt hatte, brachen sie auf.

Als sie an den Billardtischen vorbeigingen, zischte ihnen ein tätowierter Blondschopf »Scheißdigger« hinterher. Simon merkte, wie Julia zusammenzuckte, und er schob sie nach draußen. Nur raus hier, dachte er, bevor es noch Ärger gibt. Das würde Ada ihm nie verzeihen.

Er atmete erleichtert auf, als sie auf dem beleuchteten Platz vor dem Restaurant standen und niemand ihnen folgte.

»Was war *das* denn?«

»Indianeralltag«, sagte er und legte einen Arm um Julias Schultern. »Mach dir nichts draus.«

»Ich dachte, diese Zeiten wären längst vorbei.«

»Sind sie n-icht. Aber ich habe keine Lust, mir von so einem den Abend verderben zu lassen. Fahren wir nach Hause. Deine Granny wartet sicher schon auf ihre Post.«

Simon küsste Julia und dachte, dass er sie später fragen wollte, ob sie noch eine Weile mit in seinen Wohnwagen kommen würde. Mit etwas Glück sagte sie vielleicht nicht Nein.

Doch auf dem Weg zum Pick-up liefen sie ganz unerwartet Jason und Ainneen in die Arme. Julias Halbbruder schwankte gefährlich und auch die junge Frau schien einigen Alkohol intus zu haben.

Simon zog Julia zum Truck.

»Hey«, rief Jason, »nicht so eilig ihr Turteltäubchen. Willst du deinem Bruder nicht Hallo sagen, Schwesterherz?«

»Hallo, Jason«, sagte Julia. »Hi, Ainneen.«

Jason lachte und Simon nahm die leise Spur von Feindseligkeit wahr, die in diesem Lachen mitschwang. Er wusste nicht, was geschehen würde, noch, was er tun sollte, um Ärger zu vermeiden.

»Schade, dass ihr schon gehen wollt, wir hätten sonst einen netten Abend zu viert haben können. Dann hätte mir mein Schwesterherz auch verraten können, wieso sie noch da ist. Vielleicht, weil sie sich von ihrem Romeo nicht losreißen kann.« Jason legte einen Arm um Ainneens Schultern und stützte sich schwer auf sie.

Simon zog erneut an Julias Hand.

»Hey, der Stotterheini hat es eilig, mit meinem Schwesterherz alleine zu sein.« Jasons Stimme klang schleppend, die Silben kamen nur undeutlich. »Ich kann ja verstehen, dass er spitz auf sie ist. Aber was findest du an diesem Spast, Schwesterchen?«

Simon zuckte wie ein getroffenes Tier und spürte, wie seine Kiefermuskeln sich anspannten. Er wollte etwas erwidern, doch seine Zunge schmetterte gegen den Gaumen und hinderte ihn daran. Für ein paar Sekunden konnte er weder ein- noch ausatmen.

Jason kam jetzt so richtig in Fahrt. »Hat der Romeo dein Herz so schnell zum Brennen gebracht wie Grannys Ford? Was ist sein Geheimnis, hm? Verrätst du's mir, Schwesterherz? Stottert er auch beim Vögeln?« Jason kicherte blöd. »Vielleicht macht dich das ja an.«

Simon spürte brennende Wut in sich aufsteigen. Am liebsten hätte er Jason eins auf die Nase gegeben, um ihn endlich zum Schweigen zu bringen.

»Du bist betrunken, Jason«, sagte Julia zornig. »Und dein blödes Imponiergehabe geht mir mächtig auf die Nerven. Du bist mein Bruder und ich dachte, ich würde dich mögen. Wenn du nüchtern bist, kannst du richtig nett sein, aber wahrscheinlich bist du nur selten nüchtern.« Nun war sie es, die Simon zum Truck zog. »Komm, lass uns von hier verschwinden.«

Jason machte eine ruckartige Bewegung auf die beiden zu, aber Ainneen lehnte sich gegen ihn und so schwankten sie einen Augenblick, ohne vom Fleck zu kommen. Doch Jason stieß die junge Frau beiseite.

»Wieso bist du nicht mit deiner Mutter abgehauen?«, schrie er.

»Weil es mir auf der Ranch gefällt«, antwortete Julia.

»Glaub bloß nicht, dass du . . .« Jason strauchelte und Ainneen hatte Mühe, ihn aufzufangen und zu halten.

Simon und Julia erreichten den Truck. ». . . verdammter Hurensohn«, hörte Simon noch, als er auf den Fahrersitz stieg.

Er startete den Motor, schaltete das Licht ein und fuhr vom Parkplatz, einen Klumpen aus Wut im Bauch. Jasons höhnisches Gelächter dröhnte noch in seinen Ohren. All die Leichtigkeit und Freude, die er seit gestern verspürte hatte, war mit einem Mal verflogen. Dieser Dreckskerl hatte ihn erneut in Julias Gegenwart gedemütigt. Simons Lippen formten Verwünschungen, während er den Pick-up durch die Ebene lenkte. Der Lichtkegel der Scheinwerfer durchschnitt die Dunkelheit.

»Alles in Ordnung mit dir?«, fragte Julia.

»Nein«, sagte Simon. Plötzlich hatte er etwas zu verlieren und Jason war sein Feind. Nichts war mehr einfach. »Ich w-ünschte, er wäre tot.«

»Sag so etwas nicht«, erwiderte Julia erschrocken. »Jason ist ein

Vollidiot und du solltest einfach nicht auf das hören, was er von sich gibt.«

»Ich bin aber nicht taub, v-erdammt noch mal.«

»Es macht mir nichts aus, Simon, wenn er solche Sachen sagt.«

»Mir schon.«

»Ich weiß und es tut mir unendlich leid.«

»Dir muss es nicht leidtun.«

»Doch. Er ist mein Bruder.«

»Na, dafür kannst du ja nichts. Du kennst ihn ja noch nicht mal so lange wie ich.«

Julia seufzte. »Ich weiß auch nicht«, sagte sie, »aber ich glaube, Jason hat vor irgendetwas Angst.«

»Angst? Wie kommst du denn *darauf*?«

»Keine Ahnung. Aber eben kam er mir vor wie ein in die Enge getriebener Hund, der kurz davor war, um sich zu beißen.«

Zurück auf der Ranch, hielt Simon vor dem Trailer an und ließ Julia aussteigen. Natürlich hatte er nicht vergessen, worum er sie bitten wollte. Doch nach dem Zwischenfall mit Jason brachte er es nicht fertig, sie zu fragen.

»Gute Nacht, Simon.« Julia gab ihm einen Kuss. »Und denk einfach nicht mehr daran, okay?«

Zuerst glaubte er, sie könne Gedanken lesen, aber dann wurde ihm klar, dass sie Jason meinte und das, was er gesagt hatte. *Geh nicht weg,* wollte er rufen. Die Worte waren in seinem Kopf, aber er brachte sie nicht über die Lippen. Da schlug die Beifahrertür hinter Julia zu und sie verschwand in ihrem Trailer.

Am nächsten Tag beluden Boyd und Simon den Truck mit Holzpfosten, die neben dem Schuppen unter einer Plane gelagert waren, und fuhren an ein entlegenes Ende der Ranch. Sie wollten Pfähle für eine neue Koppel setzen.

Julia sah ihnen nach, bis der Truck hinter der Biegung verschwunden war. Sie hatte am Morgen keine Gelegenheit gehabt, mit Simon allein zu sprechen. Es war offensichtlich gewesen, dass er Schwierigkeiten hatte, ihr in die Augen zu sehen.

Jasons anzügliche Bemerkungen mussten Simons tief sitzendes Gefühl der Unsicherheit noch verstärkt haben. Vermutlich litt er schrecklich und sie wusste nicht, wie sie ihm helfen sollte.

Sie sehnte sich nach Simon, wünschte, sie könnte seine Zweifel einfach wegküssen. Aber er war irgendwo im Gelände und würde wohl erst am Abend zurück sein.

Deswegen war Julia froh, ihrer Großmutter im Garten helfen zu können, die Arbeit lenkte sie ab. Sie pflanzten Tomaten, die Ada schon vor Tagen aus der Stadt mitgebracht hatte, banden die Pflanzen an Stöcke, hackten den trockenen Boden, jäteten Unkraut und schleppten Wasser heran. Der Bach, der aus den Bergen kam und bis jetzt über kleine Gräben Adas Gemüse bewässert hatte, führte kein Wasser mehr.

Wie eine Furie wütete die alte Frau in der Erde und Julia dachte, dass ihre Granny immer mit vollem Einsatz bei dem war, was sie gerade tat. Sie kniete in der aufgeweichten Erde und ihre kräftigen Arme waren bis zu den Ellbogen schlammverschmiert.

»Deine Mutter hat gestern Abend angerufen«, sagte Ada irgendwann beiläufig.

»Geht es ihr gut?«

»Ja. Kalifornien scheint Balsam für trauernde Witwen zu sein.«

Als Julia nichts erwiderte, hielt sie inne und sagte: »Ich hab's nicht so gemeint.«

»Sie hat ihn geliebt«, verteidigte Julia ihre Mutter. »Aber ich habe mehr Zeit mit ihm verbracht als sie.«

»Das ist gut.« Ein warmes Lächeln zeigte sich auf Adas Gesicht. »Dann ist er in dir und du wirst ihn nie verlieren. Bald wirst du merken, welchen Einfluss seine Liebe auch weiterhin auf dein Leben haben wird.«

Julia holte tief Luft, als sie ein jäher Schmerz durchzuckte. Sie war jetzt seit zwei Wochen auf der Ranch ihrer Großeltern und hatte ihren Vater in keiner Minute vergessen. Aber sie war auch nicht mehr von dieser lähmenden schwarzen Trauer erfüllt, die sie in den ersten Tagen nach seinem Tod gefangen gehalten und jegliche Freude unmöglich gemacht hatte. Die Zeremonie in den Bergen hatte ihr geholfen, Abschied zu nehmen. In ihren Gedanken blickte Julia oft zurück, aber noch häufiger wünschte sie, die Zukunft sehen zu können.

»Du musst dich nicht dafür schämen, dass du wieder lachen kannst«, sagte Ada. »Lachen ist das beste Heilmittel.«

»Ach, Granny, ich vermisse ihn so.«

Ada kam auf Knien herangerutscht und umarmte Julia fest. »Ich auch, meine Kleine. Ich auch.« Schluchzer erstickten ihre Worte und Julia spürte das Beben in der Brust der alten Frau.

»Warum können Ma und ich nicht füreinander da sein?«, fragte sie, als sie sich voneinander lösten.

»Weil du es vorgezogen hast, auf deine Weise mit dem Verlust fertig zu werden, und das ist auch vollkommen in Ordnung.«

»Pa hat oft Sehnsucht nach der Ranch gehabt«, sagte Julia, »und jetzt kann ich ihn verstehen. Ich habe ihn nie gefragt, weißt du. Vielleicht wollte ich nur nicht, dass er seine Sehnsucht ausspricht, weil sie dann zu einer Sache geworden wäre, die zwischen uns gestanden hätte.«

»Das ist alles ganz schön verwirrend, nicht wahr?«

Julia nickte.

»Wenn es nach deinem Großvater gegangen wäre, hätten wir uns schon viel früher kennengelernt«, sagte Ada. »Doch eines musst du mir glauben, Julia: Du hattest immer einen Platz in meinem Herzen.« Sie stieß den Pflanzstock in den Boden. »John war so stur. Er wollte dich nur mitbringen, wenn auch seine Frau willkommen war. Doch ich wollte deine Mutter nicht hier haben. Ich habe deinem Vater sehr wehgetan mit meiner Starrköpfigkeit.« Sie seufzte. »Manchmal vergessen Menschen, wie gern sie einander haben.«

»Jetzt bin ich ja hier.«

»Ja, das bist du. Und was auch passiert, Julia, ich bin froh, dass du da bist.«

»Das bin ich auch, Granny.«

Am Nachmittag setzte sich Ada über ihre Papiere und Julia packte ihre Waschtasche zusammen. Sie schnappte sich ein Handtuch und ein paar saubere Sachen, dann machte sie sich auf den Weg zur heißen Quelle. Die Sonne brannte vom Himmel wie jeden Tag, doch die Luft hatte sich verändert. Sie war drückend und schwül. Ganz weit im Süden entdeckte Julia dunkle Wolken. Aber die waren jeden Nachmittag da und es regnete ja doch nie.

Im Licht der Nachmittagssonne leuchtete das trockene Grün der Cortez Mountains beinahe golden. Nachdem sie die Beifußebene hinter sich gelassen hatte, hielt Julia Ausschau nach Tobacco, dem Appaloosa-Hengst, aber weder er noch die anderen Pferde waren irgendwo zu sehen.

Oben angekommen, füllte sie die Wanne und stieg in das Wasser, das gewärmt war vom Herzen der Erde. Julia wusch ihre Haare und schrubbte sich gründlich, dann lehnte sie sich wohlig zurück, gebadet in Sonnenlicht. Sie ließ den Tag in ihre Poren dringen und atmete die satten Gerüche des Landes.

Julia war froh, auf der Ranch geblieben zu sein. Sie liebte ihren Großvater Boyd und zwischen ihr und ihrer Granny wuchs langsam etwas, das einer Art von spröder Zuneigung gleichkam.

Und Simon? Simon hatte ihre Traurigkeit aufgefangen und ihr das verloren gegangene Selbstvertrauen zurückgegeben. Es war sein stilles Wesen. Was immer er sagte oder tat, war etwas Besonderes.

Ein Pfeifen – *Lady in Black* – holte Julia aus ihren Gedanken. Ihr blieb keine Zeit darüber nachzusinnen, wie sie sich aus dieser Situation retten könnte, denn schon tauchte Simon vor ihr auf, ein verwaschenes rotes Handtuch über der Schulter. Er war genauso erschrocken wie sie und schien vollkommen blockiert, sodass kein einziges Wort über seine Lippen kam.

Julia kreuzte die Arme vor der Brust und rutschte ein Stück tiefer ins Wasser. Nachdem Simon seine Sprache wiedergefunden hatte, sagte er: »Tut mir leid, ich wusste n-icht . . .«

»Schon gut«, unterbrach sie ihn zum ersten Mal. »Ich glaube dir. Aber du könntest wenigstens wegsehen.«

Er drehte sich gehorsam um, machte jedoch keine Anstalten, wieder zu verschwinden. Wie angewurzelt stand er da.

Julias Gedanken schlugen Purzelbäume. Sie war so erfüllt von ihren Gefühlen für Simon, dass es in ihr summte wie in einem Bienenhaus. Was sie empfand, stimmte nicht mit ihren Worten überein. In Wahrheit wollte sie, dass er sah, was noch nie ein Junge gesehen hatte. Sie wollte, dass er sie schön fand. Und sie begriff, dass die erstaunlichsten Dinge passieren, wenn man überhaupt nicht mit ihnen rechnet.

Julia atmete tief durch. »Na ja«, sagte sie schließlich. »Wenn du schon einmal da bist, kannst du ja auch mit reinkommen.«

Es dauerte eine ganze Weile, bis Simon sich wieder zu ihr umdrehte. Sein unsicherer Blick suchte ihre Augen. Als ob sie sich einen Scherz mit ihm erlaubt hätte.

»Beeil dich«, sagte Julia. »Bevor ich kalte Füße kriege und es mir anders überlege.«

In Windeseile fielen seine Kleider zu Boden und Simon saß ihr gegenüber in der Wanne. Das Wasser war nicht mehr wirklich sauber, aber das schien ihn nicht zu stören. Er sah sie an, jetzt mit einem Strahlen im Gesicht, wie sie es noch nie zuvor bei ihm gesehen hatte. »Hey«, sagte sie. »Schau mich nicht so an.«

»Wo soll ich denn sonst hinschauen?«, fragte er, ehrlich verwundert.

Da lachte sie.

Sie kniete sich vor ihn und legte ihre Finger auf seine Augen. Dann gab sie ihm einen langen Kuss. Simons sehnsüchtige Hände umfassten ihre Brüste. Er streichelte sie sanft und mit einer so ehrfürchtigen Scheu, dass ihr ganz schwindlig wurde. Und so unwirklich alles auch schien: Julia war vollkommen überwältigt von ihrer Liebe zu diesem Jungen, den sie erst so kurze Zeit kannte.

Simon griff nach ihren Handgelenken und nahm langsam ihre Hände von seinen Augen. Wie dunkel sie waren, fast schwarz, sodass Julia die Pupillen kaum erkennen konnte. Als er sie zu sich heranzog, um sie noch einmal zu küssen, schloss sie ihre Augen, weil sein Blick so ungehindert in ihr Inneres vordrang, dass sie glaubte, es nicht länger aushalten zu können.

»Du frierst ja«, sagte er auf einmal besorgt. »Ist dir kalt?«

Julia hatte tatsächlich eine Gänsehaut und nun spürte sie auch den Wind, der über ihre nasse Haut strich und sie frösteln ließ.

»Ein bisschen. Ich bin ja auch schon eine Weile drin. Aber wir können heißes Wasser zulaufen lassen.« Sie griff nach dem weißen Rohr, doch Simons erschrockener Blick ließ sie innehalten. Es mochte Jahre her sein, aber die Panik vor heißem Wasser war ihm ganz offensichtlich geblieben.

»Mach du das, okay?«

Simon ließ vorsichtig heißes Wasser zulaufen und zum ersten Mal betrachtete sie offen das Ausmaß seiner Verbrennung. Ein Stück Hals, die ganze Schulter und der Oberarm waren von wulstigem Narbengewebe überzogen.

»Sie ist hässlich«, sagte er verlegen, als er ihren Blick spürte.

»Du bist schön«, entgegnete Julia. Das stimmte. Sogar die Narbe hatte eine gewisse Schönheit an sich, denn sie war ein Teil seines Wesens. Das war verrückt. Oder war es *Liebe?*

Simon hob den Kopf und Julia merkte, wie er mit seinem unterschwelligen Misstrauen kämpfte. Aber das Vertrauen siegte.

»Und du spürst sie wirklich nicht mehr?«, fragte sie.

»Manchmal spannt das Narbengewebe.«

Simon tauchte unter. Vermutlich hatte er genug von der ungewohnten Aufmerksamkeit, die seinen Körper betraf. Weil Simon Wasser in den Ohren hatte, war Julia die Erste, die das Motorengeräusch hörte. Der braune Truck quälte sich keuchend den steilen Berg hinauf. Mit einem Satz war sie aus der Wanne, rubbelte sich notdürftig trocken und schlüpfte in ihre sauberen Sachen.

19.

Unterdessen brauchte Simon einen Moment, bis er begriff, was los war. Doch dann hörte auch er das Motorengeräusch und sprang aus dem Wasser.

Als der Pick-up neben der Badestelle zum Stehen kam, waren Julia und er zwar vollständig angezogen, aber furchtbar verlegen.

Die alte Frau schien davon nichts zu merken. Wenigstens tat sie so. Ada verlor kein Wort über die Tatsache, dass sie beide zusammen hier oben an der Badestelle waren.

»Gut, dass du da bist«, sagte sie zu Simon, der sein Hemd in der Eile falsch geknöpft hatte. »Tommy muss gebadet werden.«

Verdammt schlechtes Timing, dachte er und fühlte sich, als hätte er eine eiskalte Dusche abbekommen.

Simon holte Tommy vom Beifahrersitz und setzte ihn ins Gras. Dann füllte er den kleinen Zinkbottich neben der Wanne mit warmem und kaltem Wasser, prüfte mehrmals die Temperatur, bis er das Gefühl hatte, dass sie genau richtig war. Dann befreite er Tommy von seinen klebrigen Shorts und den Windeln. Der Junge stieß unartikulierte Laute aus, während Simon beruhigend auf ihn einredete. Der Wind hatte zugenommen und brachte feinen Sandstaub mit sich. Tommy lief eine Gänsehaut über den Rücken.

»Hey, Tommy, mein Freund, ich weiß ja, dass du nicht gerne badest. Aber es muss sein. Du hattest die Windeln voll. Na komm, das Wasser ist schön warm.«

Er trug Tommy zum Bottich und setzte ihn hinein. Ada füllte die große Wanne mit frischem Wasser, unterdessen wusch er den Jungen. Tommy führte sich auf wie ein Verrückter. Er biss in seine Unterarme, schlug sich mit den knotigen Händen vor die Brust und vor den Kopf. Julia war das erste Mal dabei, als ihr behinderter Cousin gebadet wurde, und Simon merkte, dass sie von Tommys Nacktheit unangenehm berührt war.

Es war ja auch nicht fair. Tommy konnte sie nicht sehen, aber sie sahen ihn vollkommen entblößt. Seinen verwachsenen, verspannten braunen Körper, in dem so ein starker Überlebenswille steckte. Unvermittelt hielt Tommy inne in seinem Geschrei und sah Julia mit seinen blinden Augen an. Er wusste, dass sie hier war, daran gab es für Simon keinen Zweifel. Wie auch immer seine Sinne funktionierten, er *wusste*, dass Julia da war.

Simon hob den Jungen aus dem Bottich, rubbelte ihn behutsam trocken und windelte ihn. Dann zog er ihm saubere Shorts an, nahm ihn huckepack und setzte ihn zurück in den Truck.

»Bringt ihn nach Hause«, sagte Ada. »Boyd soll mich in einer Stunde hier oben abholen.«

Mit Tommy in der Mitte fuhren sie auf die Ranch zurück. Er roch sauber, und als seine knotige Rechte nach Julias Hand griff, überließ sie sie ihm. Er war friedlich und schrie kein einziges Mal. Bis Simon ihn im Ranchhaus an den Küchentisch setzte und er sein forderndes »Ba ba ba« anstimmte, was bedeutete, dass er hungrig war.

An diesem Abend saßen alle zusammen in der Küche und Ada erzählte Geschichten von früher, als John und seine Schwester Sarah noch Kinder waren. Der Grund für ihre Erzähllaune waren möglicherweise die alten Fotos, die Simon am gestrigen Abend ungewollt in der Küche verteilt hatte und die jetzt auf dem Tisch lagen.

Er kannte die meisten Fotos nicht und sie interessierten ihn, genauso wie Adas Geschichten aus alten Zeiten. Doch viel brennender interessierte ihn Julia. Ihre Brüste hatten einen unauslöschlichen Eindruck in seinen Handflächen hinterlassen und er konnte an nichts anderes denken, als daran, endlich mit ihr allein zu sein.

Doch ausgerechnet heute schien Julia nicht müde zu werden und hörte auch nicht auf, ihrer Großmutter Fragen zu stellen. Fragen, die Ada überraschend bereitwillig beantwortete. Simons absurde Hoffnung, dass auch Julia mit ihm allein sein wollte, schwand, je später es wurde, und irgendwann gab er sie resigniert auf.

Julia entging nicht, wie Simon unruhig auf seinem Stuhl hin- und herrutschte. Die Sehnsucht in seinen Augen ließ ihre Wangen erglühen und sie hoffte, ihre Großmutter würde es nicht bemerken.

Ihr Inneres war in Aufruhr und sie wusste nicht, was sie wollte. Deshalb stellte sie ihrer Großmutter immer neue Fragen, um das Ende des gemeinsamen Abends hinauszuzögern. Aber auf die Antworten konnte Julia sich nicht konzentrieren. Immerfort musste sie daran denken, was in Simons Kopf vorging.

Mit ihrem Vater hatte sie ganz offen über Sex gesprochen und er hatte sie mit Informationen über Jungen versorgt. »Wenn du dir nicht sicher bist«, hatte er zu ihr gesagt, »dann sag *Nein*. Und was das Wichtigste ist: Beim ersten Mal sollte es einer sein, den du wirklich gern hast.« Seine Worte kreisten in ihrem Kopf.

War sie sich sicher? Ja. Nein. *Ja*. Das war ein Raum, in den sie gerade erst eintrat. Er war so gut wie leer, weil sie kaum Erfahrungen hatte. Es gab nichts, woran sie sich festhalten konnte, nichts, was ihr vertraut war.

Musste man jemanden lange kennen, um zu wissen, dass man ihn wirklich mag? Sie war Simon erst vor ein paar Tagen begegnet, aber es kam ihr so vor, als würde sie ihn schon ewig kennen. Als würde sie ihn schon eine lange Zeit lieben.

Kurz vor Mitternacht gingen die beiden Alten endlich zu Bett. Simon und Julia machten sich auf den Weg, um ebenfalls schlafen zu gehen. Draußen nahm er ihre Hand. In der anderen hielt Simon seine Taschenlampe, mit der er den Weg ausleuchtete. Pepper, der vor dem Zaun auf sie gewartet hatte, trottete ihnen hinterher.

Der Wind hatte sich gelegt, es war warm und drückend. Donner grummelte in der Ferne und die Luft war aufgeladen mit elektrischer Spannung. Manchmal wurde der Horizont von Wetterleuchten erhellt, sodass das Relief der Berge mit überwältigender Klarheit zu sehen war.

Als Simon mit Julia an jene Stelle kam, an der sie sich bisher immer getrennt hatten, hielt er ihre Hand sehr fest. Simon erstickte beinahe an seinen Gefühlen. Er hatte Angst, Julia könnte sich plötzlich als Wunschgebilde erweisen und in Luft auflösen.

»Kommst du n-och mit zu mir?«, stieß er hervor. Das war alles, was von seinen sorgfältig zurechtgelegten Worten übrig geblieben war.

Julia zögerte. Nur kurz, aber das genügte, um Simon noch mehr zu verunsichern, als er es ohnehin schon war. Er wollte etwas sagen, das dem Ganzen die Spannung nahm, doch da zog sie plötzlich entschlossen an seiner Hand, zog ihn zu seinem Wohnwagen.

Drinnen, in der warmen Höhle der Dunkelheit, holte er sie zu sich heran und küsste sie. Julia schlang die Arme um seinen Hals und erwiderte seinen Kuss, doch die Unsicherheit hatte sich schnell wie ein Steppenfeuer in ihm ausgebreitet. Simon hörte das Pochen seines Herzens in seinen Schläfen.

»Hey«, flüsterte Julia. »Was ist denn los?«

Simon senkte den Kopf, sodass die Haare seine Stirn und die Augen verdeckten. Seine Wünsche polterten ungeschickt gegen die Worte, die er mühsam herausbrachte: »Ich würde g-g-gerne da weitermachen, wo wir vorhin unterbrochen worden sind. Aber das ist gar n-icht so einfach.« Er hörte Julia atmen, doch sie sagte nichts. Langsam gewöhnten sich seine Augen an die Dunkelheit. »Ich will nichts falsch machen«, flüsterte er. »Ich . . .«

»Psst.« Ihre Hände suchten nach seinen. »Es ist warm hier drin«, bemerkte sie schließlich. Sie ließ ihn los und zog sich das T-Shirt über den Kopf.

Stille. Nur das Donnergrollen kam rasch näher und der kleine Raum war von einer unerträglichen Spannung aufgeladen. Simon konnte seinem Glück kaum trauen. Unter allen Möglichkeiten war ihm diese überhaupt nicht in den Sinn gekommen: dass Julia den Anfang machen könnte.

»Ich werd n-ichts tun, das. . . .«

»Schschsch, ich weiß. *Ich weiß.*«

Ein halber Mond leuchtete zum Fenster herein und Simons Augen hatten sich inzwischen an Licht und Schatten gewöhnt. Die Luft war stickig im Wohnwagen, obwohl er die Fensterklappen geöffnet hatte. Simon griff sich mit beiden Händen in den Nacken und zog sein T-Shirt ebenfalls aus. Es fiel Pepper, der auf seiner Decke lag, auf den Kopf und der Hund sprang erschrocken auf.

Julias Blick wanderte von Pepper zu Simon und wieder zurück. Ein Lachen gluckste in ihrem Inneren. Simon befreite Pepper von seinem T-Shirt.

»Komm, mein Freund«, sagte er, »du gehst für eine Weile nach draußen.« Er öffnete die Tür und Pepper humpelte gehorsam die Stufen nach unten.

Simon schloss die Tür und drehte sich zu Julia um. »Alles okay?«

»Ja. Schon besser.«

Er löste das Band aus ihrem Zopf, zog die Flechten auseinander und fuhr mit seinen Fingern durch ihr langes Haar. Dann küsste er sie, zuerst mit dieser seltsamen Scheu, die seine Art war, und dann auf neue, verwirrende Art.

Julia hatte sich nach Simons Küssen gesehnt, seit Stunden schon, aber plötzlich war sie sich nicht mehr so sicher, ob sie mehr wollte als das. Sich eine Sache in Gedanken auszumalen und sie dann auch zu tun, waren zwei sehr verschiedene Dinge.

Doch als Simon erst sich auszog und dann sie, schien es die natürlichste Sache der Welt zu sein. Er zog sie aufs Bett und sie streckten sich nebeneinander aus. Simon murmelte etwas, dann gingen seine sehnsüchtigen Hände auf Entdeckungsreise. Er berührte sie vorsichtig, doch die Sprache seiner Hände war sehr lebendig. Wenn einer von ihnen aufhören würde, dann nicht er, so viel war Julia klar.

Anfangs bewegte sie sich kaum, aber bald berührte sie Simons warme Haut, strich tastend über die harten, elastischen Narbenstränge auf seiner Schulter und lernte, Vertrauen in seinen Körper zu haben. Der letzte Abstand zwischen ihnen verschwand. Plötzlich hielt Simon inne und löste sich schwer atmend von ihr.

»Was ist denn?«, fragte sie. »Stimmt etwas nicht?«

»Nein, nur . . .«

»*Was*, Simon?«

»Ich hab nichts da«, kam es nach einigem Zögern. »Ich war nicht vorbereitet auf . . . du weißt schon . . .«

»Keine Angst«, beeilte sie sich zu sagen. »Ich nehme die Pille.«

Eine Weile war es still, Julia hörte Simon leise atmen. Sie hörte ihn nachdenken.

»Ist da irgendetwas, das ich wissen sollte?«, fragte er in die Dunkelheit. »Hast du in Deutschland einen Freund?«

»Nein, Simon. Ohne Pille kriege ich ganz fürchterliche Pickel, nur deshalb nehme ich sie. Aber . . .«

»Aber *was*?«

»Hast du das schon mal gemacht?«, fragte sie im Flüsterton.

»Klar. Schon oft.«

»Lügner.«

Ein greller Blitz erhellte den kleinen Raum, kurz darauf donnerte es.

»Ertappt«, murmelte Simon und dann war er wieder da, mit seinen Händen und seinem warmen Körper.

Plötzliches Motorengeheul, grelles Scheinwerferlicht und Peppers panisches Bellen setzten ihrer zärtlichen Entdeckungsreise ein abruptes Ende. Wie der Blitz war Simon in seinen Hosen und den

Halbstiefeln. Steine flogen gegen das Blech des Wohnwagens. Von draußen ertönten Rufe und höhnisches Gelächter.

»He Stotterheini, habe ich d-d-dich geweckt? Das t-t-tut mir ja so l-l-leid.«

Jason, dachte Simon. Er hörte ein irres Lachen und ihm gefror das Blut in den Adern. Entweder hatte Jason getrunken, um sich die Langeweile der Nacht zu vertreiben, oder er war so mit Drogen vollgedröhnt, dass er sich nicht mehr unter Kontrolle hatte. Simon hatte keine Ahnung, was in Jasons krankem Hirn vor sich ging. Er wusste nur eins: Julias Bruder war nicht nur ein Großmaul, er hatte auch eine Menge angestauter Wut in sich. Und in diesem Zustand war er unberechenbar.

Wieder krachte ein Stein und traf diesmal das Fenster. Die Scheibe des Wohnwagenfensters war aus Plexiglas. Sie bekam Risse, splitterte jedoch nicht.

»Weißt du vielleicht, wo ich mein schönes Schwesterherz finden kann, Romeo? In ihrem Trailer ist sie nicht.«

»Versteck dich im Bad und rühr dich nicht von der Stelle«, raunte Simon Julia zu. Er griff in sein Geheimfach unter der Spüle und holte eine in Lappen gewickelte Pistole hervor. Simon versuchte, sie vor Julias Blick zu verbergen, doch sie erkannte, was er in den Händen hielt.

»Willst du meinen Bruder erschießen?«, fragte sie voller Entsetzen.

»Nicht, wenn es sich v-ermeiden lässt.« Schon war er draußen und schloss die Tür hinter sich.

»Was willst du, Jason?«

Julias Bruder stand vor seinem Zweisitzer, schlug mit der Hand gegen das Wagenblech und lachte wie ein Geistesgestörter. »I-I-Ich will m-m-meine Schwester sprechen.«

Grelle Blitze zuckten am Himmel und gleich darauf krachte es gewaltig. Pepper umkreiste laut bellend den Wagen und erwischte Jason am Hosenbein. Fluchend trat er nach dem Hund.

»Halt endlich die Klappe, du blöder Köter.«

Simon hoffte, die alte Frau würde wach werden von diesem Krach und Boyd wecken, damit er seinen durchgeknallten Enkelsohn zur Vernunft bringen konnte. Doch niemand kam, um ihnen zu helfen. Das Ranchhaus lag zu weit entfernt.

Jetzt bloß nicht den Kopf verlieren, dachte er.

»Julia ist n-icht hier.«

»Verarsch mich nicht«, brüllte Jason.

»Hau ab!«, sagte Simon. »Du hast hier nichts zu suchen.«

»Ich will meine Schwester sprechen, das kannst du mir nicht verbieten. Du tust ja gerade so, als würde die Ranch dir gehören, du Spast.« Jasons Lachen erinnerte Simon an einen Wutanfall.

Pepper bellte wie ein Besessener und umkreiste den Zweisitzer, als wäre das Auto samt Fahrer ein böses Ungeheuer. Immer wieder schnappte der kleine Hund nach Jasons Knöcheln.

»V-erschwinde«, sagte Simon. »Oder du holst dir einen p-p-platten Reifen und musst die zwanzig Kilometer nach Hause laufen.«

Julia drückte sich ans Fenster und konnte im Licht eines gewaltigen Blitzes Simon sehen, wie er den Revolver mit ausgestrecktem Arm auf einen Hinterreifen des Zweisitzers richtete. Daraufhin zeigte Jason ihm den Mittelfinger. Julia hatte Angst, ihr Bruder könnte völlig ausrasten, aber er stieg wild fluchend in seinen Wagen und schlug die Tür zu.

Gleich darauf donnerte es so heftig, dass Julia zusammenzuckte. Regentropfen schlugen gegen das Fenster und nahmen ihr die Sicht. Sie spürte, wie sie am ganzen Leib zu zittern begann. Simon hatte recht gehabt. Ihr Bruder Jason war nicht der freundliche junge Mann, für den sie ihn gehalten hatte. Er war wütend und unberechenbar, diese Mischung machte ihn so gefährlich.

Aber er war auch ihr Bruder. Julia hatte keine Ahnung, ob Simon die Waffe nur benutzte, um Jason zu drohen, oder ob er wirklich abdrücken würde. Sie hatte ja nicht einmal gewusst, dass er eine Waffe besaß. Plötzlich machte Simon ihr Angst. Ihr kam in den Sinn, dass er vielleicht zu Dingen fähig war, die sie ihm nicht zugetraut hätte.

Sie stürzte zur Tür und riss sie auf. Erschrocken fuhr Simon zu ihr herum. »Julia, du solltest doch . . .«

Plötzlich ließ Jason den Motor aufheulen. Sein Wagen machte einen Satz nach vorn und es tat einen dumpfen Schlag. Julia hörte Pepper kläglich aufjaulen.

Dreck und Steine spritzten unter den Rädern hervor und der Zweisitzer brauste davon. Simon zielte, mit wutverzerrtem Gesicht, und es waren nicht die Reifen, die er anvisierte. Die Hand, in der er die Waffe hielt, zitterte. Julia berührte ihn sacht am Arm. »Nicht, Simon.«

Er ließ die Hand sinken, sicherte die Pistole und lief zu Pepper, der leise fiepend am Boden lag. Der Regen war heftiger geworden, aber das schien Simon gar nicht zu bemerken. Julia holte eine Taschenlampe aus dem Wohnwagen und leuchtete ihm, während er die Verletzungen seines Hundes untersuchte. Blut floss aus Peppers Maul und seine feuchten Augen waren voller Angst. Julia schnürte es das Herz zusammen.

»Wir müssen ihn zu einem Tierarzt bringen«, sagte sie.

Simon schüttelte langsam den Kopf, während er Pepper behutsam streichelte. »Sein Rückgrat ist gebrochen.«

»Und was willst du jetzt tun?«

»Was ich tun muss.«

Julia blickte Simon fragend an. Regen strömte ihm über das Gesicht und sie sah den blanken Schmerz darin. Aus seiner Brust kam ein Geräusch, das wie ein Schluchzen klang.

»Ich wünschte, er würde von alleine sterben. Aber er leidet ganz furchtbar.« Simon sah sie an. »Geh in den Wohnwagen, Julia.«

»Aber . . .«

»Bitte. Tu, was ich dir sage. Okay?«

Tränen und Regentropfen mischten sich auf Julias Wangen. Sie streichelte noch einmal über Peppers zuckenden Körper. »Mach's gut, du kleine Nervensäge«, brachte sie mühsam heraus. Dann erhob sie sich und ging zurück in den Wohnwagen.

Nass, wie sie war, legte sie sich auf Simons Bett. Für einen Augenblick war es furchtbar still und sie fühlte, was Simon da draußen durchlitt. Pepper war sein treuester Freund. Ein Schuss hallte. Julia krümmte sich zusammen und weinte hemmungslos.

Es war das Schlimmste, was er je hatte tun müssen: seinen Freund töten. Das einzige Wesen, das vorbehaltlos zu ihm gehalten hatte. Simon wickelte Peppers Körper in eine alte Decke und trug ihn in den Schuppen. Er verschloss die Tür und ging zurück in den Wohnwagen, wo er die Pistole wieder in die Lappen wickelte und unter der Spüle versteckte.

Im Bad wusch er sich Peppers Blut von den Händen, dann zog er trockene Sachen an. Julia lag zusammengerollt wie ein Embryo auf der Couch. Er wusste, dass sie nicht schlief.

Als er sich neben sie legen wollte, klopfte es an der Tür. »Wer ist da?«, rief er.

»Alles in Ordnung, Cowboy?«, kam es von draußen.

Es war der alte Mann und Simon öffnete ihm.

Ada hatte Boyd geweckt, weil sie zwischen den Donnerschlägen den Schuss herausgehört hatte, und nun wollte er wissen, was los war.

»Jason hat Pepper überfahren«, brüllte Simon, Hass und Schmerz in der Stimme.

»Wo ist Jason?«

»Weg«, schrie er.

»Was ist mit Julia?«

»Sie ist hier, bei mir. Es geht ihr gut.«

Brummelnd zog der Alte wieder ab.

Simon legte sich neben Julia. Als er merkte, wie nass ihre Sachen waren, holte er eines von seinen T-Shirts und half ihr, es anzuziehen. Dann zog er eine Decke über sie beide. Sie schob einen Arm um seine Schulter und rückte so dicht an ihn heran, dass er ihr Herz schlagen hören konnte.

Sie weiß, wie sich das anfühlt, wenn man jemanden verloren hat, dachte er. Und sie weiß auch, dass alle Worte in diesem Moment überflüssig sind. Er brauchte seine Trauer nicht zu verstecken. Dafür war er ihr unendlich dankbar.

20.

Es war die Stunde vor Sonnenaufgang. Simon wurde wach und spürte die traurige Stille von Peppers Abwesenheit. Kein Hundeschnarchen, keine wilden Kaninchenträume mehr. Keine feuchte Schnauze am Morgen in seinem Gesicht. Er würde Pepper schrecklich vermissen.

Vielleicht ist es tatsächlich so, dass einem das Leben nichts schenkt, dachte er. Es gibt und es nimmt. Das war die Lektion. Er hatte Julia bekommen und Pepper dafür hergeben müssen.

Simon vergrub seine Nase in Julias Haar, das warm war und duftete. Er war überrascht, wie gut es tat, aufzuwachen und neben jemandem zu liegen.

Julia drehte sich zu ihm um. »Wie geht es dir?«

Simon lag auf der Seite, den Kopf auf dem rechten Arm, und strich ihr das Haar aus der Stirn. »Ich bin okay. Und du?«

»In der Nacht bin ich aufgewacht und wusste nicht, wo ich bin. Ich hatte Angst und bekam keine Luft. Aber du warst da und ich bin wieder eingeschlafen.«

»Warum hast du mich nicht geweckt?«

»Weil ich dachte, dass es gut ist, wenn du schläfst.«

Wie schön ihre Augen waren. Er sah die goldenen Sprenkel darin. Simon strich mit dem Daumen über Julias Lippen. Er wusste nicht, was er ohne sie machen würde.

Mit einem tiefen Gefühl der Dankbarkeit beugte er sich über sie und küsste sie.

Julia erwiderte seinen Kuss. Als er seine Hand unter ihr T-Shirt schob, drang plötzlich Adas durchdringende Stimme aus der Ferne an sein Ohr.

»Simon«, brüllte sie, »wo bleibt das Frühstück? Besser, du bewegst deinen Hintern.«

Er zog seine Hand zurück und warf einen Blick auf den Wecker. Es war kurz nach sechs Uhr. Am Abend hatte er vergessen, ihn zu stellen, weil er ausnahmsweise anderes im Kopf gehabt hatte. Stöhnend ließ Simon sich auf den Rücken fallen und schloss für einen Moment die Augen

»Ich kann das nicht glauben«, sagte er. »Das hat sie noch nie getan.« Boyd hatte Ada mit Sicherheit erzählt, was in der Nacht geschehen war, aber das änderte nichts an ihrem Tagesablauf.

Mit einem Seufzen stand Simon auf und begann sich anzuziehen.

»Du bist nicht ihr Sklave«, sagte Julia. »Lass sie doch rufen.«

»Deine Granny bringt es fertig und holt mich. Ihr Groll kann furchtbar sein, glaub mir. Ich ertrage es nicht, wenn sie den ganzen Tag durch mich hindurchsieht, als wäre ich Luft.«

Während er Zähne putzte, zog auch Julia sich an und folgte ihm einige Minuten später ins Ranchhaus. Der Boden war noch feucht vom Regen und es duftete stark nach Beifuß. Von den Pappeln vor dem Haus tropfte es, wenn der Wind in die Blätter fuhr.

Als Julia in die Küche kam, stand Simon neben dem alten Mann am Herd. Boyd schlug Eier am Pfannenrand auf und das Eiweiß blubberte im heißen Fett. Überall lagen Eierschalen herum. Simon kümmerte sich um die Bratkartoffeln, eine Mischung aus der Tüte. Der Großvater legte eine Hand auf Simons Schulter.

Ada fütterte Tommy und ihre Miene glich einer grimmigen dunklen Holzmaske. Diesmal konnte Julia den Bratfettgeruch kaum ertragen und flüchtete wieder nach draußen. Loui-Loui kam schwanzwedelnd angetrottet und sie kraulte den alten Hund hinter den Ohren.

»He, du«, sagte sie. »Vermisst du deinen Kumpel?«

Die Ereignisse der Nacht standen ihr deutlich vor Augen und sie fragte sich, ob Jason Pepper absichtlich angefahren hatte oder ob es ein Unfall gewesen war.

Für Simon machte das mit Sicherheit keinen Unterschied. Sein kleiner Freund war tot und das würde er Jason nie verzeihen. Aber für sie selbst war es wichtig, denn Jason war ihr Bruder. Es musste einfach ein Unfall gewesen sein, etwas anderes war undenkbar für Julia.

Irgendwann kam Simon mit Tommy auf dem Rücken aus der Tür und trug ihn zum Truck. »Das Essen ist fertig«, sagte er zu ihr, als er ins Haus zurückging.

»Ich glaube, ich kriege heute keinen Bissen runter.«

»Ein paar Cornflakes, na komm. Lass mich jetzt nicht allein, okay?«

Boyd aß vor dem Fernseher und Ada telefonierte, während ihr Essen kalt wurde. Es ging um das Friedenscamp und den Protestmarsch gegen das Projekt »Divine Strake«, beides sollte am kommenden Wochenende vor dem Testgelände nahe Las Vegas stattfinden.

Ada sprach mit ihrem Neffen. Sie bat Frank, sich am Wochenende um Tommy zu kümmern, denn er war der Einzige, den der Junge außer seinen Großeltern und Simon akzeptierte. Wie es jedoch schien, hatte Frank andere Pläne. Ein verächtliches Grunzen kam aus Adas Kehle.

»Du musst wissen, was dir wichtiger ist«, sagte sie mit frostiger Stimme, legte auf und verließ das Haus. Knallend schlug die Tür hinter ihr ins Schloss.

»Ich werde auf Tommy aufpassen«, sagte Simon.

»Wolltest du nicht dabei sein?« Erstaunt blickte Julia ihn an.

»Ja, das wollte ich. Aber jetzt ist alles anders.«

»Es ist meinetwegen, nicht wahr?«

»Du bist mir wichtiger.«

»Ich wollte doch mitkommen.« Insgeheim hatte Julia sich darauf gefreut, mit ihren Großeltern und Simon beim Protestmarsch am Testgelände dabei zu sein. Nun war sie enttäuscht.

»Vielleicht wird die Polizei alle einsperren, Julia.«

»Einsperren?«

»Ja. Das tun sie oft, zur Abschreckung.«

»Hast du Angst?«

»N-icht um mich«, sagte er, »obwohl ich nicht wild darauf bin, ein Untersuchungsgefängnis von innen zu sehen. Aber wenn sie dich einsperren, wirst du vielleicht nie wieder ins Land einreisen dürfen.«

Julia schluckte. Daran hatte sie überhaupt nicht gedacht. Natürlich wollte sie wiederkommen. So bald wie möglich. Sie würde sich für den Rest der Ferien einen Job suchen, um Geld für den Flug zu sparen. Vielleicht konnte sie schon in den Weihnachtsferien wieder hier sein, bei Simon. Und bei ihren Großeltern natürlich.

Sie versorgten die Kühe und Pipsqueak bekam seine Flasche. Anschließend holte Simon eine Schaufel. Er hatte beschlossen, Pepper zwischen den Sträuchern am Fuße der Berge zu begraben, wo er so gerne Kaninchen gejagt hatte.

Julia saß auf einem Stein, während Simon das Loch aushob. Es war erst neun Uhr morgens, doch die Sonne brannte schon wieder unbarmherzig vom Himmel. Der Boden hatte die Feuchtigkeit des nächtlichen Gewitters schnell aufgesaugt. Unter einer dünnen feuchten Schicht war die Erde trocken und staubig. Simon trat mit seinem ganzen Körpergewicht auf den Spaten. Immer wieder. Als das Loch tief genug war, klebte ihm das T-Shirt nass am Rücken.

Es herrschte trauriges Schweigen, als Simon das kleine Grab wieder zuschaufelte. Ihm schnürte es das Herz zusammen und zum ersten Mal spürte er seine Einsamkeit in jeder Faser seines Körpers. Pepper war tot. Nicht mehr lange und Julia würde nach Deutschland zurückkehren. Der Gedanke an die Leere, die bleiben würde, tat verdammt weh.

Als sie auf die Ranch zurückliefen, griff Julia nach seiner Hand. »Es tut mir so leid«, sagte sie.

»Du hast doch gar nichts getan.«

»Doch. Jason hat nach *mir* gesucht. Und meinetwegen hast du Pepper ausgesperrt.«

Simon blieb stehen und lächelte traurig. »Na, ich wollte doch auch lieber mit dir allein sein.«

Sie liefen weiter. »Was ist bloß los mit Jason?«, fragte Julia. »Wieso tut er das? Wieso?«

»Er war vollkommen zugedröhnt.«

»Aber was wollte er so spät noch von mir?«

»Keine Ahnung. Vielleicht hast du ja recht und er ist deshalb wütend, weil er Angst hat. Ich weiß nur nicht, wovor.« *Worauf muss ich mich als Nächstes gefasst machen?*, fragte sich Simon.

Julia blieb erneut stehen und hielt ihn am Arm fest. »Ich muss dich was fragen, Simon.«

Er hatte Mühe, ihr in die Augen zu sehen, denn er wusste genau, was jetzt kommen würde.

»Woher hast du die Pistole?«

»Ich hab sie gefunden«, sagte er nach einigem Zögern.

»Gefunden?«

»Ja. In deinem Trailer. Ada hatte mich damit beauftragt, ihn sauber zu machen, bevor ihr hierhergekommen seid. Dabei habe ich die Pistole gefunden. Sie war hinter der Badewanne versteckt.«

»Wer hat denn im Trailer gewohnt? Früher, meine ich.«

Simon druckste herum. »Dein Dad, soweit ich weiß.«

Julia ließ die Arme sinken und den Kopf hängen. Er hätte ihr das gerne erspart, aber sie stellte zu viele Fragen und er wollte sie nicht belügen.

»Das heißt ja nicht, dass die Pistole ihm gehört hat. Wahrscheinlich hat irgendwer im Trailer übernachtet und sie dort vergessen.«

»Warum hast du sie nicht Ada gegeben?«

»Ich weiß n-icht, warum. Hab nicht darüber nachgedacht.«

»Dann gib sie ihr jetzt. Bitte, Simon. Ich habe eine Heidenangst vor dem Ding.«

Er sah ihr an, dass sie es ernst meinte. »Okay«, sagte er.

»Gut«, erwiderte Julia erleichtert.

Der alte Mann wartete schon auf Simon, als sie auf die Ranch zurückkehrten. Das Gewitter der vergangenen Nacht hatte einen Steppenbrand verursacht. Das Feuer war zwar im Augenblick noch meilenweit von der Ranch entfernt, aber Boyd wollte auf Nummer sicher gehen und auf der Südseite der Ranch eine breite Schneise durch die Beifußwüste ziehen.

Simon stieg zu ihm auf den Traktor und Julia ging ins Ranchhaus zurück. Ada saß am Küchentisch, sie las in Unterlagen, die den Aufdruck »Projekt Divine Strake« trugen.

»Schlimme Sache, so ein Feuer bei diesem Wetter«, sagte sie. »Nur gut, dass der Wind nachgelassen hat.«

Das ist nicht die einzige schlimme Sache, dachte Julia ärgerlich. Sie schwieg und Ada hob den Kopf.

»Was ist eigentlich heute Nacht passiert? Ich habe einen Schuss gehört.«

»Hat Grandpa dir das nicht erzählt?«

»Nur, dass Simons Hund tot ist und du bei ihm im Wohnwagen geschlafen hast.«

Das klang vorwurfsvoll, aber Julia ließ sich davon nicht beeindrucken. »Jason kam mitten in der Nacht und hat nach mir gesucht«, sagte sie. »Er war völlig zugedröhnt und hat mit Steinen nach Simons Wohnwagen geworfen. Er hat ihn verhöhnt und es war nicht das erste Mal, dass er das macht.« Sie schluckte. »Jason hat Pepper überfahren und Simon musste seinen Hund erschießen.«

Ada schlug die Mappe zu und sah ihre Enkeltochter mit harten Augen aufmerksam an. »Womit hat er geschossen?«

»Mit einer Pistole. Er hat sie beim Saubermachen im Trailer gefunden.«

Ada schwieg. Wahrscheinlich dachte sie nach.

»Weißt du, wem sie gehört?«, fragte Julia.

»Sie gehörte deinem Vater. Er hatte keinen Waffenschein dafür.«

Julia schluckte beklommen. Also doch. *Wer warst du, Pa?*

»Wo ist die Pistole jetzt?«

»Simon hat sie versteckt. Aber er hat mir versprochen, sie dir zu geben.«

Ada nickte. »Und was wollte Jason von dir?«

»Ich weiß es nicht«, antwortete Julia trotzig, »er hat es mir nicht gesagt. Er war völlig außer sich und schrie wüste Beleidigungen.«

Die alte Frau musterte sie mit einem merkwürdigen Blick. »Worum geht es hier eigentlich? Kannst du mir das sagen?«

Julia zuckte mit den Achseln. »Ich weiß nur, dass Jason Simon nicht ausstehen kann, keine Ahnung, warum. Und jetzt, wo er weiß, dass Simon und ich . . .«, sie stockte, senkte den Blick und schwieg.

Ada legte ihre Hand auf Julias. »Glaub nicht, dass ich zu alt bin, um eine Ahnung von solchen Dingen zu haben. Simon ist ein sehr einsamer Junge und du hast ihn zum Lachen gebracht. Kein Wunder, dass er sich in dich verliebt hat. Nur frage ich mich, was du an ihm findest.«

Julia zog ihre Hand fort. Es war dieselbe Frage, die Jason ihr gestellt hatte. »Ist das so unvorstellbar für dich, dass ich Simon mag?«

»Unvorstellbar ist gar nichts.« Die alte Frau zog die Mundwinkel nach unten.

Ich mag ihn, weil er zuhört, dachte Julia. *Weil er still ist, wenn andere sich wichtig machen. Weil er glaubt, dass Steine Träume sind. Weil er nicht vorgibt, jemand zu sein, der er nicht ist. Weil er Mitgefühl hat und sterbende Dinge schön findet. Weil er zärtlich ist, weil . . .*

»Anscheinend weißt du es nicht«, sagte Ada ungeduldig. »Als ich so alt war wie du, hatte ich jedenfalls andere Dinge im Kopf. Deiner Mutter wird das Ganze überhaupt nicht gefallen.«

Was hatte Hanna plötzlich damit zu tun? »Ma ist in Kalifornien.«

»Ja, aber ich habe die Verantwortung für dich.«

»Willst du mir verbieten, mit Simon zusammen zu sein?«

Ada lachte kopfschüttelnd. »Warum sollte ich? Ich hoffe nur, du weißt, was du tust.«

»Das weiß ich. Und wenn Jason sich normal verhalten würde, wäre alles in bester Ordnung.«

Die alte Frau wurde wieder ernst. »Jason *war* ein normaler Junge«, sagte sie. »Aber dann ging sein Vater fort nach Deutschland, um eine neue Familie zu gründen. Jason hat seinen Dad schrecklich vermisst. Er war zu klein, um es zu verstehen, aber schon alt genug, um wütend zu sein.«

Julia schwieg, denn sie spürte, wie sehr dieses Gespräch ihre Großmutter aufwühlte.

»Er hat keinen Vater gehabt, der ihm beigebracht hätte, anderen nicht vorsätzlich wehzutun«, fuhr Ada fort. »Jason hat seine Wut in Hass verwandelt. Und weil er all den Hass in sich bei klarem Verstand nicht ertragen kann, vergiftet er sein Hirn mit Drogen und Alkohol.«

Julia wollte zu einer Erwiderung ansetzen. Sicher – sie konnte verstehen, dass Jason seinen Vater vermisst hatte. Aber sie weigerte sich, das Verhalten ihres Bruders zu akzeptieren. *Jason ist ein Idiot*, wollte sie sagen, doch der Kummer im dunklen Gesicht ihrer Großmutter hielt sie davon ab.

»Du musst Jason helfen«, sagte sie leidenschaftlich.

»Und was soll ich deiner Meinung nach tun?«

»Er muss eine Entziehungskur machen.«

»Sag ihm das.«

»Das kannst nur du, Granny. Du bist die Einzige, vor der er Respekt hat.«

Ada lehnte sich zurück, atmete tief ein und schüttelte den Kopf. »Es ist kein Respekt, Julia. Jason hat Angst vor mir. Weil ich alles über ihn weiß. Das meiste davon ist nichts, worauf er stolz sein könnte. Er schämt sich und ist wütend auf sich selbst. Jason möchte so gerne, dass ich stolz auf ihn bin. Genauso, wie er wollte, dass sein Vater stolz auf ihn ist.«

Ada erzählte, dass sie ihren Enkelsohn schon mehrere Male auf dem Polizeirevier hatte abholen müssen, weil er mit Drogen erwischt worden war.

»Dann musst du erst recht mit ihm reden«, sagte Julia. »Er ist nicht nur eine Gefahr für andere, sondern auch für sich selbst. Ich mag Simon und Jason ist mein Bruder. Ich will nicht, dass einem von beiden etwas passiert.«

Sie sah, dass ihre Großmutter Tränen in den Augen hatte. Ada wandte den Blick ab, als wäre es ihr unangenehm, dass Julia es bemerkte.

»Du hast ein gutes Herz und vernünftige Gedanken«, sagte die alte Frau, »weil du das Glück hattest, einen Vater wie John zu haben.«

Julia wehrte sich gegen die Schuldgefühle in ihrem Inneren, aber sie bekam den Gedanken nicht aus dem Kopf, dass alles irgendwie mit ihr zusammenhing. Sie nahm sich vor, bei der nächsten Gelegenheit mit Jason zu reden. Vielleicht erwischte sie ihn nüchtern und bei klarem Verstand. Ihre Granny hatte recht: Ihr Halbbruder war nicht dumm. Doch diese Tatsache machte alles nur noch schlimmer.

Simon und der alte Mann kehrten erst bei Einbruch der Dunkelheit zurück. Sie hatten unermüdlich geschuftet und einen breiten Streifen Land von jeglicher Vegetation befreit, bis weit in die Berge hinauf.

Nach dem Abendessen war Boyd schon bald in seinem Fernsehsessel eingeschlafen und schnarchte laut. Simon saß am Küchentisch, ihm fielen die Augen zu. Seine Kleidung, sein Haar waren staubig, sein Gesicht dreckverschmiert. Als Julia ihn schlafen schickte, protestierte er zuerst, gab sich aber bald geschlagen.

Julia brachte ihn noch bis vor die Tür, um ihm einen Kuss zu geben, ohne dass ihnen jemand dabei zusah. Simon klammerte sich an sie und für einen Augenblick fürchtete Julia, das Gewicht seiner Erwartungen nicht tragen zu können. Aber dann löste er sich von ihr und wankte davon. Sie sah ihm nach, bis er aus ihrem Blick verschwunden war.

Julia seufzte leise, gab sich einen Ruck und ging zurück ins Haus. Sie spülte das Geschirr, während Ada sich mit Tommy am Waschbecken abmühte. Er mochte Zähneputzen nicht und nasse Waschlappen waren ihm ein Gräuel.

Tommys Stöhnen, Toben und Kreischen, das »Ma-bah-ah«, seine Klicklaute, das alles gehörte inzwischen zu Julias Alltag, genauso wie das Füttern von Pipsqueak, das Kochen der Mahlzeiten und Adas merkwürdiges Geschirrspülritual. Sogar an die Hitze hatte sie sich gewöhnt, wie an alles andere auf der Ranch. Manchmal konnte sie sich überhaupt nicht mehr vorstellen, wie ihr Leben zu Hause in Deutschland gewesen war. Die Ereignisse auf der Ranch hatten alles überlagert, was zuvor von Bedeutung gewesen war. Sogar der Schmerz über den Verlust ihres Vaters war in einen dunklen Winkel ihres Herzens verdrängt worden.

Julia wurde immer deutlicher klar, wie wenig sie ihren Vater gekannt hatte und dass er vielleicht nicht so vollkommen gewesen war, wie sie es all die Jahre empfunden hatte. Vielleicht war John Temoke tatsächlich ein Träumer gewesen. Vielleicht hatte er aber auch nur keine Lust gehabt, ein Leben lang zu kämpfen, wie seine übermächtige Mutter mit ihrem grimmigen Stolz es tat.

Wenn Julia sah, was der ewige Kampf aus ihrer Großmutter gemacht hatte, dann konnte sie ihren Vater verstehen. Aber sie konnte auch ihre Granny verstehen. Dass Ada ihrem Enkelsohn immer wieder verzieh, der seinem toten Vater wie aus dem Gesicht geschnitten war.

Weshalb hatte ihr Vater eine Waffe besessen? Hatte er sie jemals benutzt? Was war in seinem Kopf vorgegangen? Julia wusste, dass sie auf diese Fragen keine Antwort bekommen würde. Aber vielleicht konnte sie herausfinden, warum ihr Halbbruder Simon so hasste.

Zurück in ihrem Trailer, packte Julia ein paar Sachen zusammen und machte sich mit der Taschenlampe auf den Weg zu Simons Wohnwagen. Er schlief tief und fest. Sie legte sich neben ihn und war binnen weniger Minuten eingeschlafen.

21.

Der Platz neben Julia war leer, als sie am nächsten Morgen wach wurde. Simon hatte den Wecker vor dem Klingeln ausgestellt, um sie nicht zu wecken. Sie drehte sich noch einmal um und mit einem Lächeln erinnerte sie sich an Simons Hände, die sie im Schlaf berührt hatten. Das war schön gewesen. Ein wenig wie ein Traum und doch wahr.

Es war schon kurz vor acht, als Julia das nächste Mal auf den Wecker sah. Sie sprang aus dem Bett und beeilte sich, in ihre Kleider zu kommen. Wenn sie zu spät ins Ranchhaus kam, waren Boyd und Simon möglicherweise schon unterwegs und sie würde Simon wieder den ganzen Tag nicht zu Gesicht bekommen.

Aber Julia hatte sich unnötig Sorgen gemacht. Simon saß in der Küche und fütterte Tommy. Ada telefonierte. Das Protestwochenende rückte heran und sie wollte nach Eldora Valley ins Büro fahren, um Verschiedenes mit Veola zu besprechen. Es mussten Flyer gefaltet, E-Mails beantwortet und Telefonate geführt werden. Julia sollte helfen.

Die Aussicht, Veola zu begegnen und sich in ihrem Haus aufhalten zu müssen, behagte ihr wenig. Aber da auch Simon mitfahren würde – er sollte den geschweißten Greifer der Erntemaschine aus Franks Werkstatt abholen –, widersprach sie ihrer Großmutter nicht.

Insgeheim hoffte Julia, dass Jason zu Hause war. Vielleicht ergab sich die Möglichkeit, ihn unter vier Augen zu sprechen und ihm ein paar Fragen zu stellen.

Vor einem graublauen Fertig-Holzhaus mit Veranda setzte Simon sie ab. Julia gab ihm einen Kuss, bevor sie ausstieg, und er wurde rot, weil Ada es gesehen hatte. Dann fuhr er weiter zu Franks Reparaturwerkstatt.

Als Julia auf Veolas Veranda trat, bemerkte sie, dass das Haus ein paar Reparaturen und vor allem einen neuen Anstrich dringend nötig hatte. Die Farbe war abgeblättert und das blanke Holz kam darunter zum Vorschein.

Sie betraten einen dunklen Raum, der gleichzeitig Küche und Wohnzimmer war. Im Spülbecken stapelte sich das Geschirr. Ein großer, nagelneuer Fernseher dominierte die andere Hälfte des Raumes. Vor einer durchgesessenen Couch stand ein mit Papptellern übersäter Tisch. Berge von Zeitschriften türmten sich auf dem Boden. Außer einem Ölgemälde, das die Hügel hinter der Ranch zeigte, waren die Wände schmucklos. Julia sah sofort, dass es ein Bild ihres Vaters war. Er musste es vor langer Zeit gemalt haben, denn seine letzten Bilder waren von ganz anderer Art gewesen.

Veola saß nebenan in einem hell gestrichenen Raum am Computer. Es war das Büro der »Shoshone-Rights«-Organisation. Zur technischen Ausrüstung gehörten ein Telefon, ein Faxgerät, ein Kopierer, der Computer und ein funkelnagelneuer Laptop. Ein Gewirr aus Kabelschlangen wand sich über den Fußboden. In den Regalen an den Wänden stapelten sich Gesetzesbücher und beschriftete Ordner. Unter dem Fenster klapperte eine Klimaanlage.

Ainneen saß rauchend am Laptop und begrüßte Ada und Julia mit überschwänglicher Freundlichkeit.

Veola ließ ein knappes Hallo verlauten, ohne den Blick vom Bildschirm zu nehmen.

Julia bekam einen Platz am Tisch, wo ein Stapel kopierter Blätter darauf wartete, zu Flyern gefaltet zu werden. Sie machte sich gleich an die Arbeit. Veola, Ainneen und Ada diskutierten über das Friedenscamp und den Protestmarsch. Bisher hatten sich rund achtzig Leute angemeldet. Ada hoffte, dass noch ein paar mehr kommen würden.

»Früher waren wir fünf Mal so viele«, beklagte sie sich seufzend. »Die Anteilnahme der Leute lässt zu wünschen übrig, obwohl das Ganze so brisant ist wie nie zuvor. Bush reichen seine Spielplätze im Irak und in Afghanistan nicht mehr aus. Er will wieder Atombomben testen und »Divine Strake« ist der erste Schritt seiner neuen Strategie. Leider kümmern sich die Menschen nur um das, was vor ihrer eigenen Haustür geschieht.«

»Keine Sorge«, meinte Veola, »sie werden schon kommen.«

Julia überflog den Flyer, den sie gerade faltete, und erfuhr, dass »Divine Strake« eine sogenannte Bunkerbombe war, die in unterirdischen Atomanlagen im Iran oder in Nordkorea zum Einsatz kommen sollte. Bei diesem Projekt sollte ihre Sprengkraft getestet werden.

Angesichts der Sorgen, die ihre Großeltern um die Erhaltung der Ranch hatten, erschien Julia die Rettung der Welt eine Nummer zu groß. Es war etwas, das man in der Tagesschau sah, das beängstigend war, wogegen man jedoch nicht wirklich etwas ausrichten konnte.

Das Wochenende würde an Adas Kräften zehren. Kräfte, die sie für ihren Kampf gegen die Minengesellschaft und das BLM viel dringender brauchte. Julia sah ihre Großmutter an, sah sie mit anderen Augen. Sie begriff, dass Ada Temoke eine alte Frau war. Alt und müde.

Simon parkte den Truck auf Franks Hof, der beinahe vollständig mit alten Autoteilen zugestellt war. Splash, Franks Dobermann, zog an seiner Kette und bellte.

Simon stieg aus, ging zu ihm hin und redete beruhigend auf ihn ein. Der Hund hörte auf zu bellen, er ließ sich von Simon sogar den Kopf kraulen. Bis Splash das zugelassen hatte, waren einige Monate ins Land gegangen.

Der Hund setzte sich und Simon ging auf die Suche nach Frank. Er umrundete einen alten Traktor, um zum Werkstattschuppen zu gelangen, als urplötzlich Jason vor ihm stand. Aus dem Nichts aufgetaucht wie ein Geist, ragte Julias Bruder jetzt so dicht und groß vor ihm auf, dass Simon erschrocken einen Schritt zurückstolperte.

Er öffnete den Mund, um etwas zu sagen, doch die Faust, die in seiner Magengrube landete, verschlug ihm den Atem. Simon krümmte sich zusammen und fiel auf die Knie. Jason packte ihn am Arm, riss ihn hoch und er hörte ein scharfes Knacken. Ein Höllenschmerz schoss durch seine Schulter. Simon schrie und diesmal traf die Faust ihn mitten im Gesicht. Es knirschte, Blut lief ihm aus Mund und Nase und rann ihm die Kehle hinunter. Er hustete, schluckte krampfhaft und versuchte zu atmen.

»Tu dir selbst einen Gefallen und lass die Finger von meiner Schwester, du Spast«, fauchte Jason ihm ins Gesicht. »Sonst bringe ich dich um.«

Er versetzte Simon einen Stoß, der ihn rücklings gegen das Schutzblech des verrosteten Traktors warf. Seine Beine gaben nach, aber Jason drückte ihm den Unterarm gegen die Kehle. Simons Hände griffen ins Leere. Er röchelte, bekam kaum Luft, aber Jason verstärkte den Druck auf seine Luftröhre noch ein wenig. Schon begann Jasons wutverzerrtes Gesicht in einer Art Nebel zu verschwinden, da hörte Simon plötzlich ein scharfes Bellen.

Splash. Aus den Augenwinkeln heraus sah er, wie der Hund grimmig knurrend seine gelben Zähne fletschte. Es war ziemlich eindeutig, wen er mochte und wen nicht. Jason ließ erschrocken von Simon ab und griff nach einer Eisenstange, um sich gegen den Dobermann zu verteidigen.

»Was ist denn hier los?« Es war Frank, der auf einmal vor ihnen stand und die Situation offensichtlich auch ohne eine Antwort sehr schnell erfasste. »Schon gut, Splash«, sagte er. »Jason wollte gerade gehen.«

Jason verzog sich wortlos. Der Hund knurrte ihm drohend hinterher.

Mit einem Mal gaben Simons Knie nach. Frank war mit einem Satz bei ihm und erwischte ihn noch rechtzeitig, ehe er stürzte. Simons linker Arm hing leblos herab und tat höllisch weh.

Frank brachte Simon in seinen Wohntrailer neben der Werkstatt. In der Küche verfrachtete er ihn auf einen Stuhl, drückte ihm den Kopf in den Nacken und ein Stück Küchenpapier unter die Nase. Simon hielt es mit seiner Rechten fest und es saugte sich sofort voller Blut.

»Junge, Junge«, sagte Frank, »der hat dich aber ganz schön zugerichtet.«

»Ich k-ann meinen Arm nicht bewegen«, stieß Simon mit schmerzverzerrtem Gesicht hervor. »Ich glaube, er ist ausgekugelt.«

Frank betastete Simons linkes Schultergelenk und zog die Stirn in Falten. »Am besten, ich bringe dich ins Krankenhaus.«

»Nein, warte.« Simon hob den Kopf.

»Was ist?«

»Ich hab keine Krankenversicherung.«

Mit einem Stirnrunzeln sah Frank ihn an. »Okay, dann musst du wohl oder übel mit mir vorlieb nehmen.«

Simon schloss die Augen und stöhnte. »Hast du das schon m-al gemacht?«

»Keine Angst, Kleiner. Ich krieg das schon hin.«

Frank half ihm aus seinem Hemd. Dabei war er ausgesprochen behutsam, was Simon neuen Mut schöpfen ließ. Anschließend musste er sich seitlich auf den Stuhl setzen, sodass der ausgerenkte Arm über die Lehne hing.

»Locker lassen, okay?«

»Ja, verdammt. Nun m-ach schon!« Der Schmerz ließ Simon halb ohnmächtig werden und er sah Sterne aufblitzen. Ihm wurde abwechselnd heiß und kalt.

»Hast du etwa Angst, Kleiner?«

Noch ehe er ungehalten antworten konnte, hatte Frank so kräftig an seinem Arm gezogen, dass das Gelenk wieder in die Schulterpfanne zurücksprang.

Einige Minuten später hatte Simon zwar immer noch seinen eigenen Schrei im Ohr, aber der Arm ließ sich wieder bewegen und es tat auch nicht mehr so furchtbar weh.

»Was gibt es denn für Meinungsverschiedenheiten mit Jason?«, fragte Frank, während er Simon mit warmem Wasser das Blut aus dem Gesicht wusch. Den Kopf in den Nacken gebeugt, ließ er es mit zusammengebissenen Zähnen über sich ergehen.

»Er will n-n-nicht, dass ich mit seiner Schwester zusammen bin«, nuschelte er.

»Und, bist du?«

»Glaub schon. *Au!* Fuck.«

»Du musst dich in Acht nehmen. Jason ist unberechenbar.«

»Ich weiß.«

Frank musterte ihn skeptisch. »Ich denke nicht, dass du eine Ahnung hast, *wie* gefährlich er ist, Kleiner. Jason ist ein drogensüchtiger Freak. Er nimmt Crystal Meth, ein übles Teufelszeug.«

Darauf entgegnete Simon nichts. Er hatte eigene Erfahrungen damit, aber das wusste niemand hier.

»Jason war n-icht auf Droge«, sagte er schließlich. »Und ich weiß nicht, was er auf einmal hat.« Bis jetzt hatte es Jason immer genügt, ihn zu demütigen und sich vor anderen über ihn lustig zu machen. Doch auf einmal war da dieser Hass, von dem Simon nicht wusste, woher er rührte.

»Ganz einfach«, sagte Frank. »Du warst Jason von Anfang an ein Dorn im Auge, aber eine wirkliche Gefahr warst du nicht. Zusammen mit dem Mädchen bist du es.«

»*Gefahr?* Ich versteh nicht . . .«

»Denk doch mal nach, Kleiner. Julia ist Adas Enkeltochter und ihr steht ein genauso großer Anteil an der Ranch zu wie Jason und Tracy. Außer den beiden Alten hat niemand ein Interesse daran, dass die Ranch weiterexistiert. Ausgenommen du. Du rackerst da draußen, als würde es um dein Leben gehen. Und dann schnappst du dir auch noch das Mädchen. Da sind bei Jason die Sicherungen durchgebrannt. Er hofft auf ein baldiges Erbe und nun sieht er seine Felle davonschwimmen.«

Simon musste lachen, aber es wurde nur ein ersticktes Husten daraus und wieder lief Blut aus seinen Nasenlöchern. Wenn Frank wüsste, wie es wirklich gewesen war. Dass er viel zu schüchtern war, um sich ein Mädchen einfach *zu schnappen*. Dass Julia ihn mochte, erschien ihm immer noch wie ein Wunder.

»Das ist d-d-doch alles Schwachsinn«, sagte er.

»Aber weh tut es trotzdem, oder?«

»Geht schon wieder.«

Frank verschwand und kam mit einem kleinen Beutel voller Eiswürfel zurück. »Gut kühlen«, sagte er, »dann schwillt sie nicht so an.«

Simon legte den Eisbeutel auf seine Nase und nach einer Weile ließ der Schmerz tatsächlich nach. Frank ging nach draußen, um den geschweißten Greifer auf den Truck zu laden, und Simon wankte auf die Toilette im hinteren Teil des Wohntrailers.

Im Spiegel begutachtete er den Schaden und was er sah, war nicht sehr ermutigend. Seine Nase, die seit einer Prügelei in der sechsten Klasse leicht nach links zeigte, hatte nun einen Knick nach rechts. Er versuchte, sie gerade zu rücken, aber es knirschte so schauerlich und der Schmerz sendete grellrote Blitze durch sein Hirn, dass er aufgab. Er wollte nicht in Franks Badezimmer in Ohnmacht fallen. Vor seinen Augen drehte sich alles und Simon klammerte sich am Rand des Waschbeckens fest, weil er Angst hatte umzukippen.

Seine größte Sorge galt Ada und dem, was er ihr erzählen sollte, wenn sie ihn so sah. Simon wollte vermeiden, dass die alte Frau etwas über den Zusammenstoß mit Jason erfuhr. Er hatte Angst, dass er dann nicht mehr auf der Ranch bleiben konnte, dem einzigen Zuhause, das er je gehabt hatte. Dem einzigen Ort, an dem er mit Julia zusammen sein konnte. Tränen des Zorns stiegen ihm in die Augen und er wischte sie mit seinem Handrücken weg.

Simon schlurfte zurück in Franks Küche. Er setzte sich und legte den Eisbeutel auf seine Nase.

Frank polterte durch die Tür. »Junge, Junge«, sagte er, »du musst bei Ada wirklich einen Stein im Brett haben, dass sie dich noch nicht davongejagt hat. Erst fackelst du ihren Ford ab und nun machst du dich an ihre Enkeltochter ran. Wie alt ist die Kleine überhaupt?«

»Fünfzehn.« Simon hustete.

»Sie fuhr den Kombi, stimmt's?«

»W-oher weißt du das?«

»Ich weiß es eben.« Frank pfiff leise durch die Zähne. »Na, wenn das keine Liebe ist. Du scheinst das Mädchen ja richtig gern zu haben.«

»Es stört sie n-icht, dass ich stottere.«

»Na, mich stört es auch nicht. Das alleine kann es also nicht sein.« Frank zwinkerte ihm zu. »Ich hoffe, du heulst mir später nicht die Ohren voll, wenn sie nicht mehr da ist. Liebe über den Ozean hinweg, das klingt mir sehr nach Hollywood.«

Das Telefon klingelte und Frank ging ran. »Ja, ich sag's ihm.« Er legte auf. »Ada«, sagte er. »Sie fragt sich, wo du bleibst.«

Simon erhob sich stöhnend.

Frank reichte ihm sein Hemd. »Besser, du ziehst das wieder an.«

Simons T-Shirt war auf der Brust voller Blut. Er zog sein Hemd über und versuchte, es zuzuknöpfen. Aber die Finger seiner Linken fühlten sich taub an. Frank half ihm. Er knöpfte das Hemd so weit zu, dass man die Blutflecken nicht mehr sehen konnte.

»Danke, Frank.«

»Schon gut, Kleiner. War mir ein Vergnügen.«

»Wo hast du eigentlich g-g-gelernt wie man einen Arm einrenkt?«

»Ich war in der Armee. Sanitätstrupp. Da lernt man so einiges.«

Simon stieg in den Truck und gab Frank das Geld für den Greifer.

Frank steckte die Dollarscheine in seine Hemdtasche und schlug die Tür zu. »Kannst du überhaupt fahren?«, fragte er durch das offene Fenster.

»Ja, es geht schon.«

»Nimm dich vor Jason in Acht.«

»Ich werd mir Mühe geben.«

Julia kam aus der Toilette, als Jason das Haus betrat und sich in der Küche eine Coke aus dem Kühlschrank holte.

»Hi«, sagte sie.

»Hi, Schwesterherz.« Er musterte sie ohne ein Lächeln und Julia fühlte sich noch unbehaglicher, als sie es die ganze Zeit schon tat. »Was machst du denn hier?«, fragte Jason.

»Wir drucken Flyer für den Protestmarsch am Wochenende und Granny schreibt E-Mails.«

»Ist gar kein Auto draußen.« Er deutete mit der Coladose zum Fenster.

»Wir sind mit dem Truck hier. Simon ist bei Frank und muss was abholen. Er wird sicher gleich kommen.«

»Ach ja?« Jason leerte die Cola und schleuderte sie in den Mülleimer.

»Kann ich dich mal was fragen, Jason?«

Er sah sie an, seine Augen wurden zu schmalen Schlitzen. »Gehen wir raus, okay? Mom erlaubt nicht, dass ich hier drinnen rauche.«

Sie gingen hinters Haus und Jason setzte sich auf die Kinderschaukel, die dort stand. Er zündete sich eine Zigarette an, blies den Rauch nach oben und sagte: »Schieß los. Wo drückt's denn?«

Julia ließ sich auf der zweiten Schaukel nieder und hielt sich an der Kette fest. Jason kam ihr jetzt ganz normal vor, aber sie hatte nicht vergessen, wie er sich auf der Ranch aufgeführt hatte. »Hast du Simons Hund absichtlich überfahren?«, fragte sie.

Jason schniefte verächtlich. »Der Stotterheini hat mich mit einer Knarre bedroht, hast du das vergessen?«

»Hast du Pepper absichtlich überfahren, Jason?«

»Nein, verdammt.« Wütend kickte er einen Stein zur Seite. »Ich wusste ja nicht, ob die Knarre geladen ist und der Typ vielleicht ausflippt. Ich habe den Köter einfach nicht gesehen.«

»Okay.«

»*Okay?*« Jason sah sie an, als zweifle er an ihrer geistigen Gesundheit. »Nichts ist okay, verdammt noch mal. Wieso ausgerechnet er, Julia?«

Ihr Name aus seinem Mund. Es war derselbe raue Klang, als ob ihr Vater gesprochen hätte. Julia schluckte und spürte, dass ihr Groll sich legte. Ihr Bruder mochte noch so großspurig daherreden. Der Verdacht, dass auch er verletzlich war, ließ sie nicht los. Jason war ein vernachlässigter Junge, der Liebe brauchte. Genauso wie Simon. Nur dass sich das bei ihnen auf sehr unterschiedliche Weise äußerte.

»Ich hab ihn gern«, sagte sie leise.

»Er ist ein Niemand.«

»Wieso sagst du das? Du kennst ihn doch überhaupt nicht.«

»Du etwa? Du tauchst plötzlich hier auf und nach ein paar Tagen glaubst du, alles zu verstehen.«

»Ich hab nicht behauptet, irgendetwas zu verstehen«, widersprach Julia. »Seit ich denken kann, wäre ich gerne nach Nevada gekommen. Aber Pa wollte nur mit mir *und* meiner Mutter herkommen. Und Ada wollte meine Mutter nicht haben, also wurde nichts draus. Wahrscheinlich hat Granny geahnt, dass es Ärger geben würde.«

»Ja, nichts als Ärger, das ist es, was du machst.« Jason warf seine aufgerauchte Kippe auf den Boden und trat sie aus.

»Was tue ich denn, verdammt?« Julia platzte der Kragen. »Ich helfe zwei alten Leuten, die nicht wissen, wie sie all die Arbeit bewältigen sollen. Und Simon tut nichts anderes. Er bekommt einen Hungerlohn für seine Arbeit. Was also wirfst du ihm vor, Jason?«

»Der Stotterheini will sich doch bloß einkratzen bei Granny.«

»Simon will in Ruhe gelassen werden, nichts weiter. Und wieso hilfst *du* den beiden eigentlich nicht?«

Jason spuckte verächtlich auf den Boden. »Warum ich nicht helfe, Schwesterherz? Weil da draußen nichts mehr zu retten ist. Jeder Handschlag ist vergeudete Zeit. Der Stotterheini mit seinem Helfersyndrom zögert das Ende nur hinaus.«

»Das Ende?«

»Ach Scheiße, darüber red ich jetzt nicht.« Er stand auf und zeigte mit dem Finger auf sie. »Ich weiß, du kannst nichts dafür, dass du geboren bist. Es ist Dads Schuld. Er ist einfach abgehauen und hat Mom, Tracy und mich hier sitzen lassen. Das werde ich ihm nie verzeihen. Und was dich angeht . . .« Jason fasste nach den Ketten ihrer Schaukel und beugte sich bedrohlich über sie. »Sieh zu, dass du nicht noch mehr Schaden anrichtest, okay? Ruf deine Mom an und sag ihr, dass sie dich holen soll. Glaub mir, es ist besser so.« Jason presste die Lippen zusammen. Mit grimmiger Geste zog er an den Ketten, bevor er sie abrupt losließ und wieder ins Haus ging.

Julia stoppte das unfreiwillige Schaukeln und sah ihm nach, bis er hinter der Tür verschwunden war. Sie war so aufgewühlt von diesem Gespräch, dass sie beinahe nicht bemerkt hätte, wie der braune Truck tuckernd die Straße entlang kam.

Sie sprang von der Schaukel und lief zu Simon, froh darüber, dass er endlich wieder da war. Sie sehnte sich nach seinen Küssen und der Liebe in seinen Augen. Doch als sie den Truck erreichte, stieg er immer noch nicht aus. Verwundert öffnete sie die Beifahrertür und kletterte auf die Sitzbank. Als sie Simons Gesicht sah, den Eisbeutel in seiner Hand, kam ein Schreckenslaut aus ihrer Kehle.

»Was zum Teufel ist denn mit dir passiert?«

»Franks Dobermann w-ar hinter mir her und ich b-b-bin gegen den Eisenhaken vom Flaschenzug gerannt.«

Julia musterte ihn. Simon hatte einen Riss in der Oberlippe, sie war geschwollen, genauso wie das Nasenbein.

Sie wusste, dass er sie belog. Julia hatte mit eigenen Augen gesehen, wie gut Simon mit Franks Hund umgehen konnte. Plötzlicher Ärger durchzuckte sie, weil er ihr nicht vertraute. »Warum sagst du mir nicht, was wirklich passiert ist?«, fuhr sie ihn an.

»Flipp nicht gleich aus, o-kay? Ich erklär es dir später.«

»Und wie geht es jetzt weiter?«

»Du sagst deiner Granny Bescheid, dass ich da bin. Und wenn ihr fertig seid, fahren wir auf die Ranch zurück.«

22.

Ada setzte sich selbst hinter das Steuer, damit Simon seine Nase kühlen konnte. Julia war überzeugt davon, dass ihre Großmutter ihm seine Geschichte ebenso wenig abnahm, wie sie es getan hatte. Aber Ada sagte nichts. Julia spürte die wortlose Missbilligung in ihrem Schweigen.

Wieder zu Hause, schickte die alte Frau Simon in seinen Wohnwagen, damit er sich hinlegen konnte. Das sah ihr gar nicht ähnlich und Julia wunderte sich über die plötzliche Nachsicht ihrer Großmutter. Vielleicht lag Simon ihr doch mehr am Herzen, als es den Anschein hatte.

Den Nachmittag über saß Julia in der Küche und faltete Handzettel für den Protestmarsch. In Gedanken war sie jedoch bei Simon. Ihr Ärger war verraucht. Sie sehnte sich danach, zu ihm zu gehen und für ihn da zu sein. Was war nur passiert? Warum hatte er sie belogen?

Mehrmals versuchte Julia, ihrer Großmutter unauffällig zu entwischen, aber Ada hielt sie mit immer neuen Aufgaben in der Küche fest. Da sie ihre Granny nicht noch mehr verärgern wollte, als sie es ohnehin schon war, blieb Julia und erledigte ihre Arbeiten.

Das Telefon läutete beinahe ununterbrochen. Meistens waren es Leute, die Einzelheiten über das Friedenscamp und die Protestaktion wissen wollten. Journalisten riefen an und versuchten, Ada für Telefoninterviews zu gewinnen, und zwischendurch meldete sich immer wieder Ainneen.

Irgendwann, als ihre Großmutter zum vielleicht hundertsten Mal ans Telefon ging, bekam Julia mit, dass Frank am anderen Ende der Leitung war, und horchte auf. Es war ein sehr einsilbiges Telefongespräch. Das Gesicht ihrer Großmutter wurde plötzlich fahl unter der dunklen Haut und sie sah Julia mit großen Augen an. Schließlich legte sie auf und setzte sich zu ihrer Enkeltochter an den Küchentisch.

»Ich glaube, du bist mir eine Erklärung schuldig, Julia. Warum, zum Teufel, habt ihr mir nicht die Wahrheit gesagt?«

Julia hob die Schultern und sah trotzig auf. »Ich kenne die Wahrheit nicht. Simon hat mir nichts erzählt. Was ist denn nun passiert?«

»Das ist eine ziemlich schlimme Geschichte«, antwortete Ada. »Jason hat Simon nach Strich und Faden verprügelt. Sein Arm war ausgerenkt.«

Julia spürte, wie ihr das Blut aus dem Gesicht wich. Jason hatte Simon zusammengeschlagen und danach mit ihr auf der Schaukel gesessen und geplaudert, als wäre nichts geschehen? Wie konnte er nur so kaltschnäuzig sein? Und sie hatte auch noch Mitleid mit ihm gehabt! Wütend ballte sie die Fäuste unter dem Tisch.

»War Simon . . . ich meine, wer hat . . .?«

»Frank hat den Arm wieder eingerenkt.«

Julia brauchte einen Moment, um das alles zu verarbeiten. »Warum hat Jason das getan, Granny?«, fragte sie. »Warum ist er so? Wieso stört es ihn, dass ich mit Simon zusammen bin?«

»Es geht um Geld, Julia. Um viel Geld.«

Julia hatte es die ganze Zeit geahnt und doch nicht wahrhaben wollen. »Erklär es mir, Granny. Ich habe ein Recht darauf, es zu wissen.«

Ada seufzte tief. »Jason und seine Mutter wollen, dass Grandpa und ich die Ranch an die Leute von der Goldmine verkaufen. Mit dem Geld könnten wir unsere Schulden bezahlen und es bliebe immer noch eine Menge übrig, um gut davon leben zu können. Ohne Simons Hilfe hätten wir schon längst aufgeben müssen. Deswegen mag Jason ihn nicht. Und nun tauchst du plötzlich auf, noch jemand, der Anspruch auf die Ranch hat.«

»Das ist doch Schwachsinn«, bemerkte Julia irritiert. Dass sie irgendwelche Ansprüche auf die Ranch haben könnte, war ihr bisher gar nicht in den Sinn gekommen.

Ada lachte freudlos. »Ja, vielleicht. Aber Jason sieht das anders. Für ihn bist du eine Bedrohung. Vor allem zusammen mit Simon.«

Nach und nach wurde Julia klar, dass ihre Großmutter recht haben könnte. Die Puzzleteile fügten sich langsam zu einem Ganzen und das Bild, das entstand, gefiel ihr überhaupt nicht. Mit großer Wahrscheinlichkeit war ihre Anwesenheit auf der Ranch tatsächlich der Auslöser für Jasons aggressives Verhalten. Anfangs war er nett zu ihr gewesen, weil er geglaubt hatte, dass sie nach der Zeremonie wieder verschwunden sein würde. Stattdessen war sie geblieben und hatte sich auch noch in Simon verliebt.

»Warum hast du zugelassen, dass ich geblieben bin?«, fragte sie schließlich vorwurfsvoll. »Du wusstest doch, was es in Jason auslösen würde.«

Ada hob den Kopf und sah Julia an. »Ich habe gemerkt, dass es dir auf der Ranch gefällt und wollte dich besser kennenlernen. Was es in Jason auslösen würde, war nicht vorhersehbar. Ich konnte ja nicht ahnen, dass du und Simon . . .«

»Wieso eigentlich nicht?«, rief Julia. Sie war wütend, verwirrt und besorgt zugleich. »Denkst du, er verdient es nicht, geliebt zu werden? Weil er stottert?«

»Nein, zum Teufel. Aber irgendwie hatte ich angenommen, er . . ., nun ja, ich dachte, er interessiert sich nicht für Mädchen.«

»Wie soll er auch«, sagte Julia, »wenn er immer gleich verhöhnt wird, kaum dass er den Mund aufmacht. Simon mag mich und er interessiert sich für viele Dinge. Hast du ihn schon mal gefragt, was er gerne liest? Oder was er sich wünscht und wovon er träumt? Denkst du, es ist im Winter angenehm dort drüben im Wohnwagen, ohne Heizung? Simon tut alles für euch, weil er dich und Grandpa gern hat. Aber du weißt nicht mal, wer er ist.«

Zu Julias Überraschung widersprach ihre Großmutter nicht. »Du hast recht«, sagte Ada. »Nur habe ich nicht mehr die Kraft, den Lauf der Dinge zu ändern.«

Julia riss die Arme nach oben. »Aber du fliegst nach New York und Los Angeles, um vor den Menschen zu reden. Du verhandelst mit Anwälten und verfasst Klageschriften für die UNO. Du fährst meilenweit, um mit anderen auf die Straße zu gehen und gegen Waffentests zu demonstrieren. Dafür braucht es viel mehr Kraft, als zu jemandem wie Simon freundlich zu sein.«

Die alte Frau wischte sich Tränen aus dem Gesicht. »Ich tue, was getan werden muss. Das verstehst du nicht.«

»*Was* verstehe ich nicht? Ich bin fünfzehn Jahre alt und nicht auf den Kopf gefallen. Was verstehe ich nicht, Granny?«

»Ich wünschte, Simon wäre mein Enkelsohn«, sagte Ada hart, »aber er ist es nicht. Er gehört nicht zur Familie und wird immer ein Fremder sein.« Sie erhob sich und Julia wusste, dass das Gespräch damit beendet war.

Noch warteten mindestens hundert Handzettel darauf, gefaltet zu werden, aber das war ihr egal. Julia holte eine Flasche Wasser und ein Mountain Dew aus dem Kühlschrank, dazu ein paar Sandwichs, und verließ das Ranchhaus.

Nur mit seinen Jeans bekleidet, einen Arm über den Augen, lag Simon auf der Couch. Sein Schädel brummte, die Nase war zugeschwollen und er hatte das Gefühl, als würden sämtliche Organe nicht mehr am richtigen Platz sitzen.

Als Julia in den Wohnwagen kam, versuchte er sich aufzurichten, doch der heftige Schmerz schickte seinen Körper zurück in die Waagerechte.

Julia schloss die Tür hinter sich. Sie setzte sich neben Simon, betrachtete sein geschundenes Gesicht und die brombeerfarbenen Flecken auf seinem Körper. »Alles ist meine Schuld«, sagte sie und ließ den Kopf hängen. »Ich hätte nicht herkommen dürfen. Ich hätte mit meiner Mutter nach Kalifornien fahren sollen. Du und ich, wir hätten nicht . . .« Sie begann leise zu schluchzen.

Was redet sie da bloß?, dachte Simon erschrocken. Eine Menge Dinge liefen falsch in letzter Zeit und manchmal war er sich seiner selbst nicht mehr sicher. Aber Julia und er, das war das Einzige, was gut und richtig war.

Simon wollte Julia nicht verlieren. Er hatte solche Angst davor, dass es passieren könnte. Zum ersten Mal in seinem Leben wollte er etwas so sehr, dass es wehtat, es nicht zu bekommen.

Unter stechenden Schmerzen setzte er sich auf und griff mit der Rechten nach ihrer Hand. »Sag so etwas n-icht, okay? Du machst mir Angst.«

»Aber es ist wahr. Ich bin an allem schuld. An Peppers Tod und daran, dass Jason dich so fürchterlich verprügelt hat.«

Simon sah sie überrascht an und Julia zuckte mit den Achseln. »Granny weiß alles. Frank hat angerufen.«

Er sackte mit einem hoffnungslosen Seufzer in sich zusammen. »Hat sie was gesagt? Ich meine . . . was mich angeht.«

»Nein. Sie ist sauer auf Jason, das ist alles.« Julia knetete seine Hand. »Und wie soll es nun weitergehen?«

Simon hob die rechte Schulter. »In ein paar Tagen fliegst du zurück nach Deutschland und Jason wird sich beruhigen. Ich arbeite für Ada und Boyd bis zum bitteren Ende.«

Julia sah ihn mit großen Augen an. »Was soll das heißen: *bis zum bitteren Ende?*«

»Das kann vieles heißen. Deine Großeltern sind alt, Julia. Abgesehen davon haben wir schon jetzt nicht mehr genügend Rinder, um damit über den Winter zu kommen. Vielleicht lässt das BLM die Ranch zwangsversteigern und das war's dann.«

»Das klingt schrecklich.« Julia schluckte. »Aber was wird dann aus dir?«

»Mach dir mal um mich keine Sorgen. Ich k-omme schon klar.« In

Wahrheit wusste Simon nicht, wie seine Zukunft aussehen sollte, aber Selbstmitleid machte alles nur schlimmer. Das war eine der Lektionen, die er schon vor langer Zeit gelernt hatte.

Julia hob die Hand und berührte vorsichtig sein Gesicht. Die Berührung tat ihm weh, aber er sagte nichts. Den ganzen Nachmittag hatte er sich hundeelend gefühlt und seine Gedanken waren nicht zur Ruhe gekommen. Doch nun, da Julia bei ihm war, fühlte er sich gleich besser.

Später lagen sie in der Dunkelheit nebeneinander und Simon verfluchte seine zugeschwollene Nase, weil er durch den Mund atmen musste und sein Gaumen völlig ausgetrocknet war. An Küsse war nicht zu denken und daran, Julia in den Arm zu nehmen, auch nicht. Es tat einfach zu sehr weh.

Simon war schon halb eingeschlafen, als er merkte, dass Julia sich aufs Bett kniete und zu dem kleinen Fenster über dem Tisch beugte. Es zeigte auf die Beifußwüste hinter der Ranch und er ahnte, was Julia neugierig gemacht hatte. Dieses Geräusch, das gleichmäßige Schleifen, hörte er schon seit einigen Nächten. Und er wusste auch, woher es rührte.

»Was sind das für Lichter?«, fragte sie. »Und woher kommt dieses Geräusch?«

»Das sind die L-eute von der Goldmine. Sie machen Probebohrungen.«

»Probebohrungen? Um die Zeit?«

»Ja, Tag und Nacht.«

»Sie sind so nah. Das ist unheimlich. Granny muss das Geräusch in ihrem Schlafzimmer auch hören.«

»Sie hört es«, sagte er. »Es raubt ihr den Schlaf und bringt sie um den Verstand. Das Erste, was sie am Morgen sieht, wenn sie aus ihrem Schlafzimmerfenster schaut, ist ein Bohrturm.«

Simon seufzte. Er stand auf, um einen Schluck Wasser zu trinken, denn seine Lippen und seine Kehle waren ausgedörrt. Dann streckte er sich wieder auf der Liege aus und versuchte eine Stellung zu finden, in der der Schmerz erträglich war. »Ich glaube, ich brauche jetzt etwas Schlaf. Versuch du auch zu schlafen, okay?«

»Ich kann nicht, Simon.« Julia legte sich neben ihn auf die Seite und sagte: »Grandma hat mir erzählt, warum Jason so ausflippt. Er will, dass meine Großeltern die Ranch an die Goldmine verkaufen.«

»Ich weiß.«

»Du wusstest das?«

»Ich konnte es mir zusammenreimen.«

»Jason befürchtet, dass du und ich, dass wir . . .«

». . . heiraten und viele K-K-Kinder kriegen und die Ranch bewirtschaften, bis wir so alt sind wie Ada und Boyd«, vollendete Simon den Satz.

»Ja. So ungefähr.«

Simon drehte sich zu ihr. »Ich hätte nichts dagegen.«

»Aber das ist . . .«

»Nur Spinnerei, ich weiß.«

Als Julia daraufhin nichts erwiderte, sagte er: »Schlaf jetzt, okay? Versuch, nicht weiter darüber nachzudenken. Alles kommt so, wie es kommen muss.«

Schon bald hörte Simon Julias gleichmäßigen Atem. Sie war schnell eingeschlafen und er wacher als je zuvor. Sein Körper pochte vor Schmerz. Und obwohl Simon wusste, dass Jason keine Ruhe geben würde, fühlte er sich auf eigenartige Weise glücklich.

23.

Unbarmherzig heiß brannte die Sonne vom Himmel, als Ada und Boyd am Freitagmorgen mit dem blauen Jeep die Ranch verließen, um am Waffentestgelände bei Las Vegas gegen die für Anfang Juli angesetzte Zündung von »Divine Strake« zu protestieren.

Ada brauchte Simon keine Anweisungen zu geben, er kannte die Ranch und wusste, was zu tun war, sollte irgendetwas nicht seinen gewohnten Gang gehen. Die alte Frau hatte versichert, dass Frank am Abend kommen und im Trailer übernachten würde, falls Jason neuen Ärger plante. Außerdem sollte er sich um Tommy kümmern, denn der Junge kannte Frank, seit er klein war, und akzeptierte ihn als Ersatz für seine Großeltern, wenn die mal länger wegblieben.

Frank anzurufen, das war Adas Art von Verantwortung. Ein Teil von Julia würde das nie verstehen, aber der andere Teil tat es. Wenn die Umstände anders gewesen wären, hätte sie mit Simon und ihren Großeltern am Friedenscamp teilgenommen und gegen die Zündung der Bombe auf Indianerland protestiert.

Sie winkten dem Jeep, bis er nicht mehr zu sehen war. Tommy saß bereits in seinem Truck und trotz seiner Behinderung spürte er mit seinem sechsten Sinn, dass seine Großeltern für längere Zeit wegfuhren. Er wimmerte, klagte und schaukelte wild. Sein »M-ah-a-argh« hallte über den Hof.

Simon versuchte, ihn zu beruhigen, und schaffte das schließlich auch. Zusammen mit Julia brachte er dem Kälbchen die Flasche, anschließend fütterten sie die Kühe. Die Tiere hoben neugierig die Köpfe und muhten, wenn er an ihnen vorbeiging, um die Heuballen zu verteilen.

Simon konnte wieder durch die Nase atmen, aber sein Nasenbein hatte sich grünlich verfärbt und er hatte violette Blutergüsse unter den Augen. Der Riss in seiner Oberlippe war ein schwarzer Strich. Immer wenn Julia ihn ansah, bekam sie eine riesige Wut auf Jason. *Was wird noch passieren?*, fragte sie sich. *Und werde ich daran schuld sein?*

Sie spürte, dass Simon unruhig war und immer wieder den Kopf hob, um sicherzugehen, dass sich kein Fahrzeug der Ranch näherte.

»Warum sollte er herkommen?«, fragte sie schließlich. »Er hat dir seine Überlegenheit gezeigt und das genügt ihm.«

»Vielleicht hast du recht, vielleicht aber auch nicht. Irgendwie habe ich das Gefühl, dass er noch nicht fertig ist mit mir«, antwortete Simon.

Nachdem die Tiere versorgt waren und Adas Gemüsegarten gewässert, blieben sie im Haus, denn dort war die Hitze noch am erträglichsten. Auch Tommy musste im Haus bleiben. Er vermisste seine Granny und wurde immer unruhiger. Erst gegen Abend, als die Hitze nachließ, konnten sie ihn wieder in seinen Truck setzen.

Nach dem Abendessen saßen sie am Küchentisch und warteten auf Frank. Draußen dämmerte es bereits und Julia blickte oft zum Fenster hinaus, in der Hoffnung, sein weißer Pick-up würde bald auftauchen. Obwohl Tommy von Simon sein Lieblingsessen bekommen hatte, schrie und stöhnte er und schob die Sessel durchs Wohnzimmer wie ein ruheloser Geist. Julia merkte, dass Simon versuchte, gelassen zu bleiben. Aber das war schwer. Sie wusste, es würde eine schlimme Nacht werden.

Schließlich klingelte das Telefon und Julia sprang auf, um dranzugehen. Es war ihre Mutter. Im ersten Moment war Julia so überrascht, Hannas Stimme zu hören, dass sie kein Wort hervorbrachte. Endlich antwortete sie. »Ja. Ja, Ma, es geht mir gut. Alles ist bestens. Granny ist zum Testgelände gefahren, aber Grandpa ist hier.« Eine perfekte Notlüge. Hanna würde nicht darum bitten, den alten Mann ans Telefon zu holen, denn er konnte sie sowieso nicht verstehen.

Hanna erzählte Julia noch dies und das, dann verabschiedete sie sich. Julia atmete erleichtert auf. »Das ist noch mal gut gegangen«, sagte sie zu Simon.

Eine Stunde später wusch Simon Tommy und putzte ihm die Zähne, was wie gewohnt nur unter großem Geschrei und Gezeter abging. Im Anschluss an das Waschdrama brachte er ihn ins Bett.

Gegen elf wählte Simon Franks Nummer. Niemand hob ab. Entweder Frank war unterwegs zur Ranch oder er würde nicht kommen. Tommy polterte und schrie in der Kammer.

»Ich muss mich zu ihm legen«, sagte Simon zu Julia, »sonst wird er niemals einschlafen. Du kannst ja noch eine Weile aufbleiben.«

»Ich habe Angst«, sagte Julia.

»Okay, dann komm mit.«

Sie legten sich angezogen auf Adas Bett, falls in der Nacht unerwünschter Besuch auftauchen sollte. Ada hatte zwar behauptet, Jason würde mit seiner Mutter und seiner Schwester am Protestmarsch teilnehmen, aber Simon traute dem Frieden nicht und Julia ebenso wenig.

Es wurde eine lange, qualvolle Nacht. Tommy schrie sein »M-a-ah-mah«, bis er heiser war. Simon stand immer wieder auf, um ihn zu beruhigen. Manchmal schlief Julia kurz ein, denn auf sie wirkten Simons Worte beruhigend. Wenn er dann wieder zu ihr kam und seinen Arm um sie legte, wurde sie wach und konnte nicht weiterschlafen, weil seine Nähe so überwältigend war.

Der Morgen war eine Erlösung. Sie standen zeitig auf, so wie sonst die beiden Alten, und bereiteten gemeinsam das Frühstück zu. Tommy war unleidlich und quengelig, trotz Simons Fürsorge. Aber als er wie gewohnt in seinem Truck saß, beruhigte er sich. Wenig später schlief er im Sitzen.

Simon und Julia fütterten die Tiere und kehrten anschließend ins Ranchhaus zurück. Als das Telefon klingelte, war Frank am anderen Ende der Leitung. Seine Mutter lag in einem Krankenhaus in Reno im Sterben. Deshalb war er nicht gekommen. Er war, so schnell er konnte, zu ihr gefahren. Als Julia es Simon erzählte, zog er seine Stirn in Falten.

»Also wird er auch heute nicht kommen«, sagte er resigniert.

»Nein. Er will sie nicht allein lassen.«

Simon und Julia putzten das Haus. Sie wollten sich von Ada nicht nachsagen lassen, dass sie faul wären. Aber nach dem Mittagessen forderten Hitze und fehlender Schlaf ihren Tribut. Tommy rutschte auf dem Boden herum, ausnahmsweise schweigend. Simon nickte in Boyds Fernsehsessel ein und Julia auf der Couch.

Sie schreckte hoch, als es draußen plötzlich laut hupte. Simon war schon auf den Beinen. Zusammen eilten sie aus dem Haus. Ein chromglänzender Lieferwagen stand vor dem Zaun und der Mann, der ausstieg, stellte sich als Robert Hoskins von der Schädlingsbekämpfung in Ely vor.

»Ist das die Temoke Ranch?«

»Ja.« Simon nickte.

Sie erfuhren, dass Ada vor ein paar Tagen mit Hoskins telefoniert und ihn gebeten hatte, etwas gegen die Grillen zu tun, die immer zahlreicher und fetter wurden und inzwischen auch ihren Gemüsegarten bedrohten.

»Wir fliegen nächste Woche Mittwoch und sprühen Gift«, sagte er.

»Ja, k-k-klar.« Simon nickte wieder.

»Wäre besser, ihr lasst die Fenster geschlossen, okay?« Der Mann warf einen Blick auf die mit Plastikfolie bespannten Fenster und schüttelte ungläubig den Kopf.

»Machen wir«, sagte Julia, die Hände in den Hüften.

Bevor Hoskins wieder in seinen Lieferwagen stieg, musterte er Simon eindringlich. Die schiefe Nase schimmerte immer noch grünlich gelb von Jasons Fausthieb. Auch die Blutergüsse unter den Augen hatten sich grün verfärbt. »Hattest du einen Zusammenstoß mit einem Traktor, Junge?«, fragte der Mann.

Julia merkte, dass Simon versuchte locker zu sein. »So w-as Ähnliches.«

»Na, was es auch war, dein Hirn scheint es jedenfalls ziemlich durcheinandergeschüttelt zu haben.«

Simon schwieg missmutig und wartete, bis der Mann vom Platz gefahren war.

»Will Granny wirklich, dass sie Gift sprühen?«, fragte Julia.

»Sieht ganz so aus.«

»Aber schadet das den Tieren nicht?«

Simon zuckte mit den Achseln. »Keine Ahnung. Deine Granny hasst die Grillen wie die Pest.«

»Aber so viele sind doch gar nicht da.«

»Noch nicht. Aber sie werden kommen. Letztes Jahr k-amen sie auch.«

In diesem Augenblick tat es im Haus einen fürchterlichen Schlag, es scheppere und krachte. Sekundenlang starrten sie einander erschrocken an, dann rannten sie nach drinnen.

Tommy kauerte im Wohnzimmer auf dem Boden, genau dort, wo er auch gewesen war, als sie das Haus verlassen hatten. Er schaukelte schweigend und war völlig unversehrt. Julia wollte schon aufatmen, als sie bemerkte, wie Simons Blick in die Küche wanderte.

Tisch und Stühle lagen umgestürzt auf dem Boden. Dazwischen Töpfe, Pfannen und zerbrochenes Geschirr. Es sah aus, als hätte eine Bombe eingeschlagen. Um den ganzen Schaden anzurichten, hatte Tommy keine fünf Minuten gebraucht.

Mit offenem Mund starrte Julia auf das Chaos. »Aber wie kann er in so kurzer Zeit . . .« Sie sprach nicht weiter.

»Er ist schnell und unglaublich kräftig«, sagte Simon. »Und er macht das nicht zum ersten Mal.«

Julia wandte sich zu ihrem Cousin um, der friedlich auf dem Boden hockte und so tat, als könne er kein Wässerchen trüben. »Ma-bah-a-ah.«

Simon hob einen Stuhl auf und setzte sich darauf. »Das ist nun mal Tommys Art, seiner Angst und seiner Wut Ausdruck zu verleihen.«

Gemeinsam begannen sie, das Chaos zu beseitigen. Nachdem die Küche wieder einigermaßen manierlich aussah, hockten sich Simon und Julia erschöpft vor den Fernseher und verfolgten die Berichterstattung vom Testgelände. Das Bild war unscharf, aber sie sahen eine bunte Menschenmenge mit Plakaten und Spruchbändern auf einer einsamen Straße durch die Wüste laufen. »Eure Welt wird anders sein«, stand in großen Buchstaben auf einem Spruchband geschrieben. Laut Reporter marschierten mehrere Hundert Demonstranten zum Testgelände, um gegen die Politik der Regierung zu protestieren

Ada kam ins Bild. »Ich bin hier, weil ich meine Landrechte verteidige«, hörte man sie ins Mikrofon rufen.

Julia hielt Ausschau nach ihrem Großvater. Falls ihre Mutter auch vor dem Fernseher sitzen sollte und Boyd entdeckte, würde in wenigen Minuten das Telefon klingeln. Aber der alte Mann war nirgendwo zu sehen.

Einerseits bewunderte Julia ihre Granny, deren Mut und unerschütterlichen Kampfgeist für eine gute Sache. Aber hier, in ihrem eigenen Zuhause, wurde sie auch gebraucht. Zumindest von Tommy.

Warum, so fragte sie sich, konnte nichts klar und eindeutig sein, ohne Wenn und Aber? Die Großmutter eine strahlende Heldin, ihr Vater tot, aber vollkommen. Cousin Tommy ein unberechenbares Monster, die Mutter entbehrlich, der Halbbruder ein drogensüchtiger Idiot. Aber so war es nicht. Nicht wirklich. Immer gab es noch die andere, die verborgene Seite. Wie beim Mond oder dem blauen Stein. Nur Simon schien keine zweite dunkle Seite zu haben. Mit engelhafter Geduld kümmerte er sich um Tommy, trotz des fürchterlichen Chaos, das ihr Cousin angerichtet hatte.

Die Nacht verbrachten sie abermals angezogen auf Adas Bett. Wenn Tommy kurzzeitig einschlief, sank auch Julia in den Schlaf.

Aber meist wachte ihr Cousin schon nach zehn oder zwanzig Minuten wieder auf und begann erneut, in seiner wortlosen Sprache zu wüten und zu klagen.

Julia presste sich das Kissen auf die Ohren. *Sei still*. Bitte sei endlich still, dachte sie verzweifelt. Sie war müde und ihre Nerven waren bis zum Zerreißen gespannt.

In Julia braute sich Wut zusammen, Wut auf Tommy, weil er so ein elendes Theater machte, obwohl sie und Simon sich liebevoll um ihn kümmerten. Irgendwann hielt sie es nicht länger aus und schrie: »Sei still, Tommy. Sei endlich still, hörst du.«

Tommy verstummte tatsächlich für einen Moment. Die Stille war unheimlich. Wäre eine Stecknadel heruntergefallen, man hätte es hören können. Doch dann stöhnte und brabbelte Tommy wieder los.

»Ich halte das nicht mehr aus«, sagte Julia voller Verzweiflung. »Warum macht er das?«

»Er vermisst seine Granny«, sagte Simon. »Und er spürt unsere Nervosität.«

»Ich bin so wütend auf ihn, dass ich ihn schlagen könnte«, sagte sie.

»Ich weiß«, erwiderte Simon. »Das ist es, was du fühlst. Aber du würdest es niemals tun.«

Er begann zu singen, mit warmer, beruhigender Stimme. Simon sang auf Shoshoni und Julia lauschte ihm gebannt. Erst nach einer Weile begriff sie, dass Tommy eingeschlafen war.

Am Sonntagmorgen war Tommy heiser und völlig durch den Wind. Er war unausgeschlafen und unausstehlich. Julia wünschte sich nichts sehnlicher, als dass ihre Großeltern auf die Ranch zurückkehren würden.

Simon brachte Tommy in seinen Truck, denn dort konnte er den wenigsten Schaden anrichten. Wie jeden Morgen versorgten sie gemeinsam die Tiere und blieben anschließend im Haus.

Wind kam auf, drückte Grashalme zu Boden und wirbelte Staub und trockene Pflanzenteile durch die Luft. Die Plastikfolie in den Fenstern wölbte sich mit einem Rascheln mal nach drinnen, mal nach draußen.

So müde und kaputt hatte sich Julia in ihrem ganzen Leben noch nicht gefühlt. Die Stunden schleppten sich träge dahin und sie verfluchte ihre Großmutter, die ihnen die Verantwortung für Tommy und die Ranch aufgebürdet hatte.

Am Nachmittag schaltete Simon den Fernseher ein, aber es gab keine neuen Nachrichten vom Testgelände.

Julia fielen die Augen zu. Es war nur ein leichter Schlaf, aber sie träumte verworren. Sie saß allein in der weißen Badewanne am Berg, als sie auf einmal ein Knistern und Rascheln im Gras hörte. Eine riesige Schar Grillen kam direkt auf die Wanne zu und wenig später war sie von ihnen vollkommen umgeben. Ihre fingergroßen braunen Körper glänzten in der Sonne. Sie konnte nicht aus der Wanne steigen, ohne auf sie zu treten. Julia wollte schreien, aber kein Laut kam aus ihrer Kehle.

Ein ohrenbetäubendes Getöse riss Julia aus ihrem Albtraum. Sie schreckte hoch. Zuerst wusste sie nicht, wo sie war und was der Höllenlärm zu bedeuten hatte. Dann sah sie Simon, der versuchte, durch das Fenster etwas zu erkennen.

»Ein Hubschrauber«, sagte er. »Direkt über dem Haus.«

»Aber was soll das?«

»Das BLM, nehme ich an. Ich muss raus zu Tommy, er dreht sonst durch vor Angst.«

Simon und Julia rannten aus dem Haus, den Blick nach oben gerichtet. Die belaubten Kronen der Pappeln verdeckten den Hubschrauber, doch gleich darauf sahen sie ihn, wie er langsam in Richtung der Berge abdrehte.

»Das BLM«, schrie Simon, »wie ich vermutet habe. Sie fliegen über die Ranch, um die Tiere zu zählen.«

Sie blickten dem Ungetüm nach, dessen Getöse langsam leiser wurde.

»Na, hat der Hubschrauber die Turteltäubchen aus ihrem Liebesnest getrieben?«

Julia fuhr herum. Neben Tommys Truck stand der silberne Zweisitzer mit den roten Streifen. Jason lehnte mit vor der Brust verschränkten Armen an der Fahrertür und Julia entdeckte in seinen Augen pure Verachtung.

»Was willst du, Jason?«, fragte sie. Das hatte selbstsicher klingen sollen, doch in ihrer Stimme schwang Angst mit. Julia hoffte, dass Jason sie nicht herausgehört hatte.

»Grandma schickt mich. Ich soll nachsehen, ob alles in Ordnung ist.«

Julia war überzeugt, dass ihr Bruder log, aber was sollte sie tun? Jason wirkte erstaunlich normal. So normal, dass sich ihr die Nackenhaare aufrichteten.

»Es ist alles in Ordnung«, sagte sie, innerlich zitternd. »Ich dachte, du bist mit den anderen im Camp am Testgelände?«

»War ich auch.« Großspurig erzählte Jason ihnen vom Friedenscamp und dem Protestmarsch, von einem riesigen Polizeiaufgebot und dass einige Leute verhaftet worden waren. Darunter auch Ada, Boyd und Veola, seine Mutter.

Julia überlegte fieberhaft. Ada hatte ihr gesagt, dass man mindestens fünf Stunden brauchte, um von Eldora Valley nach Las Vegas zu kommen. Jason konnte gar nicht beim Protestmarsch gewesen sein, es sei denn, er hätte Flügel. Aber sie sagte nichts, um ihren Bruder nicht zu provozieren. Dass ihre Großeltern verhaftet worden waren, entsprach vielleicht der Wahrheit und der Gedanke daran ließ sie erzittern.

Tommy, der wegen des Hubschraubergeknatters bislang starr vor Schreck in seinem Pick-up gesessen hatte, stieß ein wütendes Gurgeln aus, als er Jasons Stimme hörte. Er begann zu röhren und mit der Hand gegen das Türblech zu schlagen. »M-ah-ba-bah.«

Julia zuckte zusammen.

»Halt's Maul, du Idiot«, zischte Jason. Er begann, auf den drei Metern zwischen seinem Wagen und Tommys Pick-up hin und her zu laufen. »Granny und Grandpa sitzen im Knast«, wandte er sich erneut an Simon und Julia, »und diesmal kommen sie vielleicht nicht so schnell wieder heraus.«

Keine Ahnung, worauf ihr Bruder hinauswollte, aber auf einmal sammelte sich eine kalte Schwere in Julias Magen. Inzwischen wusste sie, was sich hinter Jasons Gehabe verbarg und das machte ihr Angst. Eine schreckliche Ahnung beschlich sie.

»Solange sie nicht da sind, bin *ich* für die Ranch verantwortlich.« Jason streckte sich. »Und damit ihr klarseht: Es wird sich hier einiges ändern.«

Julia beobachtete Simon. Er stand angespannt da und wartete. Sie wusste, dass er auf alles gefasst war.

»U-nd das wäre?«, fragte er.

»Kannst du dir das nicht denken?«, brauste Jason auf und riss die Arme in die Höhe. »Du hast einen Tag Zeit, dich hier vom Acker zu machen, Romeo. Pack deine verdammten Sachen und verschwinde dorthin, wo du hergekommen bist.«

Simon wurde bleich. Julia spürte, dass er Mühe hatte, sich die Panik, die ihn erfasste, nicht anmerken zu lassen.

Jason wies auf die Berge. »Der Hubschrauber war vom BLM, wie du ganz richtig erkannt hast. Sie zählen die Rinder und die Pferde und bald wird es ein neues Round-up geben. Es ist vorbei, Romeo. *Game over*. Kapiert?«

Julia warf Simon einen kurzen Blick zu und sah, dass er trotz der großen Hitze am ganzen Leib zitterte. Unterdessen schwoll Tommys Stöhnen an. Es steigerte sich zu einem dumpfen Grollen und die Abstände zwischen seinen aufgeregten, fast wütenden Schlägen wurden immer kürzer.

»Sei endlich still, du verschissener Freak«, schrie Jason.

Aus der Kälte in Julias Magen wurde ein Eisklumpen. Ihr Herz schlug wild gegen die Rippen. Sie sah, dass Simon sich wie in Zeitlupe auf Jason zubewegte.

»Und wer kümmert sich um Tommy?«, fragte sie hastig.

»Das kannst du übernehmen, Schwesterherz, wenn du schon einmal da bist. Du hast ja jetzt Erfahrung mit Verrückten und Krüppeln.«

Julia sah, wie Simon seine Hände zu Fäusten ballte. Jason würde ihn gnadenlos davonjagen und weder sie noch er konnte etwas dagegen tun.

Tommys Schläge, sein Röhren und Zetern wurden unerträglich. Jason lief wie ein getriebenes Tier auf ihn zu und schlug mit der Faust gegen das Türblech. »Halt endlich dein blödes Maul oder . . .«

Urplötzlich schoss Tommys kleine braune Hand durch das offene Fenster des Pick-ups, packte Jasons linken Arm und umschloss ihn wie eine Eisenklammer. Im selben Augenblick holte Jason aus und schlug seinem behinderten Cousin die rechte Faust ins Gesicht.

Tommy kreischte auf, ließ ihn los und presste die Hände an seinen Kopf. Noch ehe Julia überhaupt begriffen hatte, was passiert war, hörte sie ein tiefes Aufheulen und sah Simon im Hechtsprung auf Jason zufliegen. Die Wucht des Aufpralls warf ihren Bruder zu Boden und gleich darauf rollten sich beide ächzend im Staub.

Fassungslos und wie gelähmt starrte Julia auf die Raufenden. Sie hatte noch nie echte Gewalt erlebt, hatte so etwas bisher nur im Fernsehen oder im Kino gesehen. Als es jetzt vor ihren Augen passierte, spürte sie die Wucht der Brutalität und des Hasses beinahe körperlich. Jason und Simon gingen aufeinander los, als wollte einer den anderen umbringen. Simon war kleiner als ihr Bruder und schmächtiger, aber die rasende Wut darüber, dass Jason Tommy geschlagen hatte, machte die fehlende Größe wett. Er drosch mit den Fäusten auf Jason ein, stieß ihm die Knie in die Rippen und zahlte ihm Peppers Tod, seine gebrochene Nase und jede Demütigung aus der Vergangenheit einzeln heim.

Auch Simon musste einstecken. Doch es dauerte nicht lange und Jasons Kräfte ließen nach. Mit schmerzverzerrtem Gesicht lag er am Boden und wandte alle Kraft nur noch dafür auf, Simons blindwütige Schläge abzuwehren.

Tommy hatte längst aufgehört zu schreien. Blut lief ihm aus dem Mund und bildete Blasen. Wimmernd schaukelte er hin und her.

Starr vor Angst stand Julia da und ihr Blick haftete auf Simon, der nicht von Jason abließ. Die gewalttätige Energie in ihm erschreckte sie. *Seine verborgene Seite*, dachte Julia erschüttert. In seiner Raserei merkte er überhaupt nicht, dass Jason längst erledigt war und sich nicht mehr wehrte.

Mit einem Ruck löste sie sich aus ihrer Erstarrung und stürzte auf die beiden zu, um Simon davon abzuhalten, ihren Bruder umzubringen. Sie riss ihn an den Schultern von Jason weg. »Hör auf!«, schrie sie. »Lass ihn los, es ist genug.«

Mit wildem Blick stierte Simon sie an. Er brauchte eine Weile, bis er zur Besinnung kam. Schließlich rappelte er sich auf und wischte sich mit dem Ärmel über das staubbedeckte Gesicht. Dann ging er zu Tommy und holte den Jungen aus dem Pick-up, um ihn auf seinem Rücken ins Haus zu tragen.

Julia kniete neben ihrem Bruder, der sich auf der Erde wand und versuchte, zu Atem zu kommen. Jason blutete aus der Nase. Über der linken Augenbraue klaffte eine zwei Zentimeter lange Platzwunde. Julia half ihm aufzustehen, und so benommen wie er war, ließ er es sogar zu. Mühsam kam er hoch, schwankte aber noch gefährlich. Als Jason endlich sicher stand, machte er sich mit hasserfülltem Blick von ihr los.

»Ich bringe ihn um«, nuschelte er. »Sag ihm das.«

Er wankte zu seinem Wagen, stieg ein und verließ mit aufheulendem Motor die Ranch.

24.

Im Haus setzte Simon den wimmernden Jungen auf einen Küchenstuhl. Tommys Lippe blutete stark. Ein Schneidezahn war locker und tat ihm weh. Simon musste den Zahn mit einem Ruck herausholen, was Tommy noch einmal Schmerzen bereitete. Behutsam wusch Simon ihm das Gesicht mit warmem Wasser.

»Schon gut, Tommy, es wird alles wieder gut«, redete er beruhigend auf ihn ein. »Jason ist weg. Es ist alles in Ordnung. Deine Granny wird bald wiederkommen, ich verspreche es dir.«

Simons Gedanken überschlugen sich. Was, wenn Jason recht hatte und die beiden Alten verhaftet worden waren? Was, wenn sie längere Zeit im Gefängnis bleiben mussten und Julias Bruder tatsächlich die Herrschaft über die Ranch übernahm? Dann wäre für ihn hier kein Platz mehr. Simon wagte kaum, diesen Gedanken zu Ende zu denken.

Er gab Tommy zu trinken, und erst als er sicher war, dass der Junge sich beruhigt hatte, kümmerte er sich um seine eigenen Blessuren. Er hatte eine Abschürfung auf dem rechten Wangenknochen und aufgeschlagene Fingerknöchel an seiner Rechten. Doch sonst war Jason mit seinen Fäusten kaum zum Zuge gekommen.

Simon wusch sich das Gesicht und blickte in den halb blinden Spiegel. Was hatte er bloß getan? Er fragte sich, wer er war und was er eigentlich wollte. Vielleicht hatte er zu viel verlangt: einen Ort zum Leben, ein Mädchen, das er lieben konnte und das ihn liebte.

Vielleicht gab es das für ihn nicht: Glück. Bisher hatte es jedenfalls einen großen Bogen um ihn gemacht. Er war ein Niemand mit leeren Händen. Ein Stotterheini. Vielleicht hatte er nicht das Recht, jemanden wie Julia zu lieben.

Als er in die Küche zurückkehrte, stand sie am Fenster und sah hinaus. Sie hörte seine Schritte und wandte sich um. Tränen standen in ihren grünen Augen und sie sah sehr blass aus. Er ging zu ihr, senkte den Kopf. Gerade wollte eine Entschuldigung seinen Mund verlassen, da schlang Julia ihre Arme um seinen Hals und umarmte ihn fest.

»Es tut mir so unendlich leid«, sagte sie und schmiegte sich an ihn. Eine große Last fiel Simon vom Herzen und er holte tief Luft. »Nein, *mir* tut es leid. Aber als er Tommy schlug, ist bei mir eine Sicherung durchgebrannt.«

»Ich weiß. Jason hat auch mir Angst gemacht.«

Simon löste sich von Julia und erzählte ihr von der Wirkung der Droge Crystal-Meth, auch Ice genannt. Dass sie aufputscht und aggressiv macht. »Sie schädigt das Gehirn und lässt dich in kurzer Zeit um Jahre altern. Jason nimmt das Zeug schon eine Weile, hat Frank gesagt.«

»Woher kennst du dich eigentlich so gut aus damit?«, fragte Julia.

Simon zögerte und sah sie lange an. Er wusste nicht, wie viel er ihr zumuten konnte, und wappnete sich für den Ausdruck, den ihr Gesicht gleich annehmen würde.

»Weil ich es selber mal eine Zeit lang genommen habe.«

Da war sie, die Panik, die plötzlich Julias Augen verdunkelte. Das hatte sie nicht vermutet und es brauchte ein Weile, bis sie seine Offenbarung verdaut hatte.

Simons Daumen drückte auf Julias Handteller herum. Er erzählte ihr, dass er eine Zeit lang Drogen genommen hatte, um das Loch zu schließen, das in seinem Inneren war. Dieses Loch an der Stelle, wo eigentlich Vertrauen, Liebe und Zuversicht sitzen sollten.

»Aber dann habe ich gemerkt, dass ich vieles überhaupt nicht mehr richtig wahrnahm. Dafür habe ich Dinge gesehen, die gar nicht da waren. Das war beängstigend. Vieles entgeht einem, wenn man auf Droge ist. Die kleinen Dinge, die wirklich schön sind. Ich wollte sie sehen, verstehst du?«

»Hast du je . . . ich meine, hast du das Zeug gespritzt?«

»Nein, nie.« Zum Beweis zeigte er ihr seine Armbeugen. »Ich hab immer bloß geraucht. Und seit ich hier bin, auf der Ranch, habe ich keine Drogen und keinen Alkohol mehr angerührt.«

Simons dunkle Seite, dachte Julia bestürzt. Doch wenigstens hatte er den Mut besessen, es ihr zu sagen. Sie verschränkte die Arme vor der Brust und sah ihn an. In Simons Augen sah sie die Bitte, ihn wegen dieser Dinge nicht zu verurteilen. Julia hatte keine Vorstellung davon, wie es war, wenn man nie Ermutigung erfahren hatte als Kind, von niemandem. Sie dachte, dass jeder wenigstens einen Menschen verdient hat, der für ihn da ist. Simon hatte niemanden gehabt.

Schließlich machte sie einen Schritt auf ihn zu und küsste ihn. Er stammelte etwas und sie küsste ihn noch einmal.

»Was bedeutet das?«, fragte er leise.

»Man nennt es Liebe«, sagte sie.

Simon schloss die Augen und legte seine Stirn an ihre. Sein Mund flüsterte etwas in ihren Mund. Ein Kuss von ihm, so leicht, dass sie ihn fast nicht spürte.

»Wir müssen herausbekommen, ob Jason recht hat und deine Großeltern verhaftet worden sind.«

Sie rückte ein Stück von Simon ab und sah ihm in die Augen. »Wenn es stimmt, was er sagt, was willst du dann tun?«

»Ich weiß es nicht. Aber ich fürchte, wir müssen auf alles gefasst sein.«

Sie hockten sich vor den Fernseher und versuchten, etwas über die Verhaftungen am Testgelände zu erfahren. Aber wegen des heftigen Windes, der immer noch über die Ebene wehte, war das Bild krisselig und sie konnten kaum etwas verstehen.

Julia hatte Angst vor der Nacht. Sie fürchtete, Jason könnte mit Verstärkung zurückkommen und seine Drohung wahr machen.

»Geh schlafen«, sagte Simon zu ihr. »Tommy ist ruhig, zumindest im Augenblick.«

»Ich habe Angst, Simon. Jason hat gesagt, er will dich umbringen.«

Simon saß mit gesenktem Kopf auf der Armlehne des Sessels, die herabhängenden Haare fielen ihm über die Augen.

»Du bist gar nicht überrascht«, bemerkte Julia.

»Damit hat er mir schon gedroht, als er mich bei Frank erwischt hat.«

»Und du hast nichts gesagt?«

»Wem sollte ich es sagen? Dir? Du wärst doch damit sofort zu deiner Großmutter gerannt?«

»Sie hätte uns nicht allein gelassen, wenn sie das gewusst hätte«, erwiderte Julia wütend.

»Sie *hat* uns nicht alleine gelassen. Nur, dass Frank nicht gekommen ist. So laufen die Dinge hier nun mal, verstehst du?«

»Ich habe das Gefühl, überhaupt nichts mehr zu verstehen. Wieso ist nicht wenigstens Grandpa hiergeblieben? Er ist doch sonst nicht wild aufs Kämpfen?«

»Er wollte bei ihr sein. Sie hat Angst vor dem Gefängnis.«

»Aber wieso tut sie das dann? Wieso bleibt sie nicht hier, wo ihre Gegner sozusagen vor der Haustür stehen? Man kann nicht an allen Fronten gleichzeitig kämpfen.«

»Vielleicht hast du recht«, sagte Simon. »Aber Ada hat sich nie nur um das gesorgt, was vor ihrer Haustür passiert. Sie leidet, wenn die Erde wund ist, egal wo.«

Julia schüttelte den Kopf. »Das ist zu . . .« Sie suchte nach einem passenden Wort.

»Zu groß?«, fragte er.

Sie nickte. Dann ging sie in die Kammer ihrer Großeltern und legte sich aufs Bett. Tommy wimmerte leise im Schlaf, aber das hörte sie kaum. Müdigkeit und Erschöpfung überwältigten Julia und sie fiel in einen tiefen, traumlosen Schlaf.

Es war früher Morgen, als Simon von Motorengeräuschen geweckt wurde. Fluchend sprang er in seine Schuhe. Bereits im Wohnzimmer stand er Ada gegenüber. Während er sich erleichtert den Schlaf aus dem Gesicht rieb, erzählte sie ihm, dass die Polizei einige der inhaftierten Protestler noch am Abend freigelassen hatte, nachdem deren Personalien aufgenommen worden waren. Sie und Boyd hatten sich nach ein paar Stunden Schlaf sofort auf den Rückweg gemacht.

Julia kam angeschlichen. Tommy war aufgewacht, er hatte die Stimme seiner Granny gehört. Ada trug ihn aus der Schlafkammer in die Küche. Sie merkte natürlich sofort, in welch schlechter Verfassung der Junge war, ganz abgesehen von den Blessuren in seinem Gesicht und dem fehlenden Zahn. Sie nahm ihn auf den Schoß, küsste ihn auf die Stirn und Tommy klopfte ihr mit seinen Händen auf den Rücken.

»Was ist passiert?«, fragte Ada scharf. »Wo ist Frank?«

Simon wollte sprechen. Aber unter Adas hartem Blick sank ihm die Stimme in die Kehle und er bekam nicht einmal ein Stottern heraus.

Julia erzählte Ada erstaunlich ruhig, was vorgefallen war. Das Gesicht ihrer Großmutter zuckte wütend, als sie erfuhr, dass Jason Tommy geschlagen hatte.

»Jason war im Camp«, sagte Ada. »Aber Samstagabend, da war er auf einmal verschwunden.«

»Du hast ihn nicht hergeschickt, um nach dem Rechten zu sehen?«

Statt einer Antwort gab Ada einen Laut der Verärgerung von sich.

»Und was wirst du jetzt tun?« Julia blickte ihre Großmutter fragend an.

»Was soll ich denn tun? Wir sind wieder hier und Jason wird es nicht wagen, sich in nächster Zeit auf der Ranch blicken zu lassen. Nicht nach dem, was er Tommy angetan hat.«

»Das glaubst du doch selbst nicht, Grandma. Jason hat gedroht, Simon umzubringen.«

Simon senkte den Kopf. Seine Hände ballten sich zu Fäusten. *Warum musste sie das sagen?*

»Ist das wahr, Simon?« Adas Adleraugen musterten ihn.

»N-N-N . . . fuck.« Er schlug mit der flachen Hand auf den Tisch.

Ada ignorierte das Schimpfwort, sie benutzte es gelegentlich selber. »Bekomme ich eine Antwort?«

»Ja, v-erdammt. Er hat so was g-g-gesagt.«

»Und Frank ist nicht gekommen?«

»Nein«, sagte Julia. »Er hat angerufen. Seine Mutter ist schwer krank geworden. Sie liegt in Reno im Krankenhaus und er ist zu ihr gefahren.«

Ada sprang auf, und Verwünschungen vor sich hin murmelnd, verließ sie die Küche.

Boyd, der inzwischen schon wieder seine Arbeitskleidung trug, setzte sich zu ihnen an den Tisch. Auch er wollte wissen, was vorgefallen war, und Julia schrieb ihm alles auf. Der alte Mann las und schüttelte immer wieder ungläubig den Kopf. Seine großen Hände ballten sich zu Fäusten.

»Ich kann nicht glauben, dass Jason Tommy geschlagen hat«, sagte er wütend. Er stand auf und schlurfte mit kleinen Schritten in der Küche umher, wie ein Tier im Käfig.

»Ich habe es so satt«, schimpfte Boyd, »ich kann einfach nicht mehr.« Er blieb hinter Simon stehen. »Nichts für ungut, Cowboy, aber ich habe mein Leben lang hier draußen geschuftet, von morgens bis abends. Jetzt bin ich alt und will nicht mehr.«

Simon biss sich auf die Unterlippe. So hatte Boyd noch nie zuvor gesprochen. Er hatte immer geglaubt, die Ranch und seine Tiere wären alles, was den alten Mann glücklich machte.

»Ich habe ein Stück Land in der Nähe von Elko«, fuhr Boyd fort. »Mit dem Erlös für die Ranch könnten wir uns ein Haus hinsetzen lassen, eines, das Wasser und Strom hat und einen passablen Fernsehempfang. Dort könnten wir ein paar Pferde halten.« Er sah seine Enkeltochter an. »Ich bin müde, Julia. Ada und ich hatten gehofft, dein Vater würde eines Tages zurückkommen und uns helfen. Jetzt ist er tot und mit ihm haben wir die Hoffnung begraben, dass die Ranch noch eine Zukunft hat.«

Und warum verkauft ihr dann nicht?, schrieb Julia auf einen Zettel.

»Weil es deine Großmutter umbringen würde. Sie hat ein halbes Leben lang gegen die Goldmine und das BLM gekämpft. Sie kann nicht verkaufen, Julia. Ada ist in diesem Haus geboren und hier will sie auch sterben. Mit Stiefeln an den Füßen und Heu in den Haaren. Was andere wollen, interessiert sie nicht.«

Boyd legte Simon beide Hände auf die Schultern. »Danke, Cowboy, dass du dich um alles gekümmert hast. Nimm dir einen Tag frei, okay? Ich werde heute die Kühe füttern.«

Simon wollte protestieren, doch ein Fußtritt von Julia hinderte ihn daran.

Hand in Hand liefen sie hinauf zur Badestelle, um sich den Schweiß, die Angst und die Müdigkeit des Wochenendes von ihren Körpern zu spülen. Simon wusch Julias Haare und sie wusch seine. Zurück auf der Ranch, führte er sie mit sanfter Entschlossenheit in seinen Wohnwagen und verriegelte die Tür.

Ein heller Sonnenstrahl, in dem Staub flimmerte, beschien einen hühnereigroßen roten Stein, der auf dem Tisch lag. Julia hatte diesen Stein bisher noch nicht in Simons Sammlung gesehen.

»Ist der neu?«, fragte sie und nahm ihn auf.

»Ja. Ich habe ihn hinter dem Trailer gefunden.«

Julia wog ihn in der Hand. Ihr Herz schlug wild gegen die Brust, die Zeit schien stillzustehen. »Und wessen Traum ist das?«

»Unserer.« Simon nahm ihr den Stein aus der Hand und legte ihn auf den Tisch zurück. Er nahm Julias Hände und zog sie neben sich auf die Couch. Eine Weile lagen sie da, einander zugewandt, und sahen sich wortlos an. Julia entdeckte Simons Wünsche in seinem Blick. Und ihre eigene Sehsucht spiegelte sich in seinen dunklen Augen. Es würde geschehen, das wusste sie. Doch wo war der Sinn, wenn es keine Zukunft gab?

Als Simon seine Hand ausstreckte, um sie zu berühren, fühlte sie den Sinn. Was sie zusammen erlebt hatten, war eine Wahrheit, die allein ihnen gehörte. Und das war unendlich viel.

Simon sagte nichts, seine Hände sprachen für ihn. Was er ihr jenseits der Worte zeigte, war neu und verwirrend. Julia ließ sich fallen und wurde getragen. Und endlich fanden ihre Körper zueinander, erfüllt von einer tiefen Sehnsucht. Anfangs tat es weh und war viel zu schnell vorbei. Doch als sie später noch einmal zusammenkamen, war es für Julia schön, Simon zu spüren und zu wissen, dass ihr Herz bei ihm in Sicherheit war.

Ein roter Stein ist die Liebe zwischen Mann und Frau, ist der Einklang ihrer Körper im Gras. Julia war eingeschlafen und Simons Gedanken schwebten frei im Raum.

Vielleicht gab es für ihn einen weiteren Winter auf der Ranch. Er hoffte es und wusste zugleich, dass es genauso gut anders kommen konnte. Das war jetzt auch nicht mehr von Bedeutung, angesichts der überwältigenden Tatsache, dass Julia neben ihm lag und sie miteinander geschlafen hatten. Zum ersten Mal seit vielen Jahren hatte Simon das Gefühl, an einem geheimen Ort geborgen zu sein und nicht mehr ziellos umherirren zu müssen. Noch traute er sich nicht, diesem Ort einen Namen zu geben, aber er ahnte, dass es Liebe war.

Er bewegte sich nicht, sah sie einfach nur an.

Als ob Julia seine Blicke bis in ihre Träume hinein spüren konnte, rührte sie sich auf einmal und öffnete die Augen. Sie lächelte ihn an.

»Hallo«, sagte sie und küsste ihn mit großer Zärtlichkeit. Ihr Haar kitzelte ihn im Gesicht.

»Du bist eingeschlafen«, sagte er.

»Ja. Und ich habe von dir geträumt.«

»War es ein guter Traum?«

»Du hast mir von dem roten Stein erzählt.«

Es verblüffte Simon, was sie da sagte. Er war neugierig, wollte Julia fragen, was er ihr über den roten Stein erzählt hatte, als er plötzlich Adas aufgeregte Rufe hörte.

So schnell er konnte, war Simon auf den Beinen und in seinen Sachen. Julia schnappte ihre Kleider und flüchtete in Simons winziges Badezimmer. Gleich darauf hämmerte es gegen die Tür des Wohnwagens.

Simon schob den Riegel zurück und öffnete. Ada stand völlig aufgelöst und mit hochrotem Kopf vor ihm. »Tut mir leid, Simon«, sagte sie knapp. »Aber der alte Mann hat sich in den Kopf gesetzt, den leeren Gastank vom Dach des Trailers zu holen und zum Schrottplatz zu bringen. Alleine schafft er das nicht. Du musst ihm helfen.«

Simon blickte hinüber zum Trailer. Der braune Truck stand dort, mit angehängtem Futterwagen, doch von Boyd war keine Spur zu sehen. Er verwünschte den alten Mann, der ihn von Julia fortholte, ausgerechnet jetzt. Simon hoffte, Boyd hätte es sich anders überlegt und sein Vorhaben aufgegeben, aber da hörte er ein Motorengeräusch und der Traktor mit dem Frontlader hielt vor dem Trailer.

»Er ist völlig außer sich, weil Jason Tommy geschlagen hat«, sagte Ada händeringend. So besorgt hatte Simon die alte Frau noch nie gesehen.

»Ich k-omme«, sagte er. »Muss nur meine Schuhe anziehen.«

Leise erklärte er Julia, dass der alte Mann ihn brauchte. »Bin gleich wieder da, okay?«

Simon sprintete zum Trailer, wo er Boyd gerade noch davon abhalten konnte, auf das Dach zu klettern. Der leere Gastank wurde von einem rostigen Eisengestell gehalten. Simon kletterte hinauf und umwickelte den Gastank mit einer Eisenkette. Die Kette hakte er am Frontlader fest, den Boyd nahe genug herangefahren hatte. Simon gab dem alten Mann ein Zeichen.

Mit dem Frontlader zog Boyd den schweren Gastank aus seiner eisernen Halterung und legte ihn vorsichtig auf dem Dach des Trailers ab. Simon löste die Ketten und Boyd senkte die Ladeschaufel an den Rand des Daches. Mit aller Kraft stemmte sich Simon gegen den rostigen Tank und rollte ihn mit lautem Krachen in die Schaufel.

Julia trat aus dem Wohnwagen ins Freie. Sie sah Simon auf dem Dach des Trailers, wie er ihrem Großvater mit den Händen Zeichen gab. Boyd setzte den Traktor zurück. Doch irgendwie musste der alte Mann an einen falschen Hebel geraten sein, denn die Ladeschaufel mit dem Tank darin ging langsam höher und höher. Julia begriff erst, dass etwas schieflief, als Simon wie ein Wilder mit den Armen zu rudern begann.

Voller Entsetzen sah Julia, dass der Tank über die hintere Kante der Ladeschaufel zu kippen drohte. Ihr Atem stockte und ihre Glieder waren wie gelähmt. Es war ein unwirklicher Augenblick, wie in einem Stummfilm. Sie konnte nichts tun als zusehen, wie es passierte.

»Stopp, stopp, stopp«, brüllte Simon endlich vom Dach des Trailers. Aber der alte Mann hörte ihn nicht. Als der Gastank über die Schaufelkante kippte, schien ihr Großvater die Erschütterung im Traktor zu spüren. Er blickte nach oben und sah, wie der Tank zu fallen begann. Der alte Mann versuchte noch, vom Traktor zu kommen. Vergeblich. Der Gastank traf ihn am Kopf.

Boyd stürzte neben dem Tank zu Boden. Der Traktor bewegte sich nach hinten, der Rückwärtsgang war immer noch drin. Julia sah Simon vom Dach klettern. Mit einem Satz war er auf dem Traktor und stellte den Motor ab. Dann eilte er zu Boyd, der reglos am Boden lag. Erst jetzt erwachte Julia aus ihrer Erstarrung. Mit steifen Beinen lief sie zum Trailer.

Ihr Großvater hatte auf der rechten Seite eine große Kopfwunde, die fürchterlich blutete. Für einen Moment glaubte Julia, der alte Mann wäre tot. Sie dachte, dass es nicht fair war, in so kurzer Zeit gleich zwei Menschen zu verlieren. Tränen schossen ihr in die Augen und rannen über ihre Wangen.

Simon fühlte Boyds Puls am Hals. »Er l-ebt.« Vorsichtig schob er mit der rechten Hand die Kopfhaut über die offene Wunde und drückte die Wundränder zusammen. »Lauf zu deiner Granny und sag ihr, sie soll den N-otarzt rufen«, sagte er. »B-B-Beeil dich.«

Julia rannte los, so schnell, wie sie noch nie im Leben gelaufen war.

Ihre Großmutter stand noch vor dem Haus, als Julia angerannt kam. Drinnen wählte Ada die 911. Dann stiegen sie in den Jeep und fuhren zurück zur Unfallstelle.

Boyd war inzwischen aus seiner Besinnungslosigkeit erwacht. Mit unerwarteter Kraft bäumte er sich auf und wollte wieder in den Traktor steigen. Simon geriet in Panik. Nur unter Aufbietung all seiner Kräfte gelang es ihm, den alten Mann niederzuringen. Die Kopfwunde klaffte wieder. Julia presste die Lippen zusammen und zwang sich, ihren Großvater anzusehen. Doch offensichtlich erkannte Boyd keinen von ihnen, nicht einmal seine Frau.

»Er hat einen Schock«, sagte Simon.

»Bringen wir ihn in den Jeep«, befahl Ada barsch.

Boyd stammelte zusammenhanglos vor sich hin, ließ sich aber von den dreien auf die Beine helfen und auf den Rücksitz des Jeeps betten. Dann verließen ihn seine Kräfte.

Ada setzte sich hinter das Steuer, Julia auf den Beifahrersitz und Simon saß bei Boyd. Der Motor heulte auf, Steine spritzten unter den Rädern hervor und der Jeep schoss davon. Ada fuhr wie der Teufel. Julia legte den Sicherheitsgurt an, aber das änderte nichts an ihrer Angst, dass sie am Ende alle vier auf der Schotterpiste zwischen den Beifußsträuchern sterben würden.

Glücklicherweise kam ihnen die Ambulanz auf halbem Wege nach Eldora Valley entgegen. Ein Notarzt und ein Rettungssanitäter kümmerten sich um den Verletzten. Als ihr Großvater, auf eine Trage geschnallt, in den Krankenwagen geschoben wurde, begann Julia hemmungslos zu schluchzen.

Simon nahm sie in die Arme.

Ada stieg zu Boyd. »Fahrt hinterher, okay?«

Kurze Zeit nachdem Julia und Simon hinter der Ambulanz Eldora Valley erreicht hatten, landete ein Helikopter auf der von der Polizei abgesperrten Straße vor dem Postamt. Der alte Mann, der inzwischen an Schläuchen hing und einen weißen Kopfverband hatte, wurde umgebettet, während die Rotorblätter noch kreisten. Alles ging sehr schnell. Laut brüllend bat Ada Simon und Julia, sich um Tommy zu kümmern, dann stieg sie zu Boyd in den Helikopter.

»Wohin bringen sie ihn?«, rief Simon.

»Salt Lake City. IS-Center«, schrie der Arzt, der mit dem Helikopter gekommen war.

Die Türen wurden geschlossen, die Drehflügel begannen wieder schneller zu rotieren, und mit lautem Geknatter stieg der Helikopter in die Luft. Der Sog der Rotorblätter wirbelte Dreck und Pflanzenteile umher und bald war nur noch eine schimmernde Libelle am blauen Himmel zu sehen.

25.

Noch völlig unter Schock fuhren Simon und Julia zurück auf die Ranch, gefolgt von Dan, dem Polizeichef von Eldora Valley. Er wollte sich von ihnen den Hergang des Unfalls erklären lassen und Fotos von der Unglücksstelle machen.

Julia saß stumm neben Simon im Jeep.

Seine Hände, rot von angetrocknetem Blut, umklammerten das Lenkrad. »Sag doch was«, bat er sie. Zum ersten Mal war ihm Stille unheimlich.

»Was, wenn er stirbt?«, flüsterte Julia.

»Das darfst du nicht einmal denken.« Simon schluckte beklommen. Julia brach erneut in Tränen aus. »Nicht weinen, ja? Bitte nicht weinen. Er wird es schaffen, okay! Er ist ein zäher alter Mann und er wird es schaffen.« *Es musste einfach so sein.*

Sie wischte sich die Tränen aus dem Gesicht und sah aus dem Beifahrerfenster.

Zurück auf der Ranch, erklärte Julia dem Polizisten, wie alles passiert war. Dan machte sich Notizen und ein paar Fotos von der Unfallstelle, anschließend fuhr er zurück in die Siedlung.

Simon und Julia waren wieder allein mit Tommy, der während der ganzen Zeit in seinem Pick-up gesessen hatte. Er brabbelte unruhig. Obwohl er nichts vom Unfall mitbekommen haben konnte, spürte er, dass etwas nicht stimmte.

Das quälende Gefühl der Verantwortung lastete wie ein Zementsack auf Simons Schultern. Er wusste nicht, wie schwer der alte Mann verletzt war und wie lange er im Krankenhaus bleiben musste. Vielleicht würde er ja auch nie wieder auf die Beine kommen.

War das das Ende der Ranch?

Simon stand mit hängendem Kopf vor Tommys Truck.

»Schon gut, Tommy«, sagte er, »du bekommst gleich etwas zu essen.« Er öffnete die Beifahrertür und nahm Tommy huckepack. Ein stechender Geruch stieg ihm in die Nase. Tommys Windeln waren voll. Einen Augenblick lang drohte Simon unter seiner Last zusammenzubrechen. Die Knie gaben nach und er musste seine letzten Kraftreserven aufbringen, dass er nicht mit dem Jungen auf dem Rücken zu Boden ging.

Aber dann fasste er sich wieder. Er war verantwortlich für Tommy, für Julia und für die Tiere. Er musste durchhalten. Es würde sich schon eine Lösung finden.

Simon windelte Tommy und fütterte ihn mit Babybrei. Währenddessen musste er immer wieder er an den alten Mann denken, der sein Freund war. Wie hatte das bloß passieren können?

Boyd hatte ihm mal erzählt, dass es im Leben Zeichen gab, die man nicht übersehen durfte. Zeichen, die einem den Weg wiesen. Die einen darauf aufmerksam machten, dass etwas zu Ende war und die Zeit gekommen, etwas Neues zu beginnen. Hatte er diese Zeichen übersehen? Peppers Tod, der brennende Kombi, Jasons Drohung. War seine Zeit auf der Ranch abgelaufen?

Das konnte nicht sein. Das durfte einfach nicht sein.

»Wir müssen hier weg, Simon.« Julia stand neben ihm, Angst im Gesicht. Ihr offenes Haar reichte ihr bis zu den Hüften. Es glänzte in der Sonne.

»Was?«

»Jason wird wiederkommen«, sagte sie. »Es ist nur eine Frage der Zeit, bis er erfährt, was passiert ist und dass wir mit Tommy alleine hier draußen sind. Diesmal wird er sich die Chance nicht entgehen lassen, dich fertigzumachen.«

Simon antwortete nicht. Er brachte Tommy in den Truck zurück und Julia folgte ihm. »Simon?«

»Ich k-ann hier nicht weg«, sagte er und seine Stimme zitterte.

»Wer soll sich um Tommy kümmern? Wer soll die Tiere versorgen? Ich kann nicht einfach davonlaufen. Du hast doch gehört, was deine Granny gesagt hat.«

»Dann ist es eben das erste Mal, dass du nicht tust, was sie sagt«, erwiderte Julia aufgebracht. »Wir nehmen Tommy mit, okay?«

»Wohin?«, fragte Simon.

»Ich weiß es nicht«, schrie sie. »Ich weiß es verdammt noch mal nicht, aber wir müssen hier weg. Jason hat gesagt, er bringt dich um und ich werde nicht tatenlos zusehen, wie das passiert.«

Die Panik in ihren Augen ernüchterte ihn und er erkannte, dass sie recht hatte. Simon machte einen Schritt auf Julia zu und umarmte sie fest, bis sie sich beruhigte. »Schon gut«, sagte er. »Schon gut. Lass uns unsere Sachen zusammenpacken, okay?«

Im Wohnwagen begann Simon, seine Habseligkeiten in zwei großen alten Koffern zu verstauen. Er nahm die Fotos von den Wänden, packte seine Steinsammlung ein und die Bücher, die ihm am Herzen lagen.

»Simon, was zum Teufel machst du da?«, fragte Julia, sichtlich erschrocken.

»Packen«, sagte er. »Das solltest du auch tun.«

Julia suchte eilig ein paar Kleidungsstücke zusammen. »Wieso packst du deine Bücher ein?«, fragte sie.

»Wenn ich jetzt die Ranch verlasse«, sagte er, »dann gibt es kein Zurück mehr.«

»Aber ...?«

»Versuch nicht, es zu verstehen, okay? Pack einfach deine Sachen zusammen.«

»Du willst für immer weggehen?«

»Ich will nicht weggehen«, sagte Simon leise und mit tiefer Traurigkeit in der Stimme. »Aber wie es scheint, bleibt mir keine andere Wahl.«

»Meine Großeltern werden wiederkommen, wenn es Grandpa

besser geht«, sagte Julia. »Er wird dich brauchen. Du kannst ihn doch jetzt nicht einfach hängen lassen.«

Simon öffnete den Mund, um etwas zu sagen. Dann überlegte er es sich anders und sah weg. Er schloss seine Koffer, trug sie nach draußen und verstaute sie im Jeep. Dann holten sie Julias Gepäck aus dem Trailer. Simon reichte ihr die Autoschlüssel.

»Ich, wieso . . .?«

»Frag nicht, okay? Es ist wichtig, dass du mit der Automatikschaltung klarkommst.«

Er zeigte ihr, wie sie den Hebel in die richtige Position stellen musste, alles andere war ein Kinderspiel.

»Gut«, sagte er. »Und jetzt fahr ihn hinter die Scheune.«

Julia fuhr über den Vorplatz, vorbei an Tommys Truck, und lenkte den Jeep hinter die Scheune. Simon zeigte ihr die Stelle, wo sie ihn parken sollte. Hier konnte man den Jeep vom Platz vor dem Haus aus nicht sehen und auch von der Zufahrt zur Ranch nicht, weil er von dieser Seite durch Sträucher und die Heuerntemaschine verdeckt war.

»Was hast du vor?«, fragte Julia.

»Ich bringe jetzt Tommy in den Jeep und du versuchst, ihn ruhig zu halten. Ich muss den Ziegen Heu bringen, damit sie ein paar Tage zu fressen haben, okay?«

»Ja«, sagte sie, »aber beeil dich.«

Simon holte Tommy, dann rannte er zum Ranchhaus und verschloss die Tür. Den Ziegen warf er mehrere Heuballen ins Gatter und füllte das Trinkwasser auf. Wieder zurück bei den Kühen, rief er Pipsqueak und öffnete das Tor zu einer Weide, auf der das Gras spärlich nachgewachsen war. Für eine Weile würden die Tiere dort genug zu fressen haben. Als er Pipsqueak umarmte und dem Kälbchen noch ein paar zärtliche Abschiedsworte ins Ohr flüsterte, sah er in der Ferne eine Staubwolke aufsteigen. Ein Fahrzeug näherte sich der Ranch.

Simons Herz begann rasend zu klopfen. *So schnell, verdammt.* Vielleicht ist es gar nicht Jason, dachte er, während er zum Tor lief. Vielleicht ist Frank aus Reno zurück und hat erfahren, was passiert ist. Doch Simon wusste, dass er sich selbst belog.

Mit fahrigen Händen schloss er das Tor hinter sich und sprintete zum Jeep. Er riss die Fahrertür auf. »Ich glaube, es geht los.«

»Kommt er?«

»Jemand kommt und ich wette, dass *er* es ist.«

»Worauf warten wir dann noch?«

»Wenn wir jetzt losfahren, begegnen wir ihm auf der Zufahrt zur Ranch. Er wird uns nicht vorbeilassen.«

»Was hast du vor?«, fragte Julia.

»Ich werde mit Jason reden und versuchen, innerhalb von zehn Minuten bei dir zu sein.« Er sah sie eindringlich an. »Du musst auf deine Uhr schauen. Wenn ich nach zehn Minuten nicht bei dir bin, fährst du los.«

Julia wollte protestieren, aber er ließ sie nicht zu Wort kommen. »Du wirst einfach tun, was ich dir sage, okay? Du fährst los und wartest vorne in der Kurve am Camp auf mich. Versprich mir, dass du losfährst!«

»Ich versprech's.«

»Und hab keine Angst. Jason wird dir nichts tun. Er wollte dich hassen, aber ich weiß, dass er es nicht kann.«

Simon stand versteckt hinter einem Strauch und wartete, bis der Zweisitzer die Zufahrt zur Ranch erreicht hatte. »Zehn Minuten, Julia«, rief er ihr zu. »Sollte ich nicht zum Camp kommen, fahr zu Sam und bitte ihn um Hilfe.«

Mit diesen Worten war er verschwunden.

Simon lief auf den Vorplatz zurück und versteckte sich im Schuppen. Jason hielt mit seinem Auto erst vor Simons Wohnwagen, dann vor dem Trailer. Als er beide leer vorfand, kam er auf den Vorplatz gefahren, parkte vor dem Zaun und stieg aus.

Jason sah sich eine Weile um und lauschte. Dann begann er zu rufen. »He, Schwesterherz, komm raus, ich habe dir etwas zu sagen.«

Als sich nichts rührte, lief er ein wenig herum, inspizierte Tommys Truck und ließ seinen Blick noch einmal über den Vorplatz kreisen. Schließlich öffnete er das kleine Tor und lief zum Haus.

Das war der Moment, auf den Simon gewartet hatte. Mit seinem Messer in der Hand verließ er sein Versteck, flitzte gebückt zu Jasons Zweisitzer, um die Reifen zu durchstechen. So etwas hatte er noch nie getan und es war schwieriger, als er angenommen hatte. Er musste all seine Kraft aufwenden, um die Klinge in den Reifen zu treiben. Endlich zischte es.

Simon hörte Jason an die verschlossene Tür des Ranchhauses hämmern.

»Macht auf, verdammt noch mal, ich weiß, dass ihr da drin seid.«

Der zweite Reifen.

Es zischte.

Nummer drei.

Schritte auf dem Brettersteg. Jason kam zurück und Simon hätte längst auf dem Weg zu Julia sein müssen.

Reifen Nummer vier. Endlich.

Da entdeckte Jason ihn.

»Was zum Teufel . . .«, brüllte er wutentbrannt und rannte auf Simon zu.

Simon hechtete hinter das Schrottauto neben Tommys Truck.

»Was willst du, Jason?«, rief er.

»*Dich*, du verdammter Hurensohn. Es ist vorbei, Romeo. Hast du das immer noch nicht begriffen?«

Plötzlich hörte Simon einen Knall und gleich darauf ein Pfeifen in der Luft. Die Kugel traf neben ihm auf das Blech des Wagens und durchschlug es. »Fuck«, stieß er erschrocken hervor und duckte sich weg. Jason hatte eine Waffe. Sein Instinkt hätte ihn warnen müssen.

»Ich werde von der Ranch verschwinden«, rief Simon. »Lass uns reden, okay?«

»Zu spät, Stotterheini. Ich bin nicht hier, um blödes Zeug zu quatschen.«

Simon überlegte fieberhaft, was er noch sagen konnte, um Jason hinzuhalten. In diesem Augenblick hörte er, wie hinter dem Schuppen der Motor des Jeeps ansprang. Na, endlich!

Doch kurz darauf war es wieder still.

Abgewürgt, dachte Simon verzweifelt. Verdammt, Julia, *du kannst es.*

Er hob den Kopf und sah, dass auch Jason lauschte. Da knallte es ein zweites Mal und Simon drückte sich tief auf den Boden. Die Kugel schlug über ihm ins Fenster des alten Lieferwagens. Glas splitterte.

Dann sah er Jason rennen. Er lief hinter die Scheune, wo Julia immer noch vergeblich versuchte, den Jeep zu starten. Und er war erstaunlich schnell.

Simon hörte den Motor aufheulen. Dann fuhr der Jeep.

Er verließ seine Deckung und begann zu laufen.

Als Julia den Schuss hörte, geriet sie in helle Panik. Hatte Simon die Pistole zu Ada gebracht, wie er es versprochen hatte, oder hatte er sie behalten? Was ging da vor?

Sie blickte auf ihre Armbanduhr. Noch zwei Minuten. Warum kam Simon nicht? Ein zweiter Schuss ertönte und mit fahrigen Händen versuchte sie den Motor zu starten. Tommy packte sie von hinten an der Schulter und erwischte dabei ihre offenen Haare. Er kreischte vor Angst. Der Anlasser drehte durch und Julia wurde immer panischer. Sie versuchte, sich Tommys Griff zu entwinden und gleichzeitig den Motor zu starten. Endlich gelang es ihr.

»Lass mich los, Tommy«, schrie sie und entriss ihm eine Haarsträhne. Sie schob den Hebel der Automatikschaltung auf D und gab Gas.

Die Hinterreifen drehten durch, dann schoss der Jeep nach vorn. Tommy wurde zurückgeschleudert und Julia hielt krampfhaft das Lenkrad umklammert.

Mehr Gas, der Jeep wurde schneller. Im Rückspiegel entdeckte sie Jason mit einer Waffe in der Hand. Er stand da und sah ihr nach, einen Ausdruck von Verwunderung im Gesicht. *Wo* zum Teufel war Simon?

Julia fuhr den Weg hinter dem Schuppen und dem Trailer entlang, bis sie auf der Zufahrt zur Ranch war. Tommy kreischte, aber er blieb auf dem Rücksitz.

Noch bevor Julia die Kurve am Camp erreicht hatte, sah sie, dass Simon ihr auf dem Parallelweg mit dem Fourwheeler folgte. Jason rannte ihm hinterher, zielte und schoss. Aber auch wenn der Fourwheeler nicht wirklich schnell war, zu Fuß die Verfolgung aufzunehmen schien Jason aussichtslos und bald gab er auf.

Als Simon das Ende des grasbewachsenen Parallelweges erreicht hatte, sprang er vom Fourwheeler und rannte das letzte Stück zum Zaun. Der Jeep ratterte über das Viehgitter. Simon setzte über den Zaun, riss die Beifahrertür auf und sprang in den Jeep.

»Fahr los!«

Julia gab Gas, unendlich erleichtert darüber, dass Simon endlich neben ihr saß. Sein Atem ging in raschen Stößen, aber er schien unversehrt zu sein. Sie hatte schreckliche Angst um ihn gehabt.

»Ein bisschen schneller, okay?«

Sie trat das Gaspedal durch.

»Was, wenn er uns verfolgt?«

»Das kann er nicht. Ich habe seine Reifen durchstochen.«

Clever, dachte Julia. »Hat er was gesagt?«

»Nur, dass er nicht zum Reden hergekommen ist.«

Julia hatte Mühe, sich auf die Straße zu konzentrieren. Ihr fehlte die Fahrpraxis und auf der Schotterpiste schnell zu fahren, war selbst für einen erfahrenen Fahrer gefährlich. Ihre Fingerknöchel liefen weiß an, so fest umklammerte sie das Lenkrad.

Tommys wütendes Randalieren auf dem Rücksitz zerrte zusätzlich an ihren Nerven. Aber nach einer Weile ging seine lautstarke Aufregung in ein monotones Lallen über und Julia hatte endlich das Gefühl, einigermaßen die Kontrolle über den Jeep zu haben.

Das war noch mal gut gegangen. Angst und Panik legten sich ein wenig und ihre Gedanken richteten sich nach vorn. Es war später Nachmittag, bald würde es Abend werden. *Es würde dunkel werden.*

»Wohin fahren wir?«, fragte sie Simon.

»Ich kenne da eine Hütte in den Bergen. Dort können wir hin.«

Eine Hütte in den Bergen?

Vor lauter Verwunderung wusste Julia nichts zu antworten. Hundert Gedanken wirbelten zusammenhanglos durch ihren Kopf. Eine Hütte in den Bergen. Was, wenn ihre Mutter versuchte anzurufen? Was, wenn Hanna herausbekam, was mit dem alten Mann passiert war, und sich Sorgen machte? Ihr Groll würde unermesslich sein. Vermutlich würde Julia bis zu ihrem achtzehnten Geburtstag Stubenarrest bekommen und Simon nie mehr wiedersehen.

»Warum gehen wir nicht in ein Motel? Ich habe Geld.«

»In den Motels wollen sie fast immer einen Ausweis sehen. Wir sind beide noch nicht volljährig und mit Tommy fallen wir auf.«

Das war einleuchtend und Julia dachte über weitere Alternativen nach, die bei ihrer Mutter weniger Unverständnis hervorrufen würden als *eine Hütte in den Bergen*.

»Gib Gas!«

»Was?«

»Gib Gas. Er ist hinter uns her!«

»Aber du hast doch gesagt . . .«

»Er fährt den braunen Truck. Jason muss ins Haus eingebrochen sein und sich die Schlüssel geholt haben.«

Julia trat das Gaspedal durch. Sie riskierte einen Blick in den Seitenspiegel und sah den braunen Pick-up, der dicke Staubwolken aufwirbelte, näher kommen.

Obwohl Julia den Weg nun schon viele Male gefahren war, wusste sie nicht, wie weit es noch bis Eldora Valley war. Wahrscheinlich hatten sie die halbe Strecke bereits hinter sich gelassen, aber bis zur Siedlung waren es bestimmt noch zehn Kilometer. Jason war mit der Schotterpiste vertraut und er hatte jede Menge Wut im Bauch. Irgendwann würde er sie einholen, das war nur eine Frage der Zeit.

Julia warf einen Blick auf den Tacho. Sie fuhr jetzt fast siebzig Kilometer pro Stunde, schneller konnte sie auf der unbefestigten Straße nicht mehr werden. Der Truck kam Stück für Stück näher.

»Die Kurve . . .«, rief Simon. »F-ahr langsamer.«

Die scharfe Linkskurve, Julia hatte sie ganz vergessen. Sie nahm den Fuß vom Gaspedal, war aber zu schnell, um die Kurve sicher zu nehmen. Für einen Moment verlor sie die Kontrolle über den Jeep. Er geriet ins Schlingern und Julia sah ihn schon über die Straße hinausschießen und irgendwo zwischen den Beifußsträuchern auf dem Dach liegen bleiben.

Da griff Simon ins Lenkrad und lenkte gegen. Instinktiv ging sie leicht aufs Gas und der Jeep rollte nach der Kurve wieder geradeaus.

Julia stand der Schweiß auf der Stirn. Sie riskierte einen hastigen Blick nach hinten und sah, dass der braune Truck sie beinahe erreicht hatte. Eingehüllt in eine ockerfarbene Staubwolke, sah er aus wie ein böses Ungeheuer, das sich ihrer bemächtigen wollte.

Es ist vorbei, dachte sie. Gleich überholt er uns und dann ist es vorbei. Würde Jason seine Drohung wahr machen und Simon vor ihren Augen erschießen?

Doch ganz plötzlich fiel der Truck zurück und der Abstand vergrößerte sich wieder. Im Seitenspiegel sah Julia, wie Jason ausstieg und mit seiner Pistole auf den Jeep zielte. Aber dann riss er den Arm hoch und trat wütend gegen den Reifen des Trucks.

»Der Sprit ist alle«, sagte Simon mit zitternder Stimme. »Es war nicht mehr genug Benzin im Tank.«

26.

In Eldora Valley hielten sie bei Sam und Simon tankte den Jeep auf. Er ging nach drinnen, um zu zahlen, und verschwand auf der Toilette. Hinter verschlossener Tür zog er sich das T-Shirt aus dem Hosenbund.

Eine von Jasons Kugeln hatte ihn erwischt. Ein Streifschuss. Die Kugel hatte ihm über der linken Hüfte die Haut aufgerissen. Als er die knapp sechs Zentimeter lange, an den Rändern ausgefranste Wunde betrachtete, wäre Simon beinahe in Ohnmacht gefallen. Er klammerte sich am Waschbecken fest, bis er sich wieder in der Gewalt hatte. Es sah schlimmer aus, als es tatsächlich war, und hatte auch längst aufgehört zu bluten. Aber der Schmerz, den er bisher kaum wahrgenommen hatte, nahm zu.

Ihm blieb keine Zeit, die Wunde zu versorgen. Wenn er noch länger wegblieb, würde Julia sich fragen, warum er nicht wiederkam. Er nahm eines der Papiertücher aus dem Spender und drückte es auf die Wunde. Dann schob er sein T-Shirt wieder in die Hose und knöpfte das Hemd zu. Glücklicherweise trug er sein rot-schwarz kariertes Hemd, da fielen die Blutflecken nicht auf. Wenn Julia erst sah, was passiert war, würde sie ihm die Hölle heißmachen. Er zog an der Spülung.

Von nun an fuhr Simon. Julia saß neben Tommy auf dem Rücksitz und versuchte ihren Cousin zu beruhigen. Simon spürte, dass sie mit ihren Nerven am Ende war, und hätte ihr das gerne abgenommen. Aber jetzt, wo sie auf einer öffentlichen Straße unterwegs waren, musste er fahren, denn nur er besaß einen Führerschein.

Tommy war vollkommen durcheinander und in seiner bewegungsreichen Unruhe kaum noch zu bändigen. Er stank nach Pisse und sein Gesicht war feucht von Sabber. Julia gab sich alle Mühe. Sie streichelte ihn und redete auf ihn ein, aber es half alles nichts.

Da begann Simon zu singen. Es war eines der Lieder auf Shoshoni, die Ada Tommy immer vorsang. Und sein Gesang wirkte wie eine Zauberformel. Tommy beruhigte sich sichtlich. Nach einer Weile saß er ganz brav neben Julia und spielte mit seinen Händen.

Sie waren erst ein paar Meilen gefahren, als die Straße auf einmal übersät war von Grillen. Es knackte schauerlich, wenn die Räder des Jeeps über ihre Körper rollten. Der graue Asphalt der Straße war bald nur noch ein rot glänzender Streifen, so weit das Auge reichte.

»Was ist *das* denn?«, fragte Julia erschrocken.

»Mormon Crickets. Ich habe es dir doch gesagt: Sie werden zur Plage. Und es wird jedes Jahr schlimmer.«

Der Spuk hörte erst auf, als sie den Highway erreichten. Simon sang für Tommy, die beiden Stunden bis Elko. Es war ihm ganz recht, denn dann musste er nicht mit Julia reden. Sie hatte Fragen und er keine Antworten. Seine Wunde schmerzte höllisch und mit seinem Gesang versetzte er sich in eine Art Trance, die ihn die Fahrt durchhalten ließ.

Er hielt auf dem großen Parkplatz vor dem Supermarkt und wandte sich zu Julia um. »Du musst uns ein paar Sachen besorgen, okay?«

Sie nickte.

»Gläschen für Tommy, ein Paket Windeln, Streichhölzer«, zählte Simon auf. »Kauf ein paar Lebensmittel, du wirst schon wissen, was.«

Julia nickte wieder.

»Hast du Geld?«

»Ja, hab ich.«

Sie wollte aussteigen, da sagte er: »Julia . . . Ich brauch noch etwas.«

Fragend sah sie ihn an.

»Bring aus der Apothekenabteilung Verbandszeug und Jod mit.«

Simon sah, wie Julias Augen immer größer wurden.

»Bist du verletzt?« Panik ließ ihre Stimme rau werden. »Hat Jason dich getroffen? Warum hast du nichts gesagt?«

»Keine Angst, es ist nicht schlimm.«

»Wo?«, fragte sie wütend. »*Wo* hat er dich getroffen? Verdammt, Simon!«

»Nicht hier, okay?« Er sah sich um, ob sie auch keiner gehört hatte. »Es ist nur ein Streifschuss, mach dir keine Sorgen.«

»Du musst in ein Krankenhaus.«

»Ich habe keine Krankenversicherung.«

»Machst du Witze?«

»Nein«, erwiderte er schlicht.

»Die müssen dir doch helfen, wenn du verletzt bist«, empörte sie sich.

»Klar«, sagte er. »Aber ich habe nicht das Geld, um diese Hilfe hinterher zu bezahlen. Und außerdem muss eine Schusswunde der Polizei gemeldet werden. Bitte, Julia.« Simon streckte die Hand aus und legte sie an ihre Wange. »Geh jetzt rein, okay? Kauf uns was zu essen und vergiss das Verbandszeug und das Jod nicht. Es wird bald dunkel und wir haben noch ein ganzes Stück zu fahren, bis wir da sind.«

Wie benommen lief Julia über den Parkplatz und durch die endlosen Regalreihen des Supermarktes. Sie konnte keinen klaren Gedanken fassen, deshalb brauchte sie ewig, bis sie alles gefunden hatte, was Simon ihr aufgetragen hatte.

Erst jetzt wurde ihr klar, wie gefährlich die Aktion gewesen war, die sie hinter sich hatten. Sie hätten alle drei sterben können. Jason hatte tatsächlich auf Simon geschossen und versucht, ihn zu treffen. Er *hatte* ihn getroffen. Die ganze Geschichte war vollkommen außer Kontrolle geraten. Sie musste sich mächtig zusammenreißen, um nicht vor allen Leuten in Tränen auszubrechen.

Julia zahlte und kehrte zum Auto zurück. Sie verstaute die Sachen im Jeep und stieg wieder zu Tommy auf die Rückbank. Während sie die Stadt verließen und im roten Licht der Abendsonne auf die schneebedeckten Ruby Mountains zufuhren, gingen Julia unzählige Fragen durch den Kopf. Aber sie brachte nicht die Kraft auf, sie Simon zu stellen.

Irgendwann lenkte er den Jeep von der Teerstraße und sie fuhren einen einsamen Weg in die Berge hinein. Das grelle Fernlicht erfasste ein Rudel Weißwedelhirsche, das vor ihnen auf dem Weg stand. Geblendet verharrten die Tiere wie in einer Art Bannstrahl. Simon musste erst hupen, damit sie ihnen den Weg freigaben. Als sie das Blockhaus erreichten, von dem Simon gesprochen hatte, war es richtig dunkel.

Simon holte den Schlüssel zur Hütte unter einem Stein hervor und schloss auf. Drinnen fand er eine Kerosinlampe und zündete sie an. Im Lichtkegel der Scheinwerfer trugen sie die Einkaufstüten in die Hütte, danach die Schlafsäcke und die Decken.

Während Simon Tommy hereinholte, begutachtete Julia das Innere ihrer Bleibe. Die Einrichtung der Hütte bestand aus einem gusseisernen Herd, einem Tisch mit vier Stühlen, und verschiedenen Regalen, in denen Töpfe und Blechdosen standen. Ein offener Kamin füllte eine ganze Wand aus. Und es gab zwei Schlafmöglichkeiten: eine Liege an der Wand neben dem Kamin und eine breitere in der Ecke hinter der Tür.

Zum ersten Mal seit Tagen war ihr kalt. Vielleicht war der Grund dafür die Erschöpfung, denn plötzlich hatte Julia das Gefühl, sich kaum noch auf den Beinen halten zu können.

»Wem gehört die Hütte?«

»Dominic. Er hat mich im vergangenen Herbst mal mit hierhergenommen.« Simon holte einen Wassereimer aus dem Regal und sagte: »Ich bin gleich wieder da.«

Ein paar Minuten später kam er mit warmem Wasser in die Hütte zurück. Julia sah ihm dabei zu, wie er Tommy wusch und windelte und ihn anschließend fütterte. Sie merkte, dass Simon Schmerzen hatte und sich verkrampft bewegte. Sie dachte, dass sie irgendetwas tun müsse und dass es mit Sicherheit etwas für sie zu tun gab. Aber sie konnte sich nicht rühren.

Nachdem Tommy satt war und getrunken hatte, putzte Simon ihm die Zähne. Das alles kam Julia so unwirklich vor, dass sie plötzlich anfing zu lachen. Ihr ganzer Körper zuckte und es gluckste in ihrer Kehle. Simon warf ihr einen besorgen Blick zu. Schließlich begann sie zu weinen und statt von einem unheimlichen Lachen wurde ihr Körper von Schluchzern geschüttelt.

Simon bekam es mit der Angst zu tun, als er Julias Lachen hörte. Bis jetzt hatte sie sich ungeheuer tapfer gehalten. Aber nun schien der Punkt erreicht zu sein, wo ihr die Absurdität der Situation bewusst wurde, und das Ganze umzukippen drohte. Er musste ihr klarmachen, wie sehr er sie brauchte.

Simon trug Tommy auf die schmale Liege an der Wand und sang ihm ein Schlaflied. Der Junge war so erledigt von den Strapazen der letzten Stunden und seinem eigenen Wüten, dass ihm tatsächlich nach wenigen Minuten die Augen zufielen. Auch Julia hatte aufgehört zu weinen. Stumm saß sie da und starrte ins Leere.

Simon ging zu ihr und legte eine Hand auf ihre Schulter. »Komm mal mit«, sagte er. »Ich will dir etwas zeigen.«

Julia rührte sich nicht von der Stelle. »Ich kann nicht mehr, Simon.«

Er ging nach draußen, startete den Jeep, wendete ihn und fuhr ein paar Meter einen kleinen grasbewachsenen Abhang hinunter. Das Licht der Scheinwerfer zeigte jetzt auf ein natürliches Felsbecken, das mit glasklarem Wasser gefüllt war.

Simon stieg aus und lief ins Haus zurück. Er holte zwei Handtücher aus einem seiner Koffer, dann wandte er sich erneut an Julia. »Na komm!«, sagte er. »Es wird dir gefallen.« Sie ließ sich von ihm auf die Beine ziehen und er führte sie den Hügel hinab zum heißen Becken.

Das Licht der Scheinwerfer strahlte bis auf den Grund. Weiße

Wölkchen stiegen aus der spiegelglatten Wasseroberfläche. »Das Wasser ist nicht so heiß wie das aus der Quelle bei der Ranch. Man kann darin baden.«

»Jetzt?«, fragte Julia entgeistert, die Arme fröstelnd vor der Brust verschränkt.

»Ich muss die Wunde reinigen.«

Simon zog sich aus und stieg ins Becken. Ein schmerzvolles »Uuuch« kam aus seiner Kehle, als das warme Wasser seine Verletzung erreichte. Die Wunde brannte und er biss die Zähne zusammen. Vorsichtig löste er das festgeklebte Papiertuch von seiner Hüfte.

Simon war so mit sich selbst beschäftigt, dass er überrascht aufsah, als Julia plötzlich neben ihm stand.

»Lass mich mal sehen«, sagte sie.

Er beobachtete, wie sich ihre Augen vor Entsetzen weiteten.

»Es sieht schlimmer aus, als es ist«, versicherte er hastig.

Behutsam löste Julia die letzten Reste des aufgeweichten Papiertuches von seiner Haut und wusch vorsichtig das Blut von der Wunde. Simon hatte seinen Blick jetzt auf Julias bloße Brüste gerichtet, deren überwältigende Nähe ihn von seinem Schmerz ablenkte.

Sie spülten Schweiß und Staub von ihren Körpern, dann stiegen sie ans Ufer und trockneten sich ab. Die Luft war kühl und rein hier oben. Simon hatte gesehen, dass gleich hinter der heißen Quelle ein Schneefeld begann. Die Nacht würde kalt werden.

In der Hütte, im Schein der Kerosinlampe, tränkte Julia ein Stück Mull mit Jodlösung. Simon verzog schon im Voraus das Gesicht, was ihr ein winziges Lächeln entlockte. Vorsichtig betupfte sie die ausgefranste Wunde in seiner Leiste, während sie munter auf ihn einredete.

Es brannte wie Feuer, Simons Körper versteifte sich und beinahe hätte er laut aufgeschrien. Es kostete ihn große Selbstbeherrschung, auch weiterhin den Helden zu mimen. Aber er wollte Tommy nicht aufwecken, also riss er sich zusammen und gab lediglich ein klägliches Wimmern von sich.

»Bist du okay?«, fragte Julia besorgt.

»Ja. Red einfach weiter«, stieß Simon keuchend hervor.

Für einen Augenblick verschwand ihre Stimme in einem diffusen Rauschen, aber kurz darauf hörte er sie wieder klar und deutlich. Julia deckte die Wunde mit Mull ab und befestigte ihn mit Pflasterstreifen. Simon saß noch ein paar Minuten unbeweglich da, dankbar, dass der Schmerz endlich nachließ.

Er holte ein sauberes T-Shirt aus seinen Sachen und zog es über. »Lass uns noch etwas essen, okay?«, sagte er. »Dann legen wir uns schlafen.«

Julia holte die belegten Brote und eine Flasche Wasser. Eingehüllt in Decken, setzten sie sich auf die Bank vor der Hütte.

Julia war so hungrig, dass ihr Magen schmerzte. Aber ihre Kehle war wie zugeschnürt und sie hatte Mühe, die Bissen hinunterzuschlucken. Ein zunehmender Mond stand über den schneebedeckten Bergen und nachdem sich ihre Augen an die Dunkelheit gewöhnt hatten, konnte sie Täler und Hügelketten erkennen. Die klare Stille kam ihr unwirklich vor. Alles war so friedlich, dass ihr das, was geschehen war, wie ein böser Traum vorkam.

Sie saßen Schulter an Schulter und Julia spürte, wie Simon nach Worten suchte, wie er um eine Erklärung rang. Sie war ihm nicht mehr böse, weil er ihr nicht gleich von seiner Verletzung erzählt hatte. Vermutlich hätte sie vor Panik die Nerven verloren und sie wären jetzt nicht hier, sondern würden auf einem Polizeirevier sitzen.

Schließlich holte er tief Luft und sagte: »Ich möchte dir danken, Julia.«

Das hatte sie nicht erwartet und für einen Moment war sie verwirrt. »Danken wofür, Simon?«

»Dass du hier bist, bei mir und Tommy.«

»Wo sollte ich denn sonst sein?«

»Ich weiß nicht. Irgendwo an einem Ort, der vernünftiger wäre als dieser hier.« Sein schlechtes Gewissen war beinahe greifbar. »Ich habe dich und Tommy in Gefahr gebracht. Das werde ich mir nie verzeihen.«

»Hör auf, dir Vorwürfe zu machen, okay? Was geschehen ist, lässt sich nicht mehr ändern. Und uns ist ja nichts passiert.« Sie zögerte einen Moment. »Abgesehen von diesem hässlichen Ding in deiner Hüfte. Tut es eigentlich noch sehr weh?«

»Ein *Nein* wäre gelogen«, sagte er. »Ich versuche, einfach nicht daran zu denken.«

Julia beugte sie sich zu Simon und gab ihm einen Kuss. Sein Körper wärmte sie und sie wünschte, es würde immer so sein.

Er legte seine Hand in ihren Nacken und fragte: »Bereust du, dass wir miteinander geschlafen haben?

»Nein Simon. Ich wünschte nur, wir hätten mehr Zeit.«

»Ich hab dir wehgetan.«

Julia dachte daran, wie behutsam Simon trotz seiner Aufregung gewesen war. »Ich bin froh, dass du das warst.«

»Wirklich?«

»Ja.«

Später, als sie aneinandergekuschelt unter dem Schlafsack lagen, sehnte Julia sich danach, Simon ganz nah zu spüren. Aber vor Erschöpfung schlief er sofort in ihren Armen ein. Sie lauschte seinen Atemzügen, spürte seine Wärme durch den Stoff seines T-Shirts hindurch und das Pochen in ihrem Körper wurde stärker und stärker. Es pulste unter ihrer Haut, veränderte ihren Atem, veränderte sie.

Der Wunsch, dieses Pochen zu beruhigen, war etwas Eigenständiges, losgelöst von ihren Gedanken. Der Beginn von etwas Neuem. Und Julia musste erfahren, wie schwer es war, mit dieser Sehsucht des Körpers einzuschlafen.

27.

Simon erwachte von einem stechenden Schmerz, den die Wunde in seiner Hüfte ausstrahlte. Er versuchte eine Lage zu finden, in der es weniger wehtat. Als er sich bewegte, seufzte Julia leise und blinzelte ihn verschlafen an. Aber sie wurde nicht wach.

Durch die staubigen Fenster der Hütte drangen die ersten Sonnenstrahlen. Tommy würde bald aufwachen, lange konnte es nicht mehr dauern. Simon betrachtete Julias schlafendes Gesicht und die Erkenntnis, dass alles vorbei war, traf ihn wie ein Schlag ins Genick.

Gestern noch hatten ihn die Schmerzen von den Dingen abgelenkt, an die er nicht denken wollte. Doch über Nacht war das Stechen in seiner Seite einem dumpfen Pochen gewichen. Der Tag erwachte und alles würde unweigerlich seinen Lauf nehmen. Er musste seine Wünsche, seine Sehnsüchte und seine Hoffnungen begraben. Er musste vernünftig sein. Das war er Julia, Tommy und den beiden Alten schuldig. Diese Menschen waren ihm wichtig und Simon wollte nichts mehr falsch machen.

Auch wenn Julia im Augenblick noch schlafend neben ihm lag, ihr Körper warm an seinem – alles, was jetzt kam, würde sie weiter und weiter von ihm entfernen. Deutschland war so weit weg für ihn, sie hätte genauso gut auf einem anderen Planeten leben können.

Simon gab einen traurigen Laut von sich und rückte ein Stück näher an Julia heran. Er wollte das Gefühl der Nähe bewahren, wenigstens noch für ein paar Minuten.

Aber dann begann Tommy in seinem Bett zu rumoren und Julia wachte auf. Sie lächelte, als sie sah, wie nah Simon ihr war.

»Guten Morgen«, sagte er. »Geht es dir gut?«

»Hi«, flüsterte sie. »Geht's dir denn gut?«

»Ja.« *Weil du bei mir bist.*

Tommy setzte sich auf in seinem Bett, begann zu schaukeln und ließ ein forderndes »Ba-ba-ba« hören. Er hatte Hunger.

Simon schloss kurz die Augen und seufzte. Es blieb ihm nichts anderes übrig, als aufzustehen und das zu tun, was getan werden musste.

Nachdem Tommy gewindelt und gefüttert war, setzten sie ihn auf den Boden, wo er sich rutschend hin- und herbewegte und tastend das unbekannte Terrain erkundete.

Er schien beinahe neugierig zu sein und war verblüffend friedlich. Simon feuerte den Holzherd an und sie bereiteten ein Frühstück aus gebratenen Eiern und Speck, Tee und Orangensaft. Als sie gegessen hatten, begann Tommy unruhig zu werden.

»Ich werde mal versuchen, ihn in den Jeep zu setzen«, schlug Simon vor. »Vielleicht funktioniert es.«

Er trug Tommy nach draußen und setze ihn auf den Beifahrersitz des Jeeps. Dann schloss er die Tür. Julia und er standen neben dem Auto und beobachteten, wie Tommy reagieren würde. Er merkte natürlich, dass er nicht in seinem geliebten Truck saß, aber unerwarteter Weise schien er sich mit dem Ersatz zufriedenzugeben.

Julia griff nach Simons Hand. »Und was jetzt?«

Er zog sie zur Bank vor der Hütte. »Wir müssen reden, okay?«

Eine Weile saßen sie schweigend nebeneinander und ließen ihre Blicke über das Hochtal schweifen. Saftig grüne Wiesen, hier und da noch Schneefelder und im Hintergrund die schroffen, schneebedeckten Gipfel der Ruby Mountains. Irgendwo in einem dieser Täler war der Vertrag von Ruby Valley unterzeichnet worden. Diese Tatsache erinnerte Julia daran, dass sie auch nach Nevada gekommen war, um herauszufinden, was das bedeutet: Indianerin zu sein. Eine klare Antwort darauf hatte sie noch nicht gefunden, aber sie hatte das Gefühl, der Sache ein großes Stück näher gekommen zu sein.

Die Morgenluft war kühl und aus dem heißen Becken vor ihnen stiegen gespenstische Nebelschwaden. Überwältigt von der stillen Schönheit, die sie umgab, wurde Julia das Herz schwer. Sie konnten nicht länger hier bleiben, das wusste sie.

Simon holte tief Luft. »Wir werden nach Salt Lake City fahren und das Krankenhaus suchen, in das sie deinen Großvater gebracht haben. Du wirst mit deiner Mutter telefonieren und sie bitten, dich dort abzuholen.« Er schluckte, es fiel ihm sichtlich schwer weiterzusprechen. »Ich werde Tommy an Ada übergeben und . . .« Wieder schwieg er.

Julia wartete, aber es kam nichts.

»Und was dann? Was wird aus dir?«

Simon hob die Schultern und ließ sie wieder fallen. »Dominic wohnt am Rand von Salt Lake. Ich hoffe, dass er zu Hause ist, dann kann ich meine Sachen bei ihm unterstellen.«

»Ich wollte nicht wissen, was aus deinen Sachen wird, Simon. Was wirst *du* tun?«

»Ich muss mir was suchen, wo ich bleiben kann.«

Die Hilflosigkeit, die in seiner Stimme war, machte Julia Angst. »Du willst wirklich nicht zurück auf die Ranch gehen?«, fragte sie. »Auch nicht, wenn meine Großeltern dich brauchen?«

»Für mich ist es besser, nichts zu wollen.« Simon nahm ihre Hände. »Ich kann nicht zurückgehen, Julia. Nicht mehr nach allem, was geschehen ist. Jason hasst mich. Eines Tages wird er seine Drohung wahr machen.«

»Aber wenn wir Grandma erzählen, dass er auf dich geschossen hat, dann wird sie ihn bei der Polizei anzeigen und er kommt ins Gefängnis.«

»Julia«, sagte Simon eindringlich, »werd endlich wach. Deine Großmutter wird Jason nicht anzeigen. Er ist ihr Enkelsohn.«

»Dann wird Grandpa es tun. Er kann nicht wollen, dass du weggehst. Er mag dich.«

Simon blickte zu Boden. »Wir wissen ja nicht einmal, ob dein Großvater wieder auf die Beine kommt. Seine Verletzung war so schwer, dass . . .«

»Ich weiß, dass er wieder gesund wird«, unterbrach sie ihn.

»Vielleicht. Aber auch dein Großvater wird Jason nicht der Polizei ausliefern, weil er nur zu gut weiß, wie es im Gefängnis ist. Er hat mir erzählt, wie sie ihn geschlagen haben, bis er fast taub war. Boyd wird sein eigen Fleisch und Blut nicht in die Hölle schicken.«

»Aber die Ranch, das ist dein Zuhause«, wollte sie sagen, doch dann wurde ihr ernüchternd klar, dass das nicht mehr stimmte. Die Ranch war kein sicherer Ort mehr für Simon.

Sie schluckte gegen ihre Tränen an und verlor den Kampf. »Dann müssen wir jetzt packen?« Julia erhob sich, aber Simon hielt sie fest.

»Ich möchte dich um etwas bitten«, sagte er.

»Und worum?«

»Um einen Tag.«

»Einen Tag?« Verwundert blickte sie ihn an.

»Lass uns einfach noch einen Tag in der Hütte bleiben. Wir können nichts ändern, Julia. Was geschehen ist, ist geschehen, und was passieren wird, wird sowieso passieren. Aber wir können noch diesen einen Tag für uns haben. Natürlich nur, wenn du es auch wirklich willst«, fügte er hinzu. »Morgen früh brechen wir dann nach Salt Lake City auf.«

In Julia kämpfte es. Sie wusste, dass Simon recht hatte. Ihre Mutter würde außer sich sein. Aber wie konnte sie Simon diese Bitte abschlagen? Seinen verzweifelten Versuch, das Unaufhaltsame aufzuhalten. Wo sie doch am liebsten für immer mit ihm hier in den Bergen geblieben wäre.

»Gut«, sagte sie. »Meine Ma wird mich zwar umbringen dafür, aber das ist es mir wert.«

Da sie sich wegen Tommy nicht weit von der Hütte entfernen konnten, setzten sie sich an den Rand des warmen Beckens, tauschten

Küsse und redeten. Julia stellte behutsame Fragen und Simon offenbarte sich, wie er es noch nie zuvor einem anderen Menschen gegenüber getan hatte. Er wunderte sich selbst, wie mühelos ihm all diese Dinge über die Lippen kamen, die er so tief aus seinem Inneren hervorholen musste.

Simon erzählte Julia, dass er mal einen ganzen Sommer über in einem Schafstall in den Bergen gehaust hatte wie ein halb gezähmtes Tier. Die Lebensweise der Menschen hatte ihn abgestoßen, er hatte nicht mehr nach den Regeln der anderen leben wollen.

»Ich hatte genug von ihren unbedachten Worten, die so glatt von ihren Lippen kamen. Worte, die verdreht, gebrochen und in Lügen verwandelt wurden – je nachdem, wie es ihnen beliebte. Worte voller Wut.«

Dort, wo Liebe und Vertrauen sitzen sollten, war lange Zeit nur eine leere Stelle gewesen, ein schwarzes Loch. Simon wollte niemanden gern haben, weil er Angst hatte, man könnte ihm wehtun, wenn er sich nicht so verhielt, wie es von ihm erwartet wurde.

»Aber du bist zurückgekommen«, stellte Julia fest.

»Ja. Das Experiment ist gescheitert. Ich musste akzeptieren, dass ich ein Teil von allem bin.«

Sie lächelte. »Ich bin so froh, dass du das akzeptiert hast. Sonst würde ich jetzt in Kalifornien am Strand sitzen und hätte dich niemals kennengelernt.«

Um die Mittagszeit aßen sie einen Happen und Simon fütterte Tommy, der sich anschließend wieder ohne Murren in den Jeep setzen ließ. Es war erstaunlich, wie gut er den Ortswechsel verkraftete, und Simon war froh über den Frieden, den der Junge ihnen gönnte.

In der warmen Nachmittagssonne setzten sie sich in das Becken und genossen ein Bad im warmen Quellwasser. Simon blieb nur kurz drin, denn auf seiner Wunde hatte sich Schorf gebildet und er wollte nicht, dass sie zu sehr aufweicht. Er ließ sich in der Sonne trocknen und Julia wiederholte später die Prozedur mit der Jodlösung, die seine Haut rot färbte. Dann erneuerte sie den Wundverband. Es tat immer noch weh, aber die Wunde hatte sich nicht entzündet und begann zu heilen.

Als Julia fertig war und einen Augenblick lang zufrieden ihr Werk betrachtete, nahm Simon ihr die Rolle mit dem Heftpflaster aus der Hand und legte sie ins Gras.

»Kommst du mit ins Haus?«, fragte er leise.

Simon merkte, dass sie erst nicht verstand, was er wollte. Aber dann musste Julia es in seinen Augen gesehen haben, denn ihr schoss das Blut ins Gesicht und sie senkte den Blick.

Kam das wirklich so überraschend für sie? Er hatte schon den ganzen Tag an nichts anderes denken können. Ihre Nähe, jede zufällige Berührung, brachten ihn bald um den Verstand. Und der Gedanke, sie zu verlieren, quälte ihn wie ein Fieber.

»Wenn du nicht willst, dann kann ich es verstehen«, stammelte er. *Was, verdammt noch mal, redest du da, Simon?* Er wollte es so sehr. Sein Verlangen schmerzte mehr als seine Verletzung. Er wollte sie noch einmal spüren und der Hoffnung Nahrung geben, dass es so etwas wie eine Zukunft für sie gab.

Da erhob Julia sich und reichte ihm die Hand, um ihm aufzuhelfen. Sie zog ihn hinter sich her und stieg mit festen Schritten zur Hütte hinauf, während Simon fürchtete, seine Beine würden ihm jeden Moment den Gehorsam verweigern.

Obwohl die langen Schatten des Abschieds sie längst erreicht hatten, kehrte die Hoffnung an diesem Nachmittag zu ihnen zurück. Julia schwor Simon, dass sie nie mit einem anderen zusammen sein würde, und er wollte ihr so gerne glauben.

Als sie wieder ruhig waren, löste er sich von ihr und rollte sich auf den Bauch. Er stützte das Kinn auf die Faust und sah Julia an.

»Was denkst du?«, fragte sie ihn.

»Gestern, nachdem wir miteinander geschlafen hatten, da hast du gesagt, ich hätte dir im Traum von dem roten Stein erzählt.«

»Stimmt. Du hast gesagt, der Stein wäre ein Symbol für das, was mit uns beiden passiert.«

Wie kann sie das wissen?, dachte Simon. Irgendetwas musste zwischen ihnen geschehen sein. Etwas, das jenseits der Worte lag.

»Die Steine, Simon ... glaubst du an ihre Geschichten?«, fragte Julia.

»Es gibt nicht viel, woran ich glauben kann«, antwortete er. »Aber ich kann hören, was die Steine erzählen. Und wenn du dir ein wenig Mühe gibst, dann hörst du es auch.«

Am nächsten Morgen packten sie nach dem Frühstück ihre Sachen zusammen und verließen die Berge. Auch dieser Tag begann strahlend sonnig, kein Wölkchen stand am blauen Himmel.

Die Interstate 80 führte sie geradewegs gen Osten und mit jedem Kilometer schien es heißer zu werden. Zum Glück hatte der Jeep eine funktionierende Klimaanlage, sonst wären sie im Inneren des Autos geschmolzen.

Simon hatte Tommy versprochen, dass sie zu seiner Granny fahren würden und der Junge schien das verstanden zu haben. Er hockte friedlich auf dem Rücksitz, sodass Julia während der langen Fahrt neben Simon sitzen konnte.

Ein Schwarm von Gedanken war in Julias Kopf auf Reisen, mal zurück zu ihren ersten Tagen auf der Ranch, mal voraus zu dem, was sie in Salt Lake City erwarten würde. Sie dachte an den nahenden Abschied von Simon, spürte den dunklen Schmerz der Trennung körperlich und atmete ihn weg, indem sie mit ihren Gedanken noch weiter vorausflog. Zum nächsten Wiedersehen, das irgendwo in der Zukunft auf sie wartete.

Gegen Mittag erreichten sie Wendover, den ersten Ort nach der Staatsgrenze zu Utah. An einer Tankstelle füllte Simon den Sprit auf, sie holten sich etwas zu essen und legten wenig später auf einem großen Parkplatz eine Pause ein.

Anschließend ging es auf dem schnurgeraden Highway weiter. Schon seit einer Weile fuhren sie durch die große Salzwüste. Glimmernde Helle zu beiden Seiten der Straße. Auf der linken bildeten blaue Berge den Horizont. Immer wieder schimmerte ein See auf der weißen Fläche. Eine Fata Morgana nach der anderen. Glitzernde Illusionen in der ausgedörrten Ebene.

Nach weiteren drei Stunden tauchte linker Hand eine weite, silbern gleißende Fläche auf. Diesmal war es keine Fata Morgana.

»Der Große Salzsee«, sagte Simon.

»Warst du schon einmal hier?«

»Ja, einmal.«

»Das klingt nicht begeistert.«

»Salt Lake ist eine merkwürdige Stadt«, sagte er. »So sauber wie kaum eine andere, aber auch seltsam steril. Jemand wie ich wird dort von allen angestarrt.«

Julia lächelte. Sie wusste, wie sehr Simon es hasste, angestarrt zu werden.

Die Gegend wurde wieder fruchtbarer und die Besiedlung dichter. Ganz offensichtlich näherten sie sich Salt Lake City. An der Tankstelle hatte Simon einen Stadtplan gekauft und ausfindig gemacht, in welchem Stadtteil das Krankenhaus stand, in das der alte Mann mit seiner Kopfverletzung gebracht worden war.

Die Metropole lag in einem Tal am Fuße bewachsener Berge, die sich dunkel über der Stadt erhoben – den Wasatch Mountains. Ein großes, im Renaissance-Stil errichtetes Gebäude mit grün schimmernder Patina auf der Kuppel thronte gut sichtbar auf einem Hügel. Später erfuhr Julia, dass es das Kapitol war, der Oberste Gerichtshof des Staates Utah.

Den Stadtplan auf dem Schoß, versuchte Julia, Simon den Weg zu zeigen, doch es war schwierig für sie, sich zurechtzufinden. Sie fuhren durch einen Bezirk, in dem sich ein Mormonentempel an den anderen reihte. Julia kam aus dem Staunen nicht mehr heraus. Moderne Hochhäuser aus Stahl und Glas neben Backsteinbauten aus dem neunzehnten Jahrhundert. Riesige Grünanlagen mit Blumen und imposanten Springbrunnen. Es war zu viel, Julia brummte der Kopf.

Simon kämpfte sich fluchend durch den Nachmittagsverkehr und irgendwann entdeckten sie es endlich, das IS-Center, das Chirurgische Zentrum von Salt Lake City. Es war ein riesiger moderner Gebäudekomplex zwischen weitläufigen Parkanlagen. Dank der guten Ausschilderung fanden sie schnell bis vor das Trauma-Zentrum, ein weißes, sechsstöckiges Gebäude. Simon lenkte den Jeep auf den Parkplatz und stellte den Motor ab.

Als sie aus dem Wagen stiegen, erwischte sie die Hitze wie eine schwere Wand. Simon stöhnte. Er hatte Kopfschmerzen und schon während der Fahrt durch die Stadt hatte er gerochen, dass Tommys Hosen voll waren. So konnten sie ihn nicht mit ins Krankenhaus nehmen. Zuerst musste er dem Jungen auf dem Rücksitz die Windeln wechseln.

Anschließend nahm er Tommy huckepack, schloss den Jeep ab und nickte Julia zu. Gepeinigt von Schmerzen, lagen Simons Nerven allmählich blank. Nach der langen, eintönigen Fahrt durch die flimmernde Salzwüste hatte ihm der ungewohnte Stadtverkehr den Rest gegeben. Julia hatte wie gebannt aus dem Fenster gesehen statt auf die Karte und sie waren eine gute Stunde lang umhergeirrt, bevor sie den Weg zum Krankenhaus endlich gefunden hatten.

Tommy klammerte sich an Simons Hals wie ein Äffchen. Er hatte Angst. Als der Junge ihm unbeabsichtigt mit dem Bein in die verletzte Seite stieß, ging Simon beinahe vor Schmerz in die Knie. Julia bemerkte es nicht. Sie schützte ihre Augen vor der gleißenden Sonne und strebte geradewegs auf den Eingang des Krankenhauses zu.

In der Eingangshalle war es angenehm kühl und Simon entspannte sich ein wenig. Überall standen riesige Grünpflanzen und bequeme

Ledersessel. Die Stimmen der Leute, die sich in der Halle aufhielten, vernahm er nur gedämpft.

»Warte mit Tommy hier«, sagte Julia zu ihm. »Ich versuche herauszufinden, wo Grandpa ist.«

Erleichtert ließ Simon Tommy von seinem Rücken gleiten und setzte sich in einen der Sessel. Ihm wurde bewusst, dass von verschiedenen Seiten neugierige Blicke auf ihm und dem Jungen ruhten, der wie immer nur mit seinen Shorts bekleidet war.

Simon hatte am Morgen seine besten Hosen angezogen, eine nagelneue Jeans ohne Löcher. Aber dass er saubere Sachen trug, konnte Tommys aufsehenerregenden Anblick nicht wettmachen.

Wie er es verabscheute, so angestarrt zu werden. Wie unerträglich er die Stadt fand, in der jemand wie er sich immer schmutzig fühlen würde. Er fragte sich, wie Dominic hier leben konnte. Und er wusste, dass er nicht länger hierbleiben würde, als es unbedingt notwendig war.

Endlich kam Julia zurück.

»Zweiter Stock, Chirurgie 5«, sagte sie. »Sie sagen, er liegt nicht mehr auf der Intensivstation.«

Ihre Augen leuchteten in einem dunklen Türkis, der Farbe, die Simon besonders schön und verwirrend fand.

»Na, das sind doch endlich mal gute Nachrichten.«

Als sie die Station 5 betraten, stellte sich ihnen eine energische Oberschwester in den Weg. Sie überragte Simon um einen ganzen Kopf, trug ein weißes Häubchen und hatte Hände so groß wie Bärenpranken.

»Wo soll's denn hingehen?«, fragte sie streng. Ein Schildchen auf ihrem Kittel wies sie als Oberschwester Lori Tanner aus.

»Wir möchten zu Mr Boyd Temoke«, antwortete Julia.

»Mr Temoke ist gerade erst dem Tod von der Schippe gesprungen und kann keine Aufregung gebrauchen«, bemerkte die Schwester mit einem abschätzenden Seitenblick auf Simon und Tommy.

Simon glaubte, sich verhört zu haben. Die Schmerzen in seinem Kopf hatten nicht nachgelassen und die in seiner Hüfte auch nicht. Er war vollkommen erledigt und spürte, wie er die Beherrschung verlor. »A-ber wir k-k-k . . . *fuck*«, fluchte er.

Die Schwester bekam große Augen und riss empört den Mund auf.

Simon wollte schon resigniert aufgeben, als er sah, wie Julia beide Hände in die Hüften stemmte und tief Luft holte.

»Hören Sie, Mrs Tanner«, sagte sie laut. »Boyd Temoke ist mein Großvater und der Großvater von Tommy. Wir sind meilenweit gefahren, um zu sehen, wie es ihm geht.«

»Ein Anruf hätte genügt«, sagte die Schwester spitz.

Julia schüttelte den Kopf. »Wir werden nicht von der Stelle weichen, bis Sie uns zu meinem Großvater lassen. Und wenn Sie weiterhin versuchen, uns davon abzuhalten, werden wir Tommy dazu bringen, dass er das ganze Krankenhaus zusammenbrüllt. Das kann er gut, glauben Sie mir.«

Wie um Julias Drohung zu unterstreichen, kam ein tiefes, grollendes Geräusch aus Tommys Kehle. Aber das schien die Stationsschwester überhaupt nicht zu beeindrucken.

»Und wer ist der junge Mann mit den unflätigen Ausdrücken?«, fragte sie brüskiert, während sie Simon von oben bis unten musterte.

Julia wollte antworten, als Tommy plötzlich einen herzzerreißenden, fast tierischen Laut ausstieß. Die Schwester fuhr erschrocken einen Schritt zurück. Simon ächzte, denn Tommy klammerte sich jetzt wütend an ihn und nahm ihm die Luft zum Atmen.

In diesem Augenblick öffnete sich weit hinten eine Tür und Ada erschien auf dem Gang.

»Tommy?«, rief sie mit ihrer durchdringenden Stimme.

Der Junge brach in ein wahres Freudengeheul aus. Aus Begeisterung, die Stimme seiner Granny zu hören, zappelte er wild auf Simons Rücken herum und rammte ihm erneut das Knie in die Seite.

Der jähe Schmerz blendete Simon und schoss von der Hüfte aus in jede Faser seines Körpers. Dann wurde es schwarz um ihn herum und er ging zusammen mit Tommy zu Boden.

28.

Simon kam wieder zu sich und spürte, wie eine Nadel sich in seinen linken Oberarm bohrte. Er bäumte sich auf, aber Adas kräftige Hände drückten ihn auf das Bett zurück.

»Ganz ruhig, mein Junge. Ist bloß eine Impfung gegen Wundstarrkrampf. Die wirst du brauchen.«

Simon blinzelte. Er sah Adas ledriges dunkles Gesicht und das der Schwester, die sich beide besorgt über ihn beugten.

»Alles in Ordnung, junger Mann?«

Simon richtete sich auf und rieb seinen Arm. Er saß auf einem weiß bezogenen Bett, in einem hellen, sonnendurchfluteten Zimmer, das leicht nach Desinfektionsmitteln roch. Ada war da, Julia stand am Fußende des Bettes und Tommy kauerte auf dem glänzenden Boden.

Neben Simon, in einem zweiten Bett, lag der alte Mann mit einem weißen Verband um den Kopf. Man hatte das Oberteil seines Bettes leicht angekippt und halb sitzend betrachtete er neugierig, was um ihn herum geschah.

Als ihre Blicke sich trafen, erschien ein breites Grinsen auf Boyds dunklem Gesicht. »Na, Cowboy«, sagte er mit krächzender Stimme, »du hast uns allen einen mächtigen Schrecken eingejagt.«

Simon hörte ein glucksendes Lachen. Es kam von Julia. Dann lachte auch Ada, laut und kraftvoll. Schließlich, noch etwas mühsam zwar, lächelte auch er.

Überglücklich, den alten Mann so lebendig zu sehen, fiel mit einem Mal eine große Last von Simons Schultern. Ein warmes Gefühl der Erleichterung und der Dankbarkeit durchströmte ihn.

»Bevor ich Sie im Kreise Ihrer Lieben allein lasse, würde ich mir gerne noch Ihre Verletzung ansehen, junger Mann«, riss ihn die Stimme der Stationsschwester aus seinen Gedanken.

Er wandte sich zu ihr um. »A-ber ich . . .« Schusswunden mussten der Polizei gemeldet werden und Simon wollte nicht, dass Ada seinetwegen erneut Ärger bekam.

»Sie haben keine Krankenversicherung, ich weiß. Aber ansehen kostet nichts.«

Simon gab sich geschlagen, denn zur Gegenwehr fehlte ihm die Kraft. Er hatte ohnehin keine Chance gegen diesen weißen Drachen. Absurderweise schien sich die Stationsschwester mit den anderen verbündet zu haben, während er ohnmächtig gewesen war.

Als sie ihm versicherte, dass die Wunde gut heilte, war Simon ihr sogar ein wenig dankbar. Er bekam einen neuen Verband, danach ließ die Schwester sie allein im Krankenzimmer.

Julia berichtete ihrer Großmutter, was auf der Ranch vorgefallen war, und Ada lauschte mit versteinerter Miene. Als Julia geendet hatte, sagte die alte Frau: »Deine Mutter kommt heute hierher. Sie war auf der Ranch, und als sie alles verlassen vorfand – die Tür zum Ranchhaus aufgebrochen – hat sie sich schreckliche Sorgen gemacht.«

Simons Kopf sank immer tiefer. Er fühlte sich für alles verantwortlich, was passiert war.

»Wann wird sie hier sein?«, fragte Julia.

»Sie sagte, es kann spät werden.«

In der nächsten Stunde saßen sie zusammen und sprachen darüber, wie es weitergehen sollte. Ada und Tommy konnten die Nacht bei Boyd im Krankenhaus verbringen, in einem Zimmer nebenan. Simon telefonierte mit Dominic, der ihn in seinem Haus erwartete.

»Ich bringe den Jeep morgen zurück auf den Krankenhausparkplatz«, sagte er zu Ada.

»Du willst die Ranch verlassen?«, fragte sie. Sie sagte nicht: Du willst *uns* verlassen?

Simon nickte. Er vermied jeglichen Blickkontakt mit der alten Frau oder mit Boyd, der ja glücklicherweise nichts hören konnte und deshalb auch nicht verstand, worum es ging.

Julia musterte ihre Großmutter.

Adas Miene war starr und ließ nicht erkennen, was wirklich in ihrem Kopf vorging. »Vielleicht überlegst du es dir ja noch«, sagte sie schließlich leise.

Simon erhob sich, um sich zu verabschieden, da stand auch Julia auf. »Ich fahre mit Simon zu Dominic«, offenbarte sie mit entschlossener Stimme.

Überrascht sah er sie an.

»Aber deine Mutter wird dich sehen wollen«, bemerkte Ada.

»Sie sieht mich ja morgen.«

»Wie du meinst.«

Simon gab Ada Dominics Nummer, dann verabschiedeten sie sich von Tommy und den beiden Alten und verließen das Krankenhaus.

Sie fuhren nach East Bench, dem Stadtviertel im Nordosten, in dem Dominic wohnte. Es war eine ruhige Gegend mit vielen Bäumen und hübschen kleinen Holzhäusern.

Als sie wenig später in Dominics zugewachsenem Garten saßen, dem Zirpen der Grillen lauschten und Eistee tranken, fiel endlich alle Anspannung von Simon ab.

Noch einmal mussten sie erzählen, was auf der Ranch vorgefallen war. Auf dem Gesicht des großen Kochs spiegelten sich Ungläubigkeit, Entsetzen und Zorn. Doch dann erschien ein Lächeln, das Simon irritierte.

»Das ist wirklich eine furchtbare Geschichte«, sagte Dominic schließlich. »Aber etwas Gutes hat sie auch.«

Simon und Julia sahen den Mann verwundert an.

»Du stotterst nicht mehr, Simon.«

Simon drehte verlegen sein Glas mit dem Eistee in den Händen. »Ja, das stimmt. Aber es funktioniert nur bei Leuten, die ich mag.«

Dominic lachte. »Na, dann wirst du dir eben von nun an Mühe geben, die Menschen ein wenig zu mögen.«

»Ich kann's versuchen.«

Eine Weile schwiegen sie und lauschten dem Zirpen der Grillen. Glühwürmchen flogen durch Dominics wilden Garten. Rankenpflanzen mit großen blauen Blüten wanden sich über den Zaun. Hier vergisst man, dass man in einer Stadt ist, dachte Simon.

»Was wirst du nun tun?«, wandte sich Dominic an ihn.

»Keine Ahnung.« Seine Stimme klang mutlos, obwohl er das nicht beabsichtigt hatte. »Auf die Ranch kann ich nicht zurück.«

Der Koch nickte. »Nächstes Wochenende fahre ich ins Death Valley zu Caleb Lalo. Ich hab gehört, der Medizinmann ist krank und sucht jemanden, der ihm hilft. Ich kann dich mitnehmen, wenn du willst.«

Simon nickte. Er war froh über das unerwartete Angebot, aber es fiel ihm schwer, Begeisterung zu zeigen. Dass er sein Zuhause verloren hatte, musste er erst einmal begreifen. Obwohl er die Stille und den Frieden in Dominics Garten genoss, sehnte er sich schon jetzt nach seinem gemütlichen Wohnwagen, den Bergen hinter der Ranch und den Tieren. Er vermisste Ada und Boyd. Simon holte tief Luft, um den dumpfen Druck auf seiner Brust loszuwerden.

Schließlich erhob sich Dominic. »So, ihr beiden, ich werde euch jetzt allein lassen. Ihr seid nämlich nicht die einzigen Verliebten in der Stadt.«

»Du hast eine Freundin?«, fragte Simon.

»Ja.« Dominic lachte. »Und sie ist beinahe so hübsch wie deine.«

Er zeigte ihnen das Haus und wo sie schlafen konnten. Anschließend verabschiedete sich der Koch mit einer festen Umarmung von beiden.

Die Tür fiel hinter Dominic ins Schloss und Simon küsste Julia. Noch eine geschenkte Nacht, dachte er und wünschte, die Zeit würde stehen bleiben.

Sie gingen zurück in den Garten, legten sich ins Gras und sahen hinauf in den von Sternen gesprenkelten Himmel. Zum ersten Mal waren sie allein, wirklich allein. *Ein roter Stein ist die Liebe zwischen Mann und Frau, ist der Einklang ihrer Körper im Gras.* Simon dachte, dass der rote Stein sein Versprechen eingelöst hatte. Das Geheimnis war, daran zu glauben und zu vertrauen.

Später, Julia stand gerade unter der Dusche, klingelte das Telefon. Simon hob ab, er dachte, Dominic hätte etwas Wichtiges vergessen. Doch es war Hanna. Sie klang ungehalten und wollte ihre Tochter sprechen.

»Hallo, Ma«, sagte Julia, ein Handtuch um den Körper geschlungen. Sie hatte keine Lust, mit ihrer Mutter zu reden, aber es ließ sich nicht vermeiden.

Ein Schwall von Vorwürfen kam aus der Leitung. Hanna forderte Erklärungen, ihre Stimme überschlug sich vor Sorge. Julia ließ sich davon nicht beeindrucken.

»Hat das nicht bis morgen Zeit, Ma?«

»Wo bist du, Julia? Ich habe ein Hotelzimmer ganz in der Nähe des Krankenhauses. Ich komme dich holen.«

»Nein, Ma«, sagte Julia. »Ich bleibe hier, bei Simon.«

»Julia, du . . .«

»Bis morgen, Ma.« Sie legte auf.

Am nächsten Morgen flocht Simon zum letzten Mal Julias Zopf. Sie frühstückten in Dominics Garten, anschließend trugen sie Simons Sachen ins Haus und Julia schenkte ihm ihren MP3-Player.

»Da ist Musik drauf, die ich gerne höre«, sagte sie. »Aber du kannst alles löschen und das überspielen, was du magst. Dominic hat einen Computer.«

Simon bedankte sich mit einem Kuss. Er schloss das Haus ab und sie fuhren durch die Stadt zurück zum Krankenhaus.

Simon wusste, dass Julia und er sich auf einiges gefasst machen konnten. Und obwohl er es gewohnt war, der Sündenbock zu sein, versuchte er sich gegen Hannas Vorwürfe zu wappnen. Aber als Julia ihrer Mutter in Boyds Krankenzimmer gegenübertrat, war Hanna unerwartet still. Sie sah gut aus, braun gebrannt und erholt. Erleichtert nahm sie ihre Tochter in die Arme.

Es schien, als ob Hanna Julia plötzlich mit anderen Augen betrachten würde.

Simon stand scheinbar unbeteiligt gegen den Türrahmen gelehnt, beobachtete und schwieg. Ab und zu spürte er, wie Hannas verstohlener Blick auf ihm ruhte. Ob sie ihn hasste, weil er Julia liebte? Eine Menge Dinge waren schiefgelaufen. Simon nahm an, dass Hanna ihrer Tochter in Zukunft verbieten würde, zu einem jungen Mann zu reisen, der sie so in Gefahr gebracht hatte.

Im August wurde Simon achtzehn, Julia aber erst sechzehn. Es würde noch zwei Jahre dauern, bis sie volljährig war und selbst entscheiden konnte. Aber wie Simon die Dinge auch drehte und wendete, alles würde so kommen, wie es kommen musste.

In den vergangenen drei Wochen war er fast ständig mit Julia zusammen gewesen. Wenn er daran dachte, wie allein er in wenigen Minuten sein würde, konnte er kaum noch schlucken.

Julia gab ihrem Großvater einen Kuss auf die Wange und umarmte ihn. »Ich liebe dich, Grandpa«, brüllte sie, was dem alten Mann die Tränen in die Augen trieb und Simon gleich mit.

Dann drückte sie Tommy an sich. »Mach's gut, Schreihals«, sagte Julia mit belegter Stimme. »Wenn wir uns das nächste Mal sehen, hast du hoffentlich ein bisschen gutes Benehmen gelernt.«

Tommy suchte nach ihrer Hand und gab einen beinahe zärtlichen Aaah-Laut von sich.

Anschließend umarmte Julia ihre Großmutter. »Auf Wiedersehen, Granny.«

»Das will ich hoffen«, sagte Ada. »Du wirst uns fehlen.«

Julia löste sich aus den Armen ihrer Großmutter und sah Simon an.

Er schüttelte leicht den Kopf, was bedeuten sollte: *nicht hier, vor allen anderen.*

»Nun geht schon«, sagte Hanna. »Ich komme dann nach.«

Sie standen auf dem Parkplatz im Schatten eines Baumes und hielten einander an den Händen.

»Es ist nicht fair, dass sie dich einfach so gehen lassen«, sagte Julia. Das Atmen fiel ihr schwer und mit Sicherheit lag das nicht nur an der großen Hitze. Sie fühlte sich, als würde etwas ihr das Herz zusammendrücken.

»Es ist schon in Ordnung.«

Sie hatte gewusst, dass Simon das erwidern würde.

»Deine Granny hat mal zu mir gesagt, wenn etwas endet, beginnt auch etwas.« Simons Stimme klang merkwürdig rau. »Das Problem ist nur: Ich weiß, was ich verliere, und habe keine Ahnung, was ich bekomme.«

Julia kämpfte gegen die Tränen. »Ich finde es blöd, dass ich erst fünfzehn bin. Ich wünschte, ich könnte hierbleiben, bei dir.«

Simon schüttelte den Kopf. »Aber ich habe ja nicht mal ein Zuhause.«

»Wo immer deine Bücher, deine Steine sind, wirst du zu Hause sein. Unsere Vorfahren sind auch nie an einem Ort geblieben.«

Er legte seine Unterarme leicht auf ihre Schultern. »Ich werde Geld verdienen und dich besuchen.«

»In Deutschland?« Julias Herz machte einen Sprung.

»Ich dachte, da kommst du her. Hab ich was verpasst?« Ein Lächeln erschien in seinen Augen. Es war das einsamste Lächeln, das sie je gesehen hatte.

Julia umarmte ihn fest. »Versprochen?«

»Versprochen.«

»Ich liebe dich, Simon.«

Vermutlich hatte das noch nie jemand zu ihm gesagt und Julia merkte, dass er ein wenig wankte. Er öffnete den Mund, um etwas zu erwidern, da küsste sie ihn und drückte sich noch einmal an ihn.

Nach einer Weile nahm Simon sie an den Armen und schob sie von sich. Hanna stand ein paar Meter von ihnen entfernt und wartete. Sie trug eine dunkle Sonnenbrille und tat so, als würde sie in ihrer Handtasche kramen. Simon nahm Julias Hand und legte etwas hinein, das schwer war und warm. Es war der rote Stein. Ihr Traum.

»Danke«, sagte sie und schloss ihre Finger darum. Dann wandte sie sich mit einem Ruck von Simon ab und lief mit steifen Beinen auf ihre Mutter zu. Bevor sie in den Leihwagen stieg, drehte Julia sich noch einmal um, aber der Platz unter dem Baum war bereits leer.

»Das wollte ich dir ersparen«, sagte Hanna, als sie den Leihwagen wendete. »Aber du wolltest ja nicht auf mich hören.«

Julia sah aus dem Fenster und schwieg.

Nichts konnte den Schmerz der Trennung lindern. Aber Julia wollte auch nicht, dass er ihr erspart blieb. Sie würde zurückkehren und versuchen, damit fertig zu werden. Genauso wie mit der unumstößlichen Tatsache, dass ihr Vater nicht mehr für sie da war. Manchen Wunden muss man Zeit geben, damit sie heilen können.

Während der Fahrt und auch später noch auf dem Flug, hielt Julia den roten Stein fest umklammert in ihrer rechten Hand. Er war der Traum, den sie mit Simon teilte; das Geheimnis ihrer Körper, das sie gemeinsam entdeckt hatten. Und Julia begriff, dass einem nur gehört, was man loslassen kann. Immer wieder.

Antje Babendererde

Libellensommer

An einer Tankstelle am Highway begegnet Jodie dem jungen Indianer Jay zum ersten Mal. Ein paar Tage später ist sie mit ihm auf einer Reise, die ihr Leben verändern wird. Die beiden erleben einen Sommer voller Liebe und Magie fernab von jeder Zivilisation inmitten der kanadischen Wildnis – und bald steht Jodie vor der schwersten Entscheidung ihres Lebens.

272 Seiten.
Arena-Taschenbuch.
ISBN 978-3-401-50019-5
www.arena-verlag.de